Leila Meacham

LE VOL DES LIBELLULES

Roman

Traduit de l'anglais
par Élisabeth Luc

CHARLESTON
POCHE

LES LECTRICES ONT AIMÉ !

« J'ai tout simplement adoré cette lecture, énorme coup de cœur ! J'ai tremblé pour les personnages à chaque page. Le souci du détail m'a transportée dans cette période de guerre comme si j'y étais. C'est passionnant et incroyablement bien écrit. »
Harmony, du blog *La Fille Kamoulox*

« C'est un très beau roman, grave et bouleversant. Malgré un contexte de guerre et d'horreurs, il y a beaucoup d'humanité et d'espoir dans ce récit. »
Maud, du blog *Les Tribulations d'une Maman Mammouth*

« Ce roman aborde la Résistance de façon originale. On est vraiment au cœur des services de renseignements américains, l'immersion est totale. J'ai adoré l'ambiance de ce livre, anxiogène à souhait. La tension va crescendo au cours de notre lecture. »
Aurélie, du blog *Mon Jardin Littéraire*

« J'ai été bluffée par le pouvoir de l'autrice à nous immerger dans cette époque de manière si réaliste. Une histoire sous haute tension qui vous maintiendra éveillé toute la nuit et qui confirme le talent incontestable de Leila Meacham pour les romans historiques. »
Alexandra, du blog *La bibliothèque des rêves*

« On avance sur un fil tendu qui peut se rompre à chaque instant au moindre faux pas de ces espions. C'est un roman historique dont on tourne les pages fébrilement. Ce roman d'espionnage est une belle leçon de patriotisme et de courage. »
Élodie, du blog *Au Chapitre*

« Ce livre dense et très bien construit tient le lecteur en haleine ! Une belle surprise. »
Michelle, du blog *A book is always a good idea*

LE VOL
DES LIBELLULES

De la même autrice aux éditions Charleston :

Les Orphelins de Kersey, 2018

Le Ranch des trois collines, 2018

Les Roses de Somerset, 2019

L'Héritage des Langston, 2020

La Plantation, 2020

Titre original : *Dragonfly*

Traduit de l'anglais par Élisabeth Luc

10, place des Cinq-Martyrs-du-Lycée-Buffon
75015 Paris – France
www.editionscharleston.fr

ISBN : 978-2-36812-614-1

Maquette : Patrick Leleux PAO

Le soleil a oublié de mourir sur la colline,
les lys ont éclos et la libellule revient rêver sur la rivière.

Inscription galloise.

Pour Ann Ferguson Zeigler, encore et toujours.

Personnages

LES AMÉRICAINS

(Bucky) Samuel Barton :	ingénieur civil
Nom de code OSS :	Lodestar (« étoile Polaire »)
Nom de couverture :	Serge Beaulieu
Bridgette Loring :	styliste
Nom de code OSS :	Labrador
Nom de couverture :	Bernadette Dufour
Chris Brandt :	entraîneur d'athlétisme
Nom de code OSS :	Lapwing (« vanneau »)
Nom de couverture :	Claus Bauer
Brad Hudson :	pêcheur à la ligne
Nom de code OSS :	Limpet (« patelle »)
Nom de couverture :	Bernhard Wagner

Victoria Grayson :	professeur d'escrime
Nom de code OSS :	Liverwort (« hépatique »)
Nom de couverture :	Viviane Colbert

Major Alistair Reynolds :	« l'homme en brun », responsable des opérations de l'OSS, basé à Berne

LES ALLEMANDS

Général Konrad March :	responsable de l'Abwehr, le service de renseignement de l'armée allemande
Wilhelm March :	son fils
Sergent Hans Falk :	son aide de camp
Colonel Dieter Albrecht :	chef du contre-espionnage du *Sicherheitsdienst* (service de sécurité ou SD)
Sergent Karl Brunner :	son aide de camp

LES FRANÇAIS

Armand Fournier :	écrivain à succès
Nicolas Cravois :	le Spectre noir, résistant
Jeanne Boucher :	directrice de la maison de couture du même nom
Claude Allard :	marinier et responsable d'un club de pêche à la ligne
Jules Garnier :	chef du personnel à la Sorbonne
Gabrielle Dupré :	propriétaire d'une pension de famille et logeuse de Bucky
Jacqueline Gastain :	voisine du général Konrad March
Maurice Corbet :	commissaire de police judiciaire à Paris
Sœur Marie-Françoise :	mère supérieure du couvent des Sœurs de la Charité
Jacques Vogel :	directeur de l'école française d'escrime
Henri Burel :	correspondant du major Reynolds à Paris

Prologue

Septembre 1962, Cambridge, Maryland

L'homme en brun referma le livre consacré aux opérations clandestines menées en France sous l'Occupation. Quelle étrange coïncidence ! Le doute n'était pourtant pas permis : les cinq agents décrits par l'auteur de cet ouvrage vite tombé dans l'oubli étaient bien ceux qu'il avait envoyés en mission à Paris à l'automne 1942. Quatre d'entre eux étaient rentrés, dont un *in extremis*, et le dernier reposait en France, dans une fosse anonyme. Du moins était-ce ce qu'ils croyaient tous…

Alistair Reynolds n'en revenait pas. Le destin avait voulu qu'il lise ce chapitre des *Grands stratagèmes de la Seconde Guerre mondiale* presque vingt ans après avoir vu la plus formidable équipe d'agents infiltrés décoller d'Angleterre à l'aube en direction d'un territoire hostile. Dans trois semaines, ils avaient même rendez-vous à Paris pour des retrouvailles, à une date suggérée par le membre manquant de l'équipe : le 23 septembre 1962.

Alistair parcourut la présentation de l'auteur. Ce John Peterson était-il vraiment un expert des services secrets durant la Seconde Guerre mondiale ? Nul n'en savait plus que l'homme en brun sur ce sujet.

Le fait que M. Peterson soit un inconnu pour lui, l'absence de notes, de bibliographie et le style médiocre, sans parler de sa publication par d'obscures presses universitaires, en 1956, avaient peu de chances de séduire un lecteur passionné par le second conflit mondial. C'était le titre de l'ouvrage qui avait attiré son attention, à la bibliothèque locale. Au fil de sa lecture, il s'était interrogé sur la validité de ces recherches. Dans ses remerciements, l'auteur ne citait aucune source. Il avait pu inventer cette histoire de toutes pièces et la faire passer pour un document historique. Si Alistair ne reconnaissait aucun personnage, le chapitre consacré aux activités clandestines de Dragonfly, une équipe de cinq agents ayant opéré durant les heures sombres de l'Occupation, était authentique. Alistair était bien placé pour le savoir : il en avait été le chef d'orchestre. Le stratagème décrit à la fin du livre était-il vraiment issu de l'imagination de son auteur ? Alistair l'ignorait mais il avait la ferme intention de le découvrir.

Sur la quatrième de couverture, le portrait de John Peterson montrait un homme chauve, à lunettes, au physique plutôt quelconque. Madison, dans le New Jersey, se trouvait à quatre heures de route. Alistair décida d'appeler le lycée où l'auteur avait enseigné l'histoire.

Il eut la chance de tomber sur une employée administrative plutôt loquace.

— Je travaille ici depuis quarante-deux ans ! dit-elle fièrement, avant de répondre à ses questions : M. Peterson a quitté Madison depuis longtemps. Sa femme et lui ont divorcé… Non, j'ignore où il est parti ou s'il enseigne toujours. À mon avis, il a fait un long voyage en Europe. Il adorait l'Europe.

— L'Europe, répéta Alistair, pensif. Un pays en particulier ?

— Il aimait bien la France.

— Savez-vous s'il est encore de ce monde ?

— Nous n'avons pas été informés de son décès, en tout cas. Nous aurions reçu un faire-part.

— Vous croyez que son ex-femme me donnerait de ses nouvelles ?

L'employée émit un grommellement de dédain.

— Cette traînée a disparu avec son amant juste après avoir plumé le pauvre M. Peterson.

Alistair la remercia avant de raccrocher, puis il appela les renseignements pour obtenir le numéro de téléphone de la maison d'édition de Peterson, à Trenton, dans le New Jersey. Aucun résultat. Ils avaient sans doute mis la clé sous la porte. Alistair ne se découragea pas pour autant. Il était resté en contact avec une organisation susceptible de localiser les personnes les plus discrètes. Il n'aurait qu'à appeler un ami de la CIA avec qui il avait travaillé à l'OSS, le bureau des services stratégiques, pour se lancer sur la piste de John Peterson. En attendant, il inviterait les membres survivants de Dragonfly à lire le dernier chapitre des *Grands stratagèmes de la Seconde Guerre mondiale.*

Par chance, ils étaient tous sur leur lieu de travail, en cette fin de vendredi après-midi. À quarante-deux ans, ils étaient encore jeunes et actifs. Quoique dispersés dans plusieurs États, ils ne s'étaient pas perdus de vue depuis leurs premières retrouvailles, à New York, le 23 septembre 1945. Dans un premier temps, Alistair avait rechigné à entretenir ces relations, mais les jeunes l'invitaient aux mariages, baptêmes et autres célébrations. En réalité, ils formaient une grande famille.

Il contacta d'abord Labrador. Il avait gardé l'habitude d'utiliser leurs noms de code, tout comme eux l'appelaient toujours « major ».

Labrador réagit à son résumé du dernier chapitre de John Peterson par un long silence. Alistair lui accorda le temps d'envisager la possibilité qu'il y ait une once de vérité dans les affirmations extravagantes de l'auteur.

— Je n'y crois pas, dit-elle enfin. Les autres ont assisté à l'exécution depuis la fenêtre de leur cellule. Ce Peterson a inventé cette histoire sans queue ni tête pour conforter sa théorie du stratagème.

— J'ai tendance à penser la même chose, admit Alistair, mais je veux que vous lisiez tous ce texte et que vous me fassiez part de votre avis. Pendant ce temps, je vais essayer de débusquer John Peterson.

— S'il est mort, nous ne saurons jamais.

— Il y a des moyens de se renseigner. Je vais y travailler.

— Bon sang, major… Et si cette conclusion était avérée ?

— Dans ce cas, il faudra enquêter. Le livre est certainement épuisé. Si toi et les autres n'en trouvez aucun exemplaire, je ferai des photocopies du chapitre pour vous l'envoyer.

Le dernier chapitre des *Grands stratagèmes de la Seconde Guerre mondiale* affirmait que le membre disparu de Dragonfly avait survécu au peloton d'exécution alors que trois de ses camarades avaient assisté à la scène. Une mascarade aurait été planifiée avec soin pour duper les SS. Les réactions des autres allèrent de l'incrédulité à la colère face à la cruauté des allégations de l'auteur. Aucun n'avait raconté ses exploits et John Peterson n'avait contacté personne pour solliciter un entretien.

Après son ultime appel, Alistair demeura perplexe. Et si le membre disparu de Dragonfly vivait en Europe comme l'affirmait Peterson ? L'exécution avait eu lieu le 11 juin 1944, dix-huit ans plus tôt. Et si aucun membre de Dragonfly n'avait péri ?

Il existait un moyen de le découvrir.

L'homme en brun ouvrit un tiroir de son bureau et en sortit une pile de dossiers au nom des candidats retenus pour l'opération Dragonfly. Alistair les avait conservés après le démantèlement de l'OSS, en octobre 1945, par le président Truman. S'il n'était pas intervenu, les dossiers prendraient la poussière dans les archives gouvernementales. Leurs noms, leurs missions seraient oubliés tels ceux de tant d'hommes et de femmes courageux ayant risqué leur vie pour leur pays. Alistair admirait la bravoure et l'altruisme de ces cinq jeunes volontaires dans la Ville Lumière qui vivait des heures bien sombres.

Il composa le numéro personnel de son ami de la CIA à Langley, en Virginie. Au terme de leur conversation, il porta sa pile de dossiers vers son fauteuil en s'efforçant de ne pas songer au paquet de cigarettes rangé dans le tiroir de la table basse. Hélas, son envie de fumer l'emporta sur les mises en garde de son médecin, qui le disait au bord de l'emphysème. Confortablement installé, les pieds sur son pouf, il ouvrit le premier dossier.

Agacé par la médiocrité du texte de Peterson, Alistair fut pris d'une envie impérieuse d'écrire son propre ouvrage pour relater les prouesses de Labrador, Liverwort, Lodestar, Limpet et Lapwing, les noms de code de ces Américains dont les aventures avaient commencé en mai 1942.

1

Mai 1942, Washington

Pour les chanteurs de la chorale de la St. Luke's Episcopal Church, dans la 15e Rue, à Washington, il était « l'homme en brun ». S'il chantait avec eux depuis deux ans, lorsqu'il était en ville, très peu d'entre eux savaient qu'il se nommait Alistair Reynolds. Vêtu de son éternel costume marron, il se présentait le mercredi soir pour la répétition. Ensuite, il ne s'attardait pas pour prendre du café et des biscuits avec les trente choristes. Le chef de chorale estimait qu'Alistair avait une voix d'une rare beauté. Il l'aurait volontiers nommé premier ténor s'il avait pu compter sur sa présence chaque dimanche. Hélas, Alistair avait des responsabilités confidentielles qui l'empêchaient d'être assidu.

Ce jour-là, l'homme en brun remit une liste de noms, d'adresses et de renseignements personnels au colonel William J. Donovan, que ses amis – et ses ennemis – surnommaient Wild Bill. Les hommes se trouvaient dans le bureau du directeur de l'OSS, le bureau des services stratégiques, la première agence de renseignement américaine créée après l'entrée en guerre des États-Unis pour collecter des informations et mener des actions clandestines non ordonnées par d'autres organisations. Le président Franklin D. Roosevelt avait nommé Wild Bill à sa tête. L'officier le plus décoré de la Première Guerre mondiale, éminent avocat dans le civil, avait repris du service en 1942 avec le grade de colonel.

L'un des objectifs était d'infiltrer en territoire ennemi des agents entraînés aux opérations de renseignement. Bill Donovan dirigeait son organisation depuis un vaste bureau situé au premier étage d'un bâtiment qui, à cause du caractère secret des activités qui s'y déroulaient, avait le surnom de « Kremlin ». Son adjoint attendit sa réaction en savourant la brise printanière qui entrait par une fenêtre offrant une vue sur le Potomac.

— Tu as entouré cinq noms, Alistair, fit remarquer Donovan. Pourquoi ceux-là ?

— Brad Hudson et Christoph Brandt parlent couramment allemand et ont une bonne compréhension du français. S'ils sont engagés, ils bénéficieront d'une remise à niveau. Samuel Barton, qui parle un français parfait, a étudié l'allemand à l'université. Bridgette Loring parle couramment le français et l'allemand, comme Victoria Grayson. Outre ces compétences linguistiques, ils possèdent des qualifications qui font d'eux les plus à même de mener à bien les missions que j'ai en tête. De plus, ils sont célibataires.

Le regard d'Alistair exprima ce que les deux hommes acceptaient tacitement : *ils n'étaient donc pas irremplaçables.*

— Seul Brad Hudson a des responsabilités familiales, poursuivit-il. Il ne sera peut-être pas dans le coup. Samuel Barton, l'ingénieur civil en fin d'études, a demandé un formulaire de candidature et j'ai rendez-vous avec lui lundi, à Oklahoma City, sa ville d'origine. Vous avez entendu parler de Victoria Grayson, de Williamsburg, en Virginie. C'est l'escrimeuse qui a attiré mon attention en 1940.

— Ah oui, les Grayson de Virginie. Ils sont riches à millions, commenta Donovan. Espérons qu'elle sera partante.

— Notre agent de liaison à Paris est en place et l'attend de pied ferme.

Bill Donovan posa la liste et observa son adjoint avec attention.

— Tu as fait preuve de génie pour obtenir ces noms, mon cher.

Alistair accepta ce compliment d'un léger hochement de tête. La confiance de son patron était ce qu'il préférait dans sa collaboration avec Wild Bill Donovan, qui le laissait faire son boulot sans lui imposer la lourdeur d'un comité. L'année précédente, l'homme en brun avait eu l'idée d'utiliser le papier à en-tête de l'OSS pour écrire aux directeurs de certains départements universitaires afin d'obtenir des noms d'étudiants parlant parfaitement l'allemand et le français, qui se verraient proposer de « servir la sécurité des États-Unis au sein d'une unité spéciale ». Le courrier sollicitait les détails connus sur la vie personnelle de ces candidats potentiels : famille, amis, passions, loisirs, vie associative, appartenance religieuse, goûts, tempérament, opinions politiques, etc. Le papier à en-tête avait produit l'effet escompté. Les réponses de nombreux professeurs lui avaient permis de dresser la liste que parcourait son patron.

— Parle-moi un peu de ces jeunes, fit Wild Bill. Où en sont-ils ? Je veux dire, dans la vie…

— Ils sont tous nés en 1920, répondit son adjoint avec enthousiasme. Ils ont donc vingt et un ou vingt-deux ans. Samuel Barton, *alias* Bucky, est susceptible d'être mobilisé, même si son nom n'a pas encore été tiré au sort. Bridgette Loring est étudiante au Stephens College et sera bientôt diplômée en stylisme et illustration. Il paraît que c'est une future Coco Chanel. Elle s'est vue proposer un poste à la J. L. Hudson Company, à Detroit, mais elle rêve d'être styliste dans une maison de haute couture.

— Paris devrait l'allécher, commenta Wild Bill.

— Victoria Grayson et Christoph Brandt sont diplômés et déjà dans la vie active. Victoria est traductrice du français pour les éditions G. P. Putnam's Sons, à New York, et Christoph est professeur et entraîneur d'athlétisme dans un lycée d'Austin, au Texas. Il se fait appeler Chris et déteste la forme allemande de son prénom.

— C'est bon signe, ça, estima le colonel. Pourquoi Brandt ne s'est-il pas porté volontaire pour combattre ? Il a terminé ses études depuis deux ans.

— Il a été réformé car il lui manque un pouce. Une malformation de naissance. Les services médicaux de l'armée refusent de l'incorporer malgré son insistance. D'après son ami professeur qui m'a fourni ces informations, Christoph a fait son possible pour prouver que ce pouce manquant n'est en rien invalidant. Les militaires n'ont rien voulu entendre. C'est un excellent athlète.

Le colonel consulta la liste en grommelant :

— Et Brad Hudson ?

— Il est le seul à ne pas avoir fréquenté l'université. Il habite Meeker, dans le Colorado, et travaille dans une exploitation forestière. Il est dispensé de conscription pour responsabilités familiales. Son père est mort lors d'un accident du travail et il doit nourrir sa mère, sa sœur et deux enfants qu'ils ont recueillis alors qu'ils étaient à la rue.

Les yeux d'un bleu perçant de Wild Bill Donovan se posèrent sur lui :

— Qu'est-ce qu'il fait sur cette liste ?

— Il parle couramment allemand.

— Et alors ?

— C'est aussi un passionné de pêche à la ligne.

— En quoi cela nous est-il utile ?

— Le général March l'est aussi.

Wild Bill Donovan s'adossa plus confortablement dans son fauteuil en cuir usé, l'air pensif.

— Je vois. Qu'est-ce qui te fait croire que tu parviendras à éloigner Brad de sa famille ?

— Rien. En réalité, j'en doute, mais il possède les compétences nécessaires à cette mission. C'est le seul candidat que j'ai contacté. Ayant quelques jours devant moi, j'ai eu envie de faire un saut dans le Colorado pour taquiner le goujon… ou plutôt la truite arc-en-ciel. C'est la saison.

Le colonel Donovan opina du chef.

— Et les autres ? s'enquit-il. Ils seront partants ?

— Je l'ignore. Tout dépend de leur haine des nazis. La grand-mère de Bridgette Loring a été torturée et son grand-père assassiné par les Allemands lors de la dernière guerre. La tante de Brad Hudson a épousé un rabbin et ils ont été victimes de l'un des premiers pogroms d'Hitler pour chasser les Juifs d'Allemagne. Les grands-parents de Victoria Grayson vivent à Londres. Son frère et son fiancé pilotent des Spitfire pour la Royal Air Force au sein des Eagle Squadrons. La mère de Samuel Barton est très liée à des groupes antifascistes à Paris.

— Qu'en est-il de l'allégeance de Christoph Brandt ? Je vois que ses parents descendent des fondateurs d'une communauté allemande au Texas. New Braunfels, je crois.

— Du nom d'un prince de Solms-Braunfels, en Allemagne. J'en saurai davantage après l'avoir interrogé. Selon son professeur, il ne supporte pas d'être associé à ses origines, surtout en ce moment.

— Que sait-on de leur vie sentimentale ? À leur âge, ils doivent être amoureux. D'après les descriptions, ils sont séduisants. Cela risque-t-il de poser problème ?

— Pour les missions que j'ai en tête, répondit Alistair, leur charme sera un atout. Quant aux éventuelles liaisons, je n'en serai informé que lors des entretiens.

— Quelle est la prochaine étape ?

— Les lettres qu'ils vont recevoir comporteront un numéro de téléphone. S'ils appellent, on me les passera immédiatement.

— Et si tu n'as aucune nouvelle ?

— Je les contacterai personnellement, si le budget me le permet.

— Absolument. Quand partent les lettres ?

— Ce soir.

D'une chemise portant la mention « top secret », l'homme en brun sortit cinq feuilles glissées sous le rabat d'une enveloppe.

— Il ne manque plus que votre signature pour que les invitations soient officielles.

Wild Bill Donovan jeta à peine un coup d'œil à la première lettre avant d'y apposer son paraphe.

— J'espère que je ne signe pas leur arrêt de mort…, murmura-t-il.

2

Norman, Oklahoma

— Fais un vœu, Sam ! souffla Penny Parker à l'oreille de son petit ami, Samuel Barton.

— Surtout, ne nous dis pas lequel, Bucky ! ajouta son compagnon de chambre. Sinon, il ne se réalisera pas.

Bucky se pencha vers un gâteau au chocolat orné de vingt-deux bougies. Si les convives réunis au restaurant étaient sans doute persuadés d'avoir deviné, ils faisaient fausse route. Ils étaient tous un peu éméchés, sauf sa mère, assise en face de lui, sobre et grave. Il imaginait sans peine quel souhait elle venait de formuler : « *Mon Dieu, faites que mon fils survive à la guerre.* » Ses camarades d'université, membres de sa fraternité, espéraient eux aussi s'en sortir sains et saufs. Deux des quatre jeunes gens étaient déjà en uniforme militaire. Conscrits avant la fin de leurs examens, ils étaient rentrés chez eux quelques jours avant d'être déployés à l'étranger.

Il y avait des raisons de s'alarmer. La guerre avait mal démarré pour les forces américaines et leurs alliés. L'Europe était sous la botte du Troisième Reich et l'armée allemande avançait vers l'Union soviétique. En Asie du Sud-Est, les Américains s'étaient rendus à Bataan et Corregidor et l'armée impériale japonaise occupait la plupart des îles du Pacifique sud. Les autres membres de la fraternité Phi Delta Theta iraient se battre dès qu'ils seraient diplômés. Seul Bucky n'était pas engagé, mais il avait d'autres projets.

L'invité d'honneur prit une profonde inspiration et souffla les vingt-deux bougies d'un seul coup.

— Bravo, Bucky ! lança son père qui présidait en bout de table.

Jusqu'à présent, son visage rubicond et un enthousiasme dû à l'alcool avaient réussi à atténuer l'angoisse qui se lisait sur les traits de sa femme.

— Hé, Sam ! s'exclama un membre de l'assemblée, raconte-nous comment tu as hérité de ce surnom de Bucky !

— Vas-y, fiston ! renchérit son père, le regard vitreux.

Depuis qu'il avait quitté le lycée, le jeune homme préférait être appelé Sam. Il rejeta la requête d'un revers de la main et répondit à son camarade d'un ton faussement enjoué :

— Une autre fois, abruti ! Tu es saoul.

— Je vais leur dire, moi ! tonna Horace Barton. Y'a pas de honte.

Ignorant la mise en garde tacite de sa femme et la mine déconfite de l'intéressé, il s'adressa aux jeunes gens :

— Quand mon fils était bébé, il était très fragile. Il souffrait de coliques et pleurait sans cesse. J'ai voulu lui donner un nom de cow-boy, un nom de mâle, quoi ! Le surnom lui est resté.

Horace semblait très fier de l'homme que son fils était devenu.

— On m'appelle Sam aujourd'hui, Papa.

— Et il n'est plus fragile, vous pouvez me croire, susurra Penny en se lovant contre lui d'un air entendu.

Bucky remua discrètement les épaules pour intimer à sa petite amie de s'écarter. Dans la chaleur de la salle, le parfum de la jeune fille et l'odeur des bougies l'écœuraient un peu. Il en voulait à Penny d'avoir fait entrer clandestinement une caisse de champagne et de la bière et d'avoir payé la serveuse pour qu'elle garde le silence. Dans l'Oklahoma, les lois sur la vente et la consommation d'alcool en public étaient très strictes. Bucky avait trop mangé, trop bu, trop fumé. Les rires gras et les plaisanteries masquaient difficilement le désespoir et les doutes qui rongeaient les jeunes gens quant à leur avenir. Le lendemain, ils auraient les idées plus claires et l'angoisse reviendrait à la charge. Bucky en avait assez de cette fête d'anniversaire. Il voulait sortir sa mère de cet endroit et rentrer chez lui.

C'était son père qui avait insisté pour organiser cette célébration.

— Cela fera du bien à ta pauvre maman d'oublier sa peur pour ton avenir et les nouvelles de la guerre en France. Ce sera ton dernier anniversaire avant ta conscription et tu sais bien que j'aime montrer que je sais m'occuper de ma famille, avait-il déclaré.

Bucky le soupçonnait de craindre que ce ne soit son ultime anniversaire.

La petite amie d'un camarade se pencha vers lui pour déclarer d'une voix traînante :

— Alors… Bucky… tu t'engageras dans quelle… branche de l'armée si ton numéro n'est pas tiré au sort, la prochaine fois ?

Affligé, Bucky vit la serveuse emporter le gâteau afin de le découper en cuisine. Il n'échapperait pas au dessert et ne parviendrait pas non plus à esquiver la question qu'il appréhendait.

— Je n'en aurai la certitude qu'après avoir étudié les options, répondit-il. Je veux intégrer une organisation qui me permettra de mettre à profit mon diplôme d'ingénieur.

— Je vois, fit la jeune femme.

Manifestement, elle ne voyait rien du tout. Depuis le début de la guerre, les amis de Bucky, ses camarades, ses parents, ainsi que les connaissances de son père avaient remarqué que Bucky, d'ordinaire si franc, était peu enclin à évoquer ses « options » militaires après l'obtention de son diplôme, ce qu'ils trouvaient bien mystérieux. Cherchait-il à éviter le front, à trouver une « planque » en travaillant pour le gouvernement sur le territoire national ? Sam Barton, ce jeune homme viril, la fierté de ses parents, grand sportif, chef de classe, apprécié de tous, pouvait-il choisir la sécurité par lâcheté ?

La jeune femme eut un geste désinvolte.

— On ne peut pas t'en vouloir de chercher la sécurité. Ces nazis sont monstrueux, sans parler des Japonais. Leurs atrocités me glacent le sang.

Penny la foudroya du regard.

— Arrête, Babs ! Qu'est-ce qui te fait croire que Sam veut rester à l'abri uniquement parce qu'il veut mettre ses compétences professionnelles au service de l'effort de guerre ? Et vu la quantité d'alcool que tu as bue, je doute que tu puisses *voir* quoi que ce soit.

Cette réprimande mit fin aux réjouissances. Le gâteau fut servi dans un silence de mort, puis la conversation demeura tendue. Penny refusa même son assiette.

— Je surveille ma ligne pour plaire à Sam.

Après le café, chacun se leva. En ce samedi soir, les étudiants devaient regagner le campus avant minuit. Bucky reconduirait ses parents à Oklahoma City où il passerait le reste du week-end. Son père avait bu plus que de coutume et Bucky tenait à prendre le volant. En réalité, il cherchait un prétexte pour honorer un rendez-vous à sept heures, lundi matin, dans un café. Il avait accepté de rencontrer un homme avant de prendre le bus pour l'université.

Dans la Cadillac familiale, l'exubérance avinée de son père se dissipa. Horace Barton avait acheté cette voiture pour anticiper l'entrée en guerre du pays car, selon lui, les fabricants d'automobiles seraient réquisitionnés pour l'effort de guerre.

— On ne verra plus une seule voiture civile quitter les chaînes de montage jusqu'à la fin de la guerre.

Horace ne s'était pas trompé. Il avait un sens inné des affaires. Le succès de son entreprise de transport routier qui avait survécu à la Grande Dépression l'attestait. Bucky ne doutait pas de son amour pour sa femme. Après presque vingt-trois ans de mariage, ce père un peu fruste était encore en adoration devant cette Française charmante et raffinée.

— Tu imagines la chance que j'ai ? Moi, le cancre, le péquenot, j'ai réussi à épouser une femme aussi belle et instruite que ta mère ! répétait-il souvent. Ne t'avise pas de lui manquer de respect, tu m'entends ? Sinon, tu auras affaire à mon ceinturon !

— Compris, répondait systématiquement Bucky.

Comme s'il pouvait manquer de respect à sa mère ! Il avait vite compris qu'Horace Barton brandissait des menaces en l'air, car il n'aurait jamais levé la main sur son fils. Son père lui vouait un amour inconditionnel et il n'en doutait pas. Bucky était heureux de faire la fierté de son père.

Dans le rétroviseur, il vit Horace jeter un coup d'œil inquiet à sa femme et lui prendre la main. Elle n'avait pas prononcé un mot durant le trajet.

— Ne te fais pas de mauvais sang, chérie. Ta sœur s'en sortira, à Paris. Les Allemands traitent correctement les Français de la haute société, paraît-il. Si Bucky décidait d'intégrer les rangs des ingénieurs militaires, rappelle-toi que les constructeurs de ponts ne partent pas au front. Et même s'il partait à l'étranger, il y a toutes les chances qu'il se retrouve bien en retrait des combats, à l'arrière. Pas vrai fiston ? ajouta-t-il en se penchant vers le jeune homme.

— Si tu le dis, Papa.

À en juger par l'expression de Monique, ces paroles n'avaient pas produit l'effet escompté. Elle détourna la tête pour regarder défiler le paysage. Bucky se garda de tout commentaire. À quoi bon mentir ? Pendant la première guerre, Horace Barton avait découvert ce que les soldats allemands pouvaient infliger à la population française. De plus, Bucky ne comptait pas s'engager dans le génie. L'unité qu'il voulait rejoindre ne le chargerait pas de construire des ponts mais d'en détruire en territoire ennemi.

Son projet resterait confidentiel jusqu'à son entretien avec l'homme qu'il verrait au café *Kelly*, le lundi suivant. Ce n'était pas par pur patriotisme qu'il avait accepté un rendez-vous avec le représentant de l'OSS. C'était à cause d'un secret que son père ne pouvait connaître et ne connaîtrait jamais. À quatorze ans, en surprenant une conversation de sa mère, Bucky avait découvert que l'homme assis à l'arrière de la Cadillac n'était pas son géniteur. Celui-ci vivait à Paris. C'était un officier supérieur de l'armée française et sa mère l'aimait encore.

La vérité avait éclaté en hiver 1934. Monique, la mère de Bucky et Claire, sa sœur venue de France, se croyaient seules dans la maison. Il était seize heures. Son père était au bureau et Bucky était supposé travailler son piano quelques rues plus loin. Le mari de sa professeure l'avait informé que son épouse était souffrante et qu'il n'y aurait pas de leçon, ce jour-là. Bucky avait songé à passer ce moment de liberté chez son copain Rob Hamilton mais, pris de scrupules, il était rentré chez lui, se consolant à la perspective d'une tasse de chocolat chaud avec un biscuit. Il avait emprunté la porte de la cuisine. Par la suite, il avait souvent pensé que si Pepper, son labrador noir, n'était pas mort au début du mois, il n'aurait pas découvert le secret de sa mère, car le chien l'aurait alertée de son retour.

Avant de pouvoir signaler sa présence, il avait perçu des voix provenant du salon, celles de sa mère et de tante Claire. Posant son cartable sur une chaise de la cuisine, il avait longé le couloir en direction de cette conversation. Elles s'exprimaient d'un ton grave. Pouvait-il les déranger pour leur demander une tasse de chocolat chaud ? Au moment où il allait entrer dans la pièce, tante Claire avait déclaré :

— Horace est au courant que le petit n'est pas de lui ?

— Non ! s'était exclamée Monique. Il ne le saura jamais. Seigneur, comment se peut-il que Nicolas soit encore en vie ? On m'a dit qu'il avait été tué lors d'une embuscade en octobre 1919.

— C'était une période troublée, avec l'occupation de la Rhénanie, avait objecté Claire. Ce sont les Belges et non les Français qui étaient chargés d'identifier et de recenser les morts.

— Les Belges ont donc confondu un officier français du même grade avec Nicolas Cravois et l'ont déclaré mort alors qu'il gisait dans un fossé. Bon sang…

La voix de Monique s'était éteinte, puis elle avait étouffé un sanglot. Pétrifié dans le couloir, Bucky avait entendu le parquet craquer. Sa mère devait arpenter la pièce en portant une main à son cou, comme chaque fois que l'angoisse l'étreignait.

— Tu n'as rien à te reprocher, Monique. Quand il a repris conscience et qu'il a pu entrer en contact avec sa famille, tu te savais enceinte et tu avais épousé Horace. Qu'aurais-tu fait ? Tu étais persuadée que Nicolas était mort.

— Pourquoi ne m'a-t-il pas contactée, pour l'amour du ciel ? s'était-elle insurgée.

Sa tante n'avait pas répondu tout de suite.

— Allons, Monique… Il était trop tard.

— Sait-il qu'il a un fils ?

— Il sait que *tu* as un fils, mais il ignore que Sam est de lui.

— Mon Dieu, Claire… Pourquoi ne m'en parles-tu que maintenant ? Pourquoi m'avoir laissée dans l'ignorance ?

— Parce que Nicolas est un général très influent de l'armée française. Il sera un jour le plus jeune maréchal de l'histoire du pays et il est réputé pour ses convictions antifascistes. Il n'hésite pas à critiquer ouvertement Adolf Hitler, ce vermisseau moustachu. Son nom risque de paraître dans les journaux américains et je ne voulais pas que tu l'apprennes de cette façon. Horace a-t-il déjà eu des doutes sur… ?

— Non, jamais.

Un long silence s'était installé entre les deux sœurs.

— Comment… comment est-il ? Nicolas.

— Séduisant, fort, imposant. Samuel tient beaucoup de lui, surtout son regard.

Bucky avait reculé en direction de la cuisine. Il avait pris son cartable, sa casquette et sa veste avant de ressortir dans le vent glacial pour se réfugier chez son copain Rob Hamilton. Alarmée par la pâleur de l'adolescent, Mme Hamilton lui avait préparé du chocolat chaud. Ce soir-là, lors du dîner, Bucky avait à peine touché à son assiette. Ses parents ne l'avaient pas interrogé sur sa leçon de piano et n'avaient pas semblé remarquer son humeur morose. En revanche, sa mère et sa tante affichaient l'enthousiasme forcé de deux adultes masquant leur gêne.

Le lendemain matin, sa tante était retournée à Paris. Dès la fin des cours, Bucky avait enfourché son vélo pour gagner la bibliothèque et se renseigner sur l'occupation française en Rhénanie en 1919. Il voulait aussi savoir ce qu'étaient un antifasciste et un maréchal de France. La documentaliste lui avait conseillé de consulter des ouvrages sur la Première Guerre mondiale et lui avait indiqué des rayonnages bien garnis, car nombre d'Américains avaient servi lors de ce conflit.

Il y avait un ouvrage sur l'occupation d'une partie du territoire allemand par les forces de l'Entente, à la suite de l'armistice. En 1919, l'armée française du Rhin comptait cent mille hommes. La résistance allemande avait été réprimée violemment.

— Bien fait pour les Boches ! avait grommelé la documentaliste par-dessus l'épaule de l'adolescent.

Son mari était mort sur la ligne Maginot.

Dans la soirée, Bucky s'était regardé longuement dans le miroir de la salle de bains. Quand il était plus jeune, ses yeux ourlés de longs cils étaient pour lui une source de gêne. Des yeux de fille, lui disait-on à l'école. Désormais, il séduisait avec les prunelles noisette mouchetées de bleu et de vert de ses yeux changeants. Qui était cet homme dont il avait le regard ? À quatorze ans, Bucky savait déjà que, même si Horace était un papa qu'il n'aurait échangé contre rien au monde, il refusait d'être comme lui. Il l'aimait tendrement, le respectait, mais il ne l'admirait pas. En revanche, il aurait peut-être envie de s'inspirer de cet homme fort et autoritaire qui vivait de l'autre côté de l'Atlantique, qui s'opposait aux dictateurs et au fascisme, un militaire de haut rang, avec des étoiles sur ses épaulettes et un bâton de maréchal… Un homme que sa mère voyait chaque fois qu'elle regardait son fils dans les yeux.

Au volant de la Cadillac, Bucky effleura la pochette de son blazer qui contenait la lettre du représentant de l'OSS. Il risquait d'en avoir besoin pour s'identifier lorsqu'il le rencontrerait lundi matin.

3

Stephens College, Missouri

Bridgette Loring fit un pas en arrière pour juger sa création, sur un mannequin en fil de fer aux mesures de Gladys Bradbury, sa camarade de chambre.

— Cette robe est à couper le souffle, commenta-t-elle.

— J'espère que je ne vais pas tout gâcher, répondit Gladys.

— C'est la robe que les juges vont scruter, pas toi ! Essaie de t'amuser un peu en défilant sur le podium.

— J'ai peur de trébucher face aux flashs des appareils photo, avoua la jeune fille. Et si j'étais éblouie ? Si je chutais ?

Légèrement agacée par les appréhensions de sa meilleure amie, Bridgette se détourna. Qu'est-ce qui pouvait empêcher sa robe de figurer sur la liste des « plus belles créations » d'Edith Head ? La célèbre créatrice de costumes de la société Paramount Motion Pictures était la présidente de la soirée organisée au Stephens College pour exposer le travail des étudiantes en stylisme. Chacune devait présenter une pièce. En réalité, c'était un concours destiné à capter l'attention des chasseurs de talent venus de certaines des plus prestigieuses maisons de couture.

Hélas, en ce mois de mai, les sièges du premier rang réservés à ces professionnels de la mode, seraient clairsemés. Bridgette avait appris que peu de chambres avaient été réservées à l'hôtel *Pennant*, là où les jurés descendaient. Les restrictions touchaient aussi la mode. Les citoyens étaient invités à raccommoder leurs vêtements afin que l'industrie textile puisse se consacrer à l'effort de guerre. Le gouvernement avait besoin d'uniformes en laine, de parachutes en soie, d'emballages pour les munitions. La mobilisation avait vidé les usines de leurs ouvriers et le transport des marchandises était entravé par la pénurie de carburant et de caoutchouc pour les pneus. Si les étudiantes espéraient décrocher un stage, elles étaient conscientes que Mme Head était peut-être venue uniquement par amitié pour le doyen du Stephens College.

Bridgette, elle, savait qu'il l'avait conviée avant tout pour lui montrer son propre travail.

— Elle ne saura pas quelle robe est la vôtre, avait confié le doyen à la jeune femme. Ce serait injuste envers vos camarades. C'est la raison pour laquelle je n'ai pas envoyé vos travaux à Edith. Ce concours est votre unique chance d'avoir un pied dans sa maison. Si elle apprécie ce qu'elle voit, je lui montrerai vos dessins. Inutile de préciser que cette conversation doit rester entre nous.

Flattée, Bridgette l'avait remercié.

— Je ne fais pas cela pour vous, mais pour l'école. Si Edith vous engage, ce sera une excellente publicité pour notre établissement.

Bridgette espérait ne pas regretter d'avoir demandé à Gladys de lui servir de mannequin. La plupart des étudiantes présentant un modèle le porteraient elles-mêmes. Bridgette considérait qu'elle était trop petite pour faire honneur à sa robe de soirée et elle était incapable de faire appel à une autre jeune fille que son amie. Fidèle à son habitude, celle-ci avait peur de l'échec, or elle était censée mettre la robe en valeur !

— Bon, réponds-moi franchement, cette fois : si Edith Head t'inscrit sur sa liste et si elle te propose de travailler pour elle, tu partiras en Californie ?

Bridgette examina le tombé de la robe, une vérification superflue, car tout était parfait. Le fourreau en satin écarlate évoquait une toge qui effleurait le sol et dont l'épaule était ornée de strass. La jeune femme était incapable d'affronter le regard déçu de sa meilleure amie lorsqu'elle entendrait sa réponse.

— Oui, Gladys. J'ai beaucoup réfléchi à la proposition de J. L. Hudson et j'ai décidé de la refuser. Je n'ai pas envie de m'installer à Detroit pour démarrer une carrière commerciale dans une chaîne de magasins. Je suis styliste, pas vendeuse de vêtements ou responsable de boutique. À part un apprentissage dans une grande maison de couture parisienne, ce qui est désormais exclu à cause de l'Occupation, quoi de plus exaltant qu'un stage au service des costumes de la Paramount ? Tu m'imagines en train de créer des tenues pour Bette Davis et Olivia De Havilland ? De plus, je veux sortir ma grand-mère des hivers du Michigan.

— La Californie, c'est loin, Bridgette. Un déménagement ne lui fera peut-être pas de bien. Sa santé est fragile.

— Raison de plus pour s'installer sous un climat plus doux. Elle est très affectée par les mauvaises nouvelles de France. Il faut que je parte, Gladys. Tu peux le comprendre, non ?

Bridgette se tourna vers son amie, qui était dévastée par la perspective de cette séparation. Depuis leur rencontre, à l'école maternelle, les deux jeunes filles ne s'étaient pratiquement pas quittées. Elles étaient aussi proches que des sœurs. Quand la famille Bradbury partait en vacances, Gladys écrivait à Bridgette chaque jour. Cette proposition de travail à Detroit avait enchanté Gladys, car elle-même avait accepté un poste d'enseignante dans une école des environs de la ville. Son frère Mike, qui avait toujours eu un faible pour Bridgette, était architecte dans un cabinet du quartier huppé de Grosse Point. Pendant des années, Gladys avait rêvé de voir Bridgette devenir sa belle-sœur. Hélas, cela n'arriverait pas…

Bridgette posa une main sur l'épaule de son amie.

— On a toujours su qu'on emprunterait des voies différentes, à la fin de nos études. On se rendra visite. Les avions sont faits pour ça.

Fâchée, Gladys eut un mouvement de recul.

— Tu m'oublieras vite en évoluant parmi les vedettes de cinéma, les gens riches et célèbres, du genre Fred Astaire et Ginger Rodgers !

— Je doute d'avoir ce genre de fréquentations. Je serai plutôt une petite main qui se démènera en coulisses, sans croiser les stars dont je concevrai les tenues. Gardons les pieds sur terre ! Si ça se trouve, Edith ne vient ici que pour le défilé et non pour trouver des stagiaires. Je n'aurai peut-être aucune proposition, d'autant que la concurrence est rude.

— Si elle a une place à offrir, elle sera pour toi, ne t'en fais pas ! Vous parlez toutes les deux français.

En se renseignant sur Edith Head, Bridgette avait découvert que la célèbre styliste avait débuté en tant que professeur de français à Hollywood. Cela dit, la jeune femme espérait décrocher un stage sur la seule foi de son talent.

— Allons plutôt déjeuner, suggéra-t-elle, irritée.

Elle enfila une housse sur son modèle. La salle était parsemée de mannequins voilés tels des fantômes silencieux et menaçants. Bridgette était la dernière à mettre la touche finale à sa robe. Outre les deux amies, il ne restait qu'une jeune assistante qui monterait la garde jusqu'à quatorze heures. La porte serait ensuite verrouillée jusqu'au jour du défilé, le samedi suivant.

— Tout est prêt ? s'enquit-elle en voyant les amies s'en aller.

— Tout est prêt, confirma Bridgette. On va au réfectoire.

La jeune fille referma son livre :

— Très bien, je vais fermer l'atelier et déposer la clé dans la boîte du secrétariat avant d'aller déjeuner.

— Si tu veux te joindre à nous…, suggéra Gladys.

Bridgette fut étonnée, car son amie préférait en général rester en tête à tête avec elle.

Elles traversèrent le campus bondé d'étudiants, de familles et d'amis réunis pour la semaine de remise des diplômes, Quelle chance d'avoir décroché cette bourse qui lui avait permis de réaliser son rêve de passer une licence de stylisme ! songea Bridgette.

Elle avait toujours vécu le moment présent. À Stephens, elle s'était fait des amies, mais ces liens se dénoueraient à mesure qu'elle emprunterait d'autres chemins et croiserait d'autres visages. Elle se réjouissait de se faire de nouveaux souvenirs. Gladys, elle, ne manquait jamais une réunion d'anciens élèves. Elle s'accrochait au moindre objet ou lieu ayant fait partie de sa vie, ainsi qu'aux personnes, sans doute pour se rassurer face aux dangers de l'inconnu. La petite dernière des Bradbury avait peut-être des raisons de s'inquiéter de l'avenir de leur complicité, finalement…

— On sera toujours les meilleures amies du monde, hein ? fit Gladys comme si elle lisait ses pensées.

— Si le temps et la distance nous le permettent.

Un silence pesant s'installa entre elles.

— Il suffira de faire en sorte que la vie ne nous sépare pas, voilà tout, reprit enfin Gladys.

Bridgette songea à cette remarque de son amie tandis qu'elles marchaient parmi les chênes séculaires. Detroit se trouvait à quatre heures de

Traverse City, bien loin de chez Gladys. Plus jeune, Bridgette enviait la famille aisée et aimante de sa meilleure amie, si choyée, protégée. En grandissant, elle s'était considérée heureuse d'avoir été élevée par une grand-mère économe et peu démonstrative.

Cette enfance un peu dure avait façonné son ambition, son sens de l'initiative et son assurance, des qualités dont Gladys était dépourvue. Étant bien née, elle n'en avait pas besoin. Si elle volait un jour de ses propres ailes, sa famille serait là pour la ramasser en cas de chute. Bridgette avait l'intention de prendre son envol, mais loin de Detroit et de Traverse City. Et elle ne chuterait pas.

Au réfectoire, les trois jeunes filles se joignirent à une tablée d'étudiantes qui, comme Bridgette, se retrouvaient seules pour la remise des diplômes. Les parents et les cinq frères de Gladys, ainsi que leurs familles respectives, arriveraient en fin d'après-midi pour applaudir la petite dernière. Gladys ayant sa propre voiture sur le campus, Bridgette retournerait dans le Michigan avec elle dimanche, après la cérémonie.

— Quel dommage que ta grand-mère soit trop malade pour venir, avait commenté Gladys sur le chemin du réfectoire.

Bridgette n'était pas dupe de cette réflexion pourtant sincère. Pour la culpabiliser et l'inciter à rester dans le Michigan, Gladys évoquait la fragilité de la vieille femme à la moindre occasion.

— Tu la connais, avait répliqué Bridgette. Angèle Duvalier est trop fière pour ne pas financer elle-même son déplacement. Cependant, ta famille est très gentille de l'avoir invitée. Elle et moi fêterons mon diplôme et mon anniversaire dès mon retour à la maison.

Il régnait une certaine tension à cause du concours. En privé, les étudiantes s'accordaient à penser que Bridgette l'emporterait et décrocherait l'entretien si convoité, en Californie. En revanche, elles émettaient des réserves quant au style, à la couleur et au tissu choisis, qui ne leur semblaient pas assez patriotiques. En temps de guerre, la mode se devait d'être sobre, selon elles. Bridgette n'était pas de cet avis. La couleur, les matières nobles permettaient d'oublier un peu la noirceur des événements.

Elle espérait l'emporter avec une création élégante qui se démarquait de celle de ses camarades. N'en étant pas à son premier concours, la jeune fille avait appris à ne pas considérer la victoire comme acquise, à « ne pas vendre la peau de l'ours avant de l'avoir tué », comme disait sa grand-mère. Pour l'heure, autant profiter de ces ultimes moments d'étudiante, car plus jamais elle ne mangerait de ce riz au lait insipide au réfectoire, par exemple…

Tandis que les conjectures allaient bon train sur l'arrivée d'Edith Head et la durée de son séjour, Gladys restait murée dans un silence peu coutumier. Soudain, elle se leva.

— Où vas-tu ? s'enquit Bridgette.

— Au *Pennant* pour voir si les chambres de ma famille sont prêtes. On se voit plus tard !

Ahurie, Bridgette la regarda s'éloigner. Pourquoi ne lui avait-elle pas proposé de l'accompagner ? Elle aurait apprécié de quitter un instant le campus et toutes ces familles qui lui faisaient regretter l'absence de sa grand-mère.

Après le repas, elle décida de passer aux boîtes aux lettres du campus. Dès le lendemain, elle n'y aurait plus accès. Elle eut la surprise de trouver deux lettres : une enveloppe d'apparence officielle provenant de Washington et une autre de Steve Hammett, son camarade de lycée, son ennemi juré, celui à qui elle devait ce surnom de « p'tite frappe » qu'elle détestait. Elle ouvrit d'abord le courrier de Steve.

Chère Bridgette,

Je t'écris pour te faire mes adieux car je viens d'entrer dans l'armée et je pars pour Fort Sill, dans l'Oklahoma, faire mes classes. J'ai été affecté à la 45e division d'infanterie. C'est ta grand-mère qui m'a donné ton adresse. Je tenais simplement à te dire, au cas où je n'aurais plus l'occasion de m'exprimer à cause de la guerre, que je suis désolé de t'avoir fait du mal, au lycée. J'admire tant ton courage. Tu étais si menue, si mignonne, en classe, que personne ne s'attendait à un tel cran de ta part. Il paraît que tu viens d'obtenir ta licence avec les honneurs. Cela ne m'étonne pas. J'ai découpé ta photo dans le répertoire des élèves du lycée pour l'emporter avec moi au combat. Elle me rappellera pourquoi nous luttons contre les nazis. Prends soin de toi, p'tite frappe, et pense à moi de temps en temps, avec bienveillance, j'espère.

Bien à toi,

Steve Hammett

Bridgette sentit ses yeux s'embuer de larmes. À présent, elle comprenait mieux les railleries dont elle était victime au lycée. Steve exprimait en fait son admiration de la seule façon dont il était capable. Il avait grandi sans sa mère, élevé par un père alcoolique. C'était lui, la petite frappe du lycée de Traverse City. Avec son charme un peu canaille, il avait toutes les filles à ses pieds. Sauf Bridgette. Il était assis derrière elle en cours d'anglais. Un jour, en sixième, il avait dessiné de la pointe de son crayon la forme de sa combinaison en dentelle dans le dos de son chemisier blanc. Elle s'était retournée pour lui tirer la langue. Plus jamais il ne l'avait importunée. Au lycée, il ne la quittait pas des yeux. L'admirait-il en secret ? Quoi qu'il en soit, la vie militaire était faite pour lui. Gladys serait étonnée quand elle lui montrerait la lettre. Steve Hammett avait sa photo dans son portefeuille ! Pourvu qu'elle lui porte chance…

L'autre enveloppe recelait une lettre du directeur de l'OSS. La jeune femme n'avait pas entendu parler de cet organisme. Le courrier était étonnamment truffé de détails personnels sur sa courte vie, dont sa prochaine remise de diplôme au Stephens College. L'expéditeur était informé des tortures subies par sa grand-mère, autrefois, et de la mort de son grand-père en Allemagne, lors de la Première Guerre mondiale. Pour conclure, il lui proposait un rendez-vous pour discuter de sa « contribution éventuelle à la libération la France occupée ». Sous la signature figurait un numéro de téléphone.

Déconcertée, Bridgette replia la feuille de papier et la glissa dans son enveloppe. Comment un organisme gouvernemental avait-il appris qu'elle avait des raisons de combattre les nazis ? En quoi pouvait-elle se rendre utile à la France ? Si elle n'avait pas eu l'intention de décrocher un entretien avec Edith Head, le lendemain, elle aurait été tentée de répondre. De plus, elle devait s'occuper de sa grand-mère. Au lieu de jeter la lettre dans une corbeille, elle réfléchit à son caractère intime et la rangea dans son sac à main, avec celle de Steve.

De retour dans sa chambre de Columbia Hall, elle trouva un message de Gladys l'informant que sa famille était arrivée à l'hôtel et qu'elle passerait la nuit avec eux. Elle verrait Bridgette le lendemain, pour le petit déjeuner. Cette dernière éprouva une certaine déception. Ce soir-là, elle était si bouleversée que le babillage de son amie et l'exubérance de sa famille lui auraient fait du bien. Il était bizarre que son amie, d'ordinaire si attentionnée, la laisse seule dans cette résidence presque déserte.

Pourquoi cette humeur morose ? Elle n'avait pas besoin de Gladys Bradbury ! Les Bradbury avaient eu la gentillesse de la convier au dîner de célébration du lendemain soir. Le défilé serait terminé et elle serait peut-être attablée en compagnie du doyen et d'Edith Head en personne.

Au lieu de se morfondre dans sa chambre, elle descendit dans la salle commune avec un livre et de quoi écrire afin de répondre au soldat Steve Hammett. L'adresse de l'expéditeur était celle de Traverse City. Pourvu que son ivrogne de père lui fasse suivre son courrier…

Finalement, le temps passa vite. À vingt et une heures, elle en eut assez de son livre et décida de traverser le campus pour poster sa lettre à Steve. Une légère brise lui caressa le visage. Après cette promenade bienfaisante, elle regagnerait Columbia Hall et prendrait un bon bain.

Bridgette venait de quitter le secrétariat quand elle jeta un coup d'œil en direction de Walter Hall. En voyant de la lumière à l'étage, dans le département de stylisme, elle crut d'abord à une illusion d'optique mais, en y regardant de plus près, elle reconnut la lueur d'une lampe torche dans la pièce où étaient entreposés les modèles du concours. Alarmée, elle courut vers le bâtiment, le cœur battant. Quelqu'un avait pénétré dans la salle sans y être autorisé. Sinon, pourquoi ne pas allumer la lumière ?

Inquiète pour les robes, Bridgette ouvrit la porte et actionna aussitôt l'interrupteur. Sous la lueur vive des tubes au néon, elle vit les mannequins dépouillés de leurs housses en mousseline et de leurs robes. Sur un monceau de lambeaux de soie, de crêpe, d'organdi, de tulle et de jersey, se tenait Gladys Bradbury, une paire de ciseaux à la main.

4

New Braunfels, Texas

— Vous avez des nouvelles de Dirk ? demanda Chris Brandt à Ernst Drechsler.

Le père de son ancien meilleur ami avait pris un coup de vieux depuis la dernière fois que Chris l'avait vu, dans cette même salle de banquet, un an plus tôt. Ce jour-là, il avait alors demandé à Dirk, son camarade de toujours, s'il songeait sérieusement à partir en Allemagne pour s'inscrire au parti nazi.

Dirk avait porté sa chope de bière à ses lèvres et observé Chris avec une expression digne d'un membre de l'Abwehr interrogeant un prisonnier. L'Abwehr n'était autre que le service de renseignement de l'armée allemande, qu'il comptait rejoindre en regagnant sa « patrie », le Troisième Reich, comme il le criait volontiers sur tous les toits. À New

Braunfels, les gens s'étaient réjouis de le voir partir. À la fin du mois de mai 1941, les rares personnes qui appréciaient encore les Drechsler s'étaient réunies dans la salle de banquet de la brasserie Friedholm pour célébrer à la fois le départ et la licence de Dirk, décrochée laborieusement au Lutheran College du Texas.

— Le jour où notre mère patrie dominera le monde, tu regretteras de ne pas nous avoir apporté ta contribution, Christoph, lui avait assené Dirk.

— Ma patrie, c'est l'Amérique, et la tienne aussi ! À mon avis, c'est toi qui vas regretter d'avoir rejoint les nazis quand les États-Unis entreront en guerre. Tu seras un traître aux yeux de tous.

Dirk avait posé sa chope avec un sourire satisfait. Avec sa moustache et sa coupe de cheveux inspirée de celle d'Adolf Hitler, il était pathétique. À ce rythme, il risquait de devenir rapidement le portrait d'Hermann Göring, commandant en chef de la Luftwaffe que l'on qualifiait volontiers de « petit gros ».

— On verra bien qui seront les traîtres, à l'issue de la guerre : les Allemands d'Amérique fidèles à leur pays d'origine ou ceux qui l'ont oubliée, avait affirmé Dirk.

— Je n'ai pas vécu en Allemagne assez longtemps pour m'en souvenir, avait répliqué Chris. Toi non plus, d'ailleurs.

Chris avait balayé la vaste salle du regard. De nombreuses connaissances avaient accepté l'invitation avant de décliner à la dernière minute pour exprimer leur rejet de l'engagement politique de l'invité d'honneur. Les Drechsler auraient aussi bien pu organiser un barbecue dans leur jardin. S'il n'avait pas jugé ce geste de mauvais goût, Chris aurait compté parmi les absents. Si seulement sa mère prenait conscience qu'être trop germanophile à New Braunfels n'était pas sans conséquence ! Déjà, les gens de la ville la voyaient d'un moins bon œil, même s'ils fréquentaient toujours la cordonnerie de son père, sans doute parce que c'était la seule.

Chris ignorait si Dirk était stupide ou courageux d'aller à contre-courant de l'hostilité générale envers Adolf Hitler. Avait-il conscience qu'un jour, il devrait affronter ses copains du Texas ? Chris n'en ferait pas partie. À sa grande honte, il avait été réformé pour « déficience physique ». Il était pourtant en pleine forme et apte à servir son pays. Son absence de pouce droit l'empêchait de manipuler une arme, d'après les militaires. Jeune, célibataire et instruit, il était enseignant et entraîneur sportif dans un lycée d'Austin, et terminait son master en sciences de l'éducation à l'université du Texas. Alors qu'il pensait entamer un doctorat, l'attaque sur Pearl Harbor et la déclaration de guerre des forces de l'Axe l'avaient incité à se porter volontaire.

Au bureau de conscription local, un membre du personnel médical lui avait déclaré :

— Si cette guerre doit durer, nous aurons besoin d'hommes supplémentaires et les critères de sélection seront moins sévères. Votre tour viendra peut-être. En attendant, retournez dans l'enseignement où l'on a besoin de vous. De nombreux professeurs vont être mobilisés et nous manquerons de présences masculines dans les salles de classe.

Tout cela était bien joli, plein de noblesse et de grandeur d'âme, mais ces propos n'atténuèrent en rien le sentiment de rejet de Chris. Combien de temps son travail d'enseignant durerait-il ? Il le saurait le lendemain, à l'issue de son entretien avec son principal.

— Je n'ai pas eu de nouvelles de Dirk depuis la déclaration de guerre, répondit Ernst à la question du jeune homme. Je doute qu'il ait reçu nos lettres. Dans son dernier courrier, il dit qu'il a été nommé à Paris au sein de ce service de renseignement allemand qu'il voulait tant intégrer. Nous n'aurons peut-être pas d'autres nouvelles de lui avant la fin de la guerre. Sa mère et moi sommes très tristes et inquiets.

Chris eut de la peine pour lui. La passion de Dirk pour l'idéologie nazie avait coûté aux Drechsler leur réputation et presque tous leurs amis, sans parler de nombreux clients du cabinet juridique de son père.

Ce soir-là, ils « célébraient » la retraite prématurée et forcée d'Ernst. Le groupe qui, en 1936, s'était réuni autour de la radio, dans le salon des Drechsler, pour applaudir le retour en fanfare de l'Allemagne sur la scène mondiale grâce aux Jeux olympiques de Berlin, avait des raisons de regretter cet enthousiasme.

Les bulletins d'information alarmants et les quelques lettres qui arrivaient d'Allemagne sur le sort réservé aux Juifs n'incitaient pas les habitants de New Braunfels à admirer Adolf Hitler.

L'avocat regarda par-dessus son épaule.

— Je regrette d'avoir accepté cette mascarade, admit-il tristement.

Comme l'année précédente, les rares convives tenaient sur une seule table, tels des exilés cherchant à se rassurer. Chris soupira. Un jour, il serait peut-être un exilé lui-même, ou plutôt un paria, car d'origine allemande. Mais jamais il ne serait un nazi. Il resterait loyal à l'Amérique quoi qu'il arrive.

— « Le père ne portera pas l'iniquité de son fils », cita Chris. C'est dans la Bible.

Ernst émit un petit rire amer.

— Belle citation d'Ézéchiel. Les poissons-chats mordent, en ce moment, dans le Guadalupe. Et si nous allions à la pêche, demain matin, de bonne heure ? Je passe te prendre.

Chris perçut de la nostalgie dans sa voix, un désir de retrouver la normalité de naguère, quand il emmenait Dirk et Chris à la pêche, le samedi matin, avant le lever du soleil. Le père de Chris n'appréciait pas cette activité et celui de Dirk ne cultivait pas la passion de Frederick Brandt pour le golf. Ces journées au bord de l'eau constituaient les meilleurs souvenirs d'enfance de Chris.

— J'aimerais bien, mais je dois retourner à Austin de bonne heure. J'ai un rendez-vous à l'école à neuf heures.

— Ah…, fit Ernst avec regret. Tu es bien consciencieux pour renoncer à un samedi matin à la pêche, mon garçon. Enfin, je ne peux pas te le reprocher…

Chris eut l'impression qu'il croyait à un prétexte pour éviter sa compagnie.

Le jeune homme garda le silence. Il n'avait pas rendez-vous avec un parent ou un élève, mais il préférait ne pas se justifier.

— Excuse-moi, dit Ernst un peu sèchement. Je dois voir mes autres invités.

Chris vit son propre père se détacher du groupe pour venir le chercher au bar. Frederick Brandt était le « fils » de l'enseigne « Frederick Brandt et fils » fixée sur la devanture de la cordonnerie. Sa femme et lui avaient d'autres ambitions pour leur enfant unique que de le voir reprendre l'entreprise familiale. S'ils espéraient qu'il opte pour un métier plus lucratif que l'enseignement, il finirait par obtenir un doctorat et ils seraient fiers d'écrire à leurs amis, en Allemagne, qu'il était *docteur*.

— Je crois que les Drechsler nous demandent de nous asseoir, Chris. On dirait que personne d'autre ne va venir. Au moins, Ernst n'a pas eu à payer les repas de ceux qui se sont défilés, comme l'an dernier. Tu n'as pas réussi à convaincre Brenda ?

— Elle déteste les Drechsler.

Chris se garda de préciser que Brenda et lui ne se voyaient plus.

— C'est le cas de presque tout le monde, remarqua Frederick Brandt en secouant tristement la tête.

— Pas Maman.

— Elle est compréhensive de nature.

— Elle ne supporte pas d'admettre qu'elle a tort.

— Aussi, c'est vrai. Laissons-lui ses illusions, fiston.

Chris se tourna vers le barman.

— Un autre, s'il vous plaît, dit-il en posant son verre sur le comptoir. Et toi, Papa ?

— Volontiers, répondit Frederick en brandissant sa chope.

La soirée fut interminable, teintée d'une fausse bonhomie et vide de sentiments, car la peur rôdait dans les recoins sombres de la salle. Un sentiment germanophobe était apparu l'année précédente, quand le gouvernement américain avait pénalisé le Troisième Reich après son expansion violente dans une grande partie de l'Europe. En juin 1941, le président Roosevelt avait fait geler tous les biens allemands et italiens aux États-Unis. Deux jours plus tard, le département d'État avait fermé tous les consulats allemands et les organismes de propagande nazie dans le pays. Qu'impliquaient ces mesures pour les Allemands naturalisés et natifs de New Braunfels ? En quoi leur vie serait-elle affectée ? Ensuite, ç'avait été l'attaque surprise sur Pearl Harbor, en décembre, et la déclaration de guerre de l'Allemagne. Ce soir-là, Chris remarqua plus d'un regard inquiet en direction de la porte de l'établissement, comme si les gens s'attendaient à une descente de police venue arrêter des nazis avant de les extrader vers l'Allemagne.

La réception ne se termina pas très tard, ce dont Chris se réjouit, car il pouvait regagner Austin immédiatement et préparer son rendez-vous avec son principal.

— Christoph, on ne te voit plus ! protesta sa mère lorsqu'il lui fit part de son intention.

— Je suis très occupé, avec le sport, après les cours, Maman. Tu le sais bien.

— Je n'aurais jamais cru que l'enseignement t'accaparerait autant. Le droit, la médecine, les affaires, d'accord, mais l'enseignement…

Elle ne perdait pas une occasion de lui reprocher de façon à peine voilée son choix professionnel. Chris devait l'admettre, il aimait sa mère. Malheureusement, il s'entendait de moins en moins bien avec elle. Encore une situation regrettable induite par la guerre. Et son rendez-vous du lendemain ne manquerait pas d'ajouter une épreuve à la liste.

En s'engageant sur le parking du lycée d'Austin, Chris reconnut la Chevrolet noire de 1938 de son principal. La plupart des autres véhicules appartenaient aux entraîneurs et aux joueurs de baseball venus analyser le match de vendredi soir. À l'issue d'une rencontre pleine d'incertitudes, l'équipe locale l'avait emporté. Chris aurait préféré y assister au lieu de se rendre à la soirée en l'honneur d'Ernst Drechsler. Lorsqu'il avait expliqué qu'il ne pourrait distribuer les programmes, au stade, M. Knowle, le principal, s'était fâché. Il était censé couvrir tous les événements sportifs, même à l'extérieur. Quel événement majeur empêchait Chris d'accomplir son devoir envers le lycée ? avait-il voulu savoir au mois de mai dernier. Le jeune homme avait dû lui avouer qu'il faisait ses adieux à un ami de la famille.

— Où s'en va-t-il ? s'était enquis le principal.

— En Allemagne.

M. Knowle avait affiché un air teinté de dédain. À la tête du lycée public le plus prestigieux du Texas, il se devait de se renseigner sur le passé de ses professeurs et n'ignorait rien de celui de Chris. Il mourait d'envie de lui demander pourquoi un Américain se rendait en Allemagne en ces temps difficiles.

— Pas pour devenir un nazi, j'espère, avait-il simplement déclaré.

Face au silence de Chris, il avait froncé les sourcils.

— Je vois…

Dès lors, Chris avait compris que son principal allait le surveiller de près. Il ne regrettait pas d'être revenu à Austin après la réception de la veille. Il avait pu dormir chez lui, prendre une douche, se raser et avaler un petit déjeuner substantiel pour se préparer à l'épreuve qui l'attendait.

Arrivé avec dix minutes d'avance, il patienta dans sa Jeep. Il songea à sa fierté quand, tout juste sorti de l'université, on lui avait proposé ce poste de professeur de mathématiques et d'entraîneur d'athlétisme dans un établissement proche de son appartement. Il avait craint que sa jeunesse et son pouce manquant ne jouent contre lui. Au bout de quelques semaines, il avait créé un lien avec ses élèves (dont beaucoup d'enfants de professeurs de son université), les membres de l'équipe d'athlétisme, les autres entraîneurs et ses collègues. Il était dans son élément, aussi bien devant le tableau noir qu'au stade où il formait des adolescents à la course, au saut et au lancer. Il n'avait en rien raté sa vocation. Jamais il n'avait été aussi heureux.

Pourtant, au début de sa deuxième année d'enseignement, à l'automne 1941, il avait remarqué que les gens prenaient leurs distances. Très contrarié, il avait vite compris pourquoi. Les atrocités perpétrées par les nazis faisaient la une des journaux. En septembre, lord du massacre de Babi Yar, plus de trente mille Juifs avaient été assassinés par balles, avec l'aide de collaborateurs locaux, dans la ville de Kiev. Plus tôt, les forces allemandes avaient mené le siège de Leningrad et affamé la population jusqu'à la reddition. Le 1er octobre, le public avait appris que les nazis avaient ouvert un camp d'extermination en Pologne, et le 21 octobre, les soldats allemands avaient tué des milliers de civils en Yougoslavie, dont des classes entières d'écoliers.

Il ne faisait pas très bon être allemand en Amérique, surtout lorsqu'on travaillait pour un homme qui avait été prisonnier de guerre lors de la Première Guerre mondiale. Si Chris comprenait cette méfiance, il espérait que son bon caractère lui permettrait de conserver son emploi.

Il sortit enfin de sa voiture. Dans quelques minutes, il saurait si le conseil pédagogique avait décidé de renouveler ou non son contrat. Désirait-il vraiment rester dans un lycée où collègues et élèves commençaient à voir en lui un ennemi ?

C'était injuste ! Il n'aurait pu prendre plus de distance avec son pays natal et ses origines. S'il avait financé ses études à la sueur de son front, en donnant des cours d'allemand, il s'exprimait en anglais avec l'accent du Texas et ne fréquentait que des Américains de souche. Et pourtant, même Brenda Lane, sa petite amie de longue date, s'était détournée de lui après la mort d'un cousin lors d'un bombardement de la Luftwaffe sur Londres.

— Je sais que tu es différent, Chris, mais je ne peux pas te regarder sans voir le pilote nazi qui a tué mon cousin.

Il avait même envisagé de changer légalement son prénom de Christoph en Christopher pendant les vacances d'été. Au terme de sa première année d'enseignement, quand les événements avaient pris une mauvaise tournure en Europe, il aurait dû chercher du travail dans un autre État, là où il pouvait plus facilement faire oublier qu'il venait d'une bourgade considérée comme un repaire de nazis. Il avait préféré achever son doctorat à l'université du Texas afin d'enseigner un jour à un niveau universitaire. Il aimait la ville d'Austin, sa jeunesse, son énergie, sa proximité des lacs, des collines, ses festivals et ses concerts. Chris déplorait que ses habitants aient un peu oublié que sa réputation grandissante de haut lieu de la musique avait démarré dans les brasseries allemandes à la fin du XIXe siècle.

Le bureau d'Avery Knowle se trouvait au bout d'un long couloir, au premier étage du bâtiment. Il laissa la porte se refermer lourdement pour signaler sa présence au principal. Le claquement résonna dans le silence de ce samedi. Au milieu du couloir, le jeune homme entendit la voix posée et familière d'Edward R. Murrow délivrant son bulletin d'informations à la radio. Chris eut des sueurs froides en apprenant que, la veille, les habitants d'un village français avaient été réveillés par des rafales de mitraillette. À l'aube, ils avaient trouvé deux pilotes américains abattus ainsi que six membres de la famille qui les avait cachés. Ils avaient été torturés puis exécutés sur l'ordre du commandant local de la redoutable *Schutzstaffel*, organisation paramilitaire allemande connue de tous sous le nom de SS.

Le principal leva les yeux vers lui et éteignit la radio.

— Vous avez entendu ?

— Oui. C'est affreux.

— C'est arrivé hier soir, pendant que vous faisiez la fête en l'honneur de votre ami allemand. Je n'ose imaginer le chagrin des familles de ces jeunes Américains à l'idée de ce que ces garçons ont enduré avant de mourir.

— Effectivement, admit Chris, troublé par les insinuations du principal, qui le foudroya d'un regard hostile.

Sans doute pensait-il à ses propres épreuves face aux Allemands.

— Si j'étais le père de l'un d'entre eux, je ne trouverais le repos qu'après avoir découvert le nom de l'ordure ayant ordonné cette exécution. Ensuite, je le ferais payer.

— La soif de vengeance est compréhensible, déclara Chris, à court d'arguments.

Serait-il invité à s'asseoir ou devrait-il rester debout, tel un écolier dissipé ?

M. Knowle l'observa froidement derrière ses petites lunettes, puis il désigna une chaise.

— J'irai droit au but, monsieur Brandt. J'ai appris que certains de nos parents d'élèves n'appréciaient pas qu'un immigré allemand enseigne à leurs enfants.

— Vraiment ? fit Chris, la gorge nouée.

Il n'était pas disposé à accepter cette affirmation uniquement parce qu'elle émanait de M. Knowle. En dépit du sentiment germanophobe ambiant, il s'entendait très bien avec les parents de ses élèves, qui appréciaient sans doute ses capacités au-delà de ses origines.

— Combien de parents ? Et lesquels ?

Le principal parut se retenir de gifler Chris pour son impertinence.

— Ce n'est pas le problème, répondit-il simplement.

— Pour moi, si. Aucun parent ne m'a fait part de ce souci.

— C'est normal. Il est du devoir d'un principal d'écouter et d'analyser les réclamations.

— J'aimerais leur parler, les convaincre que je suis aussi américain qu'eux.

Knowle se pencha vers lui, plus blême que jamais, outré par ces propos. On racontait qu'il avait été gardé prisonnier dans le noir et qu'il ne supportait plus le soleil. La plupart du temps, les stores de son bureau restaient baissés.

— J'en doute fortement, monsieur Brandt. De nombreuses familles d'élèves sont implantées dans la région depuis des siècles.

— Certains de mes ancêtres aussi, rétorqua Chris, prêt à justifier l'origine de chacun d'eux.

Avery Knowle se détendit un peu et joignit les mains d'un air satisfait.

— C'est là que votre famille diffère des leurs, déclara-t-il. Les vôtres sont restés loyaux à leurs racines allemandes alors que les fondateurs dont je vous parle sont fidèles au pays où ils sont *nés*. Les États-Unis.

La colère de Chris monta d'un cran.

— Vous avez enquêté sur ma famille ?

— Absolument, monsieur Brandt. Avec l'aval du conseil pédagogique, bien sûr, au vu de l'actualité. Les membres du conseil se sont un peu précipités en vous engageant sans recherches approfondies sur vos antécédents. Je crois qu'on vous a embauché sur ordre de l'un de vos anciens professeurs, le Dr Connor Trent, un homme très influent à Austin.

Lorsque Knowle tourna la tête, un rayon de soleil pénétra dans la pièce et se refléta sur les lunettes du principal. Ébloui, Chris bougea à son tour.

— Si la recommandation du professeur Trent a été cruciale, j'aime à croire que j'ai surtout été engagé grâce à mes références académiques et sportives.

Ignorant cet argument, le principal sortit une feuille de papier du dossier posé sur son bureau.

— J'irai droit au but. Il est de mon devoir de vous informer que le conseil a décidé de ne pas renouveler votre contrat pour l'an prochain. Cependant…

Il fit glisser le document vers le jeune homme.

— Vous avez été un excellent professeur et entraîneur sportif. J'ai donc pris la liberté de chercher quelques postes potentiels que vous trouverez plus confortables, au vu des circonstances.

Chris jeta un coup d'œil sur la liste d'établissements publics dans plusieurs villes du Texas abritant une communauté allemande très attachée à sa culture.

— Fredericksburg, Bergheim, Boerne, Brenham…, reprit le principal. Ils seront tous ravis de vous accueillir, monsieur Brandt, d'autant que de nombreux professeurs aptes au combat sont mobilisés. Nous vous rédigerons une lettre de recommandation élogieuse.

Chris l'observa avec une antipathie grandissante. Cette allusion au fait qu'il avait été réformé pour malformation le piquait au vif.

— Je n'en aurai pas besoin, monsieur. Mon dossier plaidera en ma faveur.

Il aurait pu engager un avocat et se battre pour rester. Mais à quoi bon remporter une bataille puis perdre la guerre ? Il serait vite devenu un paria. Cet homme rongé par l'amertume y veillerait et continuerait de monter les autres contre lui. Chris refusait de payer pour les épreuves qu'il avait subies pendant la Première Guerre. Il se leva et prit la liste.

— Je pourrais interroger chaque membre du conseil pour connaître son vote, mais je n'aurais pas plus de chances de résister à vos préjugés qu'un Juif européen n'en a contre le Troisième Reich.

Cette réflexion fit mouche. Chris eut la satisfaction de voir Knowle se décomposer. Il froissa la feuille de papier et la jeta dans la corbeille.

De retour dans son appartement, le cœur gros, il trouva dans son courrier de la veille une lettre de Washington. En la lisant, il constata avec stupeur que son correspondant savait tout de la famille Brandt, de ses études, ses performances sportives et son pouce manquant qui l'avait empêché d'intégrer l'armée. Elle indiquait aussi que son organisation était informée du souhait de Chris de servir son pays. L'OSS lui en donnait la possibilité. Pour en savoir plus, il devait appeler un numéro de téléphone, de jour comme de nuit. Sans attendre, Chris décrocha le combiné.

5

Meeker, Colorado

Devant chez lui, Brad Hudson coupa le moteur de son pick-up Chevrolet, puis il prit un instant pour se ressaisir. S'il se sentait barbouillé, ce n'était pas à cause de la bière qu'il avait bue avec ses amis, après le travail, pour arroser le départ de Joe Carlyle chez les Marines. En baissant la vitre pour respirer un peu d'air frais, il sentit des effluves de cuisine. Il avait manqué le dîner le soir où sa mère avait préparé des escalopes viennoises. Elle avait acheté du veau en promotion chez le boucher, M. Shreve, qui en avait profité pour ajouter une escalope à l'insu de sa femme.

— De quoi se régaler, en plus du plaisir d'être ensemble, avait annoncé Joanna Hudson, au petit déjeuner, avec sa pointe d'accent allemand. Tout le monde n'a pas cette chance, par les temps qui courent.

Elle faisait allusion à ses proches morts ou séparés des leurs, en Allemagne, en Pologne et en France. Brad n'avait aucune envie de célébrer quoi que ce soit pendant que certains se mettaient en danger. Sa carte de conscription faisait de lui un « exempté pour soutien de famille en grande difficulté ». La pilule était amère.

Certes, il voulait veiller sur sa famille, biologique ou d'adoption, son père étant parti, mais cette exemption le rongeait. Jeune et fort, il brûlait de combattre ces ordures de nazis qui avaient infligé tant de chagrin à sa mère. Malheureusement, il devrait rester en arrière, avec les planqués réformés par piston. Il était dégoûté de voir des hommes aptes au combat rejoindre les rangs du clergé, des institutions religieuses, des pompiers et de la police, sans oublier les professions « nécessaires à l'effort de guerre », uniquement pour éviter de se battre. Il n'était pas de ceux-là !

Bobby entrouvrit la porte d'entrée et le repéra dans son véhicule. Il regarda furtivement derrière lui et sortit en refermant la porte. Resserrant les pans de sa veste sur son torse chétif, il s'approcha de la vitre baissée.

— Ça va, Brad ?

Son frère adoptif savait d'instinct quand il fallait se montrer discret.

— Je vais bien. Vous avez fini de dîner ?

— On t'a gardé ta part.

— Vous avez mangé à votre faim, au moins ?

— On a bien mangé. Ta mère fera du hachis de veau pour demain.

— C'est bien, déclara Brad en actionnant enfin la poignée de la portière.

Bobby s'écarta.

— Ma mère s'est inquiétée pour moi ?

— Un peu. Je lui ai dit que tu allais bien.

Elle ne l'avait sans doute pas cru. Sa mère se faisait un sang d'encre depuis qu'il travaillait à la scierie Cramer, là où son père avait eu son accident fatal. Brad s'était vu proposer ce poste dès la fin de ses années de lycée. Comment refuser une situation stable, de meilleurs revenus, des week-ends libres et une assurance maladie avantageuse ? Jared Cramer, le fils du patron de son père, était bien plus compétent et juste, en tant qu'employeur. Il avait amélioré la sécurité des lieux en investissant dans du matériel moderne. Depuis trois ans, Brad travaillait au sein d'une équipe de scieurs et serait bientôt promu au poste de contremaître responsable des emplois du temps, des livraisons et chargements. Bref, l'ancien poste de son ami Joe Carlyle. Brad n'avait pas accepté cette promotion de gaieté de cœur. Il avait même promis à Joe de le lui rendre quand il rentrerait de la guerre.

— Uniquement parce que, à mon retour, tu seras le patron. Et lui, il vivra en Floride grâce aux bénéfices que tu auras rapportés à l'entreprise, avait lancé Joe.

— Tu as oublié l'oie ? s'enquit Bobby.

Bon sang ! Oui, il avait oublié la volaille qu'il était censé plumer et vider. Un fermier voisin la leur avait donnée pour l'anniversaire de sa sœur Beata, le samedi soir suivant. La fête en l'honneur du départ de son camarade avait été improvisée par son patron. Brad n'avait pas prévenu sa mère parce qu'il ne comptait pas s'attarder. Hélas, une bière en appelant une autre, il n'avait pas vu le temps passer.

— Je m'en occuperai ce soir, promit Brad.

Pourvu qu'il soit encore assez éméché pour supporter la tâche peu ragoûtante d'arracher les plumes de l'animal avant de l'éviscérer. Ils auraient pu acheter une volaille déjà vidée chez Shreve, mais Joanna Bukowski Hudson ne refusait jamais un cadeau. Les voisins savaient que Brad n'aimait pas la chasse.

— Je te donnerai un coup de main, proposa Bobby tandis qu'ils se dirigeaient vers la maison.

— Tu as des devoirs à faire, jeune homme. L'école n'est pas encore finie, répondit Brad en posant une main sur sa nuque, tel un père ou un grand frère.

Bobby ne s'écarta pas comme il l'aurait fait quand lui et sa petite sœur Margie étaient venus habiter chez les Hudson. Un jour de 1938, Brad les avait trouvés, seuls, affamés, grelottant sur la rive de la White River. Devenus orphelins à la suite d'un incendie, ils s'étaient enfuis, âgés de onze et neuf ans, pour ne pas se retrouver à l'orphelinat. Recueillis par Brad, les enfants s'étaient montrés un peu méfiants pendant un mois, puis il les avait apprivoisés. Ils avaient appris à faire confiance à leurs bienfaiteurs. Pour la mère de Brad, ils étaient un cadeau de la vie. Certes, ils représentaient deux bouches de plus à nourrir, mais Bobby se rendait utile et effectuait les tâches de Brad, qui travaillait à plein-temps à la scierie. Margie tenait compagnie à Beata, qui ne pleurait plus chaque soir parce que son père lui manquait. Bobby et sa sœur faisaient désormais partie de la famille.

L'air frais fouetta le visage de Brad.

— Bon sang ! s'exclama-t-il en s'arrêtant soudain.

— Qu'est-ce qu'il y a ? s'enquit Bobby.

— J'ai oublié autre chose !

— Quoi ?

— J'ai invité mon patron à la maison pour fêter son anniversaire… samedi.

— C'est l'anniversaire de Beata, lui rappela Bobby.

— Je sais…

Joanna allait piquer une de ces colères ! Brad l'entendait déjà s'emporter : « Jared Cramer ? Chez moi ? Pour le dîner ? Qu'est-ce qui t'a pris d'inviter le fils de l'homme responsable de la mort de ton père ? »

Brad devrait lui expliquer qu'il avait agi par compassion. En fait, il était éméché par trois tournées de bière quand Jared lui avait confié qu'il fêterait ses cinquante ans le samedi suivant, le 23 mai. Brad s'était exclamé que ce serait aussi l'anniversaire de sa sœur avant de lui demander quels étaient ses projets pour ce grand jour. Son patron lui avait avoué tristement qu'il n'avait rien de prévu. Il n'avait pas de famille et, franchement, il n'avait pas eu le temps de se faire des amis car il était accaparé par son travail à la scierie. Il devrait se contenter d'un sandwich au bureau en mettant sa comptabilité à jour.

— Vous ne pouvez pas faire ça, monsieur Cramer ! Venez donc chez moi partager le gâteau de ma sœur !

— C'est une proposition alléchante, Brad, et c'est très gentil. J'accepte avec plaisir, avait répondu son patron.

Jared Cramer n'avait pas eu une seconde d'hésitation. Lui avait-il tendu la perche ? Sa mère passait son temps à s'occuper de la maison et du jardin. Elle ne se promenait pas souvent en ville, mais M. Cramer l'avait aperçue plusieurs fois, lorsqu'elle avait déposé Brad à la scierie.

Un jour, son patron les avait observés depuis la fenêtre de son bureau. Plus tard, il avait dit à Brad que sa mère était une « fort belle femme ». L'épicier, M. Shreve, exprimait la même admiration pour sa maman.

Les hommes s'intéressaient à Joanna Bukowski Hudson. C'était effectivement une belle femme encore jeune et certains osaient croire qu'elle voulait mettre un homme dans son lit.

Brad se devait de veiller à ce que les faveurs que certains accordaient à sa mère n'outrepassent pas la simple gentillesse envers une veuve désargentée. M. Shreve lui offrait quelques tranches de viande en plus, le garagiste lui remplaçait gratuitement une valve, le plombier changeait un joint gracieusement. Rien de bien méchant, dans l'immédiat, mais si son patron nourrissait l'espoir de fréquenter Joanna Bukowski Hudson, il se berçait d'illusions.

Sa mère reprochait au père de Jared d'être responsable de l'accident fatal de son mari parce que son matériel était défectueux. Brad avait tenté de faire comprendre à sa mère que le fils n'était pas responsable des erreurs de son père. Jared Cramer n'avait pris les rênes de l'entreprise qu'après la mort de ce dernier. Il vivait et travaillait alors en Californie.

Ce veuf entre deux âges, sans enfant, s'était mis en congé de son poste administratif à la société de chemin de fer Southern Pacific pour venir à Meeker le temps de redresser les finances de la scierie qu'il souhaitait vendre. Au bout d'un an, il avait décidé de rester, incapable d'abandonner cette entreprise qu'il avait redressée et à laquelle il s'était attaché.

— Tu regrettes d'avoir invité ton patron à l'anniversaire de Beata ? demanda Bobby.

— On verra bien. Je crois que je vais commencer par vider l'oie. Ensuite, j'apprendrai la nouvelle à Maman.

— Tu dois passer un coup de fil, d'abord. Un homme a appelé de Washington, aujourd'hui. Il a laissé un numéro et veut que tu le contactes quelle que soit l'heure, en PCV. C'est moi qui ai répondu. Il m'a donné l'impression d'être quelqu'un… d'important. Je crois qu'il veut t'engager.

— Un type de Washington veut m'engager ?

Bobby haussa les épaules.

— J'en ai l'impression. Le numéro et le nom sont à côté du téléphone.

— Merci, Bobby. Préviens ma mère que je suis rentré et que je m'occupe de l'oie dans une minute.

Dans l'entrée, il trouva les coordonnées d'un certain Alistair Reynolds, à Washington. Avec un frisson d'appréhension, il dicta le numéro à l'opératrice. Bien plus tard, il se rappellerait cette sensation en se disant que, s'il n'avait pas passé cet appel, sa vie aurait été radicalement différente.

***

À la gare ferroviaire de Glenwood Springs, l'homme qui vint à la rencontre de Brad ne correspondait pas à l'image qu'il se faisait du client qui voulait l'engager, le temps d'un week-end, pour son expertise dans le domaine de la pêche à la ligne. À dix-huit ans, désireux d'arrondir ses fins de mois, Brad avait publié une petite annonce dans une revue spécialisée. Il se proposait de guider les amateurs de pêche à la truite dans la White River et les lacs de la région. En un mois, il avait attiré trois clients, puis le bouche-à-oreille avait fait le reste. S'il avait eu de l'argent à investir dans un bateau et du matériel, l'entreprise aurait été lucrative. Avec Brad, il fallait apporter son propre matériel et se contenter du vieux pick-up familial et du strict nécessaire. En conséquence, il travaillait surtout à la belle saison.

De plus, Brad était capable de jauger quelqu'un au téléphone. Contrairement à ses clients habituels, des hommes simples qui auraient pu être ses voisins, Alistair Reynolds s'exprimait avec un certain raffinement. Un notable, peut-être, mais sans arrogance, au contraire de ces messieurs je-sais-tout insupportables qui faisaient parfois appel à lui. Cet homme, qui devait maîtriser les bases de la pêche à la truite, engageait un guide alors que la température élevée provoquait la plus importante fonte des neiges depuis des années ? Dans le nord-ouest du Colorado, les ruissellements du mois de mai n'étaient pas propices à la pêche. Et pourquoi avait-il contacté Brad alors que les cours d'eau du

Maryland ou de la Virginie étaient très poissonneux, sans parler du Potomac ?

— J'ai un peu de temps libre. En automne, je quitterai le pays et j'ignore quand je reviendrai. J'ai toujours voulu pêcher dans la White River alors je me suis dit : autant le faire maintenant, lui avait répondu Reynolds.

Brad avait eu l'inquiétante impression que son correspondant n'était pas certain de rentrer.

— Je sens que vous connaissez les sites les plus poissonneux..., avait-il ajouté.

Lorsque Brad l'avait interrogé sur Washington, Reynolds avait rechigné à aborder ce sujet. Au fil du temps, il lui tirerait les vers du nez sur sa maison, ses enfants, ses petites amies, son travail, ses collègues, tout ce qui l'avait incité à faire cette escapade dans les Rocheuses. Ses clients s'épanchaient toujours.

Brad imaginait un homme distingué, au port altier, élégant, facile à reconnaître parmi les autres passagers du train. À tel point qu'il n'avait pas pris la peine d'inscrire son nom sur une pancarte. Grossière erreur ! Un homme s'avançait vers lui d'un pas assuré. Pas très grand, il portait un costume brun un peu terne. Un type quelconque. Cruelle déception...

— Brad Hudson, énonça Reynolds de cette voix distinguée qui l'avait induit en erreur.

Le jeune homme lui tendit la main. Ce n'était qu'un client.

— Absolument. Bienvenue dans le Colorado, monsieur Reynolds.

— Merci. C'est gentil d'être venu me chercher.

Il avait apporté le matériel d'un pêcheur chevronné dans une housse en toile épaisse très usée. Il posa sa petite valise pour serrer la main de Brad avec une force étonnante. Déconcerté, Brad se dit qu'il ne fallait décidément pas se fier aux apparences.

— Vous souhaitez sans doute un justificatif d'identité, déclara le client en glissant la main dans la poche de sa veste.

— Je veux bien…

Cette idée ne lui serait jamais venue à l'esprit. Néanmoins, il observa le permis de conduire comme s'il en avait l'habitude. Satisfait, il opina du chef et prit la valise.

— Mon pick-up est garé sur le parking, si vous voulez bien me suivre. Meeker n'est qu'à une heure et demie de route. Je vais vous conduire directement à l'hôtel. Il y a un café juste à côté où vous pourrez manger une excellente cuisine maison. Nous partirons au lever du soleil, ce qui nous laissera la journée, ainsi que dimanche, pour pêcher. Si j'ai bien compris, vous repartez lundi matin ?

— C'est cela. Par le train de sept heures.

Bizarre, songea Brad, mais il pourrait ainsi se rendre à la scierie depuis la gare de Glenwood Springs et commencer sa journée de travail sans avoir à demander à son patron un peu de temps libre pour déposer son client. Brad préférait ne pas demander de faveurs à Jared Cramer à cause de ses sentiments pour sa mère.

À la mi-mai, la fête d'anniversaire de sa sœur et de Jared lui avait réservé des surprises. Contre toute attente, sa mère et Jared étaient désormais en couple. À la scierie, son patron affichait un sourire béat. Sa mère chantonnait sans cesse. Gêné, Brad avait décidé d'attendre la suite des événements. Joanna étant très attachée au souvenir de son mari, cette histoire risquait de mal se terminer. Brad n'avait pas vraiment peur de perdre son emploi car l'entreprise manquait de bras à cause de la guerre. En revanche, il risquait d'être rétrogradé à un poste d'ouvrier… Non, cela ne ressemblait pas à Jared Cramer. Brad l'appréciait et le respectait, mais on n'était jamais à l'abri d'une déception. Quoi qu'il en soit, l'argent gagné ce week-end viendrait s'ajouter à ses économies.

Dès qu'ils se furent mis en route, Brad posa sa question rituelle :

— Que faites-vous à Washington, monsieur Reynolds ?

Elle suffisait généralement à briser la glace et, en règle générale, Brad n'ignorait plus rien de la vie de son client en le déposant à l'hôtel. Cette fois, il espérait lui soutirer des nouvelles des hostilités. La déclaration de guerre du Mexique contre l'Axe changerait-elle quelque chose pour les Alliés ? Avait-on des nouvelles des douze mille prisonniers capturés par les Japonais lors de la bataille de Corregidor ? Le Canada remporterait-il celle du Saint-Laurent contre les sous-marins allemands ? Pourvu que son client ne lui demande pas son numéro de conscription…

— Je dirige un service de coursiers, répondit laconiquement Alistair Reynolds.

Brad perçut sa réticence, une impression qui se confirma lorsque son passager sortit une carte de la région de sa poche et la déplia sur ses genoux. Il interrogea Brad sur le cours de la White River, ses affluents et ses enclaves où les truites devaient pulluler. Brad en profita pour exprimer son inquiétude sur la fonte des neiges. Le niveau de l'eau risquait d'être très élevé et les poissons rares. Les autorités du Colorado prévoyaient une crue exceptionnelle dans la partie septentrionale de l'État. Elles invitaient les pêcheurs à se montrer prudents sur les rives et à se méfier des courants.

— J'en prends bonne note, dit Reynolds, penché sur sa carte.

Brad haussa les épaules. Après tout, ce que pouvait lui raconter ce type lui était complètement égal. De plus, le silence était la qualité essentielle d'un véritable pêcheur à la ligne.

Aux abords de la ville de Meeker, Brad entendit un bruit sourd à l'avant du véhicule, qui dévia légèrement vers la droite. Alistair Reynolds leva enfin les yeux de sa carte.

— Euh… je crois que vous avez un pneu crevé, monsieur Hudson, déclara-t-il de façon un peu superflue.

— *Verdammt* ! jura le jeune homme.

Sa roue de secours était lisse. Il n'osait pas en transporter une neuve dans son pick-up de peur de se le faire voler. En ces temps difficiles, les pneus étaient denrée rare. Brad devrait donc se contenter d'un pneu lisse pour gagner l'hôtel ou faire un détour par sa maison, dont ils étaient assez proches, pour changer la roue.

— Monsieur Reynolds, vous êtes fatigué ? interrogea-t-il.

Lorsque le véhicule arriva tant bien que mal à destination, Bobby était en train de prendre du bois sous le porche. Il leur proposa son aide.

— Vous pouvez attendre dans la voiture, monsieur, proposa Brad. À moins que vous ne préfériez entrer pour boire un café près du feu ? Ce ne sera pas long.

Il espérait que son client déclinerait son offre, car sa présence risquait de déranger sa mère qui préparait le dîner. De plus, Jared devait passer dans la soirée.

— Un café, c'est plutôt tentant. J'accepte volontiers.

Sa mère les accueillit sur le seuil. Brad la présenta en tant que Mme Thomas Hudson, comme toujours, en présence d'un client, dont il ne prenait jamais la peine de préciser l'identité. Joanna s'essuya les mains sur son tablier avant de serrer celle que lui tendait Alistair Reynolds. En croisant son regard, elle afficha un air perplexe. Il lui rappelait manifestement quelqu'un.

— Comment allez-vous ?

Était-ce le fruit de son imagination ? Brad crut voir Reynolds redresser les épaules, puis s'incliner pour esquisser un baisemain en claquant les talons.

— *Mir geht es gut, danke. Wie geht es dir, Joanna ?* répondit-il.

— Alistair ! s'exclama-t-elle avec stupeur.

6

New York

Le directeur des éditions G.P. Putnam's Sons pencha la tête pour observer la traductrice assise en face de lui, puis il réprima un soupir résigné. On ne le reprendrait plus à engager des jeunes femmes d'une grande beauté. Comment présenter cette situation délicate à Victoria sans passer pour… un proxénète ? Il n'y avait pas d'autre terme. Cependant, si une heure ou deux à boire du champagne en compagnie de Victoria Grayson suffisait à convaincre le célèbre Armand Fournier de signer un contrat avec eux, il était de son devoir d'éditeur de faire en sorte que cela se produise.

— Il insiste, je le crains, Victoria. Il tient à passer un peu de temps avec le traducteur potentiel de son ouvrage avant de signer le contrat, expliqua Willard Mason.

— Je croyais qu'il acceptait de vous vendre les droits de traduction.

— Il a... changé d'avis. M. Fournier veut être certain que vous êtes la traductrice qui convient.

— Mes travaux précédents devraient le rassurer.

— Certes, admit l'éditeur, qui commençait à avoir des sueurs froides.

— Quel est le problème, dans ce cas ? Je ne vois pas en quoi boire un verre avec lui changera quoi que ce soit.

Willard était désemparé. Cette jeune femme avait sans doute l'habitude d'être courtisée. Elle ne serait pas dupe de ce coureur de jupons notoire. L'auteur français de *La Cathédrale du silence*, un énorme succès de librairie, avait repéré Victoria Grayson lors de sa venue dans les bureaux de G.P. Putnam's Sons. Willard avait vu Fournier sur le seuil de la salle de réunion, fasciné par Victoria Grayson. Assise devant la fenêtre, elle était radieuse. Le soleil de cette fin mai rehaussait les reflets blonds de sa chevelure, la perfection de son teint de pêche et le chatoiement de son chemisier en soie ivoire.

Naturellement, Fournier avait voulu savoir qui était cette ravissante blonde.

— C'est l'une de nos traductrices.

— Une traductrice du français, j'espère.

— Effectivement...

— C'est à elle que vous allez confier mon roman ?

— Oui. Elle est très compétente.

— Comment s'appelle-t-elle ?

— Victoria Grayson.

— Elle est mariée ?

— Non. Fiancée.

Willard s'efforçait de protéger ses filles, de séduisantes jumelles célibataires, des prédateurs de l'espèce de Fournier. Il se mit à chanter les louanges du fiancé de Victoria.

— J'aimerais la rencontrer, avait insisté Fournier.

— Bien sûr. Je vais dire à ma secrétaire de la faire venir.

— Non. Pas ici, avait-il répondu avec un sourire suffisant. Qu'elle vienne prendre un verre avec moi, ce soir, au bar de mon hôtel. Je suis descendu au *Plaza*. Avant de signer un contrat, j'aime… me détendre en compagnie de la personne concernée pour jauger sa capacité. Vous voyez ce que je veux dire ?

Willard fulminait. Il ne voyait que trop bien. Armand Fournier lui faisait du chantage. Victoria devrait-elle passer la nuit avec lui ou se contenterait-il de la garder en otage au bar, à boire du champagne ? Willard ne le saurait que le lendemain. Il ne pouvait qu'organiser ce rendez-vous en veillant à ce que la traductrice comprenne que ni son poste ni ce contrat ne dépendaient d'une nuit avec Fournier.

Hélas, la tâche était complexe, car Victoria ne semblait pas saisir.

— Je peux simplement boire un verre, dit-elle. Mon frère, qui est dans la RAF, est en permission rien que ce soir. Demain matin, il part pour la Virginie passer une journée avec nos parents, avant de réintégrer son escadron. Vous devinez combien il est important que je lui consacre du temps.

Les pertes étaient énormes parmi les pilotes de la Royal Air Force, lors de leurs combats contre la Luftwaffe d'Hitler. Le frère de Victoria, ainsi que son fiancé, s'étaient distingués à Dunkerque.

Soulagé, l'éditeur se détendit un peu. Il n'aurait pas à lui expliquer qu'il n'attendait pas d'elle la moindre compromission. L'écrivain ne risquait pas de lui imposer quoi que ce soit car son visa l'obligeait à regagner la France dès le lendemain.

— J'expliquerai la situation à M. Fournier, promit Willard. Il comprendra certainement. Rien qu'un verre, pas de dîner, au cas où il aurait eu l'intention de vous inviter. Il souhaite que vous le retrouviez au bar du *Plaza* à six heures.

— Très bien, répondit Victoria. Je dirai à mon frère de nous rejoindre là-bas.

Willard la regarda s'éloigner, puis il appela Fournier au *Plaza.* Sans doute s'était-il montré trop protecteur envers Victoria Grayson. Championne d'escrime, elle était capable de se sortir de bien des situations périlleuses. Armand Fournier avait de la chance, en réalité. Si la soirée avait mal tourné, Victoria aurait pu lui trancher les attributs d'un coup de sabre et les lui servir sur un plateau d'argent du *Plaza.*

Victoria regagna la salle de réunion. Ah, les hommes ! Leurs subterfuges manquaient vraiment de subtilité ! Elle avait compris les intentions d'Armand Fournier à la seconde où elle l'avait vu la dévorer des yeux. Elle avait parié que, moins de dix minutes plus tard, elle serait convoquée dans le bureau du patron. Armand Fournier était un coureur de jupons invétéré. Pauvre Willard ! L'écrivain l'avait placé dans une situation délicate. Comment ce sale type pouvait-il avoir écrit un roman aussi brillant que *La Cathédrale du silence* ?

Ralph devait l'appeler à la maison d'édition dès qu'il aurait atterri à Fort Hamilton, à Brooklyn, en milieu d'après-midi. Elle pourrait alors lui parler de son « plan de vol » pour le peu de temps qu'ils passeraient ensemble. Ce rendez-vous imprévu ne bouleversait en rien ses projets pour la soirée. Au lieu de la rejoindre au *Warwick Hotel*, où elle avait réservé une chambre, Victoria dirait à Ralph de se rendre au bar du *Plaza* pour l'arracher des griffes d'Armand Fournier. Au terme de brèves présentations, ils prendraient congé et gagneraient *Le Warwick* à pied pour éviter les embouteillages du vendredi. Elle portait une tenue appropriée pour prendre un verre dans un palace car Ralph avait réservé une table chez *Sardi*.

Victoria contempla un portrait de Ralph et son meilleur ami posant en uniforme de la Royal Air Force. Cet ami n'était autre que Lawrence Grayson, le frère de la jeune femme. Ralph DuPont était son fiancé. Si elle avait menti en affirmant que c'était son frère, il partait bien pour la Virginie le lendemain. Le père du jeune homme était gravement malade. Armand Fournier se serait soucié comme d'une guigne de l'existence d'un fiancé. En revanche, un frère dans la RAF en permission pour raisons familiales et pour quelques heures… c'était une autre histoire.

En février, ils n'avaient pas eu le temps de se marier après que Ralph lui avait glissé une bague au doigt, juste avant de rejoindre son escadron. Une cérémonie à la sauvette était exclue.

— C'est injuste, Vicky. Et si tu avais une raison de changer d'avis avant mon retour…, avait-il déclaré.

— Jamais !

Elle était amoureuse de Ralph DuPont depuis sa plus tendre enfance. Il avait gagné son cœur en prenant au sérieux la petite sœur de son meilleur ami. Il l'avait toujours écoutée sans briser ses rêves de jeune fille. Il l'avait même encouragée à pratiquer l'escrime, au lycée. Sa mère n'y voyait qu'un béguin d'adolescente. Elle se trompait.

Les deux garçons étant inséparables, ils s'étaient engagés ensemble dans les forces américaines de la RAF en septembre 1940. Ils avaient des attaches familiales en Angleterre. Les grands-parents maternels de Victoria et Lawrence, ainsi que la mère de Ralph, vivaient à Londres. Victoria faisait ses études au William and Mary College quand Ralph avait enfin pris ses sentiments au sérieux. Et il était tombé amoureux à son tour.

Le jour où il lui avait parlé de leur projet d'aider la RAF à protéger leur pays, elle avait connu des moments difficiles, car ils violaient les lois de neutralité des États-Unis et risquaient d'aller en prison et d'être déchus de leur nationalité.

— Nous devons partir, avait assuré Ralph. Les États-Unis vont entrer en guerre. Mais elle ne durera pas. Ensuite, je te reviendrai.

Ensuite, je te reviendrai. Elle s'accrochait à cette promesse et y pensait chaque matin à son réveil, et chaque nuit avant de s'endormir.

— J'ai du courrier pour vous, mademoiselle Grayson, fit la réceptionniste de la maison d'édition. Une lettre qui semble importante.

L'enveloppe provenait de Washington. Au bord de la panique, Victoria déchira l'enveloppe. Seigneur ! S'agissait-il de Ralph ou de Lawrence ?

Chère mademoiselle Grayson,

Votre maîtrise de la langue française ainsi que vos prouesses à l'escrime ont retenu l'attention de notre organisation. Aimeriez-vous vous entretenir avec nous sur la façon dont vous pourriez mettre ces compétences au service de la défense de notre pays ? Pour des raisons de sécurité, je ne puis vous en dire davantage sur le rôle que vous seriez amenée à jouer. Pour de plus amples renseignements, n'hésitez pas à composer le numéro de téléphone ci-joint à n'importe quelle heure du jour ou de la nuit.

Veuillez agréer l'expression de nos salutations distinguées.

Colonel William J. Donovan
Directeur de l'OSS

Soulagée, Victoria poussa un soupir mais demeura perplexe. Quelle proposition mystérieuse ! La lettre semblait officielle. Elle avait lu des articles sur « Wild Bill » Donovan, héros de la Première Guerre mondiale. Comment diable ce service avait-il entendu parler d'elle ? La signature d'Alistair Reynolds, l'adjoint du colonel, figurait également au bas du document et semblait authentique. Était-ce une plaisanterie ?

La jeune femme consulta sa montre. Presque dix-sept heures. Pourvu que Ralph l'appelle avant son départ pour *Le Plaza*… Il ne pouvait lui garantir l'heure de son arrivée à cause des conditions météorologiques. Elle avait promis de rester dans les locaux de la maison d'édition jusqu'à la fermeture du standard. Ensuite, il devrait la joindre chez elle.

Pour mettre toutes les chances de son côté, Victoria contacta ses colocataires sur leur lieu de travail pour les informer de la situation. Elle les chargea de veiller à ce que Ralph se présente comme son frère Lawrence en rencontrant Armand Fournier. Victoria avisa également la standardiste qui accepta de jouer le jeu. Finalement, Victoria inspecta son visage dans son miroir de poche avant de sortir, en cette fin de journée de mai, et de héler un taxi.

Afin de ne pas manquer l'arrivée de Victoria Grayson, Armand Fournier avait choisi une table offrant un point de vue sur l'entrée du bar. L'attitude d'une personne dans un lieu non familier en disait long sur elle : sa posture, son temps d'arrêt, sa façon de balayer la salle du regard… L'air amusé, la jeune femme vint à sa rencontre. Cette atmosphère feutrée se prêtait à merveille à une manifestation de jalousie de Ralph.

— Monsieur Fournier, dit-elle en lui tendant la main.

— Je vous en prie, appelez-moi Armand. Puis-je vous appeler Victoria ? C'est un prénom si… royal. Il vous va à merveille.

L'écrivain se pencha pour effleurer sa peau de ses lèvres.

— Volontiers.

— Je me réjouis d'apprendre que la traductrice de *Deuil pour deuil*, de Robert Desnos, va également traduire mon roman.

Armand l'invita à s'asseoir.

— Quel sens de la nuance, reprit-il. J'ai entendu dire que c'était là votre qualité essentielle.

— Je m'étonne que mon nom circule dans le cercle de vos connaissances, monsieur.

— Robert me fait l'honneur d'être mon ami. Il m'a vanté la qualité de votre travail.

— Tant mieux. Comment se porte M. Desnos ?

Victoria avait longuement correspondu avec le poète surréaliste français quand elle traduisait *Deuil pour deuil* en anglais. Elle s'inquiétait pour lui car ses écrits s'opposaient au régime de Vichy. Le gouvernement installé en zone non occupée ne voyait pas ces critiques d'un très bon œil.

— Robert se montre un peu trop virulent pour son bien, à propos de la situation politique, hélas. Il ne fait pas bon s'en mêler, en ce moment. Un écrivain de sa renommée risque sa peau.

— Avez-vous peur pour la vôtre ?

Elle était persuadée qu'il prendrait toutes les précautions nécessaires pour sauver sa tête, qui ne manquait pas de charme, d'ailleurs. D'après certains articles, il collaborait avec l'occupant, et il cherchait à éluder sa question. Willard avait dû lui révéler que son fiancé et son frère étaient pilotes dans la RAF.

En voyant le serveur, il parut soulagé.

— Je ne fais pas de politique, assura-t-il d'un ton qui se voulait désinvolte.

Il commanda du champagne, puis sourit à Victoria et reprit :

— Vous allez l'adorer. Le sol champenois est calcaire et convient aux différents cépages, avec des arômes d'une grande fraîcheur.

— Je regrette de ne pas avoir beaucoup de temps pour le déguster, répondit-elle en consultant sa montre. Mon frère ne devrait pas tarder. Willard vous a certainement prévenu…

— Absolument… profitons donc de l'instant présent, comme on dit.

— C'est ce qu'on dit, en effet.

Elle détourna la conversation vers le thème de prédilection de son interlocuteur : lui-même. Fournier n'était pas dénué de charme, qu'il soulignait grâce à une fausse humilité. Lorsque Victoria le félicita pour les qualités de son roman, ses critiques élogieuses, ses récompenses et le projet de film, il balaya ses compliments d'un geste désinvolte.

— Je me moque de savoir si la vedette du film serait Claudette Colbert ou Marlene Dietrich…

En voyant un pigeon perché au bord de la célèbre fontaine Pulitzer, sur la 5e Avenue, Victoria pensa à Ralph. Son cœur s'emballa. Il devait avoir atterri, à présent. Elle se trouva soudain radieuse à la perspective de le revoir, un bonheur dont l'écrivain s'attribua l'origine. Il posa une main sur la sienne.

— J'ai lu plusieurs de vos traductions, Victoria. Vous avez du talent. J'espère que vous me pardonnerez ce… stratagème pour vous attirer jusqu'ici. Je sais que vous êtes fiancée, mais je ne pouvais laisser passer cette occasion de profiter de la compagnie d'une femme sublime, d'autant que je ne reviendrai pas aux États-Unis de sitôt, sans doute.

Comment ne pas succomber à ce séducteur ? Heureusement, elle connaissait son passé de coureur de jupons. Cette franchise ajoutait un peu d'intensité à un caractère par ailleurs assez faux.

— Vous êtes pardonné, à condition que vous ne m'en vouliez pas de filer dès l'arrivée de mon frère.

Il soupira et ôta sa main de la sienne.

— Faut-il vraiment que vous me le rappeliez sans cesse ?

Le serveur leur apporta une bouteille de champagne.

— Parlons de votre roman, suggéra Victoria.

Une heure s'écoula lentement. Le pigeon perché sur la fontaine s'était envolé. La jeune femme commençait à s'inquiéter. Armand afficha un air navré :

— Je crois que votre frère vient de franchir la porte à battant. Grand, séduisant, en uniforme de la RAF… Je détecte un petit air famille.

Un air de famille ? Ralph était aussi brun qu'elle était blonde. Il avait les yeux sombres alors que les siens étaient verts. Le cœur battant, Victoria se retourna.

— Salut, petite sœur ! lança Lawrence, son frère blond aux yeux verts.

Inutile de lui demander ce qu'il faisait là. Il suffisait de voir sa mine grave. Soudain, le bar se mit à tourner, Armand Fournier était debout, enveloppé d'un nuage de fumée, au milieu d'un brouhaha de conversations. Il était grand et mince, comme s'il se nourrissait exclusivement de truffes et de champagne.

— Y aurait-il un problème ? s'enquit-il. Puis-je faire quelque chose pour vous ?

— Nous venons de perdre un ami de la famille dans le ciel de France, expliqua Lawrence en aidant Victoria à se lever. Nous sommes en état de choc. Personne ne peut rien faire pour nous. Si vous voulez bien nous excuser… Je dois la ramener chez elle.

— Naturellement, répondit l'écrivain. Je vous présente mes condoléances. Mademoiselle Grayson… Victoria… dois-je comprendre que vous ne traduirez pas mon roman ?

Sans prendre la peine de lui répondre, la jeune femme suivit Lawrence vers la sortie.

7

Juillet 1942, Washington

— Tu crois qu'ils sont prêts à passer à l'étape suivante ? demanda le colonel Bill Donovan à son adjoint.

Il signala au barman de remplir leurs verres d'eau gazeuse. Ils étaient assis dans un recoin discret d'une taverne peu fréquentée, leur lieu de rendez-vous en dehors des locaux de l'OSS. Un ventilateur remuait l'air moite. Ils ne buvaient que rarement de l'alcool. L'homme en brun attendit qu'ils soient servis pour répondre :

— Prolonger leur préparation serait superflu.

— Dans ce cas, quel est le problème, Alistair ? Je ne t'ai jamais vu ainsi. En général, tu es impatient de passer à l'action. On dirait presque que tu hésites.

— Je suis inquiet, mais pas à propos des capacités de cette équipe.

— Ces cinq jeunes sont les meilleurs, les plus intelligents… et les plus sympathiques que je connaisse.

— Sympathiques ? Depuis quand un agent doit-il être sympathique pour être envoyé sur le terrain ?

— En fait, c'est la dernière des qualités requises.

Le colonel Donovan plaça une rondelle de citron dans son eau gazeuse et dévisagea Alistair avec attention. Il savait ce qui contrariait son bras droit, mais il fallait qu'il l'exprime lui-même. Il était encore temps pour le major Reynolds de céder sa place. Il était tombé dans le piège qui avait mené de nombreux agents à démissionner : il s'était attaché à ses jeunes agents. Cette faiblesse pouvait avoir des conséquences désastreuses pour lui, le groupe et la mission.

— Alors, de quoi s'agit-il ? insista Wild Bill.

Alistair gribouillait distraitement un ovale sur une serviette en papier. Il en fit un insecte aux yeux globuleux et aux ailes déployées. Son patron reconnut une libellule, le nom de code du groupe qui partirait pour l'Angleterre au matin pour l'ultime phase de sa formation. Jamais il n'avait existé d'équipe plus disparate dans l'histoire de l'espionnage : un ingénieur civil, un pêcheur à la ligne, une escrimeuse, une styliste et un entraîneur d'athlétisme.

— J'ai un mauvais pressentiment à propos de cette mission, avoua l'adjoint.

— Tu dis la même chose à chaque mission. En quoi celle-ci est-elle différente ?

Alistair leva les yeux vers son patron, assis jambes croisées, son verre à la main. Sa désinvolture l'agaça.

— J'ai sans doute des scrupules à mettre en péril cinq jeunes vies lors de missions où ils avanceront à l'aveuglette. Ce ne sont pas des professionnels, Bill. Ils n'ont aucune expérience militaire. Ce ne sont que des gamins qui ont plus de jugeote et de tripes que bien des agents chevronnés.

— Chaque mission comporte une part d'incertitude, lui rappela Donovan. On ne sait jamais comment les choses vont tourner, mais on n'a pas le choix. Il faut envoyer des agents sur le terrain. Qu'est-ce qui te préoccupe ? Tes gamins seront dans des conditions optimales pour nous fournir des renseignements précieux. Tu as formé une équipe formidable, Alistair. S'ils atterrissent sains et saufs dans la zone prévue et ne s'écartent pas de leur objectif, ils ne courront pas un danger flagrant.

Alistair secoua la tête. Dans la France occupée, le danger était partout.

— Vous venez de toucher du doigt ce qui m'inquiète, colonel. Ils risquent de franchir les limites.

Donovan remarqua que son adjoint avait encore perdu du poids au cours des deux mois de formation des cinq agents. Son teint blafard trahissait une consommation excessive de caféine et de nicotine. Il n'avait pas grignoté une seule cacahuète, dont il était pourtant très friand.

— Qu'est-ce qui te porte à le croire ?

— Chacun d'entre eux a ses propres raisons de se rendre en France, au-delà du simple désir de servir la patrie. Ils risquent d'être tués… torturés. À moins qu'ils n'aient la chance d'être exécutés avant.

— Ces motivations expliquent justement leur recrutement.

— Elles risquent de se retourner contre eux et contre nous.

— Sont-ils pleinement informés des dangers ? demanda le directeur de l'OSS. Y compris des conséquences d'une arrestation ?

— Ils sont conscients de tous les aspects de la mission. On leur remettra des ampoules de cyanure, naturellement.

— Il y a autre chose qui te tourmente, je le sens. De quoi s'agit-il ?

Irrité, Alistair but la moitié de son verre d'une traite.

— Très bien, puisque vous tenez à m'entendre le dire... J'ai peur de les perdre, ces gamins. Je veux qu'ils rentrent sains et saufs et qu'ils mènent une vie heureuse.

— Autrement dit, tu refuses de porter la responsabilité d'envoyer un autre groupe de jeunes vers une mort prématurée et douloureuse. Il n'est pas question d'eux, mais de toi.

Alistair alluma une cigarette.

— J'aurais du mal à vivre avec la mort de ces gamins sur la conscience. Ils sont tous spéciaux. Très spéciaux.

— Quiconque est prêt à risquer sa vie pour son pays doit l'être, déclara Wild Bill. Je devrais peut-être te retirer cette opération.

— Pas question ! Je suis le capitaine de ce navire. Si ces gosses ont une chance de rentrer au bercail, c'est avec moi et vous le savez.

Bill opina à contrecœur et posa son verre.

— Il faut que j'y aille, annonça-t-il en se levant. Je vois le président dans une heure. Heureusement, le bureau ovale est climatisé. Mange donc quelques cacahuètes, Alistair. Tu as une de ces têtes ! Cesse de t'inquiéter. Ce qui est fait est fait. La providence se chargera de la suite. À demain matin à l'aérodrome. À quelle heure ?

— Quatre heures.

— À demain, conclut Wild Bill en tapotant l'épaule d'Alistair. Réduis le café et le tabac et essaye de dormir un peu, mon vieux.

Facile à dire, songea amèrement Alistair.

Il tira sur sa cigarette et observa son gribouillis. C'était Brad Hudson qui avait suggéré le nom de code de Dragonfly, « libellule », car il aimait regarder une perche surgir de l'eau pour happer une libellule et voir l'insecte lui échapper.

— Elle est pratiquement impossible à capturer et a une vision à trois cent soixante degrés, avait-il expliqué.

— Peut-être, mais elle est grosse et facile à repérer, avait objecté Alistair. Il suffit d'une paire de jumelles.

— Facile à repérer, difficile à capturer. Elle est furtive de nature.

Ainsi le nom de Dragonfly avait-il été adopté. Les cinq membres du groupe étaient inépuisables, téméraires. Les libellules ne traquaient pas leurs proies, elles les localisaient et calculaient leur trajectoire avant de les intercepter. Cette stratégie était précisément celle qu'ils mettraient en œuvre lors de leur mission. Ils pénétreraient les lignes ennemies qui ignoreraient tout de leur présence et de leurs objectifs. Alistair travaillait sur ce projet depuis que l'armée allemande occupait la France, sachant que l'entrée en guerre des États-Unis n'était qu'une question de temps. Avant la fermeture des frontières, il s'était rendu dans la Ville Lumière pour constituer un réseau de Parisiens résistants, puis il était rentré pour sélectionner des candidats susceptibles d'accomplir les missions qu'il avait en tête. D'après les renseignements dont il disposait, son réseau de résistants était encore en place, ce qui relevait du miracle. Combien de temps ses facilitateurs tiendraient-ils dans un pays miné par la collaboration ?

À l'époque, Alistair n'avait pas souligné une caractéristique de la libellule : elle était capable de dévorer ses semblables quand elle avait très faim. Quoi de plus naturel ? Si l'un des agents se faisait prendre, il était raisonnable de penser qu'il ou elle céderait sous la torture et dénoncerait ses camarades. Dans l'idéal, il aurait fallu former chaque agent individuellement. Hélas, ils manquaient de temps, d'instructeurs et de locaux. Le terme de « groupe » était erroné, car chacun avait une mission différente à accomplir. Ils se rendraient en France en tant qu'unité mais agiraient seuls, avec pour contact un opérateur radio qui rendrait compte à Alistair.

Ainsi, pour protéger les agents les uns des autres, Alistair avait veillé à ce que la règle fondamentale du camp d'entraînement de l'OSS soit appliquée strictement sous peine de renvoi immédiat. Il était interdit aux candidats de révéler leur véritable identité ou tout autre détail de leur vie. Ils ne devaient même pas savoir d'où venaient leurs camarades. Ils étaient désignés par une lettre de l'alphabet, A, B, C, D et E, ce qui n'incitait pas aux confidences.

Hélas, cette méthode avait échoué. Alistair avait constaté à quelle vitesse cinq inconnus pouvaient constituer un groupe uni, une véritable meute de loups. Il les avait vus se lier d'amitié lors des repas, des cours, des séances d'entraînement, des rares moments de loisir. Les vérifications d'usage ayant révélé qu'ils étaient tous célibataires, Alistair avait redouté que cette situation ne soit propice à l'éclosion d'idylles, ce qui n'était pas souhaitable.

Ils étaient séduisants. S'il n'avait pas connu leur passé, Alistair se serait demandé pourquoi ils étaient libres comme l'air. Brad Hudson était trop occupé à travailler et à s'occuper de sa famille pour jouer les jolis cœurs. Bridgette Loring pensait trop à sa carrière pour s'engager dans une relation stable. Quant à Sam Barton, il avait avoué une rupture brutale avec sa petite amie juste après son vingt-deuxième anniversaire, avant son rendez-vous avec Alistair, sans doute. Victoria Grayson était en deuil de son pilote de chasse et Christoph Brandt se remettait du rejet de la Texane qu'il pensait épouser. Aucun ne voulait chercher la consolation dans d'autres bras.

Loin des rivalités, des combats de coqs, ils avaient opté pour une amitié sincère parce qu'ils s'étaient rencontrés dépouillés de leur passé et pouvaient simplement être eux-mêmes, sans artifices.

Alistair était ravi d'avoir formé la meilleure des équipes, mais il n'avait pas prévu d'avoir tant de regrets. D'un signe de la main, il commanda un autre verre d'eau gazeuse. Comment cette cohésion était-elle née ? Tout avait débuté le matin où les candidats étaient montés à bord du bus à destination de Station S, le centre d'évaluation de l'OSS.

8

Victoria Grayson fut la première à monter à bord du car et à choisir un siège. Assis au fond, Alistair observerait le comportement de ses nouvelles recrues. Ils seraient conduits à Station S, une propriété rurale des alentours de Washington transformée en un centre où l'on évaluait l'état psychologique et la santé mentale des futurs agents. La moitié des passagers de ce bus seraient renvoyés vers les locaux de l'OSS à la fin de la semaine car ils auraient échoué à cette première étape de sélection. Les cinq personnes qu'il comptait examiner de plus près n'en feraient pas partie. Notamment Victoria Grayson.

Il avait vu la jeune femme pour la première fois au gymnase de l'université, lors d'une compétition d'escrime. En ce 23 mai 1940, étudiants et enseignants admiraient pour la dernière fois le style et la technique de leur championne.

— Elle aurait remporté la médaille d'or aux Jeux olympiques, tu sais, s'ils n'avaient pas été annulés à cause de cette foutue guerre, avait dit un étudiant à un camarade alors qu'ils prenaient place à côté d'Alistair sur les gradins bondés.

Impressionné par l'adresse des jeunes filles, Alistair s'était senti ignorant face aux attaques, parades et ripostes, aux fentes et aux esquives. Il savait qu'une touche de la pointe de la lame rapportait un point au tireur et laissait une trace noire sur l'adversaire. À l'issue de la rencontre, la veste de Victoria comptait quatre marques contre cinq sur celle de son adversaire. Les escrimeuses s'étaient saluées sous un tonnerre d'applaudissements, leur masque sous le bras, le front moite de sueur.

Lorsque Victoria avait posé ses yeux gris-vert sur Alistair, comme si elle l'avait entendu crier son nom, il avait eu la chair de poule. Cet instant furtif lui avait donné l'envie folle d'oublier Victoria Grayson. Tant de beauté, de puissance et de grâce qui risquaient d'être anéanties... Il avait vite chassé cette pensée de son esprit.

Depuis l'arrière du car en route vers Station S, Alistair observa les autres candidats, qui n'osaient parler de peur d'enfreindre les règles et d'être exclus du programme. Au centre d'évaluation, on leur attribuerait un pseudonyme. Le pêcheur, l'entraîneur sportif et l'ingénieur étaient assis ensemble. Enfin, la tête blonde de Bridgette Loring apparut. Il ne restait plus que deux places, l'une à côté de Victoria Grayson et l'autre près d'une jeune femme aux cheveux filasse et aux lunettes rondes. Tout le monde avait évité l'escrimeuse. Sans doute étaient-ils intimidés par sa beauté froide et sa réserve. Pas Bridgette Loring. Sans l'ombre d'une hésitation, elle choisit Victoria.

— Salut ! lança-t-elle avec un sourire.

Alistair gribouillait encore en sirotant son troisième verre sous le ventilateur de la taverne. Des cinq jeunes gens, Bridgette était la plus fascinante car nul ne s'attendait à une telle force physique et à un tel courage chez ce petit bout de femme. Avec ses cheveux blonds, ses yeux de biche, on lui aurait donné le bon Dieu sans confession. Une preuve supplémentaire, s'il en fallait, que les apparences étaient trompeuses. Son dossier scolaire l'attestait : excellente élève et chef de classe, elle était championne d'échecs junior du Michigan et avait remporté une compétition d'éloquence au lycée. Elle était aussi capitaine de l'équipe de softball. D'après son entraîneur, elle était surnommée « p'tite frappe », ce qu'elle ne devait guère apprécier.

Elle avait été élevée par sa grand-mère, Angèle Duvalier, une Française décédée depuis peu, couturière émérite, qui avait passé sa jeunesse à Berlin. Avec sa petite-fille, elle s'exprimait plus volontiers en français ou en allemand qu'en anglais. Au début de la Grande Guerre, elle avait été arrêtée à Berlin, avec son mari, alors qu'ils étaient espions pour le gouvernement français. Son mari avait été exécuté et Angèle torturée, une épreuve dont elle avait gardé des séquelles physiques et une haine farouche envers les autorités. À l'époque, la mère de Bridgette avait quinze ans. Des membres de la famille l'avaient exfiltrée et ramenée à Paris, où elle avait résidé jusqu'à la fin de la guerre, quand Angèle l'avait rejointe. Bridgette, elle, n'avait jamais vécu en France. Son père était américain et le couple s'était installé dans le Maryland en 1920, l'année de sa naissance. Hélas, la jeune maman était morte quatre mois après un accouchement difficile. Son père avait fait venir Angèle afin qu'elle s'occupe du bébé, qu'il tenait pour responsable de la mort de son épouse. Il passait son temps à voyager pour son travail. En 1924, il avait péri lors d'une catastrophe ferroviaire. Bridgette avait hérité d'un modeste fonds de placement et d'une maison à Traverse City, dans le Michigan.

Au cours d'un entretien mené à Station S, un psychologue lui avait demandé si elle se souvenait de son père. Le regard de la jeune femme s'était voilé, comme si ce souvenir était pénible. L'expert avait noté dans son rapport que la candidate semblait éprouver une méfiance instinctive vis-à-vis des hommes.

Ces cinq jours d'évaluation avaient montré à Alistair que les candidats étaient attirés les uns vers les autres tels des aimants, déjà liés sans avoir la moindre idée des projets qu'on leur réservait. Ils étaient de la même veine : brillants, équilibrés, confiants, optimistes. Des êtres d'exception. Pas étonnant qu'ils aient franchi avec brio les étapes successives de la sélection.

Contre toute attente, c'est Bridgette, la plus menue, qui avait obtenu les meilleurs résultats, surtout lors de l'interrogatoire sous pression. Cette épreuve cruciale du processus d'élimination consistait à simuler un interrogatoire de la Gestapo afin de jauger la résistance du candidat. Avec un aplomb incroyable, assise sur une chaise, les poings liés, dans une salle étouffante, pendant des heures, elle avait concocté une raison plausible à sa présence dans un bureau du gouvernement, en pleine nuit, le nez dans un dossier.

— Je voulais prouver qu'il existe des failles dans votre système de sécurité et que votre surveillance de ces locaux laisse à désirer. Même un aveugle aurait pu entrer ! avait-elle clamé.

— Que voulez-vous dire ? Comment êtes-vous entrée ?

— J'ai rampé dans la goulotte à charbon.

Bridgette avait peut-être évité au futur groupe Dragonfly de repartir pour Washington. Les candidats encore en lice avaient droit à une fête durant laquelle ils pouvaient se détendre, voire se saouler. Bridgette aurait déclaré à ses camarades :

— J'ai des doutes sur l'objectif de cette soirée. Le programme ne s'arrête que ce soir à minuit. Nous sommes encore en évaluation. À mon avis, ils veulent nous observer quand on se laisse aller, au cas où on révélerait quelques secrets.

Les autres avaient admis qu'elle avait raison. Ils étaient tous fatigués, stressés, vulnérables à la torpeur de l'alcool. Grâce à l'intuition de Bridgette, ils n'avaient pas été rayés de la liste le lendemain matin.

La phase suivante avait eu lieu dans une zone boisée et isolée du nom de Camp X, où les candidats avaient été formés à l'action sur le terrain, au maniement des armes, à la quête de renseignements et à leur codage. Ils avaient appris à crocheter une serrure et à photographier des documents. Des exercices particulièrement ardus avaient mis à l'épreuve leurs limites physiques. Au terme de cette période de six semaines, Alistair avait sélectionné le chef de meute qui porterait la responsabilité de l'opération parisienne : Bridgette Loring serait son opératrice radio.

Brad Hudson fut le dernier à se lancer dans l'aventure Dragonfly. À la fin du mois de mai, tous les membres avaient été recrutés, à part le jeune pêcheur à la ligne qu'Alistair avait en tête pour compléter sa sélection. Sam Hudson, *alias* Bucky, avait signé le formulaire de l'OSS au café *Kelly*, à Oklahoma City, le lundi suivant son vingt-deuxième anniversaire, et Chris Brandt de New Braunfels, au Texas, avait apposé sa signature moins de vingt-quatre heures après son appel à Washington. Victoria et Bridgette l'avaient contacté et avaient pratiquement signé quand Alistair était parti pour Meeker, dans le Colorado, pour en revenir soulagé d'avoir échoué dans un objectif qu'il n'avait guère envie de remplir dès le départ. Il avait cédé à la tentation de revoir Joanna, tout en profitant d'un week-end de pêche, histoire de se détendre un peu.

Non seulement Brad Hudson était le portrait craché de son père, mais Joanna était aussi désirable que dans ses souvenirs. C'était incroyable, compte tenu de sa vie difficile. Il ne l'avait pas vue depuis vingt-trois ans. Le jour de sa rencontre avec Joanna Bukowski, elle portait un manteau élimé et faisait la queue devant une soupe populaire, à Coblence.

Lui et Thomas Hudson, un camarade de régiment, étaient membres des forces alliées occupant l'Allemagne dans le sillage de la Première Guerre mondiale. Profitant d'une rixe, un homme avait volé le bol et le morceau de pain de Joanna avant de s'enfuir. Furieuse, elle avait interpellé les militaires américains. Jamais Alistair n'avait vu un visage aussi superbe, quoique émacié. Ce moment était resté gravé dans sa mémoire.

— Nous allons vous secourir, avait-il déclaré.

Thomas lui avait offert son bras en ajoutant :

— Laissez-nous vous aider, Fräulein. Il y a un café près d'ici. Vous y serez au chaud et nous vous ferons servir un repas.

En acceptant le bras de Thomas, Joanna Bukowski s'était retrouvée hors de portée d'Alistair. En janvier 1919, celui-ci avait été témoin à leur mariage. Cette année-là, Thomas avait ramené sa jeune épouse à Meeker, dans le Colorado, région de montagnes et de rivières qu'il aimait tant. Alistair avait préféré ne plus les revoir.

Certes, elle avait été sidérée de le voir apparaître, mais Alistair était ravi qu'elle l'ait reconnu en quelques secondes.

— C'est ta voix, avait-elle expliqué. Je n'ai jamais oublié ta voix.

Naturellement…

Après le choc initial, Brad s'était approché, curieux de connaître l'histoire commune de son père et de son client. Pour sa part, Alistair avait vite compris que la présence du jeune homme à la maison était indispensable et qu'il ne pouvait être recruté pour la mission à Paris. L'homme en brun avait décidé de se concentrer sur la pêche à la ligne en oubliant le motif initial de sa venue. Lorsque Joanna lui avait demandé s'il était encore dans l'armée, il avait répondu par l'affirmative, en précisant qu'il dirigeait désormais une organisation civile.

Le jeune homme avait paru sceptique :

— Un service de messagerie à la fois civil et lié à l'armée ?

— C'est une façon de présenter les choses.

Alistair n'en avait pas dit davantage. À son retour de France, il comptait revenir à Meeker. Joanna l'accepterait peut-être, cette fois… Hélas, au moment de lui dire au revoir, elle lui avait confié :

— Je vais me remarier, Alistair. Brad n'est pas encore au courant.

— Avec qui ? avait-il demandé, déçu.

— Le patron de Brad, le propriétaire de la scierie où il travaille. C'est arrivé très vite, mais je tiens à lui, c'est un homme bien qui veut s'occuper de nous.

Alistair ne s'était guère étonné de l'appel téléphonique de Brad, peu après son retour à Washington, pour lui demander si l'OSS avait quelque chose à lui proposer. Il était très frustré d'avoir été réformé.

— Ta mère est au courant ?

— Elle sait que je veux m'engager. Ce qu'elle ignorera par ailleurs ne risque pas de lui faire de la peine.

Oh que si, jeune homme, avait songé Alistair, avant d'inviter Brad à venir dans la capitale fédérale.

En vain, Alistair avait fait de son mieux pour le décourager, sans trahir de secrets, en l'informant du danger. L'OSS pouvait se passer du fils de Joanna

Bukowski Hudson, qui avait assez souffert. Brad avait deviné qu'il voulait protéger le fils d'une femme qu'il désirait encore. Ce garçon avait un instinct très sûr et un grand sens de l'observation.

À présent, lui et ses camarades étaient prêts à partir. Alistair avait choisi les noms d'emprunt sous lesquels ils vivraient à Paris, leurs identités « de travail », inconnus des autres membres, même le jour où ils quitteraient la France, leur mission accomplie. Alistair en avait informé chaque agent, lui ordonnant de ne rien divulguer aux autres. Le secret serait leur meilleure protection. Sa méthode était simple. Le prénom du pseudonyme avait la même initiale que le vrai : Sam Barton deviendrait Serge Beaulieu, Brad Hudson serait Bernhard Wagner et Chris répondrait au nom de Claus Bauer. Bridgette serait Bernadette Dufour et Victoria, Viviane Colbert.

En revanche, ils avaient choisi collectivement les noms de code qui leur permettraient de s'identifier lorsqu'ils partageraient leurs renseignements, avant la transmission radio. Ils les emploieraient désormais pour communiquer entre eux. Alistair leur avait déconseillé tout terme évoquant le genre, le métier ou l'aspect physique, le moindre détail permettant à l'ennemi de les reconnaître. Ils avaient ouvert le dictionnaire Webster et décidé de choisir un mot commençant par la lettre figurant sur cette page, en l'occurrence le *l*. Bridgette avait ainsi adopté « Labrador », un nom approprié pour son caractère tempéré et fiable. L'index de Victoria s'était arrêté sur « Liverwort », l'hépatique étant une plante verte d'aspect quelconque qui contrastait avec sa beauté.

Brad avait opté pour « Limpet », patelle, un gastéropode marin capable de s'accrocher à un rocher battu par les vagues. Les deux autres garçons avaient également sélectionné des mots qui leur correspondaient : « Lodestar », pour Sam, l'étoile Polaire qui guide les navires, et « Lapwing » pour Chris, le vanneau, un oiseau connu pour ses longs battements d'ailes et son cri strident. Alistair s'était amusé de ce choix. Chris avait-il pensé à sa tendance à chanter sous la douche ou à son étonnante démarche chaloupée qui contrastait avec sa vitesse à la course ?

Attablé dans la taverne, Alistair écrasa sa dernière cigarette dans le cendrier. Si le groupe s'en tenait strictement à sa mission de quête et de transmission de renseignements, il avait toutes les chances de survivre. Les contacts d'Alistair à Paris étaient prêts et les attendaient de pied ferme. Aucun n'avait été arrêté. Sam Barton, *alias* Serge, travaillerait avec des ingénieurs en rapport avec des entreprises réquisitionnées par les nazis. Bridgette *alias* Bernadette avait été engagée comme assistante styliste chez Jeanne Boucher, l'une des plus prestigieuses maisons de couture de la capitale française, et Victoria *alias* Viviane deviendrait professeur dans une célèbre école d'escrime fréquentée par des officiers allemands. Chris *alias* Claus serait entraîneur sportif dans une école instruisant des fils d'officiers nazis et du gouvernement de Vichy. Brad, *alias* Bernhard, était chargé de s'attirer les bonnes grâces d'un général de l'Abwehr passionné de pêche à la ligne. Ils ne connaîtraient les détails de leur mission qu'en arrivant à Milton Hall, leur ultime centre de formation, à un peu moins de cent kilomètres de Londres. Ce vaste domaine servait de siège au Special Operations Executive ou SOE, la direction des opérations spéciales britannique, un service secret.

Bill Donovan lui serinait de ne pas s'inquiéter, mais il ne parvenait pas à chasser le profond malaise qui le rongeait. Restait encore à déterminer les motivations secrètes de Sam Barton et Victoria Grayson. Celles des autres étaient simples : Brad Hudson et Bridgette Loring avaient des comptes à régler avec les nazis et ne se contenteraient pas de manifester et de diffuser des informations sur l'ennemi. Chris Brandt, fils d'Allemands très ancrés dans leur culture, tenait à prouver qu'il était un véritable Américain.

À la connaissance d'Alistair, aucun des membres de l'équipe ne connaissait ces motivations. À part l'impression qu'ils s'étaient faite au cours des semaines de formation, ils ne savaient rien les uns des autres. Ils ne pouvaient donc révéler à la Gestapo ou aux SS un passé, une mission, des cibles et des noms d'emprunts dont ils ignoraient tout, même sous la torture.

Dans la taverne, la clientèle du soir commençait à arriver. Il était temps pour Alistair de s'en aller. Il empocha son paquet de cigarettes, vida son verre d'une traite et le posa sur la serviette en papier. L'humidité de la glace fondue troubla les contours de la libellule griffonnée à l'encre.

LES MISSIONS

9

Septembre 1942, Milton Hall, Grande-Bretagne

Les ordres étaient simples et devaient être suivis à la lettre. Ils n'étaient que des espions en quête de renseignements. Alistair leur avait interdit de s'engager dans des activités de résistance, de sabotage ou de propagande. Ils vivraient sous couverture en toute discrétion et transmettraient leurs informations à l'homme en brun qui resterait derrière son récepteur radio en tant que chef de station chargé des affaires françaises, à Berne, en Suisse. Ils ne seraient pas armés mais posséderaient des instruments d'autodéfense issus des laboratoires de recherche de l'OSS et du SOE et qui ressemblaient à s'y méprendre à des objets de la vie courante tenant dans une main ou un sac. Il y avait un parapluie dont le manche dissimulait une lame que l'on faisait jaillir en appuyant sur un bouton et des fusées en forme de crayon qui explosaient pour laisser aux agents le temps de s'enfuir. Ils disposaient aussi de porte-cigarettes qui explosaient en s'ouvrant et de pistolets en forme de pipe qui pouvaient tirer des balles de calibre 22. Briquets, boîtes d'allumettes, poudriers, bâtons de rouge à lèvres, boutons, boucles de ceinture pouvaient dissimuler un appareil photo, une carte, une boussole. De plus, ils devaient avoir accès en permanence à leur ampoule de cyanure. Alistair espérait que la Gestapo, les SS et l'Abwehr, le service de renseignement allemand, n'étaient pas encore informés de ces inventions, car ils en savaient de plus en plus sur les méthodes des résistants et espions alliés.

Une fois à Paris, seule Bridgette pourrait entrer en contact avec lui. En tant qu'opératrice radio, elle jouerait un rôle essentiel dans le succès des missions. Elle serait la tête de la libellule et les autres ses ailes. L'environnement personnel et professionnel des « ailes » les plaçait sous la surveillance constante des Allemands et d'éventuels collaborateurs français. Il était trop risqué de leur confier une radio MK 11 de type B, qui tenait dans une valise.

Bridgette logerait dans les soupentes d'un couvent, le lieu le plus sûr pour un émetteur grâce à l'épaisseur des murs. Les véhicules de la Gestapo qui sillonnaient les rues ne pourraient détecter les transmissions sans fil.

Néanmoins, un problème demeurait. Alistair l'avait en partie résolu en répartissant les membres du groupe à différents points du Quartier latin, sur la rive gauche de la Seine. Chaque quartier étant un village dont les habitants fréquentaient les mêmes cafés et commerçants, les agents pourraient se croiser sans éveiller les soupçons.

Pour confier à Bridgette les renseignements à transmettre à Berne, Alistair avait attribué, de mauvaise grâce, une boîte aux lettres commune aux quatre autres, celle de la porte d'une dépendance louée par l'OSS et adjacente au couvent. Utiliser une seule boîte aux lettres était la seule solution. S'ils en avaient plusieurs disséminées dans tout le Quartier latin, Bridgette ne pourrait relever le courrier qu'une seule fois par jour, entre son départ au travail et le couvre-feu. La circulation, les problèmes de transport, les conditions météorologiques, surtout en hiver, les retards divers entraveraient sa tâche.

Alistair avait exposé les risques de cette boîte unique à son équipe. Si un agent était arrêté et torturé, les autres pouvaient se faire prendre en déposant leurs renseignements et Bridgette en venant les récupérer. Ils en avaient tous accepté le risque. Ils ignoraient que le couvent abritait le logement de leur opératrice radio. Labrador vérifierait le courrier chaque matin, en partant pour la maison Boucher, puis à nouveau le soir en rentrant chez elle.

Seule Bridgette possédait la clé de cette porte. La bâtisse servait à entreposer des rouleaux de tissu, dessins, fournitures, sans oublier une machine à coudre, des mannequins, une table et des chaises, de quoi justifier ses visites, au besoin. La dépendance était une annexe de la maison Boucher où elle cousait parfois pour certains clients. L'extrémité calleuse de son index droit l'attestait.

Ce qu'Alistair n'avait pas prévu, c'était un moyen pour la tête de la libellule de communiquer avec les ailes. Afin de protéger l'identité de Bridgette et des autres, ceux-ci ne devaient avoir ouvertement aucun contact avec elle. Si sa couverture était révélée, il n'y aurait plus de connexion radio avec Berne et l'opération tomberait à l'eau. Il était donc vital que l'identité, l'adresse et le lieu de travail de Labrador demeurent confidentiels. Cependant, elle risquait de devoir entrer en contact avec chacun de ses coéquipiers dans certaines situations.

Au cours de sa carrière, Alistair n'avait jamais été confronté à un tel dilemme. Il avait longuement réfléchi à une solution, en vain, et le temps pressait. À mesure qu'approchait le moment de les lâcher dans la nature, face à leur destin, il avait décidé de soumettre ce problème à l'esprit acéré de ses jeunes protégés.

Brad, *alias* Limpet, suggéra un lieu central où laisser des messages codés à la craie. Graver le bois prendrait trop de temps et attirerait l'attention et avoir un couteau sur soi était interdit. Alistair avait vite rejeté cette proposition : des traces de craie sur un mur, un poteau ou le pas d'une porte seraient vite repérées par les patrouilles allemandes et la police française. Elles n'auraient qu'à guetter l'apparition d'un agent pour l'appréhender. La Gestapo pouvait arrêter quiconque transportait un objet de marquage autre qu'un crayon ou un stylo à plume et l'accuser de faire partie de la Résistance.

Ce fut Bridgette qui évoqua l'idée d'une fresque.

Le groupe savait qu'il résiderait dans le Quartier latin, même si chacun ne connaissait que sa propre adresse et n'avait pas le droit de la communiquer aux autres. Toutefois, Alistair ne se faisait guère d'illusions sur ce dernier point.

— Explique-toi, Labrador.

— Les Allemands ne verraient certainement aucun inconvénient à ce que l'on décore un mur triste d'une œuvre d'art qui serait un rayon de soleil en temps de guerre. Si vous pouviez arranger cela avec le couvent, major, je pourrais peindre une fresque sur le mur extérieur de la cour afin de communiquer grâce à un code.

— Tu veux utiliser une fresque comme support de messages codés ? fit Alistair avec enthousiasme. C'est faisable !

— Je pense à un paysage aquatique inspiré de Lapwing, expliqua Bridgette en adressant un sourire à Chris. Voilà comment il fonctionnera : je commencerai par peindre une libellule voletant autour d'un nénuphar. Ensuite, j'ajouterai les éléments correspondant à nos noms d'agents. Quatre d'entre eux trouvent naturellement leur place dans un paysage aquatique. Le labrador sert à la chasse au gibier d'eau, la sarcelle ou le colvert, par exemple. L'hépatique de Liverwort est une plante qui aime l'eau. Le vanneau de Lapwing est un pluvier nichant dans ce type d'habitat. Quant à la patelle, c'est un mollusque qui se fixe aux rochers.

— Et Lodestar ? s'enquit Bucky.

— L'étoile Polaire ? Elle surplombe l'ensemble, répondit-elle. Je pourrai vous laisser des messages sous la forme d'un signe tracé sur votre symbole sans que l'ennemi ne devine qu'il s'agit d'un code.

— Autrement dit, l'inscription passera pour un élément de la fresque, commenta Victoria.

— C'est ça, Liverwort, confirma Bridgette.

— Excellente idée, reprit Victoria, impressionnée.

— Nos symboles nous serviraient à déchiffrer des messages individuels de ta part, renchérit Bucky.

— Absolument, Lodestar. Si tu vois un nouveau détail sur ton étoile, tu sauras que le message vient de moi et ce qu'il contient. Il nous suffit, en tant que groupe, de déterminer des signes convenant aux symboles et à mémoriser leur signification.

— Cela peut fonctionner puisque nous vivrons tous dans le même quartier, admit Bucky. Il faudra veiller à passer devant la fresque chaque jour. Cela n'éveillera pas les soupçons de la part de riverains.

— Je suis d'accord avec Lodestar. Je m'étonne quand même que les nazis n'aient pas compris que la Résistance utilisait les graffitis pour envoyer des messages ? s'enquit Brad.

— Bien vu, Limpet, mais je doute qu'une fresque suscite leur méfiance, répondit Bridgette. Ils y verront une façon anodine d'égayer la rue. Ils seront peut-être ravis de montrer qu'ils ne sont pas les monstres sans cœur que l'on décrit.

— Je croyais que les Allemands détestaient les arts, intervint Victoria. En 1939, ils ont brûlé environ cinq mille peintures à Berlin.

Les journaux américains avaient relaté la destruction massive de toiles inestimables provenant de musées allemands, sur les ordres d'Adolf Hitler.

— Il s'agissait d'art moderne, Liverwort, expliqua Bridgette. Il n'y aura rien d'expressionniste dans ma fresque. Les Allemands apporteront peut-être leur touche personnelle. Les Français aussi, sans doute. Ce n'est pas un plan parfait, mais il me permet au moins d'établir un contact avec vous tous. Comme l'a souligné Lodestar, nous avons tous une raison légitime de regarder ce mur.

— Et si des vauriens avaient l'idée de la vandaliser ? hasarda Bucky.

— C'est une éventualité, Lodestar, admit Bridgette. Pas en plein jour, à cause des patrouilles allemandes, ni après le couvre-feu. On peut imaginer que d'autres artistes en herbe ne résisteront pas à la tentation d'apporter leur contribution, sans parler des enfants. Cela ne nuira en rien à mes messages si vous savez quoi chercher.

Satisfait, Bucky opina du chef.

Alistair était resté en retrait pour observer leurs échanges. Les autres avaient dû deviner que Bridgette exerçait une activité artistique. S'ils étaient logiques, ils avaient compris qu'elle vivrait à proximité de ce mur. Cependant, l'idée était bonne.

— Un rayon de soleil en temps de guerre. J'aime ce projet, dit-il.

Victoria leva la main.

— S'il faut voter, Liverwort se déclare en faveur de la fresque. Je ne vois aucune raison de ne pas tenter le coup et j'aime bien l'idée de tromper les Allemands juste sous leur nez.

Bucky leva la main à son tour comme pour prêter serment.

— Et moi, Lodestar, je vote aussi pour. Bien joué, Labrador.

— Limpet est de la partie, annonça Brad.

Chris tendit sa main droite, dénuée de pouce, en direction de Bridgette :

— Même chose pour Lapwing.

Bridgette esquissa une copie de la peinture qu'elle envisageait de réaliser. Pendant plusieurs jours, le groupe élabora et mémorisa un langage secret à partir d'éléments d'un paysage aquatique : traits, points, cercles prirent un sens, qu'il s'agisse d'une mise en garde, d'une information ou d'une confirmation. Toutes les urgences qui risquaient de se présenter étant impossibles à prévoir, ils se concentrèrent sur les plus probables : le besoin de parler à Bridgette en personne, un problème avec la boîte aux lettres, par exemple. L'agent tracerait alors une diagonale sur son propre symbole qui indiquerait un rendez-vous dans un bistrot, à seize heures, le jour même. Un trait oblique sur la libellule du milieu convoquerait tous les membres.

Brad voulut savoir comment Labrador avertirait les autres si par malheur elle était découverte.

Bridgette pinça les lèvres d'un air pensif avant de répondre :

— Dans la mesure du possible, je dessinerai un V dans une oreille du chien. Vous saurez alors qu'il faut gagner vos refuges.

— Et si tu n'y arrives pas ? demanda Victoria.

— Je n'ai pas de réponse à cette question, avoua la jeune femme.

* * *

C'était la dernière fois qu'ils étaient réunis en terrain sûr. Alistair leur avait fait la surprise d'une soirée de liberté avant leur départ pour Tempsford, où ils se rendraient individuellement. Là-bas, des pilotes de l'escadron secret « Moon », une unité de la RAF dont la mission était de déposer et de récupérer des agents derrière les lignes ennemies, les nuits de pleine lune, les transporterait vers des pistes d'atterrissage improvisées dans la campagne française. Bridgette serait la première à s'envoler dès quatre heures du matin.

— Au village, il y a un pub, *Le Crown and Sceptre,* leur avait dit Alistair. Allez donc passer un peu de bon temps. J'enverrai un chauffeur vous chercher.

Ce serait différent de leur ultime soirée à Station S. Le major n'avait pas à s'inquiéter de frasques éventuelles. Groupés autour d'une table, ils buvaient peu et parlaient encore moins, conscients du sérieux de leurs missions. Le moment de vérité était arrivé. Ils allaient mettre leur vie en jeu sans certitude de s'en sortir. Ils n'avaient pas envie de se séparer, de quitter ce cocon de respect mutuel et d'affection qu'ils avaient tissé durant ces quatre mois de formation. À Paris, ils ne se verraient plus que dans un bistrot, leur lieu de rencontre au cas où un trait oblique apparaîtrait sur l'un de leurs symboles. Désormais, ils ne formaient plus vraiment un groupe.

— Vous croyez que le major Reynolds nous révélera nos véritables identités quand ce sera terminé, pour qu'on reste en contact ? s'enquit Victoria. Nous ne serons pas exfiltrés ensemble. Comment nous revoir, ensuite ?

Quelque temps plus tôt, Bridgette se serait étonnée de la mélancolie de Victoria à la veille de la séparation. En général, celle-ci n'exprimait guère ses sentiments. En réalité, ce masque de froideur dissimulait une nature chaleureuse et des sentiments intenses. Un soir, elles avaient brisé les règles et évoqué leur motivation à rejoindre l'OSS. La perte de sa grand-mère, son unique famille, qui avait été torturée par les Allemands, pour Labrador, et la recherche de son fiancé dont l'avion avait été abattu au-dessus de la région parisienne pour Liverwort. Elle était persuadée qu'il était peut-être encore en vie, caché quelque part.

— Autant chercher une aiguille dans une botte de foin, avait simplement commenté Bridgette.

Le beau regard gris-vert de Liverwort s'était durci, plus déterminé que jamais.

— Je sais, mais je dois essayer !

Quant aux garçons, ils n'avaient rien révélé de leurs motivations. Cependant, en les observant, Bridgette avait glané quelques indices.

Limpet semblait aimer la pêche à la ligne. Elle l'avait entendu en parler avec un employé de Milton Hall et, plusieurs fois, elle l'avait aperçu maniant une canne avec adresse, dans le parc. Le major avait même demandé au jeune homme s'il avait pensé à empaqueter son « matériel ». Sans doute une canne et un moulinet. L'expertise de Limpet correspondait à sa mission. Depuis, les filles le surnommaient « le pêcheur ».

Si le métier de Lodestar demeurait un mystère, son aisance lors des cours de dessin suggérait une certaine familiarité avec le maniement d'un crayon. Liverwort le croyait architecte « ou quelque chose de ce genre ». En revanche, son approche pragmatique suggérait plutôt l'état d'esprit d'un ingénieur.

Victoria avait entendu Lodestar interroger des pilotes de l'escadron Moon sur un officier antifasciste qu'ils auraient pu récupérer en France pour l'aider à rejoindre le général de Gaulle qui constituait une armée à Londres. Lodestar voulait savoir s'ils avaient entendu prononcer le nom de Nicolas Cravois. Un pilote avait affirmé que oui, mais qu'il n'était pas avec le général de Gaulle. C'était un responsable important de la Résistance vivant en région parisienne. Les nazis le surnommaient le Spectre noir. D'après Victoria, le visage de leur camarade s'était « illuminé comme un néon ». Les deux jeunes femmes en avaient conclu que ce nom avait un rapport avec ce qui avait incité Lodestar à signer pour cette mission. Il avait un léger accent de l'Oklahoma.

Selon Bridgette, Lapwing venait du Texas, avec son débit traînant… quand il ne parlait pas allemand. Il avait une telle passion pour la course à pied qu'il était autorisé à courir chaque jour, en dépit d'un emploi du temps très chargé. Les autres pensaient que la course faisait partie de sa couverture et qu'il se devait de rester en forme. Se rendait-il compte que les femmes de Milton Hall le dévoraient des yeux, depuis leurs fenêtres, quand il s'élançait sur la route, torse nu, avec ses longues jambes fuselées, sans paraître essoufflé le moins du monde ?

Au pub, Bridgette émergea de ses pensées en entendant Lapwing déclarer :

— Posons la question au major dès ce soir. Je suis en faveur d'une réunion de retrouvailles après notre retour.

Les autres l'approuvèrent avec enthousiasme. Il ne faisait aucun doute dans leur esprit qu'ils seraient encore en vie après la guerre. Bridgette sentit alors le regard de Liverwort se river sur elle.

— Et toi, Labrador ? Qu'est-ce que tu en dis ?

— J'enverrai les invitations, répondit-elle. Et si le major refuse de nous fournir les coordonnées de chacun ? Nos dossiers sont classés top secret, vous savez, et le major respecte les règles à la lettre. Nos noms risquent d'être scellés dans des cartons pendant de nombreuses années.

Un silence pesant s'installa autour de la table. Chacun avait les yeux baissés vers sa chope ou tapotait nerveusement la table de ses doigts. La question tacite à laquelle ils n'osaient songer les oppressait : *qu'est-ce qui nous empêche d'échanger ces informations maintenant ?*

Enfin, Bucky secoua la tête.

— Non, c'est impossible, les gars ! On en meurt d'envie, mais on ne peut pas, dans l'intérêt de tous.

Le cœur gros, les autres durent admettre qu'il avait raison. Lors de leur premier briefing à Washington, le major les avait prévenus. Il leur avait martelé à grand renfort d'exemples à glacer les sangs ce qu'ils encouraient en désobéissant à cette consigne :

— Si vous croyez pouvoir échanger vos noms, adresses et autres détails de votre vie civile en toute sécurité, laissez-moi vous raconter une histoire…

S'était ensuivi le récit d'une agente de l'OSS capturée, torturée et morte dans d'atroces souffrances parce qu'elle avait commis l'erreur de se confier à un camarade qui était ensuite tombé entre les mains de la Gestapo. Les services de renseignements allemands avaient retrouvé la trace de cette femme grâce à ses réseaux aux États-Unis. Elle avait été arrêtée à Berlin au début de la guerre. Ligotée, bâillonnée, elle avait été brûlée vive.

— Sachez que votre identité peut être repérée aux États-Unis. Si vous tenez à la vie, je vous ordonne de ne révéler à personne qui vous êtes, où vous vivez, quels sont vos loisirs. C'est compris ?

Ils avaient compris.

— Très bien, reprit Victoria, je propose que l'on fixe un lieu, une heure et une date pour nous retrouver après la guerre.

— Excellente idée, répondit Bucky. Des suggestions ?

Tous les regards se tournèrent vers Bridgette. Au fil de ces quatre mois, ils en étaient venus à considérer Labrador comme leur chef.

— Eh bien, je ne suis jamais allée à New York et j'ai toujours eu envie de m'y rendre. Ce serait encore plus agréable si je vous revoyais par la même occasion.

— Formidable, acquiesça Victoria. Il y a un endroit que j'ai découvert lors de ma première visite. La Rose Main Reading Room, une prestigieuse salle de lecture de la New York City Library. Ce serait un lieu de rendez-vous idéal.

— Pourquoi pas ? concéda Bucky. Tout le monde est d'accord ?

Ils levèrent leur verre pour sceller leur pacte.

— À présent, convenons d'une date, suggéra Chris.

— Demain, nous serons le 23 septembre, jour de notre dispersion, déclara Bridgette. Si nous nous perdons de vue, rejoignons-nous à quatorze heures, dans la Rose Main Reading Room, le 23 du premier mois de septembre suivant la fin de la guerre. Vous êtes pour ?

— Vendu ! annonça Brad.

Un sergent britannique, membre du personnel de formation, se présenta et les interrompit :

— La fête est finie, mesdemoiselles et messieurs. Il est temps d'y aller !

— À l'opération Dragonfly ! lança Bucky en brandissant son verre.

— À l'opération Dragonfly ! clamèrent-ils en chœur avant de trinquer.

— Dieu sauve la reine et bénisse l'Amérique ! ajouta Victoria, un peu éméchée.

Et vous aussi, pauvres agneaux, songea tristement le sergent.

10

— Vous êtes bien installée, mademoiselle ? demanda le pilote du Lysander.

Il était sur le point de larguer la jeune agente sur la France occupée. Il la trouvait ravissante. Pour ce genre de mission, il fallait toutes sortes de profils, mais il croisait rarement des agents aussi charmants…

Recroquevillée au fond du cockpit, un parachute dans le dos, Bridgette se contenta d'opiner de la tête. En réalité, elle se sentait à l'étroit. Ils devaient atterrir dans un champ situé à une quinzaine de kilomètres de Paris, à la lueur de quelques torches qui seraient vite éteintes. Elle descendrait de l'appareil grâce à une échelle et filerait vers un signal envoyé par son contact… Pourvu que ce ne soit pas un piège tendu par la Gestapo. Une voiture l'attendrait pour la conduire vers sa nouvelle vie. Elle serait Bernadette Dufour, la nouvelle assistante de Jeanne Boucher, directrice de la maison de couture parisienne du même nom.

D'après le plan de vol, ils se poseraient vers deux heures. Elle avait le temps de se détendre un peu. Surtout, ne pas céder à la panique. Elle devait faire confiance au pilote, d'autant que l'avion volerait sans son équipement habituel de défense, de communication et de protection. Le bas de la carlingue était peint en noir mat pour ne pas être repéré par les projecteurs ennemis, et le reste en vert et en gris de camouflage pour ne pas attirer l'attention des appareils allemands volant à une altitude supérieure. Si ces mesures se révélaient inutiles, ils seraient à la merci de tirs depuis le sol et de ceux de la Luftwaffe.

— Je ne cherche pas à vous effrayer, mademoiselle, avait déclaré l'officier responsable des opérations spéciales avant qu'elle n'embarque à bord de l'avion militaire, mais je dois vous accorder une chance de renoncer pendant qu'il est encore temps. Cela fait partie de mon travail.

Une cigarette entre les lèvres, Alistair gribouillait dans un coin, sur une table, sans faire le moindre commentaire. Chaque agent de Dragonfly aurait la possibilité de se retirer du projet en toute discrétion. Bridgette était la première à en bénéficier puisqu'elle était partie avant les autres. Il lui suffisait de se lever et de quitter les lieux sans avoir à rendre de comptes. Si elle choisissait de « lever le camp et s'éclipser », selon l'expression de l'officier du SOE, un chauffeur la conduirait à Milton Hall, puis à Londres d'où elle s'envolerait pour les États-Unis. En se tournant vers Alistair, Bridgette avait eu l'impression qu'il souhaitait la voir accepter cette porte de sortie. Au fil des semaines, l'équipe s'était parfois dit qu'il regrettait de les avoir entraînés dans cette histoire.

En vérité, qu'est-ce qui l'attendait, chez elle ? Un emploi d'acheteuse pour le grand magasin J. L. Hudson de Detroit, dans le Michigan ? Une demeure vide à deux pas de celle de la meilleure amie qui l'avait trahie ? La pierre tombale d'Angèle Duvalier, gravée de ses dates de naissance et de décès ? Bridgette était arrivée trop tard pour célébrer son diplôme et son vingt-deuxième anniversaire avec sa grand-mère. Quand le bus l'avait déposée à Traverse City, elle avait pris un taxi vers la petite maison d'Elm Street. Un voisin l'avait informée qu'Angèle avait été conduite à l'hôpital car elle souffrait de douleurs thoraciques. La vieille dame n'avait survécu que deux jours après le retour de Bridgette. Le lendemain des obsèques de sa grand-mère, la jeune femme avait contacté l'OSS.

Ignorant le regard de son responsable, Bridgette avait déclaré au capitaine du SOE :

— J'accepte.

— Allez dormir un peu. Vous aurez besoin d'énergie. Décollage à minuit.

À bord du Lysander, Bridgette parvint à tendre les jambes, bercée par le ronronnement du moteur. Elle s'efforça de se détendre et laissa son esprit vagabonder sur la suite d'événements l'ayant menée jusque-là.

En ce 24 septembre 1942, si tout s'était déroulé comme prévu, elle serait stagiaire à la Paramount Motion Pictures, auprès de la plus célèbre costumière de Hollywood. Les ciseaux et la possessivité maladive de Gladys Bradbury en avaient décidé autrement. Bridgette revoyait encore l'étudiante hagarde au milieu des lambeaux de tissu, parmi les mannequins dépouillés de leurs modèles. De sa superbe toge en jersey rouge, elle n'avait pu sauver qu'une épaulette à paillettes. En quittant le réfectoire, Gladys n'était pas allée directement à l'hôtel *Pennant*, contrairement à ce qu'elle avait affirmé.

Si son amie d'enfance ne lui manquait pas le moins du monde, elle ne pouvait en dire autant de ses camarades de Dragonfly. En s'en allant avant l'aube, elle avait levé les yeux vers les fenêtres de l'étage où ils logeaient et avait vu les garçons, derrière la vitre de leur dortoir, et Liverwort, dans la chambre voisine, la mine pâle. En la regardant monter à bord de la Jeep qui la conduirait à Tempsford, ils avaient levé le pouce et Bridgette leur avait fait signe dans la pénombre. Le cœur gros et la gorge nouée, elle s'était éloignée.

Durant le trajet vers Tempsford, les phares de la Jeep transperçant le brouillard, le major Reynolds lui avait débité sa traditionnelle litanie de recommandations. Il ne parvenait pas à masquer sa propre angoisse. Avant la réunion prévue dix jours plus tard, elle devrait vérifier la liste de planques et d'établissements jugés sûrs qu'elle avait mémorisée pour s'assurer qu'ils étaient encore fiables. Naturellement, il fallait aussi préparer le mur d'enceinte à recevoir la fresque. Le major voulait que le voisinage remarque sa présence avant l'arrivée des autres agents dans le Quartier latin. Elle ne devait surtout pas se faire arrêter, avait prévenu le major.

En dépit de ses performances impressionnantes lors de la formation, elle ne résisterait pas à un interrogatoire de la Gestapo. Elle finirait sans doute par apprendre où logeaient et travaillaient ses camarades et en déduirait la nature de leurs missions. Elle seule détiendrait les informations que rechercherait la Gestapo afin de neutraliser le réseau.

— Au premier signe inquiétant, file, avait ordonné le major. C'est un ordre. Tu sais où aller et que faire. Et n'oublie pas de tracer un « V » dans l'oreille du chien.

— Je n'oublierai pas, avait assuré Bridgette.

Sur le tarmac, au moment d'embarquer, il l'avait gratifiée d'une accolade.

— Bonne chance, avait-il conclu d'une voix brisée par l'émotion.

N'était-il pas un peu ridicule d'être aussi attachée à quatre personnes dont elle ne connaissait même pas le vrai nom ? Quant à voir une figure paternelle chez un vieux militaire autoritaire aux doigts tachés par le tabac et aux dents jaunies par le café… C'était pourtant le cas, un sentiment nouveau, pour elle. Finalement, elle était capable de se lier à d'autres personnes. Elle avait même envie qu'ils fassent partie de sa vie pour toujours.

La veille, quand la téméraire Liverwort, un peu éméchée, les avait entraînés vers la chambre du major avant de frapper à sa porte, le major les avait repoussés.

— Oui ? avait-il demandé en leur ouvrant.

Liverwort avait exigé que, à l'issue de la mission, il leur révèle les noms et adresses de leurs camarades afin qu'ils restent en contact de retour aux États-Unis. Hélas, il n'en avait pas le droit pour des raisons de sécurité. Telles étaient les règles de l'OSS. Il leur avait suggéré de convenir entre eux d'un rendez-vous.

— C'est fait, avait expliqué Lodestar.

— Bien !

Ce ton paternaliste sous-entendait-il qu'il ne croyait guère à ces retrouvailles ou bien qu'il doutait de leur survie ?

— Vous êtes invité, avait précisé Liverwort.

— Ah oui ? Merci, j'en suis honoré.

— C'est pourquoi nous avons besoin de votre adresse.

— Désolé, c'est impossible. Quels sont la date et le lieu prévus ?

— Le premier 23 septembre en temps de paix, à la Rose Main Reading Room de la New York City Library, à quatorze heures, avait dit Limpet.

— On ne commencera pas sans vous, avait promis Lodestar.

— Dans ce cas, j'essaierai de venir.

Tandis qu'ils regagnaient leurs quartiers, Liverwort avait murmuré :

— Il ne croit pas en ces retrouvailles.

— Quel manque de confiance !

— On va lui montrer…

La fresque… désormais, ce serait son unique lien avec eux, une ligne de vie. Et si cette méthode ne fonctionnait pas ? Pour la première fois, alors que l'avion entamait sa descente vers le danger dans un vacarme assourdissant, Bridgette entrevoyait tous les problèmes susceptibles d'entraver leur communication. Pourquoi n'y avait-elle pas pensé plus tôt ? Et pourquoi le major avait-il accepté cette idée folle ?

— Préparez-vous ! cria le pilote.

Le cœur battant, Bridgette agrippa la valise contenant sa radio. Elle aurait une minute pour quitter la carlingue et s'éloigner au plus vite avant que le pilote ne remette les gaz pour décoller. En regardant au-dehors, elle vit une petite torche, puis d'autres, alignées pour définir une piste de fortune. Pourvu que les porteurs de ces torches soient de son côté… Le Lysander se posa brutalement, puis fit demi-tour pour repartir vers la première torche, qui s'éteignit rapidement.

— Filez ! ordonna le pilote.

Bridgette chercha du pied la marche peinte en jaune et descendit l'échelle. Dès qu'elle heurta le sol, le pilote remit les gaz.

— Bonne chance ! lança-t-il en s'éloignant.

La jeune femme se retrouva seule avec sa radio, dans un champ désert. Immobile, elle dressa l'oreille, guettant un mouvement, quelqu'un qui viendrait la chercher pour la mettre en sécurité. Les ombres qui avaient balisé la piste avaient disparu dans les bois bordant le champ. Si la Gestapo avait été là, elle se serait déjà manifestée.

Bridgette se tourna vers une haie d'aubépines dont les fleurs semblaient irréelles au clair de lune, tels des corps sans tête. Au-delà, il devait y avoir une route. Le ronronnement d'un moteur confirma ses soupçons. Deux rais de lumière transpercèrent soudain la pénombre. Le cœur au bord des lèvres, la jeune femme s'avança prudemment. Une portière de voiture claqua.

— Bernadette Dufour, je présume ? fit alors une voix féminine. Bienvenue en France.

11

Victoria, *alias* Viviane Colbert, fut la première à se présenter au *Celtic*, un modeste bistrot niché dans une rue calme du quartier de Montparnasse, peu fréquentée par les soldats allemands. Avec son arrière-boutique donnant sur une ruelle, l'établissement était un lieu de réunion idéal pour quiconque ne voulait pas attirer l'attention.

La jeune femme avait pris soin d'adopter une tenue discrète. Elle était à Paris depuis six jours et, en tant qu'instructrice d'escrime dans la plus prestigieuse école du pays, elle attirait un peu trop l'attention des jeunes officiers allemands qui s'y entraînaient. Ils devaient jouer des coudes pour suivre les leçons de Viviane Colbert.

Dans la rue, elle cherchait à être invisible, d'où son vieux manteau d'avant-guerre, sa robe quelconque et le foulard qui dissimulait son chignon strict, sans oublier ses lunettes à monture métallique. Avec son cabas contenant une ration hebdomadaire de pain et de fromage, elle avait l'air d'une ménagère ayant fait la queue pendant des heures devant la boulangerie puis chez le crémier, le lot de toute Parisienne.

— Du thé, s'il vous plaît, dit-elle au patron.

— Un seul ?

— Cinq. J'attends des amis.

Le visage de l'homme s'illumina. Était-ce la perspective d'avoir des clients ?

— Très bien, madame. Suivez-moi.

Était-il le patron ou un simple employé ? Le patron, sans doute. Il devait travailler pour le SOE ou l'OSS. Le major Reynolds n'aurait pas choisi ce lieu s'il n'était pas sûr. Victoria n'aurait su dire si le commerçant l'attendait.

Seule une table était occupée. Dans un coin, un client lisait à la faible lumière de ce mois d'octobre qui filtrait par la vitrine crasseuse. Victoria mémorisa ses traits au cas où elle le reverrait : le cou épais, large d'épaules, le teint rubicond, il était coiffé d'un béret et portait une veste en cuir noir. Une cigarette entre les lèvres, il était absorbé par sa lecture et n'avait pas levé les yeux à son entrée. Le patron du bistrot ne lui prêtait aucune attention, comme s'il faisait partie des meubles. Un habitué.

Viviane ôta ses lunettes et balaya la salle sombre du regard.

— Là-bas, s'il vous plaît, suggéra le cafetier en désignant le fond de la salle.

Il prit une chaise placée face au client seul et demanda poliment à la jeune femme s'il pouvait la débarrasser de son manteau.

— Non merci.

— Je repasse plus tard ?

— Oui. Mes amis ne vont pas tarder.

— Vous boirez une première tasse en attendant, peut-être ?

— Non merci.

— Comme vous voudrez...

Sur ces mots, il s'éloigna. Victoria sentit le client solitaire les observer. S'étonnait-il de leurs simagrées ? La jeune femme résista à l'envie de dissimuler son profil à l'aide de son foulard. Elle devait prendre garde au moindre de ses mouvements et considérer tout inconnu comme un ennemi potentiel.

Le client reprit sa lecture. Victoria posa son cabas à terre et son sac à main sur ses genoux, les doigts croisés sur la table.

En réalité, elle n'en menait pas large. Et si Labrador avait été arrêtée par les Allemands ? Si ses camarades ne se présentaient pas, ce jour-là, elle saurait que leur opératrice radio avait parlé sous la torture et que les autres avaient été arrêtés au cours de leurs premiers jours à Paris. Victoria n'en avait réchappé que grâce à un coup d'œil dans une ruelle, près de leur boîte aux lettres. Ils avaient reçu l'ordre de se rendre à la boîte aux lettres dès que possible pour prévenir Labrador du succès de leur infiltration. Elle était en chemin vers la maison adjacente au couvent quand elle avait remarqué une berline noire garée dans la rue, face à l'entrée d'une ruelle. Ce modèle prisé de la Gestapo et des SS semait la terreur parmi la population.

Au bord de la panique, elle s'était demandé si c'était elle qu'ils attendaient. Elle s'était éloignée en hâtant le pas, telle une femme en retard pour un rendez-vous, son message codé pour Labrador dans la poche de son manteau. Les vitres de la voiture ne lui permettaient pas de voir à l'intérieur, mais elle redoutait d'entendre le moteur ronronner pour se lancer à sa poursuite. Elle avait vite déchiré le message avant de s'en débarrasser et n'avait pas osé retourner à cette adresse.

Une fois calmée et hors de danger, Victoria avait fait le point. Si Labrador avait été arrêtée, le major l'apprendrait et la préviendrait par l'intermédiaire de Jacques Vogel, son facilitateur, maître d'armes à l'école d'escrime. Grâce au plan astucieux du major Reynolds, Labrador ne pouvait rien révéler sur son nom, son adresse, son lieu de travail. Pour l'heure, elle était en sécurité. Elle refusait de renoncer à sa mission et à son unique chance de trouver Ralph. Pas avant de savoir si Labrador était compromise.

Durant le reste de la semaine, en attendant des nouvelles du major, Victoria avait mené sa mission comme prévu. Elle avait réuni des bribes de renseignements divulgués par les élèves qui ne se doutaient pas que leur professeur comprenait l'allemand. Ce matin-là, n'ayant reçu aucune mauvaise nouvelle de la part de Jacques Vogel, elle se sentait en mesure de se présenter au bistrot dans l'après-midi, se disant qu'elle pourrait s'en aller par la porte du fond avant que la Gestapo n'envahisse l'établissement.

La surface de la table était crasseuse et usée par un demi-siècle de consommateurs. Elle n'osa en ôter les mains de peur d'attirer l'attention du client assis près de la fenêtre. En ces temps de rationnement, des informateurs étaient prêts à tout pour obtenir des vivres, un laissez-passer ou la libération d'un proche. Parfois, ils agissaient par vengeance personnelle ou par simple malveillance. Une habitante de sa rue avait été arrêtée et interrogée à la suite d'une dénonciation parce qu'elle déplaçait ses pots de fleurs sur le bord de sa fenêtre. Le délateur y voyait un code à l'intention de la Résistance. De même, un prêtre avait été arrêté car on le soupçonnait de transmettre des messages clandestins dans ses homélies. Le fils du boucher faisait passer, pensait-on, des messages inscrits sur le papier d'emballage de la viande et le marchand de journaux avait disparu du jour au lendemain car il diffusait prétendument des journaux clandestins. Telle était l'atmosphère de méfiance qui régnait dans la ville occupée.

Victoria respira profondément et se détendit. Elle avait dix minutes d'avance et avait fait un détour pour s'assurer de ne pas être suivie. L'un de ses élèves, un jeune lieutenant de la Wehrmacht, novice en escrime mais très sûr de lui, semblait avoir le béguin pour elle. Sans doute n'était-il qu'un sous-fifre… néanmoins, il avait accès à des renseignements qu'il lui débitait dans l'espoir de l'impressionner. Elle avait décliné ses propositions de la raccompagner chez elle. Hélas, il n'était pas homme à se décourager. Elle s'attendait presque à le trouver devant l'école, à la fin de la journée, ce qui serait un problème de taille un jour comme celui-ci.

Les minutes s'égrenèrent. Trois… cinq… sept… neuf. La gorge nouée par l'appréhension, Victoria vérifia qu'elle avait bien son ampoule de cyanure dans la doublure de son manteau, ainsi que son crayon explosif dans son sac à main. Ses amis ne viendraient pas. Ils étaient perdus. Le pire s'était produit. Elle regarda vers la sortie et allait ramasser son cabas quand elle vit le client solitaire lever les yeux. Puis elle perçut une conversation. Une hallucination auditive ? La porte s'ouvrit et le patron apparut, suivi de Limpet, tout sourire. Vinrent ensuite Lodestar et Lapwing. Où était donc Labrador ? Sa tête blonde surgit derrière les larges épaules de ce dernier.

— Salut à tous !

Victoria se leva, les jambes un peu tremblantes.

— Bonjour, murmura-t-elle, soulagée.

— Vos amis sont là, madame, déclara le patron.

— En effet. Merci, monsieur, répondit Victoria.

Le client solitaire se leva, glissa sa cigarette à moitié consumée dans sa poche et prit son livre sous son bras. Les nouveaux venus l'avaient sans doute dérangé dans sa lecture. Peut-être voulait-il leur accorder une certaine intimité. Les jeunes gens étaient si enthousiastes dans leurs retrouvailles qu'ils ne remarquèrent pas qu'il les observait avec curiosité tandis qu'il quittait la salle.

* * *

Bridgette avait dû patienter longtemps pour savoir si l'équipe était toujours opérationnelle. Ne trouvant pas un seul message dans la boîte aux lettres de la maison, elle s'était un peu inquiétée. Le cinquième jour, elle avait envoyé un message radio au major pour lui demander si elle devait tout arrêter. Heureusement, il avait eu des nouvelles des autres grâce à leurs contacts qui avaient confirmé leur atterrissage. « Attends jusqu'au rendez-vous au bistrot, lui avait-il ordonné. S'il est maintenu, mais si tu vois un drapeau rouge dans la vitrine, file immédiatement en lieu sûr, c'est compris ? »

Elle avait compris. Le mur de pierre était nettoyé, prêt à recevoir son premier coup de pinceau. Lorsqu'elle se mit en route pour la réunion, l'œil en alerte, les nerfs tendus au terme d'une semaine d'angoisse, elle avait l'impression de voir des ombres menaçantes à chaque coin de rue. En arrivant au *Celtic*, elle ne remarqua aucun drapeau rouge en vitrine. Quelle ne fut pas sa surprise en voyant Limpet, Lapwing et Lodestar surgir de l'autre côté de la rue, où ils s'étaient cachés.

— On est contents de te voir ! lança Chris. On commençait à se demander si tu avais été arrêtée.

Bridgette les embrassa, non sans les réprimander telle une mère poule ayant retrouvé ses poussins égarés.

— Moi aussi, figurez-vous ! avoua-t-elle en essuyant une larme d'émotion. J'ai cru que vous aviez été raflés par la Gestapo. Le major s'est inquiété également. Vous deviez m'informer que vous étiez en place.

— Désolé, Labrador, déclara Brad. Il nous était impossible de te contacter car la boîte aux lettres est grillée.

— On est donc restés discrets jusqu'à ton arrivée, renchérit Bucky.

— Pourquoi pensez-vous tous que la boîte aux lettres est grillée ? s'enquit Bridgette en les dévisageant tour à tour.

— On te racontera tout à l'intérieur, promit Chris. Tu as des nouvelles de Liverwort ?

— Aucune.

Cette dernière était déjà attablée lorsqu'ils entrèrent. Malgré son apparence de femme ordinaire, ils ne furent pas dupes une seconde. Ils auraient reconnu ce profil n'importe où. Elle les regarda comme s'ils venaient d'apparaître par magie. Bridgette comprit alors que Liverwort avait elle aussi cru qu'ils étaient tous fichus.

Après des retrouvailles chaleureuses, ils s'installèrent. Victoria fut la première à relater ses aventures à voix basse :

— Le jour où je suis venue remettre mon rapport, j'ai vu une voiture de la Gestapo garée dans une ruelle, non loin de la boîte aux lettres. Elle semblait attendre, prête à embarquer quelqu'un et à repartir en trombe. J'ai donc poursuivi mon chemin. Le lendemain, j'ai fait un détour par-derrière. La même voiture était encore là, de même que le jour suivant. J'en ai conclu que tu avais été arrêtée, Labrador, et que… enfin, tu imagines la suite. Donc je suis restée à distance.

— J'ai vu cette voiture, moi aussi, intervint Bucky. Le jour où je suis venu remettre mon rapport. J'en ai tiré les mêmes conclusions.

— Pareil pour moi, renchérit Chris.

— Nous sommes quatre dans ce cas, dit Brad à Bridgette. En remarquant cette voiture, j'ai pensé que tu avais été arrêtée.

Bridgette observa les traits tirés de ses camarades. Elle-même n'en menait pas large. Au lieu de se rendre en lieu sûr, ils avaient pris le risque de se présenter à cette réunion pour voir si elle s'en était sortie. Elle n'en revenait pas ! Au-delà de son angoisse et de son soulagement, elle ressentit un élan d'affection pour son équipe. Si elle connaissait cette voiture et les raisons de sa présence dans la ruelle, elle ne l'avait découvert qu'après. Peu importait. Qu'aurait-elle pu faire si elle l'avait su plus tôt ?

— La voiture n'est plus un problème, déclara-t-elle. Ce n'est pas vous qu'elle attendait. Elle appartient à un membre de la Gestapo qui rendait régulièrement visite à une prostituée vivant au coin de la ruelle. Depuis, elle a été arrêtée pour espionnage et la voiture ne vient plus.

— Comment diable es-tu au courant de tout ça ? s'étonna Victoria.

— J'ai mes sources.

En fait, le triste sort de la prostituée avait fait l'objet d'une conversation à la table du couvent. Sœur Marie-Françoise, la mère supérieure du couvent des Sœurs de la Charité, tenait l'information de la concierge de l'immeuble où vivait la prostituée.

Bridgette n'avait pas établi le lien entre la voiture de la Gestapo et l'absence de messages dans la boîte aux lettres. Depuis le départ, pour des raisons de sécurité, elle était mal à l'aise avec la décision du major d'assigner à Dragonfly une boîte aux lettres commune. Il faudrait reconsidérer la situation à la suite de cet incident. Elle posa les mains à plat sur la table et déclara :

— Pour notre tranquillité d'esprit, nous devrions réfléchir à la pertinence d'une boîte aux lettres centrale. Nous aurions pu éviter l'angoisse de cette semaine si chacun avait eu sa propre boîte.

Elle s'interrompit en voyant arriver le thé. Dès que le patron se fut éloigné, Chris prit la parole :

— En ce qui me concerne, je comprends la logique d'une boîte unique. Sur un plan pratique, le major a raison, Labrador. Faire une tournée te prendrait trop de temps.

— J'y arriverai, assura-t-elle.

— Tu crois ? demanda Victoria, perplexe. Comment ?

— Eh bien, en choisissant des lieux proches les uns des autres, non loin de la station de métro que nous empruntons chaque jour…

— La station Saint-Michel et ses environs grouillent d'Allemands, de membres de la Gestapo et de la SS, coupa Bucky. Les murs ont des oreilles et les informateurs en quête de Juifs ou de résistants à dénoncer sont nombreux. Combien de temps serais-tu en sécurité dans un tel environnement ?

Brad ne laissa pas à Bridgette le temps de répondre :

— Je suis d'accord. Quelqu'un remarquera ta présence quotidienne, Labrador, même si nous parvenons à passer inaperçus. Tes allées et venues constitueront un schéma facile à repérer pour un œil averti.

— Notre boîte actuelle est parfaite, intervint Victoria. Je ne vois pas la nécessité d'en changer.

— Moi non plus, admit Chris. Je pense que l'aspect pratique l'emporte sur les arguments en faveur de plusieurs boîtes. La fente se trouve tout près de la fresque devant laquelle nous passons chaque jour. Nous en profiterons pour chercher d'éventuels messages codés.

— Je pensais à votre sécurité, objecta Bridgette.

— Et nous à la tienne, répliqua Victoria.

La gorge nouée, Bridgette s'inclina face à la majorité.

— D'accord. Passons à l'ordre du jour.

En buvant un thé fade et tiède, elle leur fit part de la liste des commerçants de confiance dans le quartier, de ceux dont il fallait se méfier, des églises à éviter, des cafés surveillés par la Gestapo. Le refuge situé près de la place Saint-Michel était grillé et Pierre Durant, l'épicier, avait été dénoncé. Sur ordre du major, elle s'enquit de leur travail, de leurs conditions de logement, de leurs problèmes éventuels à s'adapter, à se nourrir, se chauffer, des questions cruciales dans un pays occupé dont la population souffrait de privations et de froid.

Enfin vint le moment de se séparer. Bridgette se leva, imitée par les autres, dans un silence pesant. Ce serait leur dernière réunion à moins qu'une ligne oblique n'apparaisse sur la libellule de la fresque. Désormais, chacun devrait voler de ses propres ailes.

* * *

Bucky fut le premier à se retirer. Les autres le suivraient à dix minutes d'intervalle. Ils avaient appris à effectuer une reconnaissance rapide des lieux. Bucky chercha un éventuel badaud posté devant une vitrine, un ouvrier trop statique, un commerçant balayant devant sa porte, un cycliste arrêté, un piéton nouant son lacet. Il ferait alors quelques pas dans sa direction et, comme s'il avait oublié quelque chose, retournerait au café prévenir les autres qui fuiraient par la porte du fond. Les hommes en veste de cuir noir de la Gestapo étaient faciles à repérer.

Il ne vit qu'un livreur solitaire sortant une lourde caisse d'une camionnette. Au coin de la rue, il se retourna. Un autre homme en tenue de boucher vint aider le premier. Leurs voix résonnèrent dans le silence de la rue. Bucky poursuivit son chemin. La nuit commençait à tomber, en ce début octobre. Il faisait froid. Dès le couvre-feu de vingt et une heures, Paris serait plongé dans une obscurité que seuls rompraient les réverbères et le peu de lumière filtrant entre les rideaux et les volets des habitations.

Cette ville ne ressemblait en rien à celle que lui avait décrite sa mère. Bucky était déçu de ne pas retrouver la Ville Lumière. Si elle la voyait à présent, elle aurait le cœur brisé.

— Seul un violoniste sur un quai de Seine pouvait interpréter l'*Ave Maria* de Schubert avec une telle grâce, lui racontait-elle. Ses notes flottaient sur l'eau telles des colombes…

Les musiciens des rues avaient disparu, avec les marchands de quatre-saisons, les fleuristes. Les balcons et les cours abritaient désormais des clapiers et de minuscules potagers. Sa mère lui avait si souvent décrit les mets appétissants dont regorgeaient les boutiques des traiteurs, les charcuteries, les pâtisseries, l'odeur des croissants chauds, le matin, les baguettes croustillantes…

Le vacarme d'un cortège de véhicules militaires remontant le boulevard le fit émerger de ses pensées. La présence allemande était visible, palpable. Monique Barton n'aurait pas apprécié les défilés quotidiens sur les Champs-Élysées, les journaux en langue allemande dans les kiosques, les soldats en goguette, parés de leur uniforme vert-de-gris. Les principaux édifices étaient surmontés de drapeaux à croix gammée et les horloges étaient à l'heure de Berlin. Des panneaux rédigés en allemand, en lettres gothiques, défiguraient les carrefours. Plus que tout, elle aurait détesté les haut-parleurs diffusant de la musique et des messages de propagande dans les rues tranquilles. Dans cette ville privée de ses lumières, de ses couleurs, de sa joie, où diable se trouvait son père ?

Bucky s'était mis en route avec plusieurs heures d'avance pour prendre le métro en direction de Passy, quartier huppé où vivait sa tante, dont il avait noté l'adresse avant de quitter l'Oklahoma.

Au cours de sa formation, il avait appris que le XVIe arrondissement était le plus prisé des officiers supérieurs allemands, notamment ceux de la *Schutzstaffel*, la SS, réputée pour être l'organisation la plus antisémite et la plus redoutée du Reich. Ses membres se considéraient comme l'élite du parti nazi et de l'humanité entière.

Le son sifflant de ces initiales et les deux éclairs qui symbolisaient la SS évoquaient pour lui deux serpents venimeux. Bucky était inquiet pour cette veuve fortunée qui avait choisi de ne pas fuir la capitale avec ses riches voisins juste avant l'entrée des Allemands dans Paris. Tante Claire voyait sans doute d'un mauvais œil cet exode des privilégiés vers la Suisse, l'Espagne ou l'Amérique. Dans l'une de ses dernières lettres à la mère de Bucky, elle racontait que de grands pontes militaires allemands avaient réquisitionné les élégantes résidences libérées par ses voisins et se servaient sans vergogne dans leurs caves et garde-manger. Elle avait désormais pour voisin immédiat un colonel de la SS responsable, entre autres, de la déportation des Juifs vers les camps de concentration.

Lors de sa sortie matinale, Bucky avait repéré l'imposant hôtel particulier de sa tante Claire, niché au cœur d'un jardin arboré ceint d'un mur couvert de vigne vierge. Assis sur un banc, sur le trottoir d'en face, il avait guetté un signe de vie derrière les hautes fenêtres. Que faire ? Devait-il contacter sa tante pour obtenir des informations sur son père ? Il refusait de lui faire courir le moindre danger. Ses parents ignoraient qu'il était à Paris. Conformément aux ordres qu'il avait reçus, il leur avait téléphoné depuis Washington pour leur annoncer qu'il partait accomplir une mission pour le gouvernement. Il n'osait imaginer le désarroi d'Horace Barton, qui s'inquiétait de le voir déserter ses obligations militaires. Il les avait rassurés en promettant de les contacter dès que possible. Tant Claire risquait d'apprendre à ses parents que leurs fils était en réalité un agent infiltré dans le Paris occupé.

En venant de la station de métro, il avait vu plusieurs véhicules allemands garés dans les rues verdoyantes. Il n'y en avait pas devant chez sa tante. Le moment était bien choisi pour agir. Il lui suffisait de traverser et de sonner à la porte. Il avait préparé une histoire, ainsi que ses papiers, au cas où il serait intercepté. Les garçons de l'équipe disposaient d'une couverture justifiant qu'ils ne soient pas mobilisés ou prisonniers. Serge Beaulieu travaillait ainsi en tant qu'ingénieur dont les compétences étaient essentielles à l'effort de guerre allemand. Il venait simplement rendre visite à une amie de sa mère.

Bucky prit sa décision. Tante Claire constituait son unique espoir de retrouver Nicolas Cravois. Elle le reconnaîtrait d'après les photos de famille que lui envoyait sa mère. Pourvu qu'il parvienne à l'empêcher de trahir sa surprise de voir son neveu d'Amérique débarquer sur le pas de sa porte. Sa réaction risquait d'alerter le personnel ou un visiteur éventuel.

Bucky traversa donc la rue. Tout était calme en ce samedi matin. De la fumée s'élevait de la cheminée. La gorge serrée, il se prépara à débiter à la domestique qui lui ouvrirait le discours qu'il avait répété pour expliquer son lien avec la maîtresse de maison. Une femme entre deux âges apparut sur le seuil, belle et mince, très élégante. Elle écarquilla ses yeux noisette. Bucky ôta son chapeau.

— Seigneur ! C'est toi, Bucky ? souffla Claire Belmont.

* * *

Brad fut le suivant à partir, pas mécontent d'échapper à l'atmosphère pesante qui régnait au café. Il respira à pleins poumons et coiffa son béret en balayant discrètement la rue d'un regard méfiant. Au moindre détail suspect, Lodestar serait revenu sur ses pas. Rassuré, Brad s'éloigna en direction du Quartier latin. Le métro l'aurait conduit à une rue de son logement, mais les wagons étaient bondés. Les rares rames étaient encombrées de militaires allemands et de Parisiens émaciés à cause des privations. En ce mois d'octobre particulièrement froid, les manteaux dégageaient une odeur de naphtaline qu'il ne supportait pas.

Le jeune homme avait un meilleur moral car ses coéquipiers étaient sains et saufs, du moins pour l'instant. En voyant jouer quelques garnements faméliques, il revit Bobby et Margie sur les rives de la White River, et se laissa aller un instant au mal du pays. Sa famille devait s'inquiéter pour lui…

Ils le croyaient à Washington, consultant pour un programme gouvernemental sur la pêche, une mission confidentielle dont il ne pouvait rien leur révéler. Durant leur formation, les futurs espions avaient le droit d'écrire une lettre par semaine à leurs proches, dont le contenu était susceptible d'être censuré. En revanche, ils pouvaient recevoir un courrier illimité adressé à une boîte postale anonyme. Joanna Bukowski Hudson lui avait ainsi annoncé que Jared avait entrepris de leur construire une maison dotée d'une suite parentale, une chambre d'amis et trois autres pour les enfants. « Tu auras la tienne à ton retour, Brad », avait-elle précisé.

Cette correspondance avait pour objectif d'éliminer les candidats qui ne supportaient pas d'être séparés de leurs proches. Aucun n'était tombé dans le piège, même quand ils avaient eu le droit d'appeler chez eux, la veille de leur départ pour l'Angleterre. Ils avaient pour consigne de prétendre être à l'isolement et injoignables. Un officiel du gouvernement les contacterait pour leur donner des nouvelles, ils n'avaient donc pas à s'inquiéter.

La mère de Brad avait d'instinct senti qu'il était impliqué dans bien plus qu'une histoire de pêche à la ligne. Heureusement, elle n'avait pas insisté car elle respectait les engagements de son fils.

— Tu seras rentré à temps pour servir de témoin à Jared, pour le mariage, n'est-ce pas ?

— Oui, mais ça reste entre nous.

En cinq jours, Brad n'avait guère eu le temps de s'accoutumer à ces vêtements destinés à faire de lui un marinier. Dès qu'il avait atterri, son contact l'avait mené vers un lieu de rendez-vous, en bordure de Seine, où il était monté à bord d'une péniche. Il avait rencontré Claude Allard, un marinier chevronné passionné de pêche. Dans un café, ils avaient longuement discuté. Pour justifier l'embauche de Brad, le capitaine avait dit à ses deux employés que Bernhard Wagner était allemand et parlait correctement le français. Il serait employé à temps partiel pour faciliter les échanges avec les militaires allemands de plus en plus désireux de s'adonner à la pêche au sein du club dirigé par Claude. Les faux papiers de Brad indiquaient son nom d'emprunt, son lieu de naissance en Autriche et la profession de spécialiste en pisciculture pour une conserverie de poisson. Ils justifiaient aussi son exemption du service militaire.

— Méfiez-vous de mes deux employés, avait prévenu Claude Allard de sa voix éraillée.

Ses mains noueuses entouraient une tasse de chicorée, un ersatz de café.

— Ce sont des collabos. Quand je pense que je les ai vus grandir… Enfin, les temps sont difficiles, vous savez. Ils sont prêts à tout pour nourrir leur famille.

Raymond Martin a un frère dans la police française. Vous constituez un trophée de choix. Ils n'hésiteraient pas à vous livrer à la Gestapo en échange d'un poulet à rôtir. Et ne me dites surtout pas ce que vous fabriquez ici. Je ne veux pas le savoir ! Je dois penser à ma femme, mes enfants et mes petits-enfants. Votre embauche dans mon club de pêche est le seul risque que je puisse me permettre.

Le jeune homme lui avait assuré qu'il comprenait. Claude Allard avait certainement deviné qu'il était là pour recueillir des renseignements en écoutant les bavardages insouciants des Allemands s'adonnant à la pêche et pour observer les transports fluviaux de soldats et de matériel. Il cherchait avant tout à s'attirer les bonnes grâces du général Konrad March, pêcheur du dimanche et responsable de l'Abwehr, le service de renseignement allemand, à Paris. Le général avait renoncé à s'installer à l'hôtel *Lutetia*, dans le VIe arrondissement de Paris, devenu quartier général de l'Abwehr, pour loger dans un hôtel particulier réquisitionné à une famille juive et situé en bord de Seine. Il y élevait son fils de sept ans.

Brad, lui, louait un appartement aménagé dans l'ancienne écurie de l'hôtel particulier voisin, dont la propriétaire était une veuve désargentée. Il connaissait les habitudes du général, qui allait à la pêche chaque fin de semaine, et comptait exploiter cette information pour se présenter à lui au plus vite.

Il fut interrompu dans ses pensées par un homme entre deux âges qui venait à sa rencontre d'un pas vif. Une étoile jaune était cousue sur le côté gauche de son veston. Sans doute essayait-il de rentrer chez lui avant dix-huit heures, le couvre-feu que lui imposaient les nazis. Les persécutions dont étaient victimes les coreligionnaires de son oncle mettaient Brad hors de lui. La moindre infraction était sévèrement punie. Le jeune homme avait assisté à des violences en plein Quartier latin. Pire encore, certains n'hésitaient pas à signaler à la police les Juifs dépassant le couvre-feu. Le délateur était récompensé d'une miche de pain ou d'un morceau de viande.

Soudain, l'homme s'engagea dans une ruelle. Quelques secondes plus tard, Brad vit un officier SS sortir d'une papeterie en tapotant sa poche, sans doute en quête d'un briquet pour allumer la cigarette qu'il avait entre les lèvres. Bientôt, deux autres SS quittèrent la boutique. Comment l'inconnu avait-il deviné qu'il devait se réfugier dans une ruelle ? Un sixième sens face au danger, peut-être. Brad n'était pas encore familiarisé avec les grades de la SS, mais les galons et les feuilles de chêne ornant le col du premier indiquait qu'il était *standartenführer*, autrement dit colonel. Les autres étaient des officiers subalternes. Tous arboraient les insignes de la *Schutzstaffel* sur la visière de leur coiffe réglementaire, la tête de mort et l'aigle, ainsi que l'uniforme vert-de-gris tant redouté avec, sur la manche gauche, l'aigle et la croix gammée des nazis.

Ces gradés avaient coutume de voir les Parisiens détaler ou changer de trottoir. Alors que Brad allait traverser la rue, le colonel l'interpella :

— Hé, le marinier !

Brad s'arrêta et se tourna vers les trois militaires :

— *Ich spreche Deutsch*[1].

---

1. « Je parle allemand. »

Les autres se détendirent et s'approchèrent, martelant les pavés de leurs bottes. Le colonel brandit sa cigarette.

— *Haben Sie ein Streichholz*[1] ?

— *Nein*, répondit Brad.

Trop tard, il glissa une main dans la poche de sa vareuse pour cacher l'extrémité de sa fausse pipe qui pouvait tirer des balles de calibre 22, mais que l'on pouvait aussi fumer.

— Vous fumez la pipe, constata le colonel.

— Oui…

— Comment l'allumez-vous ? s'enquit l'un des deux autres en s'impatientant.

— À l'aide d'un briquet.

— Faites voir, ordonna le colonel.

Brad fouilla la poche de son pantalon et en sortit son briquet dissimulant un appareil photo. Son cœur s'emballa. Était-il déjà grillé au bout de quelques jours à peine ? Outre cette pipe, il transportait un porte-cigarettes qui explosait quand on en soulevait le couvercle. Le colonel allait lui confisquer son briquet. Les cigarettes étaient si rares que Brad pouvait lui en offrir un paquet dans l'espoir de récupérer son briquet et filer. Les Allemands exploseraient avant de se rendre compte de la supercherie. Hélas, trop de civils innocents les entouraient, dont des enfants. De plus, un attentat contre trois officiers SS donnerait lieu à de terribles représailles allemandes contre la population.

Le colonel actionna la mollette du briquet et alluma sa cigarette en aspirant la fumée. Puis il

1. « Avez-vous une allumette ? »

examina le boîtier de fabrication allemande, avec un mécanisme américain.

— Allemand ? demanda-t-il à Brad.

Parlait-il de sa nationalité ou du briquet ? Au bord de la panique, Brad se contenta d'un « *Ja* » laconique. Il se rappela les recommandations du major Reynolds : ne répondez jamais à une question que l'on ne vous a pas posée.

— Je vous l'achète, mon ami, disons pour... trente francs.

Brad le regarda droit dans les yeux :

— C'est un cadeau de mon grand-père, prétendit-il d'un ton ferme. Il n'a pas de prix et n'est pas à vendre.

Les deux jeunes officiers guettèrent la réaction de leur supérieur face à l'outrecuidance de ce marinier. Le colonel réfléchit un instant, puis lui rendit son bien.

— Vous avez raison, ne le vendez pas.

Sur ces mots, il claqua les talons et fit le salut nazi accompagné d'un « *Heil Hitler !* » retentissant.

— *Heil Hitler !* répondit Brad en l'imitant.

— *Auf wiedersehen.*

— *Auf wiedersehen, standartenfuhrer*[1].

Brad espérait ne pas le revoir. Dès qu'il eut tourné au coin de la rue, il s'adossa à un mur en tremblant. Il l'avait échappé belle. Désormais, Bernhard Wagner se munirait d'allumettes.

* * *

1. « Au revoir, colonel. »

Pour Chris, *alias* Claus Bauer, la réunion au *Celtic* n'était pas la première de la journée. Il était arrivé à Paris à l'aube du vendredi précédent, quelques minutes avant son rendez-vous téléphonique avec son contact, le directeur du personnel de la Sorbonne, au cœur du Quartier latin.

Dès le lundi, Chris se glisserait dans la peau d'un professeur d'éducation physique. Il était convenu avec son contact qu'un rendez-vous dans un lieu public était préférable pour ne pas éveiller les soupçons.

Il arriva en avance à l'endroit prévu, très fréquenté par le personnel universitaire. Avant de s'asseoir, il examina avec une curiosité de nouveau venu les murs tapissés d'œuvres d'art, d'affiches, de lettres rendant hommage à quelques illustres Sorbonnards. En réalité, il repérait les issues. Il préférait rester debout au cas où son contact serait accompagné. Il se rendrait alors aux toilettes et filerait par la porte de service. Le major Reynolds l'avait prévenu que Jules viendrait seul et que, dans le cas contraire, il s'agirait certainement de la Gestapo.

Chris fut soulagé de voir un homme de carrure modeste et un peu voûté franchir le seuil du bistrot et balayer la salle d'un regard de professeur distrait. Chris lui fit signe. Jules Garnier l'observa par-dessus des lunettes rondes et parut soulagé à son tour. Il salua Chris avec chaleur comme s'ils se connaissaient.

— Ravi de vous voir sain et sauf, murmura-t-il dès qu'ils se furent attablés dans un coin. En apprenant que vous n'étiez pas au point de rendez-vous, je me suis inquiété.

— J'ai été largué un peu trop loin, expliqua Chris.

Il lui raconta qu'un fermier, sa femme et son fils l'avaient trouvé caché dans leur hangar en pleine nuit. Ces braves gens ne l'avaient pas dénoncé aux soldats allemands qui avaient frappé à leur porte pour fouiller la maison et les dépendances en quête d'un allié parachuté dans la région. Ils n'avaient pas parlé quand les Allemands étaient partis avec les œufs et les poules. Ils s'étaient même chargés de son transport vers Paris. Après la guerre, il les retrouverait pour leur témoigner sa gratitude.

— Des gens très courageux, comme vous, monsieur Garnier.

Le chef du personnel haussa les épaules.

— Je n'ai fait que mener quelques actions de résistance contre la horde sauvage qui a envahi mon pays.

Il était trop modeste. Avant l'entrée en guerre des États-Unis, Reynolds avait traversé l'Atlantique et découvert l'ouverture d'une école destinée aux fils de l'élite nazie au sein de la Sorbonne. Le régime de Vichy commençait à exclure les étudiants et professeurs juifs, qu'ils remplaçaient par des professeurs favorables aux nazis. L'objectif était de chasser les non-aryens de cette vénérable institution qu'était la faculté de lettres et d'y enseigner des disciplines prisées par le Troisième Reich. En Allemagne, Hitler avait ordonné que l'éducation physique dans les écoles publiques passe de deux heures par semaine à deux heures par jour. Le major en avait conclu qu'il en serait de même dans cette école élitiste, qui recruterait certainement des professeurs d'éducation physique.

Lors de ce voyage, le maître espion s'était faufilé dans le bureau du directeur du personnel en profitant de l'absence momentanée de sa secrétaire. Le directeur pleurait la mort d'un collègue exécuté pour avoir protesté contre l'endoctrinement nazi qu'hébergeait la Sorbonne. Jules n'avait pas été difficile à convaincre. Le bâtiment résonnait de rumeurs grâce à la présence d'étudiants et d'enseignants en lien avec l'occupant. Depuis des mois, Jules relayait les informations qu'il jugeait importantes pour les Alliés à un agent de l'OSS qui les transmettait à Milton Hall.

Jules s'était engagé à faire part à Alistair Reynolds d'un éventuel poste de moniteur afin qu'il recherche le candidat idéal. Le directeur du personnel pouvait désormais confier ses activités de résistant au jeune moniteur et poursuivre sa vie dans une sécurité relative.

— Parlez-moi de mes élèves, demanda Chris.

Le fait qu'ils soient fils d'officiers supérieurs de l'armée allemande, de responsables de la Gestapo, d'officiels de Vichy ne signifiait en rien qu'ils avaient un esprit supérieur. En temps normal, ils n'auraient sans doute jamais intégré une école de ce niveau.

— Quel âge ont ces garçons ?

— De sept à dix-huit ans, tous membres des Jeunesses hitlériennes, naturellement. Depuis 1936, tous les enfants en âge d'aller à l'école doivent obligatoirement faire partie de cette organisation, qui diffuse la propagande nazie au sein de la jeunesse.

Vos élèves seront endoctrinés et adeptes de cette idéologie.

Claus Bauer trouverait en eux une source d'information précieuse, selon Jules. Ils ne cessaient de se vanter des exploits de leurs pères et révélaient sans s'en rendre compte des détails confidentiels. Ces hommes seraient sans doute exécutés si les autorités avaient vent de l'indiscrétion de leurs enfants.

— Soyez attentif dans la cour et les vestiaires, sans oublier les salles de cours et vous comprendrez ce que je veux dire, conseilla Jules. Les pères aiment inviter les enseignants à dîner pour obtenir leurs bonnes grâces dans la notation de leurs rejetons, qui doivent intégrer l'armée à l'âge de dix-huit ans. Ne vous étonnez pas d'être invité.

Derrière ses lunettes, il vit pétiller les petits yeux de Jules.

— Si vous vous rendez chez eux, vous aurez peut-être l'occasion d'utiliser votre Minox…

Cette description glaçait le sang de Chris. Les principes décrits par Adolf Hitler dans *Mein Kampf* étaient affichés dans toutes les salles, à côté d'un portrait du Führer. Ce dernier entendait éliminer les faibles en formant une jeune génération violente, dominante, implacable et cruelle.

— Le Führer, persifla Jules avec dégoût, est obsédé par l'exercice et les qualités physiques de la jeunesse allemande. Il veut des élèves rapides comme des lévriers, résistants comme le cuir et durs comme de l'acier Krupp, selon les termes du manuel pédagogique. Vous devrez prendre sur vous, monsieur Bauer, et atteindre ces objectifs. Vous serez responsable des épreuves d'athlétisme au sein d'un programme chargé comprenant la gymnastique, la natation, la boxe, l'escrime et les stratégies et exercices militaires. De quoi remplir une journée de cours. Les véritables études passent au second plan.

— Quel genre de stratégies et exercices militaires ?

Jules esquissa une moue dubitative.

— On enseigne aux enfants le combat à mains nues, le maniement d'une grenade, d'une baïonnette, le creusement de tranchées, le tir au pistolet, des insanités de ce type, le tout présenté comme de simples jeux, des compétitions sportives sans la moindre notion de fair-play. Les élèves sont répartis en équipes, les rivalités et l'émulation sont encouragées par les moniteurs. Imaginez les excès qu'un tel système peut engendrer. Les plus faibles sont harcelés, maltraités.

Chris avait écouté ce récit avec effroi. Dirk Drechsler aurait eu sa place au sein de cette organisation.

— Quelqu'un est sans doute responsable de ce programme dément ?

— Il s'agit de Ludwig Muller, le responsable sportif. Une vraie vipère, celui-là ! Le profil idéal pour ce rôle. Méfiez-vous de lui, surtout sur le plan personnel. Le moniteur que vous remplacez a démissionné parce qu'il ne supportait pas de soumettre des gamins de sept ou huit ans à ce régime insoutenable. Muller espérait imposer un de ses amis pour ce poste, or le... le sérieux de votre candidature l'a emporté sur ses compétences. Il va vous détester d'emblée. Méfiez-vous aussi du personnel enseignant. J'ignore à qui l'on peut se fier. Il y a des espions même parmi les gardiens.

— Cette école n'a donc pas de nom ?

Jules avait émis un rire teinté de cynisme en grommelant :

— L'Académie des jeunes combattants du Troisième Reich…

Chris avait pris congé en plein désarroi. Cette académie était un nid de vipères. Il devrait avancer à pas mesurés pour ne pas tomber dans un piège.

12

Le lendemain matin de la réunion au bistrot, un dimanche, Dragonfly se fit un ennemi. Vêtue d'une blouse de peintre, ses fournitures en poche, sa palette à la main, Bridgette donna les premiers coups de pinceau de sa fresque tandis que le carillon résonnait dans tout le quartier. Les fidèles venus à la chapelle du couvent des Sœurs de la Charité pour les laudes, les prières du matin, s'arrêtèrent dans la cour pour voir la silhouette d'une libellule prendre forme sous le pinceau d'une nouvelle venue. Les badauds admirèrent la scène en échangeant des commentaires jusqu'à ce qu'un événement les incite à se ruer vers la porte de la chapelle.

Perchée sur le barreau supérieur d'une échelle, Bridgette se tourna vers l'origine de cette agitation soudaine et aperçut un gardien de la paix armé d'une matraque. La police française avait mauvaise presse à cause de sa collaboration avec l'occupant, au détriment de son propre peuple. Le jeune homme chétif s'arrêta devant l'ébauche de fresque et afficha l'arrogance de son petit pouvoir de juger quels délits il se devait de verbaliser. *Oh non*, songea la jeune femme, *un zélé*…

— Qu'est-ce que signifie tout ça ? demanda-t-il en désignant le mur de sa matraque.

Elle descendit de son échelle et lui sourit.

— Vous le voyez : c'est une libellule, expliqua-t-elle d'un ton enjoué. Elle fera partie d'un paysage aquatique, histoire d'égayer la rue.

— Qui vous a autorisée à défigurer ce mur ?

— La mère supérieure des Sœurs de la Charité.

— On va voir ça…

Il s'éloigna, bien décidé à interroger la responsable de la communauté religieuse. Bridgette se remit à sa peinture. L'agent de police revint moins de dix minutes plus tard, le visage rougeaud, la mâchoire crispée. Il remit son képi d'un geste rageur et passa son chemin sans un mot ni même un regard.

Bridgette sourit. Sœur Marie-Françoise ne se laissait jamais impressionner. Cependant, après les laudes, elle mit la jeune femme en garde :

— Vous venez de vous faire un ennemi de ce freluquet, mon petit. Méfiez-vous comme de la peste de ces petits fonctionnaires zélés qui cherchent à se faire valoir. Ils compensent le peu d'intelligence que Dieu leur a accordée par une tendance à fouiner partout. Il a des soupçons sur vous. Il voulait savoir d'où vous veniez, ce que vous faisiez ici. J'ai dû lui donner votre nom et celui de votre employeur. Marcel Fouchard a grandi dans le quartier. Il a fréquenté la paroisse Saint-Étienne où j'ai enseigné. Un cancre ! J'ai pu le remettre à sa place sans subir de représailles, mais mon statut ne l'empêchera pas de vous avoir à l'œil.

Bridgette prit ces conseils très au sérieux. Ce petit fonctionnaire insignifiant était capable de lui faire beaucoup de tort. Elle pensa à Steve Hammett et son regard implacable, au lycée de Traverse City. Si Steve avait mis la main sur ce Marcel Fouchard, il n'en aurait fait qu'une bouchée. Hélas, à Paris, personne ne volerait à son secours. Ce freluquet de Fouchard reviendrait et elle devrait se défendre seule.

***

En ce dimanche matin, Brad se trouvait à son poste de surveillance, au bord de l'eau, depuis l'aube, une habitude qu'il respectait depuis des semaines, sans succès. Il avait pêché plusieurs perches de belle taille au cas où le général Konrad March s'inquiéterait de sa présence au point de l'interroger.

Brad avait au moins de quoi mettre à manger sur la table de Mme Gastain. Sans lui, sa logeuse serait affamée. Le soir venu, ils dégusteraient de la perche pour la cinquième fois de suite. Mme Gastain serait ravie de trouver les pommes de terre et les asperges qu'il avait achetées au marché noir.

Derrière la haie de buis séparant les deux propriétés, il entendit la porte de service de son voisin s'ouvrir et se refermer. Il se déplaça légèrement pour être vu et pour mieux voir du coin de l'œil qui venait d'émerger de la demeure. Son sang ne fit qu'un tour : le général, enfin ! Brad actionna son moulinet comme s'il avait fini de pêcher. *Viens donc*, songea-t-il, *viens voir qui est cet inconnu qui ose pêcher dans ton tronçon de la Seine !* Un simple pêcheur à la ligne pouvait être un agent des Alliés ou un membre du parti nazi chargé d'espionner ses officiers supérieurs.

Pendant quelques minutes, Brad crut que son stratagème avait échoué. Le général regagna l'intérieur de la maison pour ressortir en compagnie d'un homme petit et trapu, sans doute son aide de camp, convoqué pour interroger le jeune pêcheur apparu récemment chez la voisine. Brad fit mine d'être concentré sur son hameçon, mais il ne manquait rien de ce qui se passait de l'autre côté de la haie.

L'aide de camp s'approcha et l'interpella :

— Vous, là-bas ! Qui êtes-vous ? Qu'est-ce que vous faites dans le jardin de Mme Gastain ?

Feignant l'étonnement, Brad répondit dans la langue de Goethe :

— Je suis allemand.

Surpris, le militaire réitéra ses questions.

— Eh bien… je pêche. Mme Gastain m'en a donné la permission. Je loue l'appartement situé dans la dépendance.

Il désigna l'ancienne écurie dont les chevaux avaient été vendus.

— Quelle est votre profession ? demanda l'aide de camp.

— Je travaille pour une société de transport fluvial du XVe arrondissement et dans un club de pêche à la ligne.

— Quel est son nom ?

— La maison Allard. Claude Allard.

— Et le vôtre ?

— Bernhard Wagner.

L'homme désigna la canne de Brad et sa boîte d'hameçons et d'appâts imitant l'aspect d'insectes aquatiques.

— Vous aimez la pêche à la mouche ?

— Oui.

— *Ach so…*

Satisfait, il alla faire son rapport au général. Ils discutèrent quelques minutes et, comme Brad l'espérait, vinrent à sa rencontre. Les adeptes de la pêche à la mouche formaient une communauté fermée qui ne connaissait ni les différences sociales, ni les frontières. Même sans son uniforme, le général se déplaçait avec une assurance qui ne laissait planer aucun doute sur son rang. Entre deux âges, il avait une légère bedaine et dégageait une autorité naturelle avec la vivacité d'un homme plus jeune.

Il s'arrêta à la hauteur de la haie, la mine impassible. Brad crut même déceler une lueur de tristesse dans ses yeux, et non de la cruauté. Le regard hanté d'un homme ayant perdu sa femme quelques années plus tôt. Le même que la mère de Brad.

— Konrad March, déclara son voisin en tendant la main par-dessus la haie.

Brad s'étonna de sa courtoisie et du fait qu'il n'évoque pas son grade. Il essuya sa main droite sur son pantalon et serra celle du général tandis qu'il désignait une fenêtre de l'hôtel particulier.

— J'ai bien observé vos techniques de pêche, avoua-t-il avec une franchise éhontée. Vous utilisez des mouches nouées à la main pour la perche truitée. Vous avez beaucoup de chance. J'ai moi-même échoué avec mes appâts. D'où venez-vous, en Allemagne ?

— De Hambourg, répondit Brad.

La région natale de sa mère, dont elle avait encore l'accent.

— D'après mon aide de camp, vous travaillez pour le capitaine Allard.

— C'est vrai.

— J'ai entendu parler de lui. Certains de mes collègues vont à la pêche dans son club. Il paraît qu'il connaît les cours d'eau comme sa poche. La Seine est très poissonneuse, dit-on.

— Effectivement.

Soudain, un petit garçon, le fils de sept ans du général, sans doute, émergea de la maison, pourchassé par l'aide de camp qui brandissait une serviette blanche.

— Wilhelm ! Ne cours pas ! Tu vas saigner davantage ! hurla-t-il.

Le général fit volte-face pour voir le garçonnet courir vers lui.

— Papa ! Regarde !

Il afficha fièrement un sourire ensanglanté. Le général le prit par les épaules et s'efforça de le calmer.

— Doucement, fiston. Que se passe-t-il ?

Wilhelm tendit la main. Dans sa paume reposait une molaire.

— Tu sais, ma dent qui bougeait ? Je l'ai arrachée moi-même !

— Tu es très courageux ! Je suis fier de toi, mon fils. Hans va la nettoyer et la placer sous ton oreiller.

La petite souris viendra la chercher en échange d'une pièce de monnaie. Ouvre la bouche, que je jette un coup d'œil.

L'enfant obéit.

— La gencive ne saigne plus… Calme-toi un peu. Tu es bien dissipé !

Il prit la serviette que lui tendait son aide de camp pour débarbouiller son fils, puis se tourna vers Brad.

— Mon fils Wilhelm. D'ordinaire, il vous serrerait la main, mais le moment est mal choisi, je crois. Voici mon aide de camp, le sergent Hans Falk.

— Bernhard Wagner, se présenta Brad.

Il sourit au petit garçon et adressa un signe de tête au sergent.

— Enchanté, dit poliment Wilhelm.

— De même.

— Rentre avec Hans, ordonna le général. Je vous rejoins très vite.

— *Auf wiedersehen*, Herr Wagner, fit Wilhelm en agitant la main au lieu de faire le salut nazi.

— *Auf wiedersehen,* Wilhelm…

Tandis qu'ils s'éloignaient, le général déclara :

— J'aimerais faire une partie de pêche dans votre club. Réservez-moi une place pour dimanche prochain, voulez-vous ? À la première heure. Vous serez de la partie, j'espère. Général Konrad March, directeur du service de renseignement allemand en France, précisa-t-il alors à Brad, qui s'efforça de paraître étonné. Je me rends compte que les parties de pêche du capitaine Allard sont très prisées, mais mon grade me permettra peut-être d'obtenir un passe-droit.

— J'en suis certain, général.

— Tant mieux. À présent, montrez-moi ces mouches, je vous prie.

— Volontiers.

Il invita l'officier à passer de l'autre côté de la haie pour inspecter sa boîte d'hameçons.

Approche, approche, dit la libellule à la mite, songea-t-il.

* * *

Le dimanche matin, Jules Garnier s'était arrangé pour que Chris puisse entrer dans l'aile abritant l'académie réservée aux fils de sommités nazies. En tournant la clé dans la serrure, il découvrit des drapeaux et des affiches de propagande qui conféraient aux lieux une atmosphère pesante, en cette fin de semaine glaciale. Le professeur d'éducation physique Claus Bauer tenait à se familiariser avec les locaux et l'équipement afin de préparer ses cours, qui débutaient le lendemain. Sur son bureau, il trouva le matériel pédagogique, les programmes et la liste des élèves promis par Jules. Son bureau n'était en fait qu'un recoin séparé de deux autres espaces identiques par des paravents très fins. Il n'y avait ni fenêtre, ni intimité, ni sortie de secours. Chris poussa un soupir las.

Il était à son bureau depuis une heure quand un homme imposant apparut sur le seuil.

— Vous êtes sans doute le nouveau professeur de mathématiques et d'athlétisme.

— C'est bien moi, répondit Chris en se levant pour le saluer. Claus Bauer. Vous êtes… ?

L'homme correspondait à la description qu'avait faite de lui Jules Garnier : le crâne rasé, petit, un regard implacable, une silhouette massive.

Il remarqua aussitôt le pouce manquant de Chris et esquissa une moue.

— Ludwig Muller, responsable des sports de l'académie, dit-il en écrasant presque les doigts de Chris dans sa poigne. Vous savez sans doute que les cours commencent à sept heures tapantes, ici. Les enseignants doivent être à leur poste trente minutes après la fin du couvre-feu. Je ne tolère aucun retard.

— Naturellement.

— Sachez aussi que nous ne dorlotons pas nos élèves. Nous les poussons au contraire dans leurs derniers retranchements. J'ai pour ordre de sanctionner le moindre manquement à cette règle par un renvoi immédiat et un rapport à mes supérieurs. C'est clair ?

— Très clair, acquiesça Chris avec un hochement de tête.

Muller posa les yeux sur la main mutilée du jeune homme.

— En toute franchise, je dois vous dire que je suis étonné, voire choqué, que vous ayez obtenu un poste dans cette école malgré votre handicap.

— Je n'ai jamais considéré cela comme un handicap, monsieur Muller, répondit-il en se rasseyant.

— Cela vaut mieux pour vous.

Jules Garnier l'avait prévenu : il serait surveillé de près et, à la moindre bévue, serait renvoyé.

— Très bien, reprit Muller, voyant qu'il ne réagissait pas davantage. Vous avez là la liste de vos élèves. Je dois vous signaler le nom de plusieurs d'entre eux qui nécessitent… une attention particulière. Vous voyez ce que je veux dire ? ajouta-t-il avec un regard perçant.

— Je crains de devoir vous demander des précisions.

Muller soupira. Il s'attendait à une telle ignorance de la part d'un nouveau ! Avec une patience exagérée, il expliqua :

— Je l'ai déjà dit, mais il faut que je le répète, apparemment : nous ne tolérons aucune faiblesse chez nos élèves pour quelque raison que ce soit. Il n'y a aucun passe-droit pour les chétifs et les immatures. Il y en a trois dans votre classe.

Il contourna le bureau et fit glisser un index boudiné sur la liste en tapotant les trois noms.

— Lui, lui et lui. Veillez à ce qu'ils atteignent les objectifs du programme. Dans le cas contraire, ils seront sévèrement punis. Vous avez ici une liste des châtiments prévus et que vous devrez mettre en œuvre.

Chris consulta l'inventaire des méthodes approuvées pour remettre dans le droit chemin les élèves qui ne correspondaient pas aux critères physiques établis pas Hitler. Il s'agissait de tortures, ni plus ni moins. Pour éviter les marques révélatrices, les pratiques ne manquaient pas : tête sous l'eau, coups portés à l'aide de sacs de pommes de terre, obligation de rester debout sur la pointe des pieds, les bras tendus, pendant très longtemps.

— Je suis certain que ces méthodes sont efficaces pour pousser les garçons à se dépasser, commenta Chris. Étant donné que ces garçons sont des fils de hauts dignitaires de Vichy et d'officiers allemands, vous ne craignez pas les représailles de leur père ? Celui-ci, par exemple, Wilhelm March, est l'enfant unique du chef du service de renseignement allemand. Le général n'apprécierait sans doute pas ce qui peut ressembler, pour certains, à des sévices.

Ludwig Muller pouffa.

— Vous n'avez pas à redouter de conséquences si vous faites votre travail. Les garçons ne racontent rien à leur père. Ils savent ce qu'ils risquent s'ils sont trop bavards.

— Qui ? Les pères ou les fils ?

— Les fils, mais les pères aussi.

— Pourquoi ?

— Toute ingérence d'un père est signalée à Berlin et considérée comme une critique du programme établi par le Führer pour rendre ces garçons conformes à l'idéal germanique. Les garçons savent qu'un signalement nuirait à leur carrière. En gros, quand on a des problèmes à l'école, on a des problèmes à la maison.

— Sans parler de l'affection et du respect qui les retiennent d'évoquer des sévices susceptibles de nuire à leur famille, ajouta Chris d'un air compréhensif.

Muller tiqua.

— Je suppose qu'il y a aussi cet avantage… Bref, vous n'avez pas à craindre de plaintes pour… sévices.

— C'est bon à savoir. Je suis soulagé.

Ludwig Muller observait sa nouvelle recrue avec méfiance.

— Avez-vous d'autres informations à me transmettre ? s'enquit Chris d'un air innocent.

Son responsable émit un soupir exaspéré :

— Jules Garnier aurait dû vous expliquer ce que nous faisons ici. Puisqu'il n'a pas fait son travail, vous déterminerez vos fonctions par vous-même et sans tarder. N'oubliez pas que vous êtes en période d'essai, monsieur Bauer. Votre poste n'est en rien garanti. J'ai des exigences strictes pour le fonctionnement de mon service. Un seul écart, et vous vous retrouverez sur le front russe, auquel vous avez échappé grâce à ce travail. Vous pouvez me croire, la Wehrmacht ne se formalisera pas de votre infirmité. Me suis-je bien fait comprendre ?

— Très bien. N'ayez crainte, monsieur Muller, je ne vous décevrai pas, promit Chris avec enthousiasme.

— Oh, je n'ai aucune crainte, monsieur Bauer. C'est vous qui devriez avoir peur. Bon, je vous laisse pour profiter de ce qu'il reste de mon dimanche. *Heil Hitler !* conclut-il en tendant le bras.

— *Heil Hitler !* répondit Chris.

La main estropiée du jeune homme semblait repousser Muller, qui eut un mouvement de recul.

— Refermez la porte à clé en sortant et soyez à l'heure demain matin.

— Entendu, monsieur.

Chris écouta ses pas lourds s'éloigner. Une minute plus tard, il entendit un claquement de porte. Par cette froide matinée dominicale, Muller s'était déplacé pour le mettre en garde. Chris savait désormais à qui il avait affaire et il n'en était pas surpris. C'est Muller qui serait étonné quand il apprendrait qui était vraiment Claus Bauer.

* * *

Ce même dimanche, à six heures du matin, Bucky fut réveillé par un coup discret frappé à sa porte par sa logeuse. Son sommeil était si profond que même les cloches de l'église voisine n'avaient pu l'en faire émerger. Il s'était écroulé dans son lit à deux heures, tout habillé, après une longue soirée passée à jouer aux cartes avec elle. Sam s'était joint aux autres pensionnaires pour se changer les idées. Il avait besoin de fuir les questions qui se bousculaient dans sa tête depuis qu'il avait lu un message que Mme Dupré lui avait remis à son retour du *Celtic* :

« J'ai parlé à oncle Émile, écrivait sa tante Claire. Viens prendre le thé demain à quatre heures. »

Bon sang ! Tante Claire avait pris contact avec son père ! Et il voulait le voir !

— Qui a déposé ce message, madame Dupré ?

— Un monsieur d'un certain âge, venu à bicyclette.

Le majordome de sa tante, avait deviné Bucky, ivre d'espoir. Après toutes ces années, il allait enfin rencontrer son père.

— Vous allez bien, monsieur Beaulieu ?

— Très bien, même !

En relisant le message, il s'était demandé ce que Claire lui avait raconté sur lui. Avait-il bien réagi ? Ils avaient les mêmes yeux. Nicolas Cravois était recherché par les nazis. Était-il risqué pour lui de se cacher si près de Paris ? Bucky savait qu'il n'était pas marié. Il avait eu des maîtresses, oui, mais aucun enfant connu. Samuel Barton était son unique descendant. Claire lui avait-elle fait part du désir ardent de ce fils de le voir, de le connaître ?

Il fallait absolument qu'il maîtrise son impatience, car on vivait au jour le jour, dans le Paris occupé. S'il perdait cette chance unique de voir son père biologique, une autre occasion ne se représenterait peut-être jamais.

— Monsieur Beaulieu ! C'est Mme Dupré ! Il faut vous lever, souffla sa logeuse, derrière la porte.

Bucky entrouvrit le battant.

— Merci, madame. Je ne pensais pas descendre pour le petit déjeuner.

— Ce n'est pas à propos du petit déjeuner, insista-t-elle en entrant. J'ai du nouveau et je dois vous en informer en premier au cas où vous devriez faire… ce que vous avez à faire. Nous allons recevoir de nouveaux résidents.

— Qui ça ? s'enquit Bucky, alarmé.

— Trois de mes locataires ont été expulsés discrètement avant l'aube et leurs chambres sont réquisitionnées pour trois membres de l'Abwehr. Berthe est en train de faire le ménage en ce moment même. Ces hommes arrivent ce matin. Je suis venue vous prévenir. Vos papiers doivent être en règle et vous ne devez rien avoir de compromettant dans votre chambre. Ces ordures vont sans doute fouiller la maison à cause du marché noir. Lucienne, Fernand et Eugène habitaient chez moi depuis des années et ils n'ont plus vingt ans, les pauvres. L'hiver approche. Qu'est-ce qu'ils vont devenir ?

Bucky n'avait pas de réponse à cette question. Un autre problème évident se posait. Depuis que Mme Dupré coopérait avec les services de renseignement alliés, l'ennemi était resté à distance, loin des activités de la propriétaire de la pension. S'il s'installait sous son toit, elle risquait d'être démasquée. Et si Bucky était découvert, elle serait arrêtée également.

Gabrielle Dupré servait de médiatrice à l'OSS. Son rôle n'impliquait pas d'activités clandestines, mais elle mettait sa pension de famille à la disposition d'agents infiltrés qui y logeaient en toute confiance. Alistair l'avait recrutée en juin 1942 car sa pension avait servi de sanctuaire à plusieurs pilotes de la RAF tombés près de Paris lors d'un bombardement. Son mari était mort pendant la Première Guerre et son fils pendant la Deuxième, deux victimes de l'armée allemande. Mme Dupré n'exprimait pas de façon ostentatoire sa haine de l'ennemi, mais elle mettait son chagrin et son deuil au service de la Résistance et des Alliés.

Soudain, ils entendirent des pas et des exclamations en allemand dans l'escalier. Gabrielle blêmit.

— Mon Dieu ! Ils sont là !

Bucky posa une main sur son épaule.

— Tenez bon, madame Dupré. Courage. Vous ne manquez pas de ressources.

— Oui, répondit-elle. On m'a dit qu'ils voulaient interroger les autres pensionnaires. Je dois sonner la cloche du dîner pour convoquer tout le monde en bas. Enfilez vite un pyjama. Les Boches vont se poser des questions en vous trouvant dans cette tenue.

Quinze minutes plus tard, la cloche retentit. Bucky s'était changé et avait ébouriffé ses cheveux. Le message de sa tante était réduit en cendres mélangées avec celles de sa pipe. Son parapluie dissimulant une lame était rangé dans le placard et son stylo explosif avec les autres dans le tiroir de son bureau. Quant à son ampoule de cyanure, elle était nichée dans la boucle de sa ceinture. Le reste de son équipement d'espionnage se trouvait dans son bureau de la société d'ingénierie, où il était plus susceptible de lui servir. Il n'avait pas prévu cette tournure des événements.

Bucky descendit donc en pyjama et en robe de chambre, chaussé de pantoufles. Les trois autres pensionnaires, en tenue similaire, et le personnel étaient alignés. Les nouveaux locataires étaient un capitaine, un lieutenant et un sergent tenant un bloc-notes, tous en uniforme de la Wehrmacht. Bucky les toisa. Le capitaine semblait assez aimable. Il venait de complimenter Mme Dupré sur sa collection de figurines en cristal de chez Lalique. Néanmoins, les plus courtois étaient souvent les plus redoutables. Le lieutenant était élancé et semblait droit sorti de la prestigieuse académie militaire prussienne si chère à Hitler. Quant au sergent, il était dépourvu de la prestance de ses supérieurs. Son uniforme, prévu pour un athlète germanique, seyait mal à sa silhouette rondelette, défaut qu'il cherchait à atténuer en arborant la coiffure et la petite moustache du Führer. C'était peine perdue.

Au-delà de leur différence de grade, les deux autres ne tenaient pas le sergent en haute estime, c'était évident.

— Tout le monde est là ? demanda le capitaine à Mme Dupré, visiblement anxieuse.

— Oui, capitaine. M. Beaulieu est le dernier.

— Formidable, dit-il en souriant. Mesdames, messieurs, je vais vous demander de me présenter vos papiers et d'indiquer vos nom, numéro de chambre, profession ainsi que l'adresse de votre employeur à mon lieutenant, qui les traduira afin que le sergent en prenne note. D'abord, permettez-moi de me présenter : capitaine Edmund Achterberg. Et voici l'*Oberleutnant* Friedrich Dahl et l'*Unterfeldwebel* Dirk Drechsler.

* * *

Alors que c'était son jour de repos, Victoria fut convoquée à l'école d'escrime. Heureusement, elle était déjà levée. Elle comptait se rendre chez une femme susceptible d'avoir des informations sur le destin de son fiancé. Elle suivait l'unique piste fournie par son frère. Si nul n'avait vu le parachute de Ralph après que son avion avait été abattu au-dessus de Gennevilliers, en banlieue parisienne, un rapport suggérait que plusieurs pilotes avaient réussi à trouver refuge dans une pension de famille du Quartier latin, dont la propriétaire se nommait Gabrielle Dupré.

L'échec du bombardement de la RAF sur une manufacture de moteurs d'avions, en mai, faisait encore la joie des élèves allemands de Victoria. Si l'usine n'avait subi que peu de dégâts, trente-quatre civils avaient trouvé la mort et cent soixante-sept avaient été blessés. Les habitants de Gennevilliers ne s'étaient guère précipités pour aider les pilotes alliés. Victoria avait localisé la pension de famille et espérait rencontrer Mme Dupré pour lui demander si l'un des survivants avait pour nom Ralph DuPont.

— Désolé, mademoiselle Colbert, mais on vous demande personnellement, déclara Jacques Vogel, directeur de l'école et maître d'arme, au téléphone de la réception du meublé où elle logeait.

— Qui me demande ?

— Dieter Albrecht. Vous avez peut-être entendu parler de lui.

— Pourquoi ?

— Dans les années 1930, il a été champion d'Allemagne d'escrime, un spécialiste de l'épée.

Ce nom lui disait vaguement quelque chose. Sans doute avait-elle lu un article sur lui.

— Que me veut-il ?

— Il souhaite vous affronter aujourd'hui, puis établir un programme d'entraînement régulier avec vous.

— Pourquoi pas vous, monsieur Vogel ? Vous êtes le meilleur.

— Il a eu vent de vos qualités et… affirme que vous constituez un défi.

Il allait sans dire que Victoria n'avait pas le choix.

Ce type devait avoir de l'importance pour que son employeur, le médiateur de l'OSS responsable de son intégration à l'école d'escrime, la réveille un dimanche matin alors que l'école était fermée. Sans doute un de ces dignitaires nazis si arrogants qui avait entendu parler de la jolie professeure d'escrime et espérait passer du bon temps avec elle… Vogel, lui, était expert dans les trois armes de l'escrime, le fleuret, l'épée et le sabre. Le partenaire d'entraînement idéal.

— Que savez-vous de lui ? Que fait-il en France ? J'ai besoin de le savoir.

Le silence qui s'ensuivit était de mauvais augure, que ce soit pour elle ou pour le maître d'armes qui, en aidant l'OSS, s'exposait à de terribles dangers.

— Qu'est-ce que vous me cachez, monsieur Vogel ?

— C'est un *standartenführer* de la SS, mademoiselle.

Victoria en eut le souffle coupé. Oh non ! Un colonel de la SS tant redoutée.

— Que… que fait-il ? Quelles sont ses fonctions ?

Le *Schutzstaffel* comptait diverses unités d'administration et de combat, aussi redoutables les unes que les autres.

— Il dirige le service de contre-espionnage du *Sicherheitsdienst,* le service de renseignement et de maintien de l'ordre de la SS, à Paris, soupira Vogel.

Les membres du SD étaient connus pour leurs méthodes aussi féroces que celles de leurs homologues de la Gestapo. Leur rôle était de « découvrir les ennemis du parti nazi et de prendre des mesures de répression par le biais des autorités officielles de police ». Ces mesures impliquaient des crimes odieux contre tout ennemi du Troisième Reich.

Notamment Victoria Grayson, *alias* Liverwort ou Viviane Colbert.

— Vous l'avez déjà rencontré ? demanda-t-elle à Vogel.

— Oui, une fois, il y a des années, lors d'une compétition internationale d'escrime. Un redoutable adversaire. Je l'ai battu de peu. Je doute qu'il ait perdu beaucoup de rencontres, par la suite. Il a formulé sa requête par téléphone.

— Quel âge a-t-il ?

— Une trentaine d'années, je dirais.

Victoria l'imaginait plus vieux, plus proche de l'âge de Jacques, bien que celui-ci fût toujours mince et alerte.

— C'est jeune pour occuper un tel poste de direction, commenta-t-elle.

— Ils gravissent vite les échelons, dans l'armée allemande ! Il aurait brillé de toute façon. Le colonel Albrecht est issu d'une famille très fortunée et influente de l'aristocratie. Ses ancêtres ont régné sur un duché jusqu'à l'unification allemande de 1871. Cela dit, il ne doit sans doute pas son poste à ses origines ou ses relations. Vous verrez. Bref, soyez très prudente. Il y a des chances qu'Albrecht se révèle une excellente source de renseignements.

Victoria en doutait. Les membres de la SS étaient trop bien entraînés pour laisser filtrer la moindre indiscrétion. En revanche, de toutes les organisations nazies, ils étaient les meilleurs enquêteurs.

— Je vous implore de ne pas arriver en retard. Le colonel sera là dans une heure. Oh, une dernière chose : le colonel Albrecht préfère son grade militaire à son titre de duc.

Ça promet…, songea Victoria.

Finalement, Victoria eut une demi-heure de retard. À son arrivée, le colonel était en train de s'équiper dans le vestiaire des hommes. Fébrile, Jacques Vogel accueillit la jeune femme.

— Le métro était bondé et j'ai dû attendre le suivant.

Elle s'attendit à une réprimande, mais refusait de s'excuser auprès d'un colonel ou d'un duc qui lui imposait ce rendez-vous et anéantissait du même coup ses projets pour la journée.

En gagnant les vestiaires, Victoria vit l'uniforme du colonel SS accroché à un cintre. L'insigne à tête de mort de la coiffe réglementaire lui fit froid dans le dos. Il avait la croix de fer, la plus haute distinction militaire allemande. Au début de la guerre, la SS avait abandonné ses infâmes uniformes noirs à bandeau rouge au profit d'un vert-de-gris plus adéquat et moins visible sur le champ de bataille. Les officiers du SD devaient avoir le droit de porter l'ancien uniforme, car celui-ci était d'un noir intense.

Le colonel apparut, en tenue, son masque sous le bras.

— Mademoiselle Colbert, je présume, dit-il en s'inclinant. Je suis Dieter Albrecht. Merci d'avoir accepté de me voir à l'improviste. Je vous ai dérangée, sans doute.

Les SS pouvaient se montrer d'une courtoisie agaçante, même lors de leurs interrogatoires, disait-on. Irritée par cette fausseté, car il se moquait éperdument de la déranger, Victoria maîtrisa sa colère.

— Vous avez vu juste, colonel, répondit-elle.

Sa prestance et sa grande taille n'étaient pas une surprise. En revanche, ses cheveux courts, son regard chaleureux et son sourire ravageur à la Gary Cooper ne correspondaient en rien au portrait qu'elle s'était fait de lui. Qui aurait pu deviner que ce visage au charme juvénile masquait un monstre implacable ?

Derrière lui, Jacques Vogel fit les gros yeux et se racla la gorge.

— Dans ce cas, je vais devoir me racheter. *Sprechen Sie Deutsch*[1] ?

— *Nein.*

— Bon, après le combat, je trouverai un moyen de me faire pardonner de vous avoir fait venir un dimanche. Et si je vous invitais au restaurant, par exemple ?

Vogel lui fit signe d'accepter.

— Ce ne sera pas nécessaire, répondit-elle en entrant dans les vestiaires des femmes.

— Pour moi, c'est nécessaire, insista Albrecht d'un ton implacable. Sinon, j'aurais l'impression d'être un goujat sans cœur.

Là encore, vous avez vu juste, songea Victoria, consciente qu'elle n'était pas en position de refuser.

— Très bien, puisque vous insistez, colonel, reprit-elle froidement. Je vous rejoins sur la piste.

Elle avait soudain les mains moites car elle avait l'impression qu'elle venait de croiser le regard d'un cobra.

---

1. « Parlez-vous allemand ? »

13

— Vous voulez que je fasse quoi ? demanda le supérieur de Marcel Fouchard en toisant sa nouvelle recrue, derrière son bureau jonché de dossiers. Nous sommes débordés et je manque de personnel, et vous voulez que j'enquête sur une fresque du couvent des Sœurs de la Charité ? Pourquoi diable ?

— Il y a du louche là-dessous. Je le sens. Une styliste qui vient d'arriver dans le quartier qui fait des dessins sur ce mur. Elle a de faux airs de gamine et le regard d'une femme. Figurez-vous qu'elle a cherché à me séduire, à m'amadouer pour me faire croire que ce sont des gribouillis anodins.

Tu t'es regardé, mon pauvre garçon ? songea le commissaire, contrarié de travailler un dimanche. Il en avait assez des soupçons de ce crétin sur tous les habitants du quartier, uniquement sur la foi de son « instinct ».

— C'est tout ? Quel est son thème ?

— Je ne sais pas trop, admit Marcel sans se démonter, mais il y a une libellule et des… Des algues, je crois, ainsi que d'autres plantes aquatiques.

— C'est moche ?

— Non…

— Qu'y a-t-il de louche, alors ?

— Je ne sais pas… j'ai l'impression que ce mur sert à des activités clandestines.

— Encore votre foutue intuition ! maugréa le commissaire qui se remit à écrire. Allez voir la mère supérieure. Elle ignore sans doute que quelqu'un barbouille son mur. Voyez d'où vient cette fille et si elle a une autorisation.

— C'est fait, répondit Marcel.

— Alors ?

— Pour elle, la fresque apportera un peu de beauté pour égayer la rue.

— Ne contrarions pas sœur Marie-Françoise. Vous risqueriez de griller en Enfer…

— Cette histoire cache quelque chose qui mérite une enquête. D'abord, la peinture. Où l'a-t-elle obtenue ? Ma sœur est peintre et elle ne trouve pas ces produits-là. C'est nouveau et rare, même en temps de paix. Elle a dû les acheter au marché noir.

— Dieu nous en préserve !

— Je vous demande simplement de jeter un coup d'œil, monsieur. Votre hiérarchie serait d'accord.

Le commissaire foudroya son sous-fifre du regard. *Abruti*, songea-t-il. Il était désormais certain qu'il s'agissait d'une taupe envoyée par ses supérieurs proches de Vichy et de la Gestapo. Les États-Unis étant entrés en guerre, un débarquement allié viendrait libérer le pays et l'Europe de la vermine nazie.

On ignorait quand et où, mais les rumeurs allaient déjà bon train. Ce jour-là, il veillerait à ce que Marcel Fouchard soit châtié comme il le méritait.

C'était la fin de la journée et le commissaire pourrait bientôt rentrer chez lui manger un repas frugal en famille. Il n'avait aucune envie de sortir à la nuit tombante pour inspecter une fresque inoffensive, surtout avec ce flic zélé en quête de pauvres bougres à arrêter pour n'avoir pas respecté le couvre-feu. Ravalant sa rancœur, il déclara :

— Très bien, Fouchard, allons la voir, cette fresque qui vous turlupine.

Dès qu'il vit l'objet des soupçons de son subordonné, le commissaire demeura bouche bée. Marcel également. Ils ne firent pas attention au petit groupe de badauds qui s'était formé pour admirer l'œuvre inachevée, malgré le couvre-feu. Ils détalèrent sans demander leur reste, mais les deux policiers ne s'en souciaient guère. Quant à la peintre, elle n'était pas présente.

— C'est… magnifique, souffla le commissaire. Quel est le problème, Fouchard ?

— La fille a… ajouté des dessins, depuis vendredi. Le tableau est plus grand.

Le spectateur avait l'impression de pénétrer dans un jardin enchanté peuplé de nénuphars sur des eaux bleues, de libellules, de fleurs exotiques sous un ciel parsemé de nuages. Un labrador sable encore inachevé dominait la scène, les yeux rivés sur un oiseau qui pataugeait sans le remarquer.

— J'en ai assez vu, déclara le commissaire. Rien n'indique qu'il s'agit d'autre chose qu'un paysage serein sur un mur de couvent pour suggérer la paix. Ne vous dressez pas sur le chemin de cette peintre. Je vous ordonne même de monter la garde pour veiller à ce que personne ne l'empêche de travailler. Cette rue est désormais votre secteur. C'est compris ?

Marcel voulut protester, puis il comprit que son supérieur venait de lui faire un cadeau. Il disposait à présent d'un prétexte pour surveiller la jeune artiste. Elle n'œuvrait certainement pas seule. D'ores et déjà, il pouvait rayer sœur Marie-Françoise de la liste des complices potentiels. Cette mégère avait déjà fort à faire avec ses nonnes. Tôt ou tard, la peintre se trahirait, ainsi que ses complices, et il la tiendrait. Il l'interrogerait et la ferait parler en moins d'une heure. Ils pourraient ensuite rafler toute la bande. Ce succès l'aiderait à intégrer la future Milice qui serait bientôt créée par le gouvernement de Vichy pour lutter contre la Résistance. Le commissaire comprendrait enfin à qui il avait affaire !

— Mais…

— Il n'y a pas de mais, Fouchard. Obéissez ! Et ne vous avisez pas de faire part de vos soupçons à mes supérieurs, comme vous dites. Vous voulez créer une émeute ? Contrarier sœur Marie-Françoise ? Tout le quartier vous en voudrait de faire détruire la fresque et arrêter cette jeune femme. C'est clair ?

— Oui, commissaire, bredouilla Marcel en feignant la déception. Je ferai de mon mieux.

* * *

Depuis son balcon, le général Konrad March regarda par-dessus la haie en quête de son nouveau compagnon de pêche à la ligne. En ce dimanche matin, il était un peu déçu de ne pas le voir. Les cloches se mirent à sonner. Le général ne l'imaginait pas à la messe, au contraire de Mme Gastain, sa voisine. Chaque dimanche, à l'aide de ses jumelles, il regardait la frêle silhouette de la veuve en tenue de grand deuil se rendre à l'église. À quoi ressemblait-elle, sous sa voilette noire ? D'après Bernhard, elle était encore belle, malgré son air morose.

— Pourquoi morose ?

Question idiote. Tous les Parisiens étaient affligés de voir leur ville occupée par l'ennemi, surtout ceux qui avaient subi une déchéance sociale ou financière, telle Mme Gastain. March avait voulu connaître les détails et Bernhard avait répondu à ses questions sans détours, sans indiquer qu'il devinait la raison de la curiosité de son voisin.

— Son mari a subi un revers de fortune lors de la crise de 1929 et ne s'en est jamais remis. Il s'est suicidé il y a quelques années. Ils n'avaient pas d'enfants, de sorte que Mme Gastain vit seule avec deux domestiques.

— Quel âge ?

— Qui ça ? La patronne ou les employés ?

— Mme Gastain, voyons !

— Environ quarante-cinq ans.

— Et elle porte toujours le deuil de son mari ?

— Eh bien… pas seulement le sien.

À l'instar de nombreuses Parisiennes, elle portait le deuil de la France.

— À quoi consacre-t-elle son temps, enfermée chez elle ?

— Je crois qu'elle écoute son phonographe. Elle lit. Elle possède une bibliothèque impressionnante. Elle joue aussi du piano. Peut-être l'avez-vous déjà entendue ? Je ne connais rien à la musique, mais il me semble qu'elle joue très bien. Je lui apporte les poissons que je pêche et elle m'invite à sa table, ce qui est très agréable.

— Je l'ai entendue. Elle joue très bien, en effet.

Cette conversation avait eu lieu la veille, en Normandie, à bord du bateau du capitaine Claude Allard. La présence du général avait contrarié le capitaine, qui espérait ne pas avoir compromis le travail de Bernhard. Lorsque Allard avait convoqué Bernhard dans la timonerie, Konrad avait dressé l'oreille en faisant mine de ranger son matériel. Il avait saisi des bribes de leur conversation :

— Tu te rends compte de ce que tu fais, en fricotant avec le chef des renseignements allemands ? Je n'aime pas le voir à bord. En plus, il va traîner parmi nous tous les dimanches de novembre ! Il fait peur aux autres amateurs de pêche.

— Nous sommes voisins et je l'ai rencontré dimanche dernier. Il est passionné de pêche et il m'a dit que vous étiez un excellent marinier quand je lui ai appris que je travaillais pour vous…

— Ce ne serait pas délibéré ?

— Le moins vous en saurez, capitaine…

Le général March réfléchissait encore à ces propos sans doute anodins. Le capitaine trouvait que son employé prenait des risques en fréquentant le chef du service de renseignement allemand dans l'espoir d'obtenir ses faveurs, des tickets de rationnement, des vivres, du charbon, de l'essence, des denrées si rares pour les Parisiens. Le général avait déjà fait livrer un jambon à sa voisine avec ses compliments.

Cependant, il garderait Bernhard Wagner à l'œil au cas peu probable qu'il ne soit pas celui qu'il prétendait être. Il avait appris à se méfier de tout le monde, même de ses proches amis. Cette maudite guerre ne faisait qu'amplifier certaines tendances. Il serait très déçu d'apprendre que Bernhard Wagner, qui lui rappelait son frère cadet avant qu'il ne reçoive la balle d'un chasseur en pleine poitrine, n'avait pas croisé son chemin et celui de son fils par hasard. Il n'aimerait pas découvrir que le jeune homme avait des motivations sournoises.

Wilhelm appréciait leur voisin, lui aussi. Enfant triste et solitaire, il pleurait encore sa mère et ne trouvait aucune consolation à l'école. Pour lui, le pêcheur était presque un ami. Le lundi précédent, en rentrant à la maison, le général avait découvert que son fils et M. Wagner avaient joué au ballon après l'école. Wilhelm avait malencontreusement envoyé la balle par-dessus la haie donnant sur le jardin de Mme Gastain. Le lendemain soir, Hans lui avait rapporté que Wilhelm avait gravi les marches menant au logement de Bernhard, au-dessus des anciennes écuries, pour l'inviter à jouer avec lui. Bernhard, qui finissait de travailler de bonne heure car le capitaine aimait rentrer avant la nuit, avait accepté avec joie. Ils s'étaient fait des passes sur la pelouse chaque après-midi de la semaine.

— Ne laissez pas mon fils s'imposer à vous, Herr Wagner, lui avait-il déclaré la veille. Je ne voudrais pas qu'il vous embête pendant votre temps libre.

— Il ne m'embête pas le moins du monde. Nous faisons de l'exercice et Wilhelm peut s'entraîner au football.

— Vous êtes très gentil. Le petit n'a pas d'amis et Hans n'est pas assez en forme pour courir après un ballon.

Bernhard avait alors paru gêné, comme s'il cherchait le courage de lui dire quelque chose.

— Euh… général, cela ne me regarde en rien mais votre fils affirme qu'il est malheureux dans cette école.

— J'en suis conscient. Vous a-t-il expliqué pourquoi ?

— Ses camarades le harcèlent et les professeurs les encouragent dans cette voie, sauf un.

Konrad March avait senti la colère monter en lui.

— Ah oui ? Pourquoi mon fils ne m'en a-t-il rien dit ? Ou à mon aide de camp, au moins ?

— Parce qu'il vous admire, général, et qu'il est trop courageux pour cafarder.

March en ressentit une fierté teintée de rage.

— Je me doutais que quelque chose le perturbait en dehors de la mort de sa mère. Je vais l'interroger, histoire d'en savoir davantage.

— Je vous en prie, ne lui dites pas que j'ai trahi sa confiance. Il ne me l'accorderait plus jamais. S'il était mon fils, je voudrais être informé de ses problèmes.

Le général avait été touché par la sollicitude du jeune homme et sa compassion pour un enfant qu'il connaissait à peine, le fils d'un homme tel que lui, de surcroît. En ces temps troublés, les gens ne se souciaient plus que de leur propre sort.

— Vous avez ma parole et ma gratitude, avait-il déclaré au pêcheur en posant une main sur son épaule. Wilhelm pensera que j'avais déjà des soupçons sur cette école et que je me suis renseigné. A-t-il cité le nom du professeur qui n'encourage pas les sévices ?

— Oui. Il s'appelle Claus Bauer. Wilhelm en parle avec respect et affection. Cet homme lui permet de rester en classe à l'heure du déjeuner pour lui éviter de manger avec ses bourreaux.

— Cela signifie qu'il ne déjeune pas… Claus Bauer, je m'en souviendrai.

* * *

Cet après-midi-là, il avait rendez-vous avec le responsable des sports de l'école de son fils, un certain Ludwig Muller. Les dossiers s'accumulaient sur son bureau, mais il n'était pas d'humeur à les étudier, trop obnubilé par cette terrible révélation concernant son fils, le jeune homme qui en était à l'origine et son attirance grandissante pour sa voisine, la jolie veuve. Dans la journée, il avait espéré voir Wagner sur la rive pour lui demander ce que Mme Gastain avait pensé du jambon qu'il lui avait offert. Son aide de camp l'avait remis à la gouvernante. Mme Gastain rejetterait-elle cette offrande en gage de son admiration ?

Il quitta le balcon pour regagner l'intérieur de la maison. En vérité, Konrad March, décoré de la croix de fer, héros de la Première Guerre mondiale, responsable de l'Abwehr en France, se sentait terriblement seul. Il attendait davantage de la vie. Il se languissait de contacts humains en dehors de Wilhelm et Hans, de converser avec une femme raffinée et instruite comme la mystérieuse veuve qui dissimulait son visage derrière une voilette. Bernhard Wagner constituait une bouffée d'air frais, loin des locaux oppressants du service de renseignement. Hélas, en écoutant sa conversation avec le marinier, le doute s'était emparé de lui. Dommage. Il appréciait ce jeune homme qui partageait sa passion pour la pêche à la ligne.

* * *

En entendant les cloches de l'église, Dirk Drechsler fut submergé d'une telle nostalgie qu'il se recroquevilla sur lui-même et enfouit le visage dans son oreiller pour étouffer une plainte. Ces cloches lui rappelaient celles de l'Église luthérienne de New Braunfels. Ses parents et sa petite sœur iraient à la messe, ce jour-là. Ils occuperaient la même rangée que depuis toujours. La veille, son père serait passé chez Naegelin, le pâtissier, pour acheter du *Lebkuchen*, une sorte de pain d'épices qu'ils dégusteraient après les escalopes viennoises accompagnées de pommes de terre, leur déjeuner traditionnel du dimanche. Dirk aurait tout donné pour une assiette de rôti de veau aux pommes de terre, pour un biscuit couvert de glaçage rose…

Cette simple pensée lui mit l'eau à la bouche. Il se rassit et se prit la tête dans les mains. Sa décision de rompre avec l'Amérique pour intégrer l'armée allemande était la pire erreur de sa vie, s'il survivait assez longtemps pour avoir une vie. Qu'espérait-il donc en laissant tomber sa famille, sa maison, son pays et ses amis pour se retrouver dans cette contrée hostile, froide et paranoïaque dirigée par un dictateur fou ? Dirk n'avait pas mis un mois à se rendre compte, lors de son entraînement pour l'Abwehr, à Berlin, qu'il était d'abord américain et qu'il le serait toujours. S'il avait du sang allemand, il ne serait jamais un nazi. Manifestement, les membres de son unité de renseignement étaient du même avis. Ils l'évitaient comme la peste et ses officiers le méprisaient ouvertement. Ils ne lui faisaient pas confiance. Le manque de loyauté envers son pays, même ennemi, était une notion totalement étrangère aux Allemands.

Pour survivre, il avait ravalé ses désillusions vis-à-vis d'Hitler, l'Abwehr, les mesures antisémites et les objectifs diaboliques du Troisième Reich sans trahir ses regrets et sa révulsion pour son travail. Il avait même atteint le grade de sergent et obtenu une affectation à Paris. Il aurait certainement été envoyé directement sur le front russe s'il n'avait pas possédé une compétence indispensable au service de renseignement de l'armée allemande : l'Abwehr avait besoin de lui en tant qu'interprète de langue anglaise.

Ce poste aurait pu être supportable. L'Abwehr respectait les termes de la Convention de Genève sur les règles de conduite à adopter en période de conflit armé. Elle traitait les ennemis et personnes suspectes avec une décence relative lors des interrogatoires. À peine débarqué à Paris, il s'était retrouvé une partie du temps dans un service de la Gestapo qui traitait des questions juives.

Dirk porterait éternellement la honte et l'effroi de ce qu'il avait été contraint de faire et de regarder. Il s'attendait à ce que les techniques employées pour recueillir des informations se limitent à un regard d'acier, un ton menaçant et une posture agressive face à un malheureux ligoté sur une chaise, dans une salle d'interrogatoire.

La Gestapo était capable d'actes inhumains et barbares inimaginables. Lorsqu'il entrait dans une cellule où croupissait un Américain et l'informait que son interprète était un compatriote, il croisait un regard qui resterait gravé dans sa mémoire. Les agents de la Gestapo se délectaient de la situation :

— Le sergent Drechsler vient d'Amérique. Du Texas, jubilaient-ils en se penchant vers un pilote américain ou un résistant assurant la liaison avec l'OSS. L'Amérique ! Le Texas ! hurlaient-ils à la face de leur prisonnier.

Dans ces moments-là, Dirk se dégoûtait et haïssait davantage encore la machine de guerre allemande et ce pays qu'il avait choisi de servir.

Si seulement il avait écouté Chris, son meilleur ami ! Lui, il n'avait pas gobé cette histoire de Troisième Reich destiné à régner mille ans. Chris avait de la chance d'être né avec un pouce en moins qui lui garantissait d'être réformé de l'armée. Il était désormais à l'abri, dans le pays de la liberté, dans son appartement d'Austin, à enseigner dans la ville chère à son cœur. Il pouvait préparer son doctorat, se rendre à des concerts, des rodéos, sortir avec des filles, voir sa famille… et manger ce qu'il voulait, quand l'envie l'en prenait, sans jamais souffrir de la solitude, du froid et des privations, comme son copain d'autrefois, dans le Paris occupé.

Si seulement Dirk trouvait un moyen de rentrer chez lui ! Il y avait longuement réfléchi. Il devait être possible de franchir la frontière suisse ou espagnole, de traverser la Manche pour gagner l'Angleterre. À l'insu de l'Abwehr, il avait une cagnotte secrète en dollars. Au moins, il n'avait pas été assez stupide pour partir de chez lui sans économies. Il était en plein désespoir. La nuit, il ne trouvait pas le sommeil tant il rêvait de sonner à la porte de sa maison de New Braunfels en criant : « Maman, Papa, je suis de retour ! »

S'il parvenait à s'échapper d'Europe, il ne voulait plus rien avoir à faire avec l'Allemagne et les Allemands. S'il rentrait, il profiterait de la vie.

Pour l'heure, il s'accrochait à une rumeur affirmant que, non seulement la guerre ne durerait pas, mais que l'Allemagne serait vaincue. L'armée nazie perdait du terrain sur le front de l'est et de l'ouest. La population allemande n'avait plus confiance en son Führer. La Résistance française prenait de l'ampleur et on disait qu'un débarquement allié était prévu dans un avenir proche. S'il tenait le coup, Dirk Drechsler pourrait peut-être rentrer chez lui.

Il enfila vivement son uniforme, se dispensant de sa veste car les soldats n'étaient pas tenus d'arborer une tenue complète dans leurs quartiers, le dimanche. Il faisait un froid de canard. Son petit radiateur ne réchauffait guère la pièce. En ces temps de rationnement, les pensionnaires avaient le droit à quatre heures de gaz par nuit, dans leur chambre, et rien dans la journée.

Dirk entendit Serge Beaulieu, son voisin, fermer sa porte à clé. Ce jeune ingénieur l'intriguait sans qu'il sache dire pourquoi. Beaulieu semblait moins… français que les autres. Dirk avait l'impression que, en dehors du cercle amical et familial, les Parisiens se montraient réservés, très attachés aux convenances, presque méfiants envers ceux à qui ils n'avaient pas été présentés. Ils n'étaient pas très tactiles, ne criaient que lorsqu'ils étaient en colère et ne mangeaient qu'à table, jamais dans la rue. Serge Beaulieu, lui, semblait enclin à aller vers les inconnus, se montrait moins distant que ses compatriotes. Il était poli sans être indifférent, convenable sans être guindé. Dirk avait également remarqué une prudence inhabituelle, une grande attention à son environnement. Un jour, il avait vu l'ingénieur mordre dans une pomme (dont le capitaine Achterberg avait offert un sac à la logeuse dans un élan de générosité) en allant prendre le métro… Cela dit, faute de petit déjeuner, un jeune homme pouvait briser les conventions s'il avait faim. Dirk remarquait les moindres détails, un atout qui lui avait valu l'unique compliment du capitaine, qui le surnommait « œil de lynx ».

Serge Beaulieu était le seul pensionnaire français avec qui Dirk pensait pouvoir entretenir des relations cordiales. Il prenait des leçons de français et était capable de converser. Hélas, l'ingénieur se dérobait à chacune de ses tentatives d'approche. Il ne le fuyait pas, comme les autres Français, il l'évitait.

En entendant son voisin passer devant sa porte, Dirk sortit vivement dans le couloir et le rattrapa au sommet des marches. Le Français était vêtu plus élégamment que pour aller travailler.

— Vous allez à la messe ? lança Dirk.

— Oui.

— Eh bien, dites-en une pour moi.

— Pardon ?

— Une prière. Priez pour moi.

— D'accord, répondit son voisin avant de descendre l'escalier sans tarder.

Dirk regagna sa chambre et prit son pardessus militaire. Il irait à la messe, lui aussi, histoire d'occuper son dimanche. Il suivrait Serge Beaulieu vers l'église du quartier. Il serait plaisant de s'installer sur un banc et d'écouter l'organiste, à la lueur des cierges, entouré de fidèles n'arborant pas la croix gammée. Peu lui importait que ce soit une Église catholique et non protestante. Peut-être parviendrait-il à inciter l'ingénieur à déjeuner avec lui. Il pourrait l'inviter dans un café où les soldats allemands étaient particulièrement bien reçus.

Dirk en fut quitte pour une déception. Grelottant de froid, il vit Serge Beaulieu passer devant l'église sans s'arrêter, en direction de la bouche de métro, comme s'il était en retard à un rendez-vous. Dirk ne saurait jamais ce qui l'avait poussé à suivre l'ingénieur. La réaction qu'il avait eue, au sommet des marches, avait de quoi éveiller les soupçons. Dirk préférait croire à quelque intervention divine. Dieu ne l'avait pas abandonné, finalement. En découvrant la destination de Serge Beaulieu, Dirk comprit qu'il tenait peut-être une solution pour retourner en Amérique.

En sortant de la station Pont de Sèvres, Serge Beaulieu se dirigea vers une maison de ville nichée entre un garage automobile et une poissonnerie, en face d'une église. Se mêlant aux fidèles groupés sur le parvis, Dirk vit une femme ouvrir la porte à l'ingénieur. Son cœur s'emballa lorsqu'elle balaya la rue d'un regard méfiant. Dirk se posta derrière un mur d'où il pouvait surveiller l'entrée. Au bout de deux heures interminables, la porte se rouvrit. Dirk assista alors à une scène incroyable : Serge Beaulieu faisant l'accolade à l'homme le plus recherché du pays, un ancien général de l'armée française, chef de file de la Résistance : Nicolas Cravois.

* * *

Dimanche après-midi, à l'académie, Ludwig Muller ouvrit la porte de son bureau et jeta ses clés sur la table. Il n'aurait dû détenir que les clés de son propre service, or ce trousseau lui donnait accès aux bureaux de tous ses collègues. Ludwig avait invité la secrétaire du grand patron chez *Maxim's* et avait réussi à la raccompagner chez elle pour un dernier verre. Profitant de la torpeur liée à l'alcool, il lui avait subtilisé sa clé pour en faire réaliser une empreinte par un serrurier convoqué pour l'occasion et grassement payé. Le lendemain matin, la secrétaire s'était réveillée à six heures du matin avec la gueule de bois, habillée et bordée dans son lit. Sa clé était dans son sac à main, avec un message de Ludwig. Il s'excusait des excès partagés au cours de cette soirée, en espérant avoir à nouveau ce plaisir. Naturellement, ils n'étaient jamais ressortis ensemble.

Ludwig Muller aimait tout savoir sur ses subordonnés et sur ses supérieurs. En temps de guerre, la moindre information pouvait se révéler utile. En général, il ne se munissait du trousseau complet que le samedi après-midi, quand il revenait ostensiblement consulter les rapports sur les progrès des élèves, vérifier le matériel sportif et terminer sa paperasse. Le personnel d'entretien était déjà parti. À moins de voir de la lumière dans le bureau d'un enseignant zélé, il pouvait fouiner à loisir dans les dossiers personnels, les documents professionnels, le courrier privé, les carnets d'adresses, ouvrir les placards, les tiroirs. Ludwig Muller, directeur sportif d'une académie fondée pour instruire les « bâtards de bâtards nazis », selon les termes d'une note privée qu'il avait lue, avait glané suffisamment d'informations compromettantes pour faire chanter presque tous les membres du personnel.

La veille, il avait reçu un appel d'un père d'élève, le général Konrad March, chef du service de renseignement allemand en France, qui sollicitait un entretien avec lui ce dimanche. Ludwig consacrait cette journée à l'amour de sa vie, qui était originaire de Lyon. Prétextant une mère souffrante, il avait tenté d'ajourner l'entretien, mais le général avait insisté, et l'on ne disait pas non au responsable de l'Abwehr. Cela dit, s'il venait se plaindre de l'instruction prodiguée à son fils, son statut ne l'aiderait en rien. Le programme pédagogique de Muller avait été validé par le Führer en personne. Néanmoins, mieux valait ne pas se mettre à dos le général March, qui avait du pouvoir et des relations. C'était le meilleur ami de l'amiral Wilhelm

Canaris, responsable de l'Abwehr en Allemagne, un homme influent dont le fils de March portait le prénom.

Le jeune Wilhelm était typiquement l'élève que Ludwig mettait un point d'honneur à éliminer : faible, timoré, chétif, il faisait le salut nazi d'un bras flasque. Ses camarades le méprisaient car il était le maillon faible. Pas moyen de l'endurcir, de stimuler sa fierté d'être allemand. Les brimades, les tours de piste supplémentaires, les plongeons dans l'eau froide n'y faisaient rien. Il était la honte de cette académie et des Jeunesses hitlériennes. Ludwig ne permettrait pas que cet enfant gâté nuise à sa réputation de pépinière de jeunes Aryens athlétiques, obéissants, « purs » et prêts à se sacrifier pour le Führer et la patrie.

— Votre fils se serait-il plaint, général ?

Il avait immédiatement regretté sa question qui suggérait que son fils avait des raisons de pleurnicher. Cet homme voulait peut-être simplement le consulter sur la façon de dresser son rejeton.

— Non, avait répondu March. J'ai néanmoins eu vent de plaintes provenant d'une autre source.

— Laquelle ?

— Son nom n'a aucune importance, monsieur Muller. Rendez-vous à quinze heures précises, demain.

Après avoir raccroché, Ludwig s'était demandé lequel des enseignants de Wilhelm avait parlé. Le seul qui ait de la compassion pour cet avorton était le nouveau, Claus Bauer, qui n'était là que depuis une semaine. Aurait-il pris un tel risque alors qu'il avait été mis en garde contre tout écart ?

Il avait décidé de fouiller le bureau de Claus Bauer avant l'arrivée du général pour voir s'il pouvait glaner des informations intéressantes. Dix minutes plus tard, il n'avait rien, à part quelques notes dans un agenda, concernant un sandwich à apporter pour un certain W., manifestement Wilhelm. Pourquoi éprouvait-il le besoin de nourrir le fils du général March ? Les élèves mangeaient à l'école. Ludwig examina l'écriture, clairement allemande, à quelques détails près. La barre du 7 était absente, par exemple, et certains noms ne comportaient pas de majuscule, comme l'exigeait la langue de Goethe. Peut-être avait-il griffonné quelques mots à la hâte, d'où ces oublis ? En revanche, certaines tournures n'étaient résolument pas idiomatiques, un relâchement qui évoquait plutôt le parler américain.

Claus Bauer avait-il séjourné outre-Atlantique ? Apprenait-il secrètement l'anglais ? À quoi bon ? L'allemand était promis à devenir la langue mondiale. Son dossier ne mentionnait rien sur les États-Unis. Il se promit de vérifier les archives du bureau de Jules Garnier après son rendez-vous avec le général. Quoi qu'il en soit, il avait appris quelque chose : Wilhelm March était le chouchou de Claus Bauer.

En entendant frapper vigoureusement à la porte, il se leva d'un bond et alla ouvrir à deux membres de la Wehrmacht à la mine grave : un sergent et le général March.

— *Heil Hitler !* lança Ludwig en tendant le bras.

Il s'effaça pour laisser entrer ses visiteurs.

Le général esquissa un vague salut. Son regard se posa sur le portrait du Führer, puis les affiches antisémites et les drapeaux à croix gammée omniprésents dans la pièce. Il enleva ses gants et son aide de camp l'aida à ôter son pardessus, révélant ses galons et ses nombreuses décorations. Il avait une prestance naturelle. L'autorité faite homme.

Reportant son attention sur Ludwig, le général déclara :

— Je suis ici en tant que père d'élève. J'aimerais évoquer votre programme d'éducation physique, monsieur Muller.

Ludwig eut une sourde appréhension face à cette expression indéchiffrable. Était-il venu lui faire des compliments ou des reproches ?

— Bien sûr, général. Je vous en prie, asseyez-vous…

Le général désigna une chaise à son aide de camp, puis parcourut la profession de foi de l'académie, qui était affichée au mur.

— Votre objectif est donc de former des garçons « rapides comme le lévrier, résistants comme le cuir et durs comme l'acier » ?

— Absolument, général. Tels sont les ordres du Führer.

— Je vois.

Après une conversation sur le programme scolaire et l'emploi du temps de son fils, Konrad March voulut visiter les locaux, les douches, les vestiaires et les armes utilisées pour préparer les élèves à la vie militaire. Pour tout commentaire, il se contenta de quelques hochements de tête.

— Vous n'accordez guère de place aux sciences, aux mathématiques, à la littérature et aux langues étrangères, constata-t-il.

Ce fut son unique réflexion critique.

— Le Führer considère qu'un corps sain et affûté est plus important, répondit Ludwig.

— Il le pense, en effet.

En raccompagnant les deux hommes, au terme du rendez-vous, Ludwig brûlait de demander au général ce qu'il pensait de l'école et de son enseignement. Était-il impressionné ? À qui son fils s'était-il plaint ? L'avorton aurait-il des ennuis dès que son père rentrerait à la maison ? March ne trahit rien de ses pensées. Ludwig eut l'impression désagréable que le général avait appliqué sur lui une technique d'interrogatoire de l'Abwehr. Un enquêteur calme pose des questions au suspect d'une voix douce, sans donner l'impression de vouloir lui faire du mal, puis il part et cède la place à ses gorilles.

Ludwig n'avait pas à redouter de conséquences négatives car il respectait les ordres du Führer. Pour l'heure, il avait une autre question à régler. Il ferma son bureau à clé et se rendit dans celui du chef du personnel. Jamais il ne pardonnerait à Jules Garnier d'avoir rejeté le candidat qu'il préconisait pour ce poste au profit de Claus Bauer. Son amant aurait pu intégrer le corps enseignant de l'académie. Il s'était inventé une maîtresse française pour couvrir sa véritable orientation sexuelle. La prétendue Babette se nommait en réalité Aristide et Muller en était éperdument amoureux, un secret qui ne devait surtout pas être porté à la connaissance des autorités.

Une demi-heure plus tard, il trouva une note qui éveilla encore davantage ses soupçons, non pas dans le dossier personnel de Claus Bauer, mais dans l'agenda de Jules Garnier : « vend. 2 oct., CB à Paris, att. Sam. 3 Oct, RV CB. Lun. 4 Oct. CB en place. »

En place ? Att. ? Tout cela évoquait une entrée clandestine en France. Claus Bauer était censé venir d'Emmendingen, en Allemagne. Cela n'avait rien de confidentiel. Il possédait une recommandation de Harriet Straub, médecin et auteur originaire de cette région.

Ludwig se mordilla la lèvre d'un air pensif. Cette note expliquait-elle pourquoi son cher Aristide, moniteur qualifié, avait été écarté de ce poste ? Si ces détails ne signifiaient peut-être rien, le doute venait de naître dans l'esprit de Ludwig et il y resterait jusqu'à ce qu'il puisse prouver, d'une façon ou d'une autre, que Claus Bauer et Jules Garnier n'étaient pas ceux qu'ils prétendaient être.

* * *

Depuis la fenêtre de la salle d'armes, à l'étage de l'école d'escrime, le colonel Dieter Albrecht regarda Viviane Colbert remonter la rue pour leur rendez-vous dominical. Il avait séjourné dans de nombreux pays mais, à ses yeux, les Françaises étaient les plus époustouflantes. Minces, gracieuses, elles marchaient la tête haute, sans trébucher sur les pavés.

Comme Viviane Colbert en cet instant, sans doute la plus belle femme qu'il ait jamais connue. Enfin, il ne pouvait se targuer de la *connaître*. Ce n'était que leur deuxième rencontre. Depuis dimanche, il en savait davantage sur sa partenaire d'entraînement, sans pour autant avoir l'impression de la cerner. Il avait réussi à lui soutirer quelques renseignements lors d'un déjeuner en tête à tête au *Ritz*, après leur combat. Elle n'était pas mariée, avait fait ses études à la Sorbonne et vécu à Paris toute sa vie à l'exception de deux ans en Espagne pour enseigner l'épée aux enfants de l'ambassadeur des États-Unis. Après la mutation du diplomate, elle avait un peu voyagé avant de rentrer à Paris pour travailler dans cette école d'escrime.

Elle était fille unique, ses parents étaient décédés et elle n'avait pas connu ses grands-parents. L'immeuble dans lequel elle avait grandi avait brûlé et ses anciens voisins avaient déménagé, de sorte qu'il ne pouvait leur demander s'ils se souvenaient de la petite fille blonde qu'elle était. Viviane avait peaufiné sa technique d'escrimeuse en suivant des cours particuliers avec un professeur parti en Angleterre en 1939.

Toutes les pistes susceptibles de confirmer ses antécédents semblaient aboutir à une impasse. Il devrait approfondir la question…

Les réponses laconiques de la jeune femme et sa réticence à bavarder avec lui auraient pu rendre ce déjeuner au *Ritz* bien ennuyeux s'il n'avait pas eu le plaisir de la contempler. Il avait parlé longuement en buvant un excellent vin pendant qu'elle se restaurait avec élégance et retenue. Il se surprit à imaginer sa chevelure soyeuse libérée de son chignon et les courbes féminines que dissimulaient son tailleur noir et son corsage en soie.

Naturellement, elle était consciente de l'admiration qu'elle suscitait, mais elle demeurait impassible. Dieter Albrecht ne laisserait pas cette indifférence, qui confinait à de l'antipathie, l'empêcher d'en savoir plus sur Viviane Colbert. C'était son travail.

Dans cette optique, le lendemain matin, il chargea son plus fin limier de dénicher les informations disponibles sur sa partenaire de combat. Celui-ci lui rapporta que, d'après les archives, cette étudiante brillante avait obtenu sa licence à vingt ans. Ce n'était pas tout. Ses professeurs, tous juifs ou opposants politiques, avaient été renvoyés ou déportés. Sans se plonger dans les dossiers, il n'avait pas moyen de déterminer quels étaient ses camarades. On lui avait conseillé de s'adresser au chef du personnel, un certain Jules Garnier, en poste depuis longtemps.

Si Jules Garnier se rappelait ce nom, il ne connaissait pas personnellement l'étudiante. Il savait uniquement que Mlle Colbert était très belle.

Elle ne semblait pas avoir de petit ami, ce qui était pour le moins incongru. Comme elle n'était de retour à Paris que depuis peu, ses collègues de l'école d'escrime et ses voisins de l'hôtel meublé ne savaient pas grand-chose sur elle. Ils décrivaient une personne discrète et taciturne.

Nul ne paraissait savoir quoi que ce soit sur Viviane Colbert, à part ce que le colonel SS Dieter Albrecht avait glané auprès de l'intéressée elle-même. D'abord, elle était bien née, ce qui était plus important à ses yeux que l'attrait physique. Ensuite, le français n'était pas sa langue de naissance. Son oreille affûtée avait décelé des inflexions étrangères.

De plus, sa maîtrise de l'épée, ses prises de fer, une action où l'on s'empare de la lame adverse en la maîtrisant, ses feintes, ses contre-attaques n'étaient pas le fruit de quelques cours particuliers. Il fallait des années d'entraînement avec un maître pour atteindre ce niveau. Il n'avait remporté leur combat du précédent dimanche que de peu. Dieter Albrecht était persuadé qu'il aurait pu briller davantage s'il n'avait pas été distrait par son talent et sa grâce… et par son désir pour elle.

Viviane Colbert semblait imperméable à la moindre distraction. Il avait vite compris qu'elle était là pour gagner. Agressive, elle était sans doute contrariée d'avoir bouleversé ses projets pour la journée. Peut-être lui inspirait-il du dégoût ? Elle ne s'était pas laissé dépasser par ses émotions. N'étant pas de taille physiquement, malgré ses déplacements très rapides, elle avait opté pour la stratégie. Elle avait étudié ses mouvements et profité de la moindre faille pour faire mouche. Elle avait l'air sans peur et infatigable. À l'issue du combat en quinze points, Dieter s'était réjoui de voir Jacques Vogel, leur arbitre, tendre la main vers lui pour le déclarer vainqueur.

— J'aimerais marcher un peu, avait-elle répondu quand il lui avait proposé de la raccompagner à son meublé, après leur repas au *Ritz*. J'ai envie de flâner place Vendôme. Je prendrai le métro plus tard.

Ce n'était pas pour lui cacher son adresse qu'elle avait décliné sa proposition. Cette information était facile à obtenir. Elle refusait d'être vue dans son quartier à bord de la voiture de fonction d'un colonel SS.

Dieter Albrecht avait exprimé son désir de la revoir le dimanche suivant, avant de la quitter devant l'un des plus beaux palaces du monde, un écrin digne de sa beauté, selon lui. Il avait ordonné à son chauffeur de faire demi-tour rue Saint-Honoré pour s'assurer qu'elle n'était pas suivie, avant de regagner le 84 de l'avenue Foch, siège de la SIPO, la police de sécurité, et du SD, où son bureau donnait sur l'Arc de Triomphe.

Dieter Albrecht avait du travail. Mlle Colbert ne lui avait pas posé la moindre question sur lui-même. Au vu des circonstances, rien ne l'y obligeait. Il s'était amusé à ne rien dire de ce qui aurait fait trébucher la jeune femme et exposé son imposture. Il préférait attendre pour voir ce qu'elle mijotait. Peut-être était-elle une immigrée innocente coincée à Paris après l'invasion des troupes allemandes et vivant sous une fausse identité car c'était son seul moyen de se protéger ? Pourquoi pas ? Si elle avait pris la peine de poser les questions d'usage quand deux inconnus partageaient un repas, il lui aurait peut-être révélé que le *Standartenführer* Dieter Albrecht du *Sicherheitsdienst* avait eu le privilège de passer une année dans son pays, à l'université de Harvard, dans le Massachusetts, et qu'il était capable de reconnaître une Américaine sans l'ombre d'une hésitation.

14

Le dimanche suivant, de retour au couvent après sa journée de travail à la maison de couture, Bridgette se mit à l'œuvre sur sa fresque. Sur le mur qui prenait rapidement vie, les éléments essentiels étaient présents : la tête d'un labrador sable aux traits finement ciselés surgissait des roseaux, regardant une libellule voletant au-dessus d'un nénuphar sur les eaux bleues d'une mare bordée de quelques hépatiques (symbole de Liverwort) tracées au crayon, près d'un vanneau (symbole de Lapwing), oiseau noir et blanc couronné d'une superbe crête. La coquille d'une patelle (symbole de Limpet) s'accrochait à une pierre nichée parmi les roseaux et une étoile (symbole de Lodestar) luisait aux premières lueurs de l'aube. Dans une profusion de verts, de bleus, de pourpre et de turquoise, les cinq agents étaient en place.

Sous l'œil méfiant de Marcel Fouchard, le gardien de la paix zélé, les passants n'avaient pas masqué leur surprise durant toute la semaine. Certains s'interrogeaient sur le sens de cette œuvre.

— Chacun y voit ce qu'il veut, répondait invariablement Bridgette avec un sourire.

La veille, toujours en présence de Fouchard, un attroupement de badauds emmitouflés dans leurs manteaux et leurs écharpes avait regardé plantes et animaux prendre vie. Ce jour-là, juchée sur une échelle, Bridgette apportait les touches finales aux arbres et aux nuages. Elle peaufina l'étoile Polaire, puis descendit de son perchoir sous les applaudissements.

— Ce tableau représente l'espoir, commenta un homme. L'étoile, c'est nous, les Français. Un espoir dans la nuit.

En voyant l'échelle remuer, Marcel alla vite la rétablir. Étrangement, il avait acquis dans le quartier la réputation de gardien de la fresque. Au début de la semaine, deux officiers de la Wehrmacht s'étaient arrêtés devant. Marcel en avait été contrarié car ils semblaient mécontents. Lorsqu'ils lui avaient demandé qui avait réalisé la fresque, Marcel s'était trouvé réticent à citer le nom de la jeune femme qui s'était présentée à lui. Bernadette Dufour avait tenté de l'amadouer en entamant le dialogue. Il avait résisté car il avait toujours des soupçons. En tant qu'homme, en revanche, il ne pouvait qu'apprécier son visage avenant et son corps svelte et féminin aux proportions parfaites.

— Une jeune styliste française, avait-il répondu aux officiers de la Wehrmacht. La mère supérieure des Sœurs de la Charité… lui a donné sa permission de… d'apporter un peu de beauté dans la rue.

— C'est très réussi, avait déclaré l'un des militaires. Remarquable. Ce sera une véritable œuvre d'art une fois achevée. Veillez à bien la protéger, monsieur l'agent.

Une femme du quartier avait assisté de loin à cet échange sans entendre ce qu'ils disaient.

— Ces Boches voulaient faire effacer la fresque ? avait-elle demandé à Marcel après leur départ.

— Ils en avaient l'intention, madame.

— Mais vous les avez fait changer d'avis, n'est-ce pas ?

— Je crois.

— Je vous en remercie, monsieur l'agent.

Tout le quartier considérait désormais que la fresque était sous la protection de Marcel, le « gardien du mur », un titre dont il n'était pas peu fier. Les passants posaient sur lui un regard approbateur et les soldats en patrouille le saluaient d'un signe de tête. Le paysage aquatique attirait les curieux. Certains se faisaient même prendre en photo devant. Marcel soignait son apparence pour donner une image favorable et, de façon inconsciente, une bonne impression de l'artiste.

Un jour, Bernadette Dufour s'était tournée vers lui avec un sourire plein de gratitude.

— Merci beaucoup !

Marcel ne s'attendait pas aux sensations qui s'étaient propagées en lui…

* * *

Ce dimanche après-midi, dans sa chambre, Chris fut averti qu'une visite l'attendait en bas, dans la salle à manger. Il sursauta. Qui pouvait venir le voir ? Il n'avait pas d'amis parmi ses collègues et saluait à peine les autres pensionnaires, de jeunes Allemands occupant des postes administratifs pour les autorités nazies. Aucun membre de Dragonfly ne savait où il résidait et il pouvait exclure Jules Garnier et Ludwig Muller. Le chef du personnel de la Sorbonne ne prendrait jamais le risque de venir chez lui. Quant à Muller, il se vantait à qui voulait l'entendre de passer ses dimanches au lit avec une prostituée du nom de Babette.

Chris informa la réception qu'il descendait, puis il glissa un crayon explosif dans une poche intérieure de sa veste. Son ampoule de cyanure était dissimulée dans le cadran de sa montre de fabrication allemande.

Le réceptionniste, un collaborateur notoire, désigna la salle à manger avec une moue indiquant à Chris qu'il avait des ennuis. Le cœur du jeune homme s'emballa. Tourné vers la fenêtre, les bras dans le dos, un officier allemand en uniforme de général l'attendait. Chris pensa aussitôt à Wilhelm March, dont le père était à la tête de l'Abwehr.

L'officier se retourna et esquissa un semblant de sourire qui adoucit ses traits fins un peu durs.

— Herr Bauer, je suis Konrad March, le père de Wilhelm, à qui vous enseignez l'athlétisme et les mathématiques, je crois, annonça-t-il en tendant la main.

— Effectivement, général.

— Je suis venu vous parler de Wilhelm.

— Avec plaisir, si je peux vous être utile.

Les résidents allemands réunis pour lire ou écouter de la musique fermèrent leurs livres et éteignirent le phonographe avant de quitter la pièce. Le général souleva les pans de son pardessus et s'assit sans se soucier des réactions qu'il venait de provoquer.

Il fit signe à Chris d'en faire autant, puis déclara sans préambule :

— Dimanche dernier, j'ai rencontré Ludwig Muller, le responsable des sports de votre académie. Je n'ai pas du tout apprécié ce que j'ai vu et entendu. J'ai décidé qu'il valait mieux retirer Wilhelm de cet établissement pour confier son instruction à des précepteurs.

— Il me manquera.

— Pas si vous lui enseignez les mathématiques chez moi, trois fois par semaine, après vos heures de cours. Cette académie néglige les mathématiques. Wilhelm vous apprécie et vous fait confiance. Je vous demande d'y réfléchir. Vous seriez bien rémunéré.

Chris afficha un air à la fois surpris et courtois. Face à cet homme formé à déchiffrer les expressions et postures de ses suspects, il ne devait rien trahir de sa joie d'avoir une occasion aussi inespérée de recueillir des renseignements. Il aurait aimé voir la réaction du major Reynolds lorsqu'il apprendrait que Lapwing, *alias* Claus Bauer, avait accès à la maison du chef du service de renseignement allemand. Il n'en reviendrait pas !

— Vous voulez un peu de temps pour réfléchir, Herr Bauer ?

C'était une question purement rhétorique, car il ne pouvait refuser cette requête à un général.

— Ce ne sera pas nécessaire, général. Je serai honoré d'enseigner les mathématiques à votre fils. Je suis impatient de commencer.

— Parfait, conclut Konrad March en se levant. Voici ma carte. Disons demain après-midi ?

— Très bien, à demain, général.

* * *

Victoria avait enfin la possibilité de se rendre à la pension de famille où Ralph avait peut-être trouvé refuge. Les autres dimanches, elle avait dû s'entraîner avec le colonel Dieter Albrecht. Pour son malheur, les séances avaient lieu à une heure qui ne lui permettait pas de se rendre chez Mme Dupré ensuite. La veille, toutefois, le colonel avait appelé la pension pour savoir si Mlle Colbert pouvait repousser leur combat de quatorze heures à seize heures, requête que Victoria s'était empressée d'accepter.

Elle devrait se présenter chez Mme Dupré au débotté alors qu'elle aurait préféré lui téléphoner au préalable. Hélas, c'était impossible pour des raisons de sécurité, aussi bien la sienne que celle de la logeuse. Les opératrices signalaient chaque conversation jugée « suspecte » aux autorités nazies. La ligne de cette pension de famille était peut-être sur écoute. Envoyer un message était tout aussi hasardeux. Les coursiers se faisaient intercepter et fouiller par les patrouilles allemandes et Victoria ne connaissait personne de confiance à qui confier une lettre exposant les raisons de sa visite chez Mme Dupré.

Elle n'avait d'autre possibilité que de se présenter à l'improviste avec l'espoir que la logeuse serait présente et disposée à lui parler. Les Parisiens étaient méfiants. Si elle avait vraiment sauvé la vie de Ralph, elle ne l'admettrait peut-être pas. Victoria n'ayant trouvé aucun prétexte plausible, elle devrait faire confiance à cette femme et lui dire la vérité.

Le cœur battant, elle sonna à la porte. Un jeune homme trapu aux manches de chemise relevées et à la cravate desserrée lui ouvrit. Un sergent de la Wehrmacht. Elle ne s'attendait pas à ce que l'établissement ait été réquisitionné par les Allemands. Le sergent demeura bouche bée. Victoria sourit, décidée à exploiter cette fascination à son avantage.

— Bonjour, monsieur. Je voudrais voir Mme Dupré. Est-elle là ?

Muet, il s'effaça pour la laisser entrer et agita son journal, le *Pariser Zeitung*, en direction de l'arrière de la maison.

— Dans la cuisine, bredouilla-t-il.

Des voix masculines parlant allemand lui parvenaient d'une pièce dont la porte était ouverte.

— Merci, fit-elle avant de se hâter pour ne pas se faire remarquer des autres.

Dans la cuisine, elle trouva une femme aux fourneaux.

— Madame Dupré ?

Heureusement, elles étaient seules. Par la fenêtre, elle vit plusieurs hommes, dont un capitaine allemand et un civil en train de couper des choux dans un potager.

— Qui êtes-vous ? demanda Gabrielle Dupré en faisant volte-face.

— Mon nom n'a aucune importance, répondit Victoria d'un air implorant. Il faut me faire confiance. Je ne vous veux aucun mal. Je suis la fiancée d'un pilote de la RAF, un Américain que vous avez hébergé en mai de cette année si mes renseignements sont exacts. Son avion a été abattu au-dessus de Gennevilliers…

— Chut ! souffla la logeuse en éteignant le brûleur avant d'entraîner la jeune femme vers le cellier.

— Vous êtes américaine ?

— Oui.

— Prouvez-le !

— Comment ?

— Dites-moi quelque chose en anglais. Je sais identifier les accents.

Victoria prononça quelques phrases sur le temps qu'il faisait.

— C'est bon, fit Mme Dupré, convaincue, en la prenant par la main. Vous allez sortir et vous rendre au square, près de l'église. Je vous y rejoins dans vingt minutes.

En entendant la porte de la cuisine s'ouvrir, Mme Dupré saisit un bocal de cornichons.

— Je regrette, déclara-t-elle à voix haute pour être entendue, mais je ne peux pas te donner grand-chose, ma grande. Par les temps qui courent, c'est rutabagas et topinambours pour tout le monde.

— Je sais, répondit Victoria en prenant le bocal.

Sur ces mots, elles émergèrent du réduit pour trouver le sergent au garde-à-vous. Il avait enfilé sa veste d'uniforme et resserré sa cravate.

— Vous désirez quelque chose, sergent ? s'enquit Mme Dupré un peu sèchement.

— Eh bien…

Il s'avança, un peu engoncé dans sa tenue qui ne lui donnait pas la prestance qu'il aurait voulu avoir.

— En tant que membre de l'Abwehr… il est de mon devoir de… d'interroger les visiteurs inconnus dans cette maison.

— Ah bon ? Vous ne l'avez pourtant jamais fait.

— Euh… les nouvelles directives…

— Mademoiselle n'est pas une inconnue, coupa Gabrielle. C'est vous qui ne la connaissez pas. Je vais en référer au capitaine. Ah ! Le voici, justement.

Tous les regards se tournèrent vers les jardiniers du dimanche qui rentraient, les bras chargés de choux. Le sergent s'empourpra.

— C'est inutile, madame…, balbutia-t-il en claquant les talons. Je me suis trompé…

Dès qu'il avait ouvert la bouche, Victoria s'était alarmée. Ce sergent était un Américain travaillant pour les renseignements allemands. Elle avait failli lâcher son bocal. Mais elle n'était pas au bout de ses surprises : derrière l'officier nazi, essuyant ses bottes crottées avant de rentrer, elle découvrit Lodestar, les joues rougies par le froid. Il ne la remarqua qu'en levant la tête. L'autre homme, le capitaine Achterberg, s'étonna de la présence de la jeune femme dans la cuisine de sa logeuse.

Victoria se ressaisit car leur surprise mutuelle n'avait pas échappé au sergent. Heureusement, Mme Dupré intervint et fit la bise à la jeune femme.

— Salut, ma belle ! À très bientôt.

— D'accord, répondit Victoria en tournant les talons.

Le sergent s'écarta pour la laisser passer.

— Mademoiselle, fit-il avec un signe de tête.

Vingt minutes plus tard, Mme Dupré la rejoignit sur un banc. Elle était encore sous le choc d'avoir découvert l'adresse de Lodestar et de savoir qu'il logeait sous le même toit qu'un Américain.

— Au vu de votre réaction face à mon jeune pensionnaire, vous vous connaissez. Vous étiez sidérée de le trouver chez moi.

Dans un souci de sécurité, Victoria se garda de tout commentaire. L'établissement était donc un lieu sûr et Mme Dupré travaillait pour l'OSS.

— C'est bien ce que je pensais, murmura cette dernière. Je n'en parlerai plus et j'espère que vous n'aurez aucune raison de divulguer mon nom ou celui de mon pensionnaire. Ne vous en faites pas, il sait que ce porc de sergent est américain et redouble de prudence. Pour répondre à vos questions, oui, j'ai recueilli deux aviateurs de la RAF abattus en mai sur Gennevilliers. L'un d'eux, un Américain, était grièvement blessé et a succombé avant de pouvoir être confié à la Résistance. L'autre était anglais. Il a dû atteindre l'Angleterre puisque vous avez entendu parler de moi.

Victoria retint son souffle :

— Et… quel était le nom du pilote qui est mort ?

— Peter Billings, de l'Idaho. C'était le nom de votre fiancé ?

— Non, souffla-t-elle, soulagée.

— J'ai autre chose…

De sous son manteau, Mme Dupré sortit un objet que Victoria reconnut comme une plaque de la RAF.

— J'ai trouvé ceci en possession de Peter Billings avant qu'on ne l'enterre. Est-ce la plaque d'identité de votre fiancé ?

Victoria observa l'inscription gravée sur le disque de métal et lut le nom, le matricule et l'appartenance religieuse du lieutenant Ralph W. DuPont.

Les yeux embués de larmes, elle hocha la tête.

— Je suppose que M. Billings la lui a enlevée pour la remettre à la famille de ce pilote mais qu'il a péri avant de pouvoir le faire.

Mme Dupré se leva :

— Rappelez-vous ce nom, capitaine Gavin Longworth, de Glyndebourne, dans le Sussex. Après la guerre, vous lui rendrez visite pour en savoir davantage sur le sort de votre fiancé.

Sur ces mots, elle s'éloigna. Victoria caressa la plaque qui avait reposé sur le torse de l'homme qu'elle aimait, puis la porta à ses lèvres. Ces médaillons d'identification allaient par paires. La partie octogonale devait rester sur la dépouille du soldat et le disque brun être détaché pour l'enregistrement du décès. Où Ralph était-il enterré ? Dans quel champ ? Dans quel village ? Quel cimetière ? Elle refusait de le laisser là-bas. Après la guerre, elle retrouverait ce capitaine pour savoir où reposait son fiancé et le ramener chez lui.

Les cloches de l'église sonnèrent la fin de la messe. Il fallait qu'elle parte. Elle glissa l'objet dans sa poche, les joues inondées de larmes. Elle pouvait rentrer aux États-Unis, désormais. Elle avait la réponse qu'elle était venue chercher à Paris. D'autant qu'elle avait l'adresse de Lodestar et connaissait les activités de Mme Dupré, ce qui les mettait en péril au cas où elle serait torturée. Il était de son devoir de signaler ces découvertes au major, puis de se retirer de la mission.

Mais comment abandonner à ses camarades la responsabilité de ces tâches qui aideraient peut-être les Alliés à gagner la guerre ? C'était ce qui avait motivé Ralph à s'engager. Sa place était là où son fiancé avait trouvé la mort. Lodestar n'aurait qu'à signaler leur rencontre fortuite au major.

15

Dans son bureau enfumé de Berne, le major Reynolds était en plein désarroi depuis qu'il avait reçu les messages codés de Bridgette. Il avait également des renseignements recueillis par l'OSS sur le colonel Dieter Albrecht. L'homme en brun savait déjà qu'il dirigeait les services du contre-espionnage allemand à Paris. Il ignorait que c'était aussi un ancien champion d'escrime et qu'il avait passé un an à l'université de Harvard, des précisions qui ne figuraient pas dans le dossier. Dirk Drechsler venait de New Braunfels, au Texas, qui se trouvait être également la ville d'origine de Chris Brandt. Il logeait dans la même pension de famille que Sam Barton, *alias* Lodestar, du groupe Dragonfly. Chris donnait des cours au fils du chef du service de renseignement allemand en France, voisin de Brad Hudson, le spécialiste de la pêche à la ligne, qui avait sympathisé avec ledit enfant, le fils du général. Cette opération conçue pour garantir aux agents un parcours individuel et distinct pouvait-elle plus mal tourner ?

Au cours de la semaine, d'autres messages alarmants lui étaient parvenus, de quoi provoquer la crise cardiaque que lui prédisait son médecin depuis des années. Victoria avait croisé Sam dans sa pension de famille, où elle était allée voir Gabrielle Dupré en quête d'informations sur son fiancé disparu lors d'un bombardement. Comment diable l'avait-elle su ? Les sources d'Alistair n'avaient fourni aucun nom de pilote de la RAF. Quoi qu'il en soit, cette visite expliquait pourquoi Victoria avait intégré l'OSS.

Mme Dupré lui avait confirmé la mort de son fiancé. Il tenait l'information de son correspondant à Paris, que la Parisienne avait contacté, et non de Victoria ou Sam, qui devaient encore informer Labrador de leur rencontre fortuite. Alistair était prêt à parier que les deux jeunes gens ne diraient rien de peur qu'il leur fasse quitter la mission. Ce concours de circonstances avait mis Gabrielle Dupré en danger et Sam encore davantage : le traître américain vivait sur le même toit que lui et Victoria connaissait à présent son adresse.

En ce vendredi 30 octobre, au bout de trente-sept jours d'opération, il n'était plus possible de faire opérer chaque agent en solo et dans l'ignorance de ce que faisaient les autres. La boîte aux lettres unique était une idée stupide. D'après son correspondant à Paris, la fresque attirait tant l'attention qu'un agent de police français ouvertement vichyste montait la garde près du mur. Il surveillait aussi Bridgette et risquait de remarquer que quatre personnes passaient régulièrement observer la fresque.

Alistair voulait se persuader qu'il n'aurait pu anticiper ces événements, qu'il y avait toujours des imprévus, mais il se sentait coupable. Il se berçait d'illusions en pensant qu'une équipe de jeunes Américains inexpérimentés et lâchés au milieu des nazis dans un pays occupé ne seraient pas repérés à la première occasion. Les libellules ne se faisaient-elles pas dévorer en dépit de leur vision panoramique ?

Uniquement quand elles se faisaient capturer.

* * *

— Alistair, tu es fou ! tonna Wild Bill Donovan face à son maître espion. Il n'est pas question de dissoudre Dragonfly uniquement parce que tu penses qu'ils courent un danger imminent. Tout agent envoyé derrière les lignes ennemies est en péril ! Ces gamins sont idéalement placés pour nous fournir des renseignements précieux. Que demander de plus, nom de Dieu ? Lodestar côtoie l'Abwehr, Liverwort le chef du contre-espionnage allemand à Paris, Lapwing le patron des services secrets allemands, Limpet aussi. Quant à Labrador, elle nous transmet les informations. Tu devrais te féliciter au lieu de t'autoflageller. Tu as réussi l'un des plus beaux coups de l'histoire du renseignement. Pourquoi les renvoyer chez eux ?

— Parce que leur arrestation est inévitable.

— Comment le sais-tu ? Ces nouvelles révélations ne donneront peut-être rien. Reconnais-leur au moins du courage et de sacrées ressources. Ils ne semblent pas du genre à se défiler à la première embûche.

C'est bien ce qui m'inquiète, songea Alistair.

— Nous étions d'accord pour que, à la première alerte pour l'un d'entre eux, je décide d'une éventuelle exfiltration, déclara-t-il.

— *Nous* n'avons rien prévu de tel. C'était ton idée ! Tu t'es attaché à ces jeunes. Je t'ai d'ailleurs mis en garde. Tu as pourtant de l'expérience dans le métier. Eh bien, non ! Tu ne laisseras pas tes sentiments personnels anéantir des années de travail et gaspiller l'argent du contribuable. L'équipe nous a déjà fourni certains des renseignements les plus précieux que nous ayons obtenus jusqu'à présent. Mets-les en garde, mais donne-leur une chance de faire leurs preuves. À eux de choisir s'ils restent ou s'ils partent, c'est compris ?

— C'est compris, colonel. Cependant, il est exclu de les prévenir par transmission radio. Je n'ai pas le temps d'établir un code qu'ils puissent déchiffrer. De plus, le volume de renseignements obligerait l'opératrice à rester trop longtemps en ligne. Si vous refusez que Dragonfly vienne à moi, je devrai aller à lui. Autorisez mon transport et je fais l'aller-retour à Paris en trente-six heures. Et…

— Maintenant je suis sûr que tu as perdu la raison ! rugit Wild Bill. Je t'interdis de faire une chose pareille. N'oublie pas que tu es connu des Allemands et des autorités de Vichy. Tu te ferais arrêter et, dans ce cas, Dieu sait ce qui risque de nous arriver. Contacte ton correspondant à Paris par les moyens habituels. Qu'il se charge de parler en ton nom. S'ils décident d'arrêter, je t'autorise à organiser leur exfiltration. C'est clair ?

Faute de réponse d'Alistair, Wild Bill adoucit le ton :

— Console-toi en te disant que ces gosses savaient dans quoi ils s'embarquaient en acceptant de travailler pour nous. Tu le leur as suffisamment rabâché.

— Cela ne facilite en rien les choses.

— Ne fais pas l'enfant ! La facilité n'a pas sa place dans notre boulot et tu le sais aussi bien que moi. Ces jeunes doivent rester en place à moins qu'ils n'en décident autrement. C'est un ordre.

La communication fut coupée. Furieux, Alistair raccrocha d'un geste rageur. Jamais il n'avait eu à ce point envie de désobéir aux ordres et peu lui importaient les conséquences. Néanmoins, son chef avait raison. Il ne pouvait se rendre en France. C'était trop risqué pour l'OSS et le SOE. De plus, Dragonfly était encore à même de fournir des informations précieuses.

La Résistance et l'armée avaient déjà exploité certains de leurs renseignements. Un responsable de la Gestapo avait été éliminé en toute discrétion pour éviter des représailles sur la population civile. En essayant une nouvelle robe chez Boucher, sa maîtresse avait évoqué une réception privée à laquelle elle devait se rendre au bras de son amant.

La RAF avait détruit un site nazi en Norvège grâce à Sam, qui avait entendu dire, sur son lieu de travail, qu'il abritait la construction d'une bombe susceptible d'anéantir un pays entier. Il avait également réussi à photographier les plans d'un futur laboratoire de production d'armes chimiques, et ceux d'une usine de fabrication de planeurs porteurs d'ogives capables de raser une ville.

Brad avait rapporté qu'un important dépôt de mines sous-marines était dissimulé au nord-ouest de la côte normande, non loin du Mont-Saint-Michel, avant d'être enfouies le long du littoral en prévision d'un débarquement allié. Un groupe de maquisards s'était rendu sur les lieux, de nuit, pour neutraliser les gardes et désarmer les mines, puis les jeter dans l'embouchure du Couesnon.

Grâce aux renseignements de Brad, des partisans norvégiens avaient réussi à faire exploser un navire transportant des armes à destination des troupes allemandes du front russe.

Chris, qui vivait et travaillait au milieu des ragots, avait découvert qu'un officier du haut commandement allemand choisissait ses conquêtes dans des bars fréquentés par les homosexuels, une orientation que le Troisième Reich punissait par la peine de mort. Pour éviter d'être dénoncé à sa hiérarchie, cet homme était susceptible de travailler pour les Alliés.

Quant à Victoria, elle avait mis le major sur la piste d'un officiel allemand qui en voulait à Adolf Hitler d'avoir déplacé la guerre sur le front russe où son fils avait péri. Le correspondant d'Alistair à Paris avait contacté ce père en deuil pour l'inciter à trahir sa patrie, ce qu'il avait accepté volontiers.

Jusqu'à présent, les renseignements de Dragonfly valaient de l'or et le filon n'était pas épuisé.

À contrecœur, Alistair décrocha son téléphone. Henri Burel, son correspondant parisien, un ami de longue date avec qui il avait travaillé lors de la

Première Guerre, avait les bonnes grâces du gouvernement de Vichy et était autorisé à se déplacer sans restriction. Il viendrait à Berne et déjeunerait avec lui avant de repartir. Alistair lui organiserait un rendez-vous avec le groupe Dragonfly pour le lendemain de son retour, au bistrot *Le Celtic.*

Cependant, l'assistant de Wild Bill Donovan s'accorderait un écart par rapport aux ordres de son chef. Il veillerait à ce que deux Lysander soient prêts à décoller pour exfiltrer ses agents de Paris dès qu'Henri lui donnerait le feu vert.

16

À vingt heures précises, Bridgette sortit la valise contenant sa radio de sa cachette, une niche secrète située derrière l'armoire de sa mansarde. La jeune femme patienta, sans grand espoir d'entendre l'appareil émettre un son. Au fil des soirées passées papier et crayon en main, prête à noter un message, cela ne s'était produit que rarement et de façon très brève. Chacune de ses transmissions était saluée par un simple « Bien reçu. Bon travail ».

Soudain, la radio se mit à crépiter. Bridgette se hâta de noter le court message qui, une fois décrypté, disait : D réunion 1600/31. Dragonfly devait se réunir à seize heures le lendemain samedi 31 octobre au café habituel. La jeune femme sentit son cœur s'emballer. Il devait y avoir une urgence.

Elle répondit : « Bien reçu. Attends ordres. » Au bout de quelques minutes d'angoisse, comme si le major hésitait, elle reçut une réponse laconique : « Rien de plus. »

Elle ignorait à quelle heure ses camarades passaient devant la fresque en quête d'un signal éventuel. Bridgette commençait son travail chez Boucher à huit heures et ne regagnait le couvent qu'à dix-huit heures. En fin de semaine, elle peignait de façon irrégulière. Aucun agent n'avait encore laissé une marque codée sur son symbole et elle n'en avait pas tracé à leur intention non plus.

Elle n'avait revu personne depuis le début de l'opération. Les renseignements apparaissaient miraculeusement dans la boîte aux lettres, derrière la porte de la maison voisine. Sans doute ses camarades se mêlaient-ils aux nombreux badauds de la rue des sœurs de la Charité. Marcel n'avait évoqué aucune arrestation. Le gardien de la paix se serait certainement vanté d'avoir accosté un suspect.

Le lendemain, quelques minutes avant la fin du couvre-feu, elle se faufilerait devant le mur en l'absence de Marcel. Il lui avait annoncé fièrement qu'il commencerait plus tôt le samedi matin de peur que des vandales ne sévissent entre deux patrouilles allemandes. C'était étonnant. Bridgette pensait qu'il se lasserait de cette mission, mais il appréciait son rôle de « gardien du mur » qui lui donnait une importance à laquelle il n'était pas habitué. Un jour, un petit banc était apparu. Les riverains lui apportaient de menus présents et les curieux lui demandaient de prendre la pause face à leur objectif.

La fresque avait une renommée grandissante, y compris auprès des soldats allemands se promenant avec leurs petites amies. Les étudiants des Beaux-Arts s'y intéressaient également. Pour justifier sa présence, au cas où elle devrait ajouter un message codé, Bridgette se présentait toujours avec sa palette et son pinceau. En apportant quelques retouches, elle oubliait presque les exigences des clientes de la maison Boucher, des épouses et maîtresses capricieuses qui se croyaient tout permis parce que leurs maris et amants abusaient de leur autorité d'occupants.

De peur de ne pas se réveiller à temps, elle dormit très peu, d'autant qu'il faisait un froid glacial. Quelques jours plus tôt, le fermier qui fournissait du bois au couvent avait été fusillé pour avoir caché une famille juive. À six heures moins le quart, la jeune femme descendit l'escalier en direction de la cour, puis elle déverrouilla la lourde porte et glissa la tête à l'extérieur. La rue était déserte. Sous la faible lueur des réverbères, elle traça un trait oblique sur la libellule et ajouta quelques coups de pinceau sur les autres symboles pour inciter ses camarades à se méfier.

À six heures précises, Marcel Fouchard martela furieusement la porte de ses poings jusqu'à ce qu'une nonne, interrompue dans ses prières, n'accoure, alarmée par ce raffut. À travers une ouverture fermée par une grille, elle demanda à Marcel ce qu'il voulait.

— Ouvrez vite ! ordonna le gardien de la paix.

La religieuse écarquilla les yeux. Dès qu'elle eut actionné les verrous, Marcel l'écarta sans ménagement et se dirigea vers le bâtiment principal d'un pas décidé. Il entra sans frapper et exigea de voir sœur Marie-Françoise. La mère supérieure se présenta quelques instants plus tard.

— Que se passe-t-il, Marcel ?

— Faites venir Mlle Dufour immédiatement !

— Elle est au lit.

— Réveillez-la !

— Puis-je savoir pourquoi ?

— Quelqu'un a profané la fresque ! Malgré ma surveillance ! Il faut absolument qu'elle répare les dégâts avant la foule du samedi.

— Elle doit être en chemise de nuit…

— Je m'en moque comme d'une guigne ! Faites-la descendre sur-le-champ !

Sœur Marie-Françoise se tourna vers une nonne :

— Allez chercher Mlle Dufour, ma sœur.

— Et qu'elle se munisse de dissolvant, renchérit le policier.

Grelottant sous sa robe de chambre, Bridgette considéra la libellule « profanée » en écoutant Marcel affirmer que l'œuvre avait quelque chose de différent.

— Je ne vois qu'un trait fin tracé sur une libellule, rien de bien méchant, répondit-elle. La pierre est poreuse. L'essence de térébenthine risquerait de former une souillure.

— Non ! Vous avez apprêté le mur, je vous ai vue. La trace partira aisément. Donnez-moi cette térébenthine, vous allez voir.

Marcel tendit la main vers le flacon, mais Bridgette le cacha derrière son dos. Le trait oblique devait absolument rester.

— Non ! Vous allez abîmer ma libellule et elle sera irrécupérable. Cette fresque est mon œuvre, pas la vôtre, Marcel ! Vous êtes contrarié parce que vous

vous sentez provoqué. Ce n'est rien du tout, je vous assure. (Elle le prit par le bras.) Réjouissons-nous que les dégâts soient limités. J'y vois au contraire une marque de respect pour la fresque et pour vous. C'est une plaisanterie bien innocente qui ne se produira plus, sans doute.

Marcel se détendit. Il aimait le contact de la main de Mlle Dufour et devinait ses courbes féminines sous sa robe de chambre.

— Cela me revient, maintenant ! Ma sœur avait eu du mal à retoucher un tableau. Très bien, restons-en là. Vous tremblez… Je suis désolé, rentrez vite. Si jamais j'attrape celui qui a fait ça…

— Je suis sûre qu'il aura de gros ennuis…

* * *

Dirk Drechsler dévisageait Serge Beaulieu au-dessus de sa tasse. Si Dirk dégustait du vrai café, Serge se contentait d'un ersatz à base de chicorée grillée. En privé, Dirk l'avait invité à partager sa ration, car il trouvait le café français réquisitionné par les Allemands trop corsé à son goût. L'ingénieur avait poliment décliné son offre, comme il s'y attendait. Serge n'était pas homme à accepter ce traitement de faveur alors que les autres Français n'y avaient pas droit.

Le jeune homme était-il conscient d'être ainsi observé ? Assis en bout de table avec ses compatriotes, il prenait son petit déjeuner, une tranche de pain noir tartinée d'une très fine couche de beurre obtenu à l'aide de tickets de rationnement tandis que Dirk se régalait d'œufs et de fromage en compagnie du capitaine et du lieutenant. Chaque groupe s'exprimait dans sa langue.

Serge se rendait-il compte que Drechsler s'intéressait de plus en plus à lui ? Il semblait fasciné par l'ingénieur. Dirk était occupé par la rédaction d'un rapport sur une rafle de Juifs. Les nazis étaient très méticuleux et conservaient des archives détaillées de leurs exactions les plus inhumaines dont ils voulaient garder une trace pour la postérité. À la fin de chaque journée, Dirk n'était que plus déterminé à quitter la France pour retourner dans son pays. Et Serge Beaulieu représentait son billet pour l'Amérique.

Depuis le dimanche précédent, Dirk était persuadé que cet homme était plus qu'un obscur ingénieur qui se rendait au bureau chaque jour et rentrait chaque soir manger une soupe fade. La superbe jeune femme qui était venue à la pension faisait partie de son passé. Cette fille était à couper le souffle, ce qui expliquait peut-être la réaction de Serge, mais pas celle de cette inconnue en le voyant. Elle l'avait reconnu, et pas parce qu'il lui rappelait un ami disparu, comme l'avait expliqué Mme Dupré lors du dîner. Ces deux-là se connaissaient et avaient préféré ne rien dire. Mme Dupré l'avait mise à la porte avant qu'ils puissent échanger un mot. De quoi se poser des questions sur sa logeuse également… Naturellement, tout cela ne voulait peut-être rien dire. Serge et la fille avaient pu avoir une liaison illicite, par exemple. Mme Dupré était intuitive et aurait perçu la tension ambiante. Dirk s'était gardé d'interroger Serge, de peur de l'alerter sur ses soupçons. Pour l'heure, les relations entre l'ingénieur et cette fille demeuraient un mystère.

Ce qui n'était pas un mystère, en revanche, c'était que Serge était un familier du général Nicolas Cravois. À moins que Dirk ne se soit mépris sur l'identité de cet homme, Beaulieu connaissait l'adresse la plus secrète de Paris, un atout qui jouerait en faveur de Dirk quand viendrait le moment de négocier avec le Spectre noir. En livrant cette information, ainsi que Serge, à son capitaine, le sergent aurait eu le mérite de cette prise de choix. Tant pis ! Il comptait utiliser Serge pour obtenir l'aide de Cravois. Le Spectre noir était recherché pour ses crimes contre le Troisième Reich. Il dirigeait notamment un réseau de passeurs aidant les Alliés, les Juifs et les opposants politiques à retrouver la liberté. Dirk voulait en profiter pour quitter la France en impliquant le moins possible le jeune ingénieur, un type bien qui ne méritait pas de se retrouver entre les mains des tortionnaires avec qui il travaillait.

Surtout, ne pas se précipiter, se dit-il. Il devait d'abord recueillir des arguments irréfutables qui lui garantiraient l'aide de Cravois. Ce jour-là, Dirk disposait de son premier samedi de repos depuis un mois. Le capitaine et le lieutenant se rendaient à une rencontre de football avant de finir la soirée avec les sportifs. Naturellement, ils n'avaient pas convié le sergent à se joindre à eux. Qu'ils aillent au diable ! Dirk avait mieux à faire. Le manteau de Serge était accroché dans l'entrée. Dirk avait prévu un sac contenant un grand pardessus civil à enfiler sur son uniforme pour suivre l'ingénieur en toute discrétion. Peut-être le conduirait-il de nouveau vers Nicolas Cravois.

* * *

En attendant ses invités pour le déjeuner, le major Konrad March ouvrit la valise diplomatique que l'on venait de lui livrer. Le sac scellé contenait un envoi de son supérieur et mentor, l'amiral Wilhelm Canaris, le responsable du service de renseignement de l'armée allemande dont le siège se trouvait à Berlin.

L'amiral envisageait de lui rendre visite le samedi 7 novembre, date à laquelle il devait assister à l'avant-première du film *Les Visiteurs du soir.* Seuls quelques privilégiés étaient conviés à la projection et il espérait que Mme Gastain serait disposée à l'accompagner. Elle avait déjà accepté ce déjeuner. Konrad parviendrait peut-être à inciter l'amiral à se retirer de bonne heure.

Konrad relut le message. Son ami Wilhelm devrait être plus prudent. En dépit des termes de la convention de Vienne, aucune missive quittant l'Allemagne n'était vraiment sûre. Il n'était pas difficile de lire entre les lignes : son supérieur était révulsé par le carnage provoqué par la stratégie d'Hitler. Le 29 octobre, sur ordre du Führer, seize mille Juifs avaient été massacrés dans le ghetto de Pinsk, en Union soviétique. Au cours de ce seul mois, la supériorité des Alliés sur mer et dans les airs avait détruit quatre-vingt-quatorze sous-marins allemands.

Konrad s'étonnait qu'Hitler n'ait pas encore pris conscience de la sédition de l'amiral. Dès 1935, Canaris avait pourtant été impliqué dans des projets subversifs visant à lui nuire. En septembre 1939, témoin de la barbarie des militaires allemands envers la population polonaise, il avait perdu foi en le nazisme. Il avait ensuite sauvé de nombreux Juifs promis à la déportation et était intervenu auprès du Vatican pour dénoncer les atrocités nazies. Konrad n'aurait pas été étonné d'apprendre que son ami avait participé à des attentats manqués contre ce Führer qu'il détestait.

Comment ces actes de rébellion étaient-ils passés inaperçus ? La chance finirait par tourner pour son ami. Étant son protégé, lui-même serait complice de par leur amitié.

La visite de son mentor était synonyme d'ennuis pour le général. Pour la première fois depuis le début de la guerre, Konrad venait d'entrer dans une période de sérénité relative. Il avait dressé une barrière entre sa vie privée et un bureau où il passait de moins en moins de temps. Il était lassé de cette guerre et de son devoir qui impliquait la pire des bassesses à l'encontre d'êtres humains, au nom d'une idéologie et d'un Führer auxquels il ne croyait plus.

Son voisin, le pêcheur à la mouche et le précepteur qu'il avait engagé avaient changé la vie de son fils. Konrad était heureux de le voir épanoui. Non seulement Wilhelm ne se terrait plus dans sa chambre après un dîner silencieux, mais il était désormais impatient de raconter sa journée à son père, de lui décrire ses leçons, ses parties de pêche. Si l'enfant se remplumait à vue d'œil, Konrad le devait aux deux jeunes gens qui étaient entrés dans leur vie.

S'il organisait ce déjeuner, c'était avant tout pour Bernhard et Claus. Cependant, la présence de Mme Gastain serait la cerise sur le gâteau. À son grand étonnement, elle avait accepté l'invitation. Peut-être était-elle affamée ou lassée du poisson ?

Quoi qu'il en soit, il se devait d'exprimer sa gratitude envers ces hommes qui avaient fait renaître son fils. En rapportant un gigot confisqué à un Français coupable de marché noir, il avait eu l'idée de ce déjeuner avec Bernhard et Claus. Il était temps que ces deux-là se rencontrent car ils avaient dû entendre parler l'un de l'autre grâce à Wilhelm.

Hans apparut sur le seuil du bureau :

— Vos invités sont là, général. Wilhelm piaffe d'impatience.

— Mme Gastain aussi ?

— Oui, général.

— J'arrive.

N'ayant pas le temps de détruire le message de Canaris, car le seul feu de la maison crépitait dans le salon, il décida de le détruire plus tard, avec d'autres, dans la cheminée de cette pièce. Il avait presque honte d'avoir pensé un instant que Bernhard Wagner puisse être un espion, maintenant qu'il le connaissait mieux.

* * *

En ce samedi matin particulièrement calme, dans les locaux du *Sicherheitsdienst*, le service de sécurité de la SS et du parti nazi, le colonel Dieter Albrecht termina sa lecture d'un rapport sur la véritable identité de Viviane Colbert. L'information émanait d'un Allemand naturalisé américain qui émettait sur ondes courtes depuis une station secrète située sur Long Island, à New York. Pour Albrecht, ce rapport n'avait rien de sensationnel. Bien que n'ayant passé que peu de temps en compagnie de Viviane Colbert, il aurait pu rédiger le document lui-même.

Victoria Grayson faisait partie d'une grande famille américaine descendant de l'aristocratie anglaise et comptant de nombreuses sommités politiques, magistrats, médecins, inventeurs et autres financiers de Wall Street. Son *curriculum vitae* était impressionnant, jusqu'à son professeur d'escrime, qui n'était autre que Tucker Jones, le célèbre maître d'armes.

Tiens, tiens... Le colonel Albrecht souleva le couvercle d'un humidificateur orné des armoiries familiales et en sortit un Montecristo. Puis il prit un coupe-cigares et une boîte d'allumettes pour se livrer au rituel familier propice à la réflexion. Que penser de Victoria Grayson ?

Enveloppé dans les effluves de tabac et le parfum du cuir, il prit une décision concernant la jeune femme. Il ne s'était pas complètement fourvoyé en imaginant qu'elle n'avait pu quitter la France à temps quand l'Allemagne avait déclaré la guerre à son pays d'origine. En septembre, Victoria Grayson avait disparu de chez elle. Ses parents la croyaient en mission secrète pour le Département d'État américain. Ils faisaient fausse route ! Elle était fiancée à un pilote américain de la RAF déclaré mort lors d'un bombardement. Sans doute avait-elle réussi à entrer clandestinement en France pour déterminer ce qui lui était vraiment arrivé. Une fille de sa trempe en était bien capable.

Dieter Albrecht était persuadé qu'elle avait eu confirmation de la mort de ce pilote. Le dimanche précédent, il l'avait fait suivre vers la pension de famille d'une certaine Mme Dupré. Son enquêteur avait vu cette femme entre deux âges remettre un objet à Viviane. Au terme d'une brève conversation, celle-ci avait baissé la tête comme si elle pleurait. Chacune était ensuite repartie de son côté. Dans le métro qui l'emmenait à l'école d'escrime, Mlle Colbert avait les joues inondées de larmes.

Ce rapport expliquait sa détresse, lorsqu'elle était arrivée à la salle en prétendant être dans son état normal. Elle était si perturbée qu'elle avait dû déclarer forfait.

Il avait exprimé une sollicitude sincère et proposé de la reconduire chez elle. Naturellement, elle avait refusé. Sans insister, il l'avait fait suivre pour s'assurer qu'elle arrivait bien dans son meublé.

Le lendemain, il lui avait envoyé des fleurs qui avaient sans doute fini à la poubelle. Il pourrait faire arrêter Mme Dupré pour l'interroger, mais il ne voulait pas éveiller les soupçons de Victoria Grayson. Il voulait d'abord tout savoir sur elle. Néanmoins, le nom de Mme Dupré était noté dans ses tablettes.

Mlle Colbert lui plaisait. Sa beauté illuminait un peu les aspects les plus sombres de son existence et elle comptait parmi les adversaires les plus redoutables qu'il ait affrontés à l'épée.

— Colonel, dit Karl, son aide de camp, l'interrompant dans ses pensées. Un certain Armand Fournier demande à vous voir.

— L'écrivain ?

— Oui. Il paraît que c'est urgent.

— Ça doit l'être pour qu'il se présente au siège de la Sipo-SD un samedi matin. Il devrait être en pleine grasse matinée après ses ébats avec sa dernière conquête.

— Je n'aime pas ses livres, maugréa Karl avec une moue.

— Moi non plus. Et j'apprécie encore moins ce personnage odieux. Enfin, faites-le entrer.

Le colonel se leva mais resta derrière son bureau, face à l'écrivain mielleux et exubérant qui lui tendait la main avec un large sourire.

— Monsieur le duc, dit-il en s'inclinant légèrement. Quel plaisir de vous voir.

— C'est ici que l'on me voit le plus souvent, répondit Dieter d'un air renfrogné.

— Pas tous les jours, n'est-ce pas ? Votre valet m'a indiqué que je vous trouverais ici. Vous permettez ?

Il désigna une chaise.

— Je vous en prie, soupira Dieter. Que puis-je faire pour vous ?

— C'est plutôt moi qui peux faire quelque chose pour vous, cher duc. Est-ce le parfum d'un Montecristo ?

Il riva les yeux sur l'humidificateur.

— En effet, confirma Dieter, qui ne mordit pas à l'hameçon. En quoi pouvez-vous m'aider ?

L'écrivain se contenta d'une Gauloise.

— J'ai des renseignements sur une jeune femme, une Américaine qui vit à Paris sous un faux nom et se fait passer pour une Française. Viviane Colbert. Son véritable nom est Victoria Grayson et elle travaille à l'école d'escrime. Je crois que vous fréquentez vous-même cet établissement ?

Dieter se crispa de plus belle et tira sur son cigare d'un air nonchalant.

— Effectivement. Où l'avez-vous rencontrée ?

— À New York. Elle travaillait chez l'éditeur ayant acquis les droits de traduction de mon roman *La Cathédrale du silence*, un succès international. Peut-être l'avez-vous lu ?

Armand alluma sa cigarette.

— Bien sûr, répondit le colonel.

Plutôt crever, songea-t-il.

— Pratiquez-vous l'escrime ? reprit-il.

— Pas du tout.

— Dans ce cas, où avez-vous croisé Mlle Colbert ?

L'écrivain souffla un nuage de fumée et se mit à rire.

— Allons, mon cher duc ! Ne faites pas mine de ne pas la connaître ! Quelle que soit la nature de vos relations, elles ne risquent rien avec moi. J'ai vu Victoria Grayson déjeuner avec vous au *Ritz*, un dimanche, il y a à peine un mois. Je n'ai eu aucun mal à découvrir son métier et votre association à l'école d'escrime. D'où ma présence. Je voulais vous conseiller de faire attention à ce que vous dites devant elle. Je la soupçonne d'être ici en tant qu'espionne. Je ne vois pas d'autre explication à sa présence à Paris en temps de guerre. Et vous ?

— Moi non plus, dans l'immédiat.

— J'imagine votre embarras, cher colonel, si la Gestapo apprenait que le chef de son organisation sœur n'avait pas conscience du danger que représente Viviane Colbert pour le service de sécurité du Führer…

— Vous avez l'intention de transmettre cette information à la Gestapo ? s'étonna le colonel.

— Absolument. Ma raison est très simple. Je tiens à épargner au duc que vous êtes l'interrogatoire très déplaisant d'une femme superbe qui présente à ses yeux un attrait compréhensible. Elle a une classe folle, des origines nobles, sans doute.

— Vous semblez en savoir beaucoup sur… cette jeune femme. L'avez-vous fréquentée, à New York ?

— Quelques heures seulement. Je n'avais guère de temps pour… faire plus ample connaissance. Mon visa allait expirer.

— Un contretemps fâcheux compte tenu de l'objectif que vous vous étiez fixé et que vous auriez atteint, à n'en pas douter.

Une lueur dans le regard d'Armand Fournier indiqua au colonel qu'il n'aurait jamais obtenu ce qu'il voulait de Victoria Grayson et que celui-ci cherchait à se venger de ce rejet.

— Très fâcheux, en effet.

— Eh bien, monsieur Fournier, votre sollicitude me touche énormément. Il faudra me dire comment je peux vous exprimer ma gratitude. (Il consulta l'horloge). C'est l'heure de mon café. Joignez-vous donc à moi. On me livre aussi des croissants…

— Pas de croissant, merci. En revanche, je prendrai volontiers un café. Je me remets d'une nuit… agitée.

Le colonel lui rendit son sourire entendu.

— Agitée mais agréable, j'espère, dit-il en appuyant sur un bouton. Karl, montez-moi deux cafés, celui que l'on sert aux visiteurs spéciaux.

— Bien, colonel.

Dix minutes plus tard, l'auteur de *La Cathédrale du silence* gisait, inerte, près de sa chaise, le temps d'être évacué par les moyens habituels. Le regard fixe, la bouche tordue en un rictus d'effroi, il avait compris, un peu tard, qu'il allait mourir. Empoisonné au cyanure.

* * *

Après avoir accordé à Dirk Drechsler le temps de s'éloigner, Bucky alla prendre le métro qui le déposerait à quelques rues de la fresque. Il ne voulait pas que le sergent lui impose sa compagnie ou, pire encore, le suive. Ce traître – un Texan, de surcroît, à en juger par ses inflexions traînantes – s'intéressait un peu trop à lui depuis quelque temps, et c'était inquiétant.

Au départ, Bucky avait cru qu'il cherchait simplement un ami. S'il ne l'avait pas méprisé à ce point, il aurait eu pitié de lui. Ses collègues nazis le traitaient comme un moins-que-rien. Bucky ne lui avait donné aucune raison de croire qu'il pourrait être son ami. Il s'efforçait au contraire de l'éviter. Heureusement, il pensait avoir réussi à masquer toute trace d'accent américain dans son discours. Dirk l'avait-il identifié en tant qu'Américain ? On n'était jamais sûr de rien…

Le doute s'était insinué en lui le lendemain de son entrevue avec son père, deux semaines plus tôt. Le sergent avait soudain changé, une impression renforcée lorsque Dirk avait été témoin de la réaction involontaire de Bucky à la présence de Liverwort chez Mme Dupré. Drechsler lui avait lancé un regard meurtrier. Ce pauvre type compensait son manque d'intelligence par un instinct acéré. Il *savait* que Liverwort et lui se connaissaient et se demandait pourquoi ils le cachaient.

Drechsler n'avait pas cru une seconde à l'histoire inventée de toutes pièces par Mme Dupré, lors du dîner. Bucky redoutait que ce fouineur n'enquête sur son travail. Après tout, il était ingénieur au sein d'une société chargée de certains projets secrets des nazis.

L'autre explication à cet intérêt grandissant, à savoir une attirance sentimentale, serait plus rassurante, quoiqu'un peu dérangeante. Dirk aurait-il vu en Liverwort une rivale ? Quoi qu'il en soit, Bucky se devait d'en informer le major Reynolds qui jugerait de la pertinence d'une exfiltration, même s'il n'était pas prêt à quitter le navire. Liverwort non plus, sans doute.

En attendant les instructions, il ne dirait rien, ne ferait rien et se méfierait davantage de Drechsler, qui finirait peut-être par révéler son jeu.

Dans le métro, il pensa à son entrevue avec son père. Ces quelques heures resteraient gravées dans sa mémoire, un moment de souffrance et de joie. Une vieille dame l'avait conduit dans la pièce où le héros de la Résistance l'attendait devant une fenêtre aux rideaux tirés, assis dans un fauteuil.

Enfin, Bucky avait posé les yeux sur son père, Nicolas Cravois, le célèbre Spectre noir. Barbu et plus maigre qu'il ne l'imaginait, il semblait affecté par les rigueurs de la guerre. Le jeune homme constata néanmoins qu'il avait son ossature et ses yeux changeants ourlés de longs cils. Ils s'étaient dévisagés longuement, en silence, puis le héros s'était levé et avait tendu les bras.

— Tu as le sourire timide de ta mère. Quant au reste, tu es bien mon fils. Tu es courageux de venir à Paris faire ce que tu as à faire.

Nicolas lui avait instamment demandé de ne rien lui dire de sa mission.

— En réalité, je suis surtout venu vous retrouver. Le reste est… secondaire.

— Mais aussi dangereux.

— Tel père, tel fils.

— Et c'est bien dommage… Parle-moi de ta vie, petit.

Tandis que des résistants armés jusqu'aux dents faisaient le guet derrière la porte, la vieille dame coiffée d'un foulard leur avait servi un ersatz de café. Bucky lui avait raconté son parcours dans l'Oklahoma.

— Tu as appris la vérité sur ta mère et moi à quatorze ans, d'après ta tante.

— C'est cela. Par pur hasard.

— Ta mère sait que tu es au courant ?

— Non. Et tante Claire m'a promis de garder le secret.

Son père avait voulu savoir si sa mère était heureuse.

— Elle est satisfaite de son existence, oui.

— Ah… C'est bien. Le bonheur est fugace. La sérénité est plus durable. Au fait, ta tante Claire possède des informations dangereuses pour elle et pour nous. J'ai pris des dispositions pour qu'elle quitte Paris dès ce soir. Si tu as besoin de me joindre, uniquement en cas d'extrême urgence, laisse un message dans le creux du platane juste en face de chez elle. Si je souhaite te contacter, tu trouveras une trace noire sur la contremarche de la première marche de ta pension. Les messagers ne sont pas sûrs.

— D'accord.

Ils n'avaient prévu de se revoir qu'après la guerre. Nicolas allait changer de planque et la demeure de Claire serait confiée à un gardien.

— Si je ne m'en sors pas vivant, avait conclu le Résistant en le regardant droit dans les yeux, promets-moi que ton père américain ne connaîtra jamais la vérité sur ta naissance.

— C'est promis.

Si sa tante Claire quittait la capitale, il risquait moins d'être découvert… jusqu'à ce dimanche où il avait croisé Liverwort à la pension de famille. Le capitaine Achterberg n'avait pas remarqué son sursaut tant il était fasciné par sa beauté.

— Sublime, cette fille, avait-il commenté ensuite. Je me demande qui c'est.

— Aucune idée, avait répondu Bucky.

En s'approchant de la fresque, il vit un petit attroupement de curieux ayant bravé le froid. L'agent de police montait la garde, la mine grave sous son képi. Bucky se posta derrière un badaud pour éviter d'être vu. Il remarqua aussitôt le trait oblique tracé sur la libellule, puis les ombres marquées sur l'étoile Polaire et les autres symboles.

Relevant le col de son manteau, il se voûta et s'éloigna d'un pas vif, sans voir ses camarades. Il ne saurait qui avait reçu le message qu'en se présentant à la réunion de seize heures, au café *Le Celtic*. Ils n'avaient prévu aucun code pour « message reçu ».

* * *

L'ingénieur ne l'avait pas remarqué, songeait non sans satisfaction Dirk, en attendant de voir ce qu'allait faire le Français. Il aurait aimé que ses collègues nazis qui se moquaient de lui, lors de leur formation à la surveillance, constatent son talent pour la filature, même au terme d'une longue journée sur les talons de Serge Beaulieu.

Filer l'ingénieur n'était pas une sinécure. Il semblait même connaître les ficelles du métier. De temps à autre, il regardait en arrière ou s'arrêtait devant une vitrine pour observer la rue dans son reflet. Pourquoi ces précautions ?

Il était quatre heures moins le quart. L'ingénieur avait flâné à loisir, admiré une fresque ornant le mur d'un couvent, avant de déambuler dans les rues, sans s'attarder à un endroit précis. Après avoir regardé sa montre, il avait paru plus déterminé et, depuis quelques minutes, il se trouvait dans un bistrot de Montparnasse.

Le cœur de Dirk s'emballa. Voilà qui était prometteur… Serge avait-il rendez-vous avec Nicolas Cravois ?

Cette rue calme n'offrait aucune possibilité de filature discrète. Dès que Serge fut entré dans l'établissement, Dirk se précipita vers une petite église dont il crocheta aisément la serrure rouillée. Une volée de marches menait à un clocher délabré. Des oiseaux avaient fait leur nid dans les niches de l'édifice. Dirk dégagea une fente d'où il pouvait observer la rue et le café *Le Celtic*. Ce perchoir lui offrait un point de vue idéal, à condition de supporter la proximité des rats.

17

La salle du *Celtic* n'avait pas changé au cours des semaines écoulées. Le manque de lumière, l'odeur de poussière et de tabac, le vieux poêle apportant un semblant de chaleur. Le patron essuyait son comptoir et le même client solitaire lisait près de la vitrine.

Il n'y avait personne d'autre. Plein d'appréhension, Bucky prit place à la même table que la dernière fois. Il était encore tôt, mais il pensait trouver au moins Labrador… Pourvu que cette réunion ne soit pas un piège. Afin de pouvoir sortir rapidement, et dans l'espoir que l'unique consommateur s'en irait, Bucky s'approcha de lui.

— Pardon, monsieur, cela vous dérange que j'ouvre la porte ?

— Non, bougonna-t-il sans lever la tête.

Un brouhaha de voix familières leur parvint alors. Labrador fit son entrée, suivie de leurs camarades. Personne ne manquait à l'appel. Après des retrouvailles chaleureuses, Bucky souffla à Bridgette :

— Qu'est-ce qui se passe ?

— Aucune idée, répondit-elle. Le major m'a ordonné de vous réunir, c'est tout ce que je sais.

Le client écrasa sa cigarette et se leva péniblement.

— Je peux répondre à cette question, déclara-t-il en refermant la porte. Il n'y a que nous et la maison est officiellement fermée.

L'équipe entière se crispa et dévisagea l'inconnu.

— Je suis le correspondant du major Reynolds à Paris. Il m'a demandé de vous transmettre une information importante qu'il ne peut relayer par radio. Il s'agit d'événements susceptibles de mettre en péril vos couvertures et, en conséquence, votre existence. Quand j'aurai terminé, vous devrez prendre une décision de façon individuelle. Il ne s'agit pas pour vous de voter.

— Qu'est-ce qui nous garantit que l'on peut vous faire confiance ? interrogea Bridgette.

— Rien, mais je vous le conseille fortement.

— Qu'est-ce qui nous dit que c'est le major Reynolds qui vous envoie ? s'enquit Victoria.

Il lui tendit une feuille couverte des pattes de mouche et d'un dessin de libellule :

— Ceci. Asseyons-nous.

Ils s'attablèrent sans quitter le Français des yeux.

— On vous écoute, affirma Brad.

— Je vais essayer de vous exposer la situation clairement et en détail. Vous êtes bien Labrador, Liverwort, Limpet, Lodestar et Lapwing, n'est-ce pas ?

Faute de réponse affirmative, il poursuivit :

— Pour des raisons de sécurité, je ne dois pas savoir quel visage correspond à quel nom de code. Je vais donc évoquer chaque situation telles des cartes que je poserais sur la table. À vous de prendre celle qui vous concerne. Je vous recommande de rester impassibles et de ne pas faire le moindre commentaire.

Leurs mines juvéniles trahissaient quelques signes de la fatigue et de l'anxiété des dernières semaines.

— D'abord, Liverwort. Le dignitaire nazi qui s'intéresse à vous a passé un an à Harvard. C'est un polyglotte à l'oreille très fine qui détecte aisément les accents, un atout dans son domaine.

Si nul ne pâlit, le Français aurait parié sur la beauté élancée et élégante dont le regard semblait éteint. La seule qui puisse intéresser le colonel Albrecht, lui-même issu d'une noble lignée.

Il poursuivit son inventaire :

— Lodestar, certains problèmes pèsent sur votre sécurité. Liverwort a découvert votre adresse par hasard et un sergent de l'armée allemande, élevé aux États-Unis, vit sous le même toit que vous. Il travaille pour les renseignements allemands et sert d'interprète lors des interrogatoires de prisonniers alliés. Inutile de préciser quel péril il représente pour vous tous.

Nul ne broncha, mais la tension était palpable.

— Ce n'est pas tout. Ce sergent de l'Abwehr vient de la même ville que Lapwing. Ils ont grandi en tant que voisins. Il se nomme Dirk Drechsler.

Le groupe assimila cette information dans une sorte de torpeur collective. Ils étaient bien entraînés.

— Le général en charge de l'Abwehr a sympathisé avec Limpet, son voisin. Par pur hasard, il a aussi engagé Lapwing, de sorte que celui-ci risque de croiser Limpet. Le major Reynolds pense que les deux personnes concernées comprendront les implications éventuelles de la suite des événements.

Le Français évita le regard de Bridgette, qui devait être Labrador, la préférée de Reynolds. Il en aurait mis sa main à couper.

— J'ai une dernière information pour Labrador. Un policier français vous colle aux basques. Il a été accepté dans la future Milice française dont l'action commencera en janvier prochain, ce qui vous donne une idée du personnage et du danger qu'il présente pour vous et votre mission.

Henri se pencha en arrière.

— À présent, mesdemoiselles et messieurs, libre à vous faire ce que vous voudrez de ce que je viens de vous raconter.

Satisfait de son exposé, Henri sortit son paquet de cigarettes. Dehors, la nuit tombait et le froid s'était insinué dans la salle. Il enflamma une allumette grâce à une bougie plantée dans une bouteille vide qui dégoulinait de cire et alluma une cigarette. Puis il attendit d'éventuelles réactions dans un silence pesant.

— Comment devons-nous vous appeler ? s'enquit enfin Bridgette.

— Pas de nom, répondit-il dans un nuage de fumée.

— Très bien, va pour « Pas de nom », railla-t-elle. Quelle est la décision que nous devons prendre ?

— Celle de quitter ou non la France. Vous pouvez tous vous rendre en lieu sûr et attendre d'être exfiltrés par avion avant l'aube. Deux Lysander sont prêts à décoller d'Angleterre pour venir vous chercher. Je n'ai qu'à avertir le major Reynolds. Je suis chargé de vous dire que, demain soir, vous pourriez déguster une bonne bière dans un pub et, d'ici le milieu de la semaine, rentrer chez vous et fêter Thanksgiving en famille.

Alistair tenait à ce qu'il insiste sur ce point. Plusieurs visages s'illuminèrent légèrement. Il n'y eut pas de soupirs, de raclements de gorge, de regards échangés ou de paroles. Enfin, le jeune brun musclé qu'Henri pensait être Limpet leva la main.

— Nos renseignements ont-ils été utiles ?

— Oui, admit le Français de mauvaise grâce.

— Précieuses ?

— Inestimables.

Labrador prit à son tour la parole :

— Le major a-t-il prévu des remplaçants ?

— Non, concéda-t-il, hésitant.

Au bout d'un moment, Bridgette balaya l'assemblée du regard.

— Alors, les gars, qu'est-ce que vous en dites ?

Pas de réponse. Le Français interpréta leur langage corporel. Le type dont les yeux lui rappelaient quelqu'un se frotta nerveusement le nez. La porte-parole, la plus menue, avait les lèvres pincées et Lapwing, à qui il manquait un pouce, martelait la table de ses quatre doigts. Ils étaient tous en grande réflexion. Seule Liverwort demeurait immobile, ce qui était un message en lui-même.

Le Français eut de la peine pour son ami Alistair.

— Ces gamins sont solidaires, Henri, et tu connais la solidité des liens tissés en temps de guerre. Si l'un d'eux reste, ils en feront tous autant par loyauté envers leurs camarades. Tu dois les empêcher de commettre une telle bêtise ! Persuade-les que, ensemble, ils chuteront et, séparés, ils resteront debout, avait-il déclaré.

— Alors, les amis ? demanda Henri.

Bridgette interrogea les autres du regard. Pour toute réponse, elle n'obtint que le silence.

— Accordez-nous un peu de temps pour réfléchir et en discuter.

— Je le répète, insista-t-il en secouant négativement la tête. Chacun doit prendre sa propre décision. D'ailleurs, il n'y a pas matière à discuter.

— Cela nous fait pas mal de choses à assimiler, intervint Bucky.

— Quoi donc ? persista le Français. Que vous risquez tous d'être démasqués rapidement ?

— Je ne pense pas que ce soit mon cas, répondit Brad.

— Le mien non plus, renchérit Chris.

— Quelle différence cela fait-il ? intervint Henri. Vous ne voyez pas la fragilité de l'édifice ? Vous en savez trop les uns sur les autres. Si l'un de vous tombe, il entraînera les autres dans sa chute.

Il se pencha tel un avocat cherchant à convaincre un jury.

— Je vous implore de quitter la ville. Le major Reynolds a précisé que ce serait sans doute votre seule chance de partir. Vous êtes jeunes. Vous avez la vie devant vous et vous avez déjà servi votre pays avec courage. Il n'y aurait aucune honte à vous retirer.

Henri poussa un long soupir et reprit :

— Dois-je vous rappeler ce qui arrive aux malheureux qui se font arrêter ? Que ressentirez-vous si vous êtes contraints de livrer vos camarades ?

Dans le silence qui suivit, ils imaginèrent le pire, puis Bridgette se racla la gorge pour parler au nom des autres.

— Donnez-nous un peu de temps pour réfléchir… entre nous.

Henri secoua la tête et se leva.

— Comme vous voudrez… J'attends à côté, mais ne tardez pas trop. Je dois faire un rapport au major en ce qui concerne les avions.

* * *

À la lueur de la bougie qui projetait des ombres inquiétantes sur les visages livides, nul n'osait regarder les autres.

— Bon, on n'a pas beaucoup de temps, commença Bridgette. Qui veut s'exprimer le premier ?

— Je suggère que ce soit toi, répondit Bucky. Sans toi, on n'a plus qu'à faire nos bagages.

Ils opinèrent du chef, même Victoria, qui était restée de marbre.

— Je peux en dire autant de vous. Ma mission s'arrêterait avec votre départ. Si un seul d'entre vous reste, je reste aussi.

Ils se turent, comme s'ils attendaient de la jeune femme qu'elle lance le débat.

— OK, reprit-elle, nous venons d'apprendre des nouvelles inquiétantes, mais je propose un vote à main levée. Que ceux qui veulent partir immédiatement, sans discussion, lèvent la main.

Aucune réaction.

— Toute personne sensée choisirait la soirée au pub, déclara Bridgette en scrutant Victoria, assise à côté d'elle, la plus susceptible d'être démasquée par ce dangereux SS.

Ils l'approuvèrent tous.

— Dans ce cas, faisons-nous les avocats du diable. Quelqu'un détient peut-être un détail qui infléchira notre décision. Liverwort, à toi de parler, puisque Lodestar et toi êtes les plus exposés.

Victoria regarda Lodestar, qui lui fit un clin d'œil et esquissa un sourire. Manifestement, il n'avait pas signalé leur rencontre fortuite, lui non plus. Ce devait être Mme Dupré. Elle ne pouvait lui en vouloir.

— Comme Lapwing et Limpet, je ne pense pas courir un grand risque d'être découverte. Le nazi en question et moi parlons peu. Il vient quelques heures par semaine là où je travaille, je ne le vois pas davantage. Et mon français est impeccable. S'il avait détecté une pointe d'accent, il m'aurait déjà arrêtée. En revanche, je présente un risque pour Lodestar, ce qui est à mes yeux une bien meilleure raison de partir. Lodestar, si tu veux que je quitte le navire, je le ferai.

— Ne t'en va pas pour moi. Tu n'es pas plus une menace pour moi que les autres. Ce traître de Texan est un pire problème que toi.

Bridgette se pencha vers Victoria et lui souffla :

— Tu ne le trouveras jamais. Autant chercher une aiguille dans une botte de foin, je te l'ai déjà dit.

— Je l'ai trouvée, cette aiguille, répliqua Victoria.

La styliste s'écarta. Soudain, elle comprit.

— Oh, Liverwort… je suis désolée pour toi.

— Je dois rester ici pour veiller à ce que l'aiguille n'ait pas été perdue en vain. Ne t'inquiète pas pour moi. Je vais redoubler de prudence avec cet Allemand.

Victoria serra la main de Bridgette dans la sienne et porta son attention sur Bucky avant de s'adresser au reste du groupe :

— C'est pour Lodestar que nous devrions nous en faire.

— Je suis d'accord, renchérit Brad, qui se tourna vers lui. Tu habites sous le même toit qu'un traître américain. Autant dormir avec une grenade sous son lit.

— Le sergent ne l'a pas encore dégoupillée.

Sidéré d'apprendre que Dirk Drechsler résidait à Paris, Chris prit la parole :

— Cela signifie-t-il que Dirk n'était pas d'humeur à te dénoncer à ses copains ou qu'il n'a aucune raison de le faire ? Je n'arrive toujours pas à croire que cet abruti soit allé jusqu'à rejoindre les rangs de l'ennemi. Je savais qu'il comptait intégrer le service de renseignement allemand. Néanmoins, je pensais à une fanfaronnade de plus. Je le voyais plutôt se dégonfler et attendre la fin de la guerre aux États-Unis au lieu de rentrer affronter sa famille et son quartier. Quand je pense qu'il fait partie d'une organisation qui interroge… qui torture des prisonniers américains !

— Tu peux y croire, dit Bucky. Si ça peut te consoler, je crois qu'il regrette son choix et ferait n'importe quoi pour rentrer chez lui. Pour être honnête, je crois avoir éveillé les soupçons du sergent, donc si quelqu'un doit partir, c'est moi.

— À cause de moi ? s'enquit Victoria.

— Non, Liverwort. Tu as peut-être simplement renforcé ses soupçons. Drechsler me surveillait déjà avant ta venue chez Mme Dupré. Je doute qu'il me sache américain. Ce n'est pas mon accent, qui l'intrigue, c'est autre chose. Tout ce que je sais, c'est qu'il n'a encore pris aucune mesure. Je suis prêt à courir le risque qu'il ne fera rien. En revanche, si vous croyez que c'est trop risqué pour votre sécurité, je m'en irai.

— Pourquoi doutes-tu qu'il te dénonce ? voulut savoir Brad.

— Parce qu'il a perdu la foi en son travail. Il ne se fait plus aucune illusion sur le parti nazi et regrette d'être entré dans l'armée allemande. Il est déprimé et seul. Ses supérieurs le traitent comme un moins-que-rien. Il est rejeté de tous. Il pourrait me dénoncer pour s'attirer les bonnes grâces de ses collègues, mais j'ai l'impression qu'il n'en a plus rien à faire. Il veut seulement partir.

— Cela ressemble bien à Dirk, confirma Chris. Je le connais depuis toujours. C'est impulsif. Un jour, il a plongé dans une rivière sans se soucier de la profondeur et s'est assommé.

Les autres rirent de bon cœur.

— Alors, Lodestar ? demanda Bridgette à Bucky. Tu choisis de rester ?

— Uniquement si vous êtes tous d'accord. Il n'y a pas que ma vie en jeu. On devrait peut-être voter.

— Auparavant, intervint Brad en fixant Chris, Lapwing connaît ce type. Si tu étais à la place de Lodestar, parierais-tu sur le fait qu'il ne te dénoncerait pas ?

— Je ne le vois pas faire ça, admit Chris. Quand il ne croit plus en quelque chose, c'est fini. Il ne jetterait pas Lodestar dans la gueule du loup, surtout si cela ne lui rapporte rien personnellement. Je pense que notre ami ne risque rien.

— On vote ? proposa Bridgette.

Ils secouèrent négativement la tête. Elle posa alors les yeux sur Chris et Brad et lança :

— Bon, les gars, c'est à vous. Pourquoi pensez-vous être le moins en danger ? Ne risquez-vous pas de vous croiser dans vos activités avec le général ?

— C'est déjà arrivé, répondit Brad. Aujourd'hui, en allant déjeuner chez lui. Je suis tombé des nues en voyant Lapwing se pointer. L'aide de camp a ouvert la porte à deux inconnus invités au même repas et qui venaient de se présenter l'un à l'autre. Le général n'y a vu que du feu… Il était bien trop concentré sur ma charmante logeuse.

— Nous ne sommes pas plus en danger qu'avant, intervint Chris. Même si nous connaissons nos noms d'emprunt et nos lieux de travail. Nos activités ne sont pas susceptibles d'attirer l'attention des autorités. Il ne faut simplement pas que le général nous soupçonne de ne pas être ceux que nous prétendons être. Je n'y crois pas.

— Comment peux-tu en être certain ? insista Victoria.

— Il n'a aucune raison de se renseigner.

— En gros, il nous fait confiance, ajouta Brad. On est juste deux types de l'entourage de son fils. On fait partie du personnel. On n'a rien de suspect.

— On a accès à la maison et la possibilité d'utiliser notre appareil photo, renchérit Chris.

— Au fait, j'ai une pellicule photo à transmettre au major, dit Brad à Bridgette.

— Je m'en occupe. Donc vous restez, tous les deux ?

— Oui !

— Très bien. On est tous d'accord. Le risque n'est pas plus grand qu'avant. Appelons le Français…

— Pas encore, Labrador, coupa Victoria. Tu n'as pas parlé de ton policier.

— Ah, lui… Il est inoffensif. Ce n'est qu'un petit nouveau qui adore l'attention qu'il reçoit en tant que gardien de la fresque. Quand il sera dans la Milice, il partira. De plus, il a un faible pour moi. Je peux le gérer. Les gars, c'est maintenant ou jamais. Que ceux qui veulent continuer l'aventure lèvent la main.

Toutes les mains se levèrent.

— Je crois que c'est on ne peut plus clair… Lodestar, tu veux bien rappeler le Français ?

* * *

En planque sur son clocher, Dirk se mit soudain en alerte. La porte du *Celtic* s'ouvrait ! Un homme portant un tablier, sans doute le patron, retourna la pancarte, indiquant que son établissement était désormais ouvert. Un homme entre deux âges en émergea. Il alluma une cigarette en protégeant la flamme de sa main. Ce n'était pas contre un éventuel courant d'air : c'était une astuce vieille comme le monde pour observer la rue de gauche à droite. Rassuré, il se retourna et s'éloigna, mais se ravisa presque aussitôt pour lever les yeux vers le poste de surveillance de Dirk. Surpris, celui-ci eut un mouvement de recul et faillit tomber à la renverse dans les excréments de rat. Il se rattrapa de justesse à la balustrade.

Le Français l'avait-il remarqué ? S'était-il senti observé ? En risquant un coup d'œil, il constata que l'homme scrutait le clocher avec attention. Au bout d'un moment, il poursuivit son chemin. Des activités clandestines se déroulaient au *Celtic* et elles impliquaient Serge Beaulieu. Dirk en avait à présent la confirmation.

Quand l'homme soupçonneux eut disparu au coin de la rue, le sergent reprit sa surveillance. La personne suivante à quitter le café le laissa abasourdi : la superbe blonde de chez Mme Dupré ! Elle était accompagnée d'une jeune femme de son âge, plus menue mais ravissante également. Elles scrutèrent les alentours et, après une étreinte furtive, partirent chacune de leur côté.

Le souffle court, Dirk garda les yeux rivés sur la porte, guettant la sortie de Serge Beaulieu. Il fut récompensé quelques minutes plus tard. L'ingénieur balaya la rue du regard et s'attarda lui aussi sur le clocher. Dirk tourna la tête, sans bouger, le cœur battant. Le premier Français à sortir pouvait n'être qu'un simple client. Beaulieu et la blonde seraient-ils deux amants qui se retrouveraient secrètement dans ce café discret ? Par les temps qui couraient, il était avisé de ne pas faire étalage de sa vie privée. La délation régnait en maître et provoquait tant de ravages…

Serge partit en direction du métro Montparnasse-Bienvenüe. Dirk lui accorderait un peu d'avance, puis il quitterait avec joie ce trou à rats, au sens propre du terme, pour se diriger à son tour vers la station et réfléchir à la meilleure façon d'exploiter ces informations. Pour s'assurer qu'il avait tout vu, il jeta un dernier coup d'œil dans la fente et en eut le souffle coupé : sur le trottoir, devant *Le Celtic*, se tenait son meilleur ami, son voisin d'enfance : Christoph Brandt de New Braunfels, au Texas.

* * *

Était-ce le fruit de son imagination ? Le général Konrad March avait l'impression que la lettre de l'amiral Canaris avait été légèrement déplacée. Cédait-il à la paranoïa ? S'il était entraîné à déceler le moindre détail trahissant une activité clandestine, il devait admettre que l'annonce de l'arrivée de Mme Gastain l'avait troublé. De plus, les fenêtres étaient fermées. Les seules personnes présentes dans la maison après la réception de cette lettre étaient Hans, Wilhelm et ses invités. Hans était assez avisé pour savoir qu'il devait être sourd, muet et aveugle en ce qui concernait les affaires de son supérieur. Jamais il n'oserait lire son courrier. Au cours du déjeuner, son aide de camp n'avait quitté la cuisine que pour faire le service.

Mme Gastain ne s'était pas absentée une seule fois, de même que les autres. Quelqu'un avait pu lire la lettre pendant qu'il raccompagnait la charmante veuve chez elle. Il était d'excellente humeur. Le repas s'était déroulé à merveille et Mme Gastain avait accepté son invitation à l'avant-première des *Visiteurs du soir*, le samedi suivant. Elle l'avait convié à boire une tasse du délicieux café qu'il lui avait fait livrer. Une seule tasse. Les convenances l'empêchaient d'abuser de l'hospitalité d'une dame. Il avait pourtant envie de l'entendre jouer un morceau sur son prestigieux Steinway entouré de tableaux hors de prix. Le pêcheur à la ligne et le précepteur jouaient au ballon avec Wilhelm, sur la pelouse. À son retour, ils s'amusaient encore. Les deux hommes avaient vite pris congé. Ils semblaient tous deux avoir quelque chose à faire en fin de journée.

Il fallait être particulièrement paranoïaque pour soupçonner le précepteur d'avoir lu la lettre de l'amiral. Konrad s'était renseigné sur lui avant de l'engager. Le jeune homme vivait comme un moine, sans famille ni amis à Paris. Il ne fréquentait pas ses collègues et n'avait, pour l'heure, pas de petite amie. C'était étonnant, compte tenu de son charme, en dépit de son pouce manquant. Claus Bauer empruntait le même itinéraire chaque jour pour se rendre à l'académie, sans faire de détours, sauf quand il venait chez le général. Bauer ne pouvait être un agent infiltré car il ne pouvait pas savoir à l'avance qu'il serait engagé pour enseigner les mathématiques au fils du responsable de l'Abwehr.

Le pêcheur à la mouche, peut-être… Konrad avait furtivement douté de lui. Bernhard Wagner ne lui avait donné aucune raison de penser qu'il n'était pas un jeune homme tranquille heureux de vivre au bord de l'eau. Cependant, les apparences étaient souvent trompeuses. Sa gratitude l'aveuglait peut-être… mieux valait se renseigner.

Hans faisait la sieste. Il s'était surpassé à l'occasion de ce déjeuner. Pour ne pas le déranger, Konrad partit à la recherche de Wilhelm. L'enfant lisait un livre que Claus Bauer lui avait apporté. Pour compléter l'instruction de son fils, le général avait engagé une femme entre deux âges qui lui faisait la classe le matin. Wilhelm l'appréciait, mais sans plus, car il adorait Claus.

— Wilhelm, dit-il en s'asseyant sur le repose-pieds du fauteuil. J'ai une question à te poser. Après le déjeuner, quand tu as joué avec les invités, sur la pelouse, est-ce que Herr Wagner est rentré dans la maison, à un moment donné ?

— Non, répondit l'enfant sans lever les yeux de son livre.

— Très bien, je te laisse continuer ta lecture.

Au moment où le général allait sortir, Wilhelm déclara :

— Herr Bauer, oui.

* * *

Ludwig Muller rangea son trousseau dans le tiroir de son bureau qu'il ferma à clé. Au terme d'une nouvelle tournée d'inspection, il n'avait toujours rien trouvé de compromettant sur Jules Garnier ou Claus Bauer. Il s'intéressait à leurs cas depuis presque un mois, depuis ses premiers soupçons sur les tournures de Bauer dans ses notes. Depuis, la syntaxe du jeune homme était idiomatique et Muller n'avait plus détecté de mention suspecte dans l'agenda de Garnier. Toutefois, les références au sandwich et à la mise « en place » de « CB » le turlupinaient encore. Cela avait un sens, il en était certain.

Si seulement il avait de quoi dénoncer ces deux-là à la Gestapo ! Ses agents auraient les moyens de les faire parler. Faute d'arguments étayés, Muller risquait lui-même d'avoir des problèmes. Claus Bauer était devenu l'enseignant le plus populaire de l'académie. Ce ne serait pas du goût du Führer, qui ne supportait pas le handicap. Les pères de famille insistaient pour que leurs rejetons suivent ses enseignements. Il avait même appris que le général March l'avait engagé comme précepteur, ce qui faisait enrager Ludwig.

Il ne pouvait pas non plus accuser Jules Garnier à la légère. Celui-ci avait largement coopéré avec les autorités lors de la création de cette académie. De plus, la Gestapo était trop occupée à traquer les véritables ennemis du Troisième Reich et ne voyait plus d'un très bon œil les dénonciations motivées par la vengeance personnelle ou l'appât du gain.

Perdu dans ses pensées, Ludwig ne se rendit pas compte tout de suite que quelqu'un frappait à sa porte avec insistance. *Qui diable cela peut-il être ?*

Agacé, il saisit une matraque. Quel abruti venait l'importuner un samedi, à dix-huit heures ? Il allait le regretter ! Il alla ouvrir de mauvaise grâce.

— Bon sang ! souffla-t-il en cachant sa matraque dans son dos, avant d'effectuer le salut nazi.

— Votre logeuse m'a dit que je vous trouverais ici, déclara le général March.

* * *

— Nom de Dieu…, maugréa Dirk.

Non ! C'était impossible ! Ce type ressemblait à Chris Brandt, mais ce ne pouvait être lui. Son ami habitait Austin, au Texas, et profitait de la vie américaine et de ses plaisirs. Dirk l'observa avec attention. C'était bien Chris… Malgré son col relevé, son écharpe, son béret qui masquait en partie son visage, personne n'avait cet allant, cette démarche un peu chaloupée qui démarquait le champion d'athlétisme du lycée de New Braunfels.

Lorsqu'il sortit ses mains de ses poches pour enfiler ses gants, Dirk en eut la confirmation. Un frisson le parcourut. Que diable faisait Christoph Brandt dans le Paris occupé ? Son ancien camarade se livra au même petit jeu de vérification que les autres, s'attardant lui aussi sur le clocher. Dirk ne broncha pas. Il espérait presque que Chris le repérerait et traverserait la rue. Il remarquerait la porte entrouverte et…

Et quoi ? Se taperaient-ils dans le dos, émus aux larmes de se retrouver ? Dirk lui demanderait pardon d'avoir bêtement cru en Hitler et la machine de guerre nazie, une attitude insensée, et il lui expliquerait qu'il voulait rentrer à la maison. *À la maison, Chris, tu m'entends ? À New Braunfels. Tu dois absolument trouver un moyen de me sortir de là, mon vieux.*

Je deviens dingue. Je vais me retrouver sur le front russe et crever comme un rat. Dirk devinait sans l'ombre d'un doute que Chris travaillait pour les Alliés, dans les renseignements. Réformé de l'armée, il avait dû se tourner vers les services secrets. Il parlait allemand couramment et était intelligent. Dirk le classait dans la même catégorie que la belle blonde et Serge Beaulieu, qui fréquentait Nicolas Cravois. Ils étaient tous dans le coup !

Chris risquait fort de le rejeter, le traiter de traître, de honte pour sa famille et ses amis et de refuser de l'aider. Dirk riva les yeux sur lui pour lui envoyer un message tacite. *Regarde-moi, Chris. Regarde ton vieux copain ! Je suis là, au sommet du clocher. Chris !*

Son ami s'éloignait de son pas caractéristique qui fit naître un sentiment de nostalgie chez Dirk. Que faire ? Le prendre en filature ? À la nuit tombée, il le perdrait de vue en quelques minutes. Il brûlait d'envie de lui courir après, de crier son prénom. *Chris, Chris, c'est moi !* Mauvaise idée pour tous les deux.

Si Chris était en mission secrète – que ferait-il au *Celtic* dans le cas contraire ? – il n'apprécierait pas d'être reconnu, surtout par quelqu'un en qui il voyait un ennemi. Il détalerait sans demander son reste et se perdrait dans la foule. Dirk ne retrouverait pas le meilleur ami qu'il avait jamais eu pour se réconcilier avec lui au cas où il ne reverrait pas son pays. Il décida de le suivre malgré tout. Chris regagnait sans doute son logement à cause du couvre-feu. Il saurait ainsi où contacter son ami, cet unique lien avec l'Amérique. Il s'en contenterait dans l'immédiat.

* * *

Alistair reçut l'appel de son correspondant à Paris à dix-huit heures, ce soir-là. Comme toujours, il avait trop fumé et abusé du café.

— Tu ne vas pas apprécier, prévint Henri.

— Je m'y attendais un peu, répondit Alistair. Je t'écoute.

— Ils restent tous. J'ai pourtant tout fait pour les convaincre de partir. En vain.

Alistair pensa au fils de Joanna Bukowski Hudson. Jamais elle ne le lui pardonnerait. Il revit les visages de ces jeunes qui lui étaient devenus si chers et poussa un soupir résigné.

— Je n'en doute pas, Henri. Cela valait la peine d'essayer. J'espère au moins qu'ils ont pris leur décision en fonction de leurs intérêts individuels et non en tant qu'équipe.

— Je n'ai pas eu le privilège d'assister à leur débat, donc je l'ignore. Ils tenaient à ce que je te précise que chacun avait une raison valable de rester. Ils prétendent qu'ils se sont beaucoup investis et que la mission est trop importante pour abandonner maintenant. Ils s'estiment suffisamment protégés par tes mises en garde.

Alistair se frotta nerveusement le front.

— Quelle naïveté ! Un simple détail peut tout compromettre.

Furieux, il prit son paquet de cigarettes et le jeta rageusement contre le mur.

— Ils avaient bonne mine, au moins ? reprit-il en faisant pivoter son fauteuil.

De sa fenêtre, il pouvait admirer les Alpes enneigées.

— Ils ne mangent pas à leur faim mais ils vont bien. La grande blonde semble être la plus affectée. Pas par le rationnement, toutefois. Elle a l'air… vide.

— Elle est en deuil. J'espère que cela ne la rendra pas négligente, commenta Alistair. Elle se trouve dans l'environnement le plus sensible.

— Probablement, confirma Henri. Sache qu'il faudra trouver un intermédiaire hors réseau pour Lapwing, qui a photographié une lettre importante dans le bureau du général March, cet après-midi. La pellicule est dissimulée dans un stylo à plume.

— Je m'en charge. Autre chose ?

— Encore une, oui…

— Quoi ? s'inquiéta Alistair.

— Ce n'est peut-être rien, mais je préfère t'en faire part. L'un des garçons… enfin, c'est subtil… Voilà : ses traits me rappellent quelqu'un. Cela ne m'est revenu qu'ensuite.

— Qui ?

— Nicolas Cravois.

Alistair pivota vers son bureau. S'il avait vu un portrait de Nicolas Gravois dans ses dossiers, il n'avait jamais rencontré ce grand Résistant que l'on appelait le Spectre noir. En revanche, il lui avait envoyé de nombreux contacts de l'OSS dans le Sud de la France. Cravois représentait un danger considérable pour la machine de guerre nazie. Sa tête était mise à prix.

— Alistair, tu es encore là ?

— Quels traits ?

— Le front haut et surtout les yeux. J'ai connu le général Cravois avant qu'il ne se laisse pousser la barbe.

— Si tu as raison, tu viens de trouver la pièce manquante du puzzle.

— Serait-il son neveu... voire son fils ?

— Officiellement, son père est américain et sa mère française.

Sam Barton ne ressemblait en rien à Horace Barton. Quant à sa mère française...

— Encore merci, Henri, conclut-il, jugeant qu'il était dangereux de prolonger leur conversation. Sois prudent, mon vieux.

Après avoir raccroché, Alistair alla chercher le dossier contenant la photo de Cravois. En y regardant de plus près, il décela des similarités avec Sam. Il appela aussitôt le siège de l'OSS et chargea un employé de lui lire les renseignements sur la famille de Sam Barton. Rien n'indiquait qu'il n'était pas le fils naturel d'Horace Barton. Monique, la mère, avait une sœur sans enfant vivant à Paris. Monique y avait résidé également avant d'épouser Horace Barton, en 1919. Le sergent Barton était alors stationné dans la capitale en tant que membre des forces expéditionnaires américaines. Soudain, Alistair comprit. Peu importait si Horace était informé de la grossesse de Monique en se mariant avec elle. Samuel Barton s'était porté volontaire pour servir dans l'OSS afin de venir à Paris en quête de son père biologique, Nicolas Cravois.

* * *

C'était le bon moment, songea Marcel Fouchard. Les sœurs venaient de partir pour les vêpres de dix-sept heures et le couvent était pratiquement désert.

Mlle Dufour – Bernadette, comme il l'appelait désormais – avait rendez-vous avec des amis et ne serait pas de retour avant dix-huit heures. Il n'avait besoin que d'une pause d'une heure pour fouiller la chambre de Bernadette. Elle lui avait confié qu'elle louait une mansarde.

Son désir de voir l'endroit où elle dormait, mangeait, se lavait et s'habillait devenait une obsession. Il éprouvait un besoin irrépressible de toucher ses effets personnels, de connaître les livres qu'elle lisait, de voir ses dessins, de fouiller ses tiroirs, ses placards. Il brûlait d'en savoir plus sur la jeune femme. La chambre serait-elle rangée ou désordonnée ? Il ne supporterait pas une femme négligée. Aurait-il le plaisir de découvrir des dessous affriolants en train de sécher ? Sa chemise de nuit porterait-elle son parfum ? Il était certain que son attirance grandissante pour elle était réciproque.

Avant de passer à l'étape suivante, il gravit donc les marches menant à sa mansarde. Elle était exactement telle qu'il l'avait rêvée. Ses sentiments pour Bernadette n'en furent que plus intenses. S'ils se mariaient, les sœurs accepteraient peut-être de leur offrir la superbe armoire ancienne en guise de cadeau de mariage. Elle était un peu de guingois. Avant de s'en aller, il décida de la redresser. En remarquant une fente dans le mur, il crut à une fissure que l'armoire servait à dissimuler. Cependant, les couvents étaient réputés pour leurs portes dérobées et leurs cachettes ayant servi pendant la Révolution. En exerçant une pression, il sentit un pan de mur céder sous son poids. La niche ne semblait abriter personne. En s'insinuant à l'intérieur, il remarqua un objet posé sur une table et se figea. Soudain, il entendit des voix provenant du rez-de-chaussée. Fasciné par cette preuve concrète de la trahison de Bernadette Dufour, qui réduisait ses espoirs à néant, Marcel recula et ferma la porte avant de remettre l'armoire en place. Puis il fila par la sortie de secours.

18

Le lendemain après-midi, le colonel Dieter Albrecht regarda son valet fixer sur sa manche un brassard rouge, blanc et noir orné des deux runes nordiques en forme d'éclair, l'emblème officiel de la SS. Il s'apprêtait à partir à l'école d'escrime pour son entraînement hebdomadaire avec Mlle Colbert. Sa mission accomplie, le vieux domestique qui travaillait pour sa famille depuis sa prime jeunesse le toisa avec admiration. Le redoutable uniforme SS était conçu pour impressionner, voire inspirer la peur. Il suffisait parfois à faire parler un suspect avant même que le malheureux ne soit enfermé dans une cellule de l'étage supérieur du bâtiment.

— Il est taillé pour vous, colonel.

— Pardon ?

— Votre uniforme…, répéta le domestique en lui tendant son képi. Il vous va si bien. Vous pensez à la jolie demoiselle avec qui vous étiez hier soir, n'est-ce pas, colonel ?

— Vous êtes très perspicace, Helmut. Je pensais effectivement à une superbe créature.

— Qui est ma rivale, Dieter ? lui avait demandé Colette d'un ton désinvolte, la veille. Tu es bien distrait, ce soir.

Adossé à la tête de lit capitonnée, le colonel avait pris la cigarette qu'elle lui tendait. Sa maîtresse, qui n'attendait rien de lui, vivait au *Ritz* à l'année.

— Une personne que je dois protéger, avait-il répondu.

— Protéger ? avait-elle raillé en lui ébouriffant les cheveux. Serais-tu amoureux ? Toi, un homme prêt à donner sa vie mais surtout pas son cœur ?

— L'amour est un sentiment irrationnel, Colette. La nature humaine ne répond parfois à aucune logique.

— Tu oublies l'instinct de survie.

— Je suis d'accord avec Kipling. Tous les hommes doivent compter, à nos yeux, mais aucun ne doit *trop* compter. Une théorie aussi valable pour les femmes, bien sûr.

Elle s'était mise à rire :

— Jusqu'à ce que tu en croises une qui compte plus que tout le reste, à tes yeux !

— On ne peut être amoureux de quelqu'un qui vous déteste. On peut simplement l'admirer pour son bon goût.

Il s'était penché pour l'embrasser sur l'épaule.

— N'aie crainte, Colette. Je reviendrai toujours dans ton lit.

Dieter prit le mouchoir blanc que lui tendait son valet et l'empocha. Enfin, il enfila ses gants de cuir noir. En se regardant dans la glace, il constata qu'il inspirait bel et bien la terreur.

Cela dit, les attributs de son autorité ne produisaient guère d'effet sur Mlle Colbert. Du moins en apparence. Car elle avait peur de lui, bien sûr. Une femme dans sa situation serait bien inconsciente de ne pas redouter un homme possédant un tel pouvoir. Or elle n'en montrait rien. Ses années d'escrime et son éducation le lui interdisaient.

Elle devait le considérer comme un vaurien, voire une ordure. Dommage… cette défiance était inhérente à son travail, qui consistait à protéger son pays de ses ennemis et il n'avait aucun scrupule à faire le nécessaire. S'il n'appréciait pas toujours les méthodes auxquelles il avait recours, il avait le tempérament qu'il fallait. En revanche, son devoir n'était pas d'arrêter des innocents. Il avait enfin décidé de ce qu'il allait faire de Victoria Grayson.

Rien.

Mlle Colbert n'avait commis aucun crime contre le Troisième Reich. L'instinct de survie n'était pas un crime. Elle s'était simplement trouvée au mauvais moment au mauvais endroit. Voilà pourquoi il avait fallu la débarrasser de la menace que représentait Armand Fournier. Son succès était si peu mérité que sa mort ne serait pas une grande perte pour la littérature française. Dieter se devait d'épargner à Mlle Colbert les salles d'interrogatoire de la Gestapo.

Ce débauché d'Armand Fournier était persuadé que Victoria Grayson était une espionne ! Quelle idée ridicule ! Elle avait risqué sa vie pour s'introduire en territoire occupé dans l'espoir de retrouver un pilote de la RAF dont elle était amoureuse. Quel courage ! Fournier ne pouvait pas comprendre ce noble sentiment. Son manque de clairvoyance lui avait coûté la vie. Tant pis pour lui.

Dieter protégerait Victoria Grayson coûte que coûte. De plus, il aimait les États-Unis, où il s'était fait des amis, autrefois.

— La voiture est avancée, monsieur.

— Merci, Helmut. Profitez du reste de votre dimanche. Un nouveau film est à l'affiche du cinéma du quartier. Je n'aurai pas besoin de vous, ce soir.

— Bien, monsieur, répondit-il en s'inclinant.

Lorsque la voiture s'ébranla pour remonter l'avenue déserte, Dieter Albrecht soupira. D'ordinaire, il était impatient de se mesurer à sa partenaire d'escrime. Ce jour-là, il avait envie de poser les armes et de bavarder avec elle dans sa langue natale. Il brûlait de lui révéler qu'il savait qui elle était vraiment et qu'elle n'avait rien à craindre de lui. Comme il aurait aimé gagner l'affection d'une femme prête à tant de sacrifices pour lui ! Il l'inviterait à lui parler de sa maison, de sa famille et il lui raconterait son séjour outre-Atlantique. Connaissait-elle ses anciens camarades de Harvard, James Agee, critique de cinéma, et Elliott Carter, qui se faisait un nom à Juilliard en tant que professeur et compositeur ? James était doué pour l'écriture et rêvait d'être écrivain. Après la guerre, Dieter espérait retourner là-bas pour leur rendre visite.

Mlle Colbert se moquerait sans doute de ce projet, car un nazi serait un paria partout où il irait, sans doute. En d'autres temps, il aurait peut-être eu une chance de séduire Victoria.

— Ce n'est qu'un fantasme, lui avait dit Colette, après lui avoir rappelé qu'il connaissait à peine cette fille. Tu es amoureux d'une image de la femme idéale.

Non. Victoria était la femme qu'il lui fallait, il le savait. Elle avait toutes les qualités pour devenir une épouse, une mère, une compagne, une amante. Il l'avait compris dès qu'il avait posé les yeux sur elle.

Hélas…

La voiture s'arrêta devant l'entrée de l'école d'escrime. Il y avait de la lumière dans la salle. M. Vogel, le directeur, était allé rendre visite à sa fille, de sorte qu'ils se passeraient d'arbitre et de chaperon. Le colonel prit son sac et laissa Karl au volant. Il franchit le seuil de l'école. À sa droite, la porte du sous-sol était entrebâillée. Il entendit des voix provenant d'en bas. Celles de Mlle Colbert et d'un homme trop jeune pour faire partie du personnel d'entretien. Il parlait d'un ton hargneux, dans un français hésitant. En entendant un cri d'angoisse, Dieter lâcha son sac et descendit précipitamment l'escalier.

* * *

Victoria était arrivée en avance à la salle d'armes. Son modeste meublé n'incitait guère à la grasse matinée, même le dimanche. La maigre ration de charbon suffisait à peine à chauffer sa chambre. Elle n'avait pas d'eau chaude pour faire sa lessive et peu de provisions dans le garde-manger. Les pensionnaires, souvent âgés, devaient s'approvisionner tant bien que mal au marché noir, ce qui était de plus en plus périlleux.

Dans la nuit, elle avait fait des cauchemars peuplés d'arrestations, de tortures, de souvenirs heureux en famille, le jour de Thanksgiving. Elle avait tant besoin d'un peu de chaleur qu'elle avait décidé de se réfugier dans la buanderie de l'école d'escrime et de faire sa lessive. Elle en profiterait pour entretenir les lames des épées de l'école qui rouillaient facilement.

Au sous-sol, il faisait assez chaud pour qu'elle enlève son manteau et sa veste de tailleur. Elle était toujours perturbée par ses cauchemars. Ses camarades avaient-ils des regrets, eux aussi ? Elle devait absolument chasser ces sombres pensées. La veille, elle avait pris la décision de rester à Paris en toute conscience. Il n'y avait pas de regrets à avoir. Les Alliés finiraient par gagner la guerre. Les journaux clandestins évoquaient une victoire imminente des Britanniques en Afrique du Nord. Les Alliés prenaient le contrôle du ciel et l'armée allemande commençait à manquer d'armes et de munitions. Hitler aurait du mal à s'emparer du canal de Suez. Pour surmonter ces moments de doute, Victoria devrait s'accrocher à leur rendez-vous du 23 septembre, à New York, dans la bibliothèque.

Elle avait étendu son linge et fini d'huiler ses lames quand elle avait entendu la porte s'ouvrir en grinçant, au sommet des marches. Il lui était impossible de voir qui était là à cause du palier, mais cette personne semblait hésiter à descendre. Le colonel Albrecht ? songea-t-elle, saisie d'une sourde appréhension. Sans doute pas, car il était d'une ponctualité exemplaire. De plus, il se serait annoncé. Il ne pouvait s'agir que du gardien de nuit, un homme enjoué dont Victoria appréciait la compagnie et les anecdotes cocasses.

— Monsieur Dubois ?

— Non. C'est l'*Oberleutnant* Peter Janssen.

Victoria se figea. Janssen était l'élève qui l'avait harcelée peu après son arrivée. Il avait cessé de prendre des leçons avec elle car le maître d'armes avait reçu l'ordre de l'écarter au profit d'autres Allemands plus doués et prometteurs. Amer et revanchard, le lieutenant la tenait pour responsable de ce renvoi.

Plus arrogant que jamais, le militaire descendit quelques marches d'un pas assuré. Le colonel Albrecht ne serait là qu'un quart d'heure plus tard. Pour la première fois, Victoria serait soulagée de le voir. Heureuse, même.

— Qu'est-ce que vous faites là ? demanda-t-elle.

Le lieutenant s'avança dans la buanderie, plus impressionnant dans son uniforme et ses bottes qu'en tenue d'escrime. Il portait un bâton d'officier en bois gainé de cuir, sans doute pour se donner une importance qu'il n'avait pas.

— J'ai vu de la lumière et j'ai trouvé cela bizarre, car l'école est fermée le dimanche. J'ai décidé de jeter un coup d'œil.

Janssen mentait. Il avait probablement soutiré à la concierge de son meublé l'adresse où il pouvait la trouver.

— Il n'y a rien à voir, comme vous pouvez le constater.

— Je ne dirais pas cela…

Il contempla les petites culottes et les soutiens-gorge pendus au fil à linge, puis sur les épées appuyées contre le mur. Lentement, il posa son bâton et son couvre-chef sur la table et ôta ses gants.

— C'est ici que vous lavez votre linge ?

— Aujourd'hui, oui. C'est exceptionnel. J'ai rendez-vous avec le colonel Albrecht. Si l'école est ouverte, c'est parce que nous nous entraînons ensemble tous les dimanches. C'est le seul jour où il peut se libérer, voyez-vous. Vous le connaissez peut-être… Il dirige le service de contre-espionnage du SD. Il ne va pas tarder, d'ailleurs.

Le lieutenant enleva son pardessus. Victoria se dit que si elle parvenait à s'emparer d'une épée, elle serait vite débarrassée de cet importun. Hélas, Janssen se trouvait sur son chemin.

— Le colonel Dieter Albrecht ? Le fameux champion d'escrime ? J'ai entendu parler de lui, naturellement. Que pourriez-vous donc lui enseigner, vous ?

— Il n'est pas mon élève. Le colonel voulait un partenaire d'entraînement spécialiste de l'épée. Il va arriver d'un instant à l'autre. J'allais monter me préparer. Si vous voulez bien m'excuser…

Le lieutenant lui barra la route et se posta face à elle, le regard brûlant de haine.

— Je ne crois pas, mademoiselle. Pas cette fois. Je sais qu'un membre du personnel du colonel s'entraîne également avec lui. Ils font équipe depuis des années et s'affrontent au sous-sol de son hôtel.

Victoria parvint à masquer sa surprise. Elle aurait dû s'en douter ! Le colonel avait prétexté ces entraînements pour profiter de sa compagnie.

— Vous m'avez humilié, mademoiselle Colbert, et vous allez me le payer.

Il s'empara d'une épée dépourvue d'embout en caoutchouc et posa la pointe de la lame sur la gorge de Victoria.

— Déshabille-toi ! Vite !

— Quoi ?

— Je ne le répéterai pas ! Déshabille-toi !

— Pas question.

Ivre de rage, il appuya plus fort. Victoria sentit un filet de sang couler sur la peau de son cou.

— Tu vas obéir…

Victoria recula, mais il la coinça entre le poêle et le mur. Elle lui accorda la satisfaction de la voir jeter un coup d'œil anxieux par-dessus son épaule.

— C'est bien ! Tu as compris que tu avais trois solutions : ma lame sur ton cou, le métal brûlant du poêle dans ton dos ou un après-midi de rêve à me donner du plaisir dans la loge du gardien. Je suis sûr que tu ne me décevras pas.

Il commença à déboutonner sa veste. En tentant de s'écarter de la lame, Victoria sentit la chaleur du poêle.

— La force est pour vous la seule façon d'attirer une femme dans votre lit ?

Il s'empourpra davantage sous l'humiliation.

— Déshabille-toi, j'ai dit !

— Comment voulez-vous que je fasse avec une lame contre ma gorge ?

Le lieutenant recula. D'une main, Victoria entreprit de dégrafer le premier bouton de sa blouse. Puis le deuxième, le troisième, les yeux rivés sur son visage. Elle profita de sa fascination pour s'emparer de son croissard et le projeter avec force sur la lame, qui tomba à terre, hors de portée. Le lieutenant ne réagit pas à temps pour éviter un coup de pied entre les jambes. Il tomba à genoux en hurlant de douleur.

— Salope !

En relevant la tête, il encaissa un coup de pied sous la mâchoire.

— Prends ça, sale porc !

Elle le vit s'écrouler. Au moment où elle se précipitait dans l'escalier, le colonel Dieter Albrecht apparut sur le palier.

***

Attablé seul dans la salle à manger, le général March faisait grise mine. Il avait à peine touché le succulent poulet en sauce que lui avait préparé Hans, ainsi qu'une compote de pommes pour le dessert. Wilhelm souhaitait inviter Bauer et Wagner, une requête qu'il avait refusée. Contrarié, l'enfant avait fait un caprice avant de filer dans sa chambre où il boudait.

Le général et Hans s'étaient étonnés de cette crise sans précédent.

— Je ne l'ai jamais vu ainsi, général. J'ignore quelle mouche l'a piqué.

— Moi si, répondit Konrad.

— Allez-vous… le punir, général ?

Konrad fut touché par la tendresse de Hans pour son fils.

— Non. Laissez-le bouder un peu, puis montez-lui une assiette.

Comment le punir pour avoir voulu partager son repas avec deux personnes souffrant de privations ? Wilhelm était assez grand pour remarquer les visages émaciés des autres enfants, au parc où l'emmenait parfois Hans pour faire un tour de manège. Il avait vu sa préceptrice glisser quelques biscuits dans son sac. « Pour mes petits-enfants », avait-elle dit, gênée. L'enfant croyait que Claus et Bernhard étaient maigres parce qu'ils étaient pauvres. Konrad se félicitait de la générosité de son fils, une qualité qu'il tenait de sa mère.

Il lui avait expliqué qu'il ne devait pas déranger les deux hommes le dimanche, leur jour de congé. Peut-être avaient-ils envie de sortir, de rencontrer des jeunes filles. Wilhelm ne l'entendait pas de cette oreille.

— Ils ont faim ! Manger, c'est plus important qu'une *fille* !

— La prochaine fois que tu les verras, demande à Hans de leur servir des sandwichs. À présent, n'en parlons plus, avait-il conclu d'un ton un peu trop sévère.

S'il avait refusé, c'était avant tout parce qu'il ne voulait pas convier Claus Bauer à sa table. Wilhelm considérait son précepteur et son camarade de jeu comme un binôme et l'exclusion de l'un d'eux aurait provoqué un caprice. Or Konrad avait des doutes sur Bauer.

Il travaillait dans les renseignements depuis trop longtemps pour ignorer une odeur de fumée, même légère. La veille, sa visite à l'ancienne académie de Wilhelm lui avait donné matière à réflexion. Claus Bauer était dans la ligne de mire de l'immonde

Ludwig Muller. Le général avait exigé de voir le dossier du jeune homme sous le prétexte d'obtenir l'adresse de ses parents pour organiser une visite surprise pour Noël.

Hélas pour Bauer, cette requête avait incité Muller à suggérer que sa dernière recrue en date ne se contentait pas d'enseigner les mathématiques et l'athlétisme. Il ignorait ce qu'il cachait, au juste, mais le général devait rester sur ses gardes. Muller semblait méfiant de nature et son hostilité envers Claus était manifeste. Konrad aurait négligé ses propos teintés de jalousie s'il n'avait pas eu lui-même des doutes.

— Qu'est-ce qui vous paraît suspect chez lui ? avait-il demandé.

Muller avait pénétré dans le bureau du jeune homme et avait ouvert sans vergogne son agenda. En constatant que la page qu'il cherchait était manquante, il était devenu blême de peur que le général ne pense qu'il se moquait de lui.

— Je vous le jure, général ! Elle y était ! Regardez ! Il y a un trou dans les dates !

— Je vois.

Ludwig Muller avait retrouvé son assurance lorsqu'ils avaient également constaté l'absence d'une page dans l'agenda du chef du personnel, sur laquelle figurait la mention « CB en place ».

— La coïncidence est étrange, non, général ? avait-il jubilé, une lueur de triomphe dans ses petits yeux porcins.

— Je vois, avait répété Konrad. Ma visite doit rester entre nous, c'est compris ?

— Absolument, général !

Le clin d'œil complice de Muller lui avait presque valu une gifle.

— À présent, expliquez-moi donc comment vous avez pris connaissance de ces notes personnelles dans les agendas privés de ces deux messieurs, avait-il déclaré pour le plaisir de voir Muller pâlir de plus belle.

Toujours attablé, Konrad sonna son aide de camp.

— Oui, mon général ?

— Pour consoler Wilhelm, invitons Herr Bauer à dîner, demain soir, après leur leçon.

— Parfait. Je servirai du rôti de bœuf et des pommes de terre, avec des légumes et de la sauce. Herr Bauer va se régaler. Herr Wagner sera également présent ? ajouta-t-il avec une note d'espoir.

— Pourquoi pas ? Invitons-le également.

— Wilhelm sera ravi. Je le lui annoncerai en lui montant son assiette.

Konrad espérait secrètement que lui aussi serait ravi à l'issue de la soirée du lendemain, car il comptait tendre un piège à Bauer. Il voulait en avoir le cœur net.

* * *

Brad consacrait ses dimanches après midi à entretenir ses hameçons et le matériel des membres du club de pêche à la ligne. Il gagnait ainsi un peu d'argent supplémentaire qu'il économisait pour l'après-guerre. Il entendait financer les études des petits, Bobby et Margie. Il ne pouvait laisser Jared Cramer, le nouveau mari de sa mère, entretenir ses frère et sœur adoptifs. Il s'efforçait de ne pas trop penser à sa famille, à la beauté de la White River, à la fin de l'automne, aux montagnes enneigées. Il avait une mission à accomplir. Les Allemands amateurs de pêche qu'il côtoyait semblaient redouter un débarquement des Alliés. Ils se laissaient parfois aller à divulguer des informations confidentielles en présence de ce jeune animateur, qui était leur compatriote, après tout.

Vendredi, il avait eu vent d'une cargaison de tungstène en provenance d'Espagne et destinée à une usine d'armement en Allemagne. Hélas, il ignorait encore le nom du navire et son port d'arrivée. Avec un peu de temps, il finirait par le savoir. Cette livraison serait une cible de choix pour la Résistance ou la RAF.

En entendant des petits pas dans l'escalier, Brad sourit. Le père de l'enfant et Hans gronderaient le garçonnet qui n'avait pas le droit de le déranger. Pourtant, Brad appréciait sa compagnie. Il alla ouvrir la porte avant même que Wilhelm n'ait frappé.

— Bonjour, mon copain ! Qu'est-ce qui t'amène dans mon antre ?

L'enfant lui tendit un plateau couvert d'une serviette.

— C'est pour vous.

Ses yeux bleus traduisaient sa volonté de lui faire plaisir. En soulevant la serviette, Brad découvrit une assiette garnie de poulet aux champignons et une pomme au four à la cannelle.

— À manger ! s'exclama fièrement l'enfant.

— Je vois ça. Ce repas me paraît succulent.

— Ne le dites pas à Papa ou à Hans. C'était pour moi mais je sais que vous avez plus faim que moi.

Touché, Brad pensa à la générosité de Bobby.

— Je te le promets. C'est très gentil de ta part.

— Je viens aussi vous inviter à dîner demain soir avec M. Bauer. On va bien s'amuser ! ajouta-t-il avec enthousiasme.

— J'ai hâte. Merci beaucoup.

— Au revoir. Je n'ai pas le droit de vous embêter, conclut l'enfant avant de filer.

Depuis une fenêtre de l'étage, le général vit son fils traverser la pelouse en courant de peur que l'on ne remarque son absence. Il avait cédé son propre repas au pêcheur et se coucherait le ventre vide. Konrad ressentit à la fois de la tristesse et de la fierté. Wilhelm ne réussirait jamais dans l'armée à cause de sa bonté d'âme. Konrad déplorait simplement ce monde cruel que lui et ses semblables avaient créé et qui l'incitait à soupçonner des garçons honorables tels que Claus Bauer et Bernhard Wagner. Son instinct de limier était en alerte. Pourvu que le piège qu'il allait tendre le lendemain lui démontre qu'il faisait fausse route. S'il apprenait que l'un ou l'autre avait gagné la sympathie de son fils uniquement pour l'espionner, lui… ils le regretteraient amèrement.

* * *

— Qu'est-ce qui se passe, ici ? tonna le colonel Dieter Albrecht, au sommet des marches menant à la buanderie de l'école d'escrime.

Un regard sur la blouse déboutonnée de Victoria, sa plaie et le sang qui maculait son col lui suffit à comprendre la situation. Le souffle court, épuisée, la jeune femme leva les yeux vers lui.

En entendant la voix masculine, l'*Oberleutnant* Peter Janssen se releva, pantelant, surpris de découvrir le manteau de cuir noir d'un officier SS. Il reconnut alors le colonel Dieter Albrecht.

Janssen pointa le doigt en direction de Victoria.

— Elle m'a agressé, colonel ! hurla-t-il. Cette garce de Française m'a attiré ici en affirmant avoir besoin d'aide. En réalité, elle voulait me tuer ! Débarrasser la France d'un salaud d'officier de la Wehrmacht, selon ses propres termes.

Il désigna ensuite les épées appuyées contre le mur.

— Je serais mort si je ne lui avais pas arraché son arme. Regardez, elle est là-bas ! Heureusement que vous êtes arrivé, colonel !

— En effet. J'arrive à point nommé, concéda Dieter. Je suis conscient de ce que la perte d'un officier de votre qualité aurait signifié pour la Wehrmacht.

Il porta le regard sur les dessous de Victoria, puis sur la veste déboutonnée du soldat, qui se hâta de remettre de l'ordre dans sa tenue en rougissant.

— Je… il fait chaud, dans cette buanderie. J'ai…

— Vous avez éprouvé le besoin d'enlever votre veste. Je comprends. Vous saignez, mademoiselle Colbert.

Il lui tendit son mouchoir qu'elle appliqua sur sa blessure. Le colonel ne pouvait se méprendre sur la situation, mais accorderait-il foi à la parole d'un officier de la Wehrmacht ou à la sienne ?

— Je n'ai pas saisi ce qu'il vous a raconté, mentit-elle, feignant de ne pas comprendre l'allemand. Toutefois, je n'ai pas l'impression que c'était la vérité.

— Votre nom, *Oberleutnant* ?

Le jeune homme se mit au garde-à-vous et fit le salut nazi.

— *Oberleutnant* Peter Janssen, sous les ordres du Major Hartmann, dans les communications, colonel !

— Que faisiez-vous à l'école d'escrime un dimanche ?

— Je... j'ai vu de la lumière et constaté que la porte n'était pas verrouillée. Je pensais trouver un élève ou un professeur qui accepte un combat d'entraînement contre moi.

— Vous pratiquez donc l'escrime ?

— Oui... l'épée.

Il jeta un coup d'œil furtif en direction de Victoria pour voir si elle avait compris ses propos en allemand et risquait de les contredire. Elle ne broncha pas.

— Ah oui ? fit Dieter. À la bonne heure !

Cette amabilité parut rassurer le lieutenant, qui crut que sa version des faits avait été convaincante. Soudain, il vit avec effroi le colonel s'approcher des épées et saisir deux d'entre elles.

— Mademoiselle Colbert, dit-il doucement, les yeux rivés sur le lieutenant, vous feriez mieux de monter. Nous ne nous entraînerons pas, aujourd'hui, mais j'aimerais que vous m'attendiez là-haut. Voulez-vous bien prier mon chauffeur de me rejoindre ici ?

Victoria obéit sans un mot. Arrivée au sommet de l'escalier, elle entendit une lame fendre l'air.

— En garde ! lança le colonel.

Moins d'un quart d'heure plus tard, sans trahir le moindre signe de ce qui venait sans doute de se passer au sous-sol, le colonel réapparut dans la salle de conférences où l'attendait la jeune femme, vêtue de sa blouse ensanglantée, toujours sous le choc de sa mésaventure. Si Dieter ne portait pas ses gants, il avait gardé son pardessus. Il tenait la veste et le manteau de la jeune femme, qui posa sur lui un regard accusateur.

— Il n'y avait pas d'embout de caoutchouc à la pointe de ces épées, protesta-t-elle.

— L'*Oberleutnant* Peter Janssen l'a découvert à ses dépens.

— Que lui avez-vous fait ? s'inquiéta-t-elle malgré son mépris pour Janssen.

— Je n'ai pas débarrassé la France d'un salaud d'officier de la Wehrmacht, si c'est ce qui vous préoccupe, précisa-t-il en l'aidant à enfiler sa veste. Je lui ai donné une leçon de bonnes manières. Venez, vous devez être frigorifiée. Quand avez-vous mangé pour la dernière fois ?

— C'est sans importance. Je vais bien. Merci de m'avoir secourue. Maintenant, j'aimerais simplement rentrer à mon hôtel.

— Sans votre linge ? Car ces dessous vous appartiennent, je présume ?

— Ah oui ! Je vais les chercher.

— Ce ne sera pas nécessaire. Karl est en train de les plier avec le plus grand soin. Ils sont secs. Karl est marié et sait manier la dentelle. Il les portera dans la voiture.

— Non, vraiment, colonel, répondit-elle en voyant où il voulait en venir. C'est aimable à vous de me proposer de me reconduire et je vous suis reconnaissante d'être intervenu… Je me sens mieux. La station de métro n'est pas loin. Je rentrerai par mes propres moyens.

Le colonel la prit par le bras.

— Vous vous bercez d'illusions, Victoria. Tous les membres de la famille Grayson sont-ils aussi entêtés que vous ? Vous pourrez répondre à cette question en marchant vers la voiture.

Pendant une fraction de seconde, Victoria crut avoir mal entendu. C'était une hallucination ! Un vestige de ses cauchemars de la nuit, la fatigue, la faim, cette tentative de viol… Mais non. Le colonel s'adressait à elle dans sa langue maternelle et en l'appelant par son véritable prénom.

Très vite, elle se ressaisit. À quoi bon nier l'évidence ? Elle avait été stupide de se croire capable de tromper l'oreille affûtée de Dieter Albrecht. Elle prit une profonde inspiration. Face au sort funeste qui l'attendait, la mort n'était pas une mauvaise idée. Son ampoule de cyanure était dissimulée dans la doublure de son manteau. Si elle gardait les mains libres, il lui suffirait de tirer sur le fil de l'ourlet pour se suicider avant même d'avoir quitté les locaux. Ses camarades de Dragonfly seraient en sécurité.

L'officier devait s'attendre à des dénégations.

— Qu'est-ce que vous racontez ? s'insurgea-t-elle tandis qu'il l'emmenait. Je suis Viviane Colbert.

— Je crains que non. Vous êtes Victoria Grayson de Williamsburg, en Virginie, aux États-Unis d'Amérique. Vous êtes diplômée du William and Mary College et vous incarniez l'espoir de votre pays de remporter la médaille d'or aux Jeux olympiques de 1940, à l'épée. Votre frère, le lieutenant Lawrence Grayson, est pilote pour la RAF.

Faute de réponse, il poursuivit :

— Vous devez vous demander comment je suis au courant. Figurez-vous que le SD a des sources dans votre pays. Cependant, dès le début, j'ai perçu que vous étiez américaine, Victoria. Sans vouloir me vanter, j'ai une excellente oreille et j'ai passé un an à Harvard dont je garde un excellent souvenir. Attention, dit-il sur le seuil en désignant les marches. Je m'inquiète pour vous. Vous êtes de plus en plus pâle.

— Où me conduisez-vous ? Dans une de vos sordides salles d'interrogatoire du siège du SD, je suppose…

Sincèrement choqué, Albrecht s'arrêta pour la dévisager :

— Pourquoi cette supposition ? Je sais tout ce que j'ai à savoir sur vous, y compris la raison de votre présence en France.

— C'est-à-dire ?

— Vous vouliez connaître le sort de votre fiancé, Ralph DuPont, un pilote américain travaillant pour la RAF et dont l'avion a été abattu en mai dernier. Vous venez d'apprendre sa mort, hélas.

Inquiète pour Mme Dupré, Victoria demanda :

— Comment l'avez-vous découvert ? Pas par votre source en Amérique…

— Je n'étais pas certain de la triste nouvelle, mais vous venez de me la confirmer. Pourquoi voudrais-je arrêter une femme venue chercher l'homme qu'elle aime en territoire hostile, au péril de sa vie ? Suis-je à ce point votre ennemi ?

Il arqua les sourcils et attendit sa réponse, en vain. Déçu, il soupira.

— Je ne peux qu'adresser mes condoléances à une femme de votre trempe et envier l'heureux homme qu'elle jugeait digne d'une telle abnégation. Allons-y, je vous prie.

Il désigna la portière ouverte, à l'arrière de la voiture de fonction. Victoria monta, puis le colonel prit place à côté d'elle. En proie à mille émotions, elle était au moins soulagée d'apprendre que sa couverture ne risquait rien dans l'immédiat. Pourvu que le colonel ignore qu'elle avait étudié l'allemand et travaillé pour un éditeur new-yorkais. Pour l'heure, il ne la considérait pas encore comme une espionne, ce qui était déjà beaucoup.

Les nazis exécutaient les espions. Ils ne les déportaient pas vers des camps, ils les alignaient contre un mur, face à un peloton d'exécution, et les abattaient. Victoria réprima un rire nerveux. Le vol fatal de Ralph au-dessus de Gennevilliers avait sauvé sa mission. Quant à sa mort prématurée, elle lui avait épargné le peloton d'exécution !

19

Le dimanche, Marcel Fouchard ne montait pas la garde devant la fresque. Le samedi, en revanche, il restait jusqu'au couvre-feu imposé aux Juifs, puis la présence des patrouilles allemandes dans le quartier prenait la relève.

En regagnant le couvent, après la réunion au *Celtic*, Bridgette s'était étonnée de ne pas le trouver à son poste. Il n'était pas là non plus en ce lundi 2 novembre lorsqu'elle se mit en route pour la maison de couture. Le temps était brumeux, annonçant de la pluie, mais Marcel était là qu'il vente ou qu'il neige. Était-il tombé malade ?

Intriguée par son absence, Bridgette scruta la rue en quête de son képi et de sa cape d'agent de police. Pas un signe de lui. La jeune femme s'attarda un instant. Les lieux semblaient bien vides, sans lui. S'il ne décelait rien de suspect, il l'accompagnait jusqu'au coin de la rue et lui souhaitait une bonne journée.

Plus que jamais, elle était persuadée que Marcel ne présentait aucun danger pour les activités clandestines auxquelles ses camarades et elle se livraient dans son dos. Il accordait son attention à la fresque… et à elle, aussi. S'il avait aperçu les membres du groupe, notamment Victoria, il les prenait pour des riverains qui passaient dans le quartier en se rendant au travail. Rien à craindre de ce côté-là.

En réalité, le vide qu'elle ressentait en elle n'avait pas grand-chose à voir avec Marcel, qui n'était qu'un point d'interrogation parmi tant d'autres. En cette matinée froide et morne, elle se demandait quand et si elle reverrait ses camarades. S'ils avaient décidé de prendre l'avion, ils seraient en sécurité à Milton Hall après une soirée bien arrosée au pub. Et ils seraient sur le point de rentrer chez eux en se promettant de se retrouver avant la date fixée à New York.

Au *Celtic*, le correspondant français était certain, comme le major, qu'ils ne survivraient pas à l'opération. Le pauvre homme avait été horrifié par leur vote. Au moment du départ, il n'avait pas caché ses pensées, que leur sort était scellé.

— Le major ne va pas apprécier votre décision, avait-il dit.

— On s'en doute, avait répondu Liverwort, sereine.

En dépit de son côté agaçant, Marcel représentait la familiarité, la stabilité. Son absence intensifiait le sentiment de solitude de la jeune femme. Ses amis lui manquaient terriblement.

Aujourd'hui encore, chez Boucher, cette mégère de Helga Richter allait vouloir en découdre. Elle était l'épouse du *Sturmbannführer* Gottlieb Richter, officier SS responsable du camp de Drancy. Là où étaient internés les Juifs en attente de déportation vers les camps de la mort qu'étaient Auschwitz-Birkenau et Treblinka. D'après les rumeurs, ils y seraient gazés. Le major Richter avait la réputation d'être cruel. Les conditions de détention étaient, disait-on, inhumaines. Les employés de la maison Boucher avaient pour consigne de ne pas contrarier Mme Richter, au risque de perdre leur emploi.

Cette harpie dépourvue de classe attendait que la mode corrige les outrages du temps et de la nature sur sa silhouette. Bridgette devrait accomplir des miracles, en jouant non pas d'une baguette magique mais de son crayon. Au départ, elle pensait que la cliente la toiserait avec mépris avant d'exiger les services d'une styliste chevronnée et non d'une apprentie. Mais cela ne s'était pas passé ainsi. Mme Richter s'était contentée de déclarer :

— Si vous me piquez une fois de votre épingle, petite, je vous gifle.

Au moins, elle ne l'avait pas rejetée. Ses camarades de Dragonfly et le major Reynolds l'avaient prise telle qu'elle était, eux aussi, sans l'obliger à justifier sa présence. Aucun ne l'avait traitée avec condescendance, personne ne s'était moqué de sa petite carrure. Ils étaient devenus sa famille.

Néanmoins, Bridgette demeurait réaliste. Même les plus belles amitiés rencontraient des obstacles. Comme elle avait essayé de le faire comprendre à Gladys, le temps relâchait les liens, effaçait les souvenirs. La vie était ainsi. Voilà ce qui expliquait sans doute pourquoi elle était déprimée, ce jour-là, à tel point qu'elle était même impatiente de revoir le visage amical et souriant de Marcel Fouchard.

* * *

— Vous avez du courrier, Herr Bauer, annonça Ludwig Muller.

En ce lundi matin, Chris venait d'arriver à l'académie. Il lui remit une petite enveloppe en vélin. Son sourire narquois et surtout le fait qu'elle ne soit pas scellée étaient éloquents : Muller avait lu son contenu.

— Cette lettre a été ouverte, objecta Chris.

— Elle est arrivée dans cet état. Le coursier de l'Abwehr qui l'a livrée en est peut-être responsable.

— Hum…

Sous les yeux de Muller, Chris balaya son espace de travail du regard, puis il ferma la porte. Un frisson d'appréhension le parcourut. Son supérieur semblait plus soupçonneux, soudain. Conscient qu'il scrutait ses moindres gestes depuis son arrivée, Chris avait éliminé certaines pages compromettantes de son agenda et avait recommandé à Jules Garnier d'en faire autant. Les deux hommes étaient persuadés qu'un employé fouillait les bureaux en dehors des heures de cours. Pour Chris, le coupable n'était autre que Muller. Il lui avait tendu un piège, un message concernant un élève que l'enfant devait remettre à son père. Or il était interdit aux enseignants d'établir un contact direct avec les parents.

Comme il s'y attendait, Ludwig avait convoqué ses subalternes l'après-midi même pour leur rappeler cette règle de l'académie. Lui seul était habilité à voir les parents, avait-il insisté avec un regard appuyé sur Chris.

La lettre venait du général Konrad March :

« Veuillez nous faire l'honneur de vous joindre à nous pour le dîner, après votre leçon d'aujourd'hui. M. Wagner sera également des nôtres. »

Seigneur, songea Chris. Une invitation formelle. Le général s'attendait peut-être à ce que Ludwig la lise. Pourquoi une invitation écrite, sinon ? Hans aurait pu lui en faire part oralement chez le général. Était-ce pour s'assurer de la présence du précepteur, qui avait peut-être prévu autre chose ? L'idée venait certainement de Wilhelm et son père ne voulait pas qu'il soit déçu.

Néanmoins, quelque chose le gênait dans ce déjeuner, une réaction instinctive que le major leur avait appris à ne jamais prendre à la légère. Le jeune homme n'avait donné au général aucune raison de se méfier, et Limpet non plus. March ne pouvait savoir que Claus Bauer avait photographié la lettre de l'amiral Canaris. Mieux valait jouer la prudence et mettre Limpet en garde.

La veille, il s'était réveillé sans le moindre regret d'avoir décidé de rester à Paris. Le choix des autres ne l'étonnait pas, même s'il déplorait qu'ils ne soient pas rentrés à la maison. Il aurait été rassuré de les savoir en sécurité. Il avait eu une idée pour leurs retrouvailles à New York : une visite chez un tatoueur pour se faire tatouer une libellule.

Quoi qu'il en soit, Chris était comme un renard dans un poulailler. Il n'était pas question qu'il renonce à cette source de renseignements inespérée. Hélas, il devrait pour cela abuser de la confiance d'un père et son fils que Limpet et lui avaient appris à apprécier. La confiance était une clé qui ouvrait tous les coffres-forts, car elle rendait les gens désinvoltes, tel le général, qui avait laissé la lettre de l'amiral sur son bureau, à la vue de tous. Quel choc ! Si Chris avait su lire entre les lignes, le chef de l'Abwehr allemande était un traître au régime nazi.

* * *

Lundi matin, en jetant un coup d'œil par la fenêtre de sa chambre tout en se rasant, Bucky comprit que la journée serait morne. À cette époque de l'année, dans l'Oklahoma, il faisait un temps superbe, un froid sec sous un ciel bleu, l'idéal pour jouer au football. Il chassa cette image de son esprit. Il profiterait plus tard de ces automnes, chez lui, en songeant à ses aventures parisiennes de novembre 1942.

Il devait rester car sa société d'ingénierie avait signé un contrat pour la construction d'un site secret, dans les Alpes françaises, où les nazis prévoyaient de construire des armes capables d'envoyer des bombes outre-Manche. Les travaux commençaient en janvier. S'il mettait la main sur les plans, le projet ne verrait pas le jour.

Depuis la réunion au *Celtic*, Bucky se méfiait particulièrement de Dirk Drechsler, une véritable bombe à retardement, selon lui. Reynolds avait des raisons de s'inquiéter. Le sergent attendait peut-être d'en savoir davantage avant de le dénoncer. Tant qu'il ne le soupçonnait pas d'être américain, il ne verrait pas en lui un espion. Et s'il était arrêté pour ce fait, il avait une histoire à raconter et son chef la confirmerait. Il était un Américain engagé par une société française avant la guerre et il n'avait pas eu le temps de quitter le pays avant la fermeture des frontières. Il avait jugé bon d'avoir sur lui de faux papiers, pour se protéger.

Ses camarades pouvaient compter sur lui pour éviter les ennuis. Un homme averti en valait deux, non ? Horace Barton disait toujours qu'il fallait anticiper. De plus, le major oubliait qu'ils avaient un lieu de repli. S'il était grillé, le Français les en aurait informés. Lodestar poursuivrait donc ses activités jusqu'à ce que ces précieux plans soient entre les mains des Alliés.

En attendant, le jeune homme s'inquiétait pour les autres membres de Dragonfly.

Lorsque Bucky descendit, Dirk Drechsler enfilait son pardessus. Il eut l'impression que le sergent le guettait.

— Bonjour, monsieur Beaulieu. Je vois que vous partez, vous aussi. Et si nous prenions le métro ensemble ?

Morne lundi…

— Eh bien… pourquoi pas ?

Ils n'avaient que dix minutes de marche. Il avait passé son dimanche à flâner parmi les bouquinistes dont les présentoirs vert foncé bordaient certains quais de la Seine.

— Qu'avez-vous fait de votre fin de semaine ? s'enquit Drechsler. On ne vous a pas vu, samedi.

— C'est parce que vous étiez aux puces.

Un signal d'alarme retentit dans la tête de Bucky. Pourquoi ne parlait-il que de samedi ?

— Hein ? Ah oui ! Les puces…

— Vous avez eu du succès ? demanda Bucky.

— Comment cela ?

— Aux puces.

— Oui. Mes vêtements sont partis rapidement.

— Où ça ?

— Hein ?

— Vos vêtements. Vous dites qu'ils sont partis…

— Façon de parler. Je m'exprime comme un Américain, expliqua Dirk. Quelqu'un me les a pris.

— On vous les a pris ? Qui ça ?

— Non, je voulais dire… Laissez tomber. Qu'avez-vous fait samedi ? coupa Dirk, impatient. À quoi avez-vous consacré votre journée ?

Bucky fit mine de s'indigner :

— Pourquoi ces questions ? C'est un interrogatoire ?

— Pas du tout, bredouilla Dirk, en rougissant. Simple curiosité. Nous, les Américains, on aime bien connaître les loisirs des Français.

— *Nous ?* Vous voulez dire que tous les Américains sont ainsi ?

— Non, uniquement moi, en réalité. En tant qu'ami…

Ils étaient arrivés à la station de métro.

— Monsieur, je vais vous laisser. Je vais être en retard au bureau. Je vous souhaite une bonne journée. Au revoir.

Dans la foule des voyageurs, troublé par l'intérêt que lui portait le sergent, Bucky se réjouit au moins d'une chose : Dirk Drechsler ne se doutait pas qu'il était américain, lui aussi.

* * *

« Un écrivain célèbre retrouvé noyé dans la Seine » annonçait la une de l'édition du 2 novembre du journal *Le Temps.* En passant devant la réception pour se rendre à la salle d'armes, Victoria vit le journal posé sur le comptoir. Saisie d'un terrible pressentiment, elle s'arrêta pour lire le nom du défunt : Armand Fournier !

Un pêcheur avait remonté le corps sur la rive. La jeune femme eut un frisson d'effroi. Elle avait oublié que l'écrivain se trouvait à Paris jusqu'à ce que son nom soit prononcé lors de la soirée de la veille, qu'elle avait passée en compagnie du colonel Albrecht. Si les premières constatations n'évoquaient pas un crime, une enquête était en cours pour déterminer la cause de sa mort. L'autopsie révélerait sans doute un quelconque malaise dû à une rupture d'anévrisme ou une crise cardiaque, par exemple. Toutefois, un membre de la famille se demandait ce qu'il faisait au bord de l'eau. Cela ne lui ressemblait pas, d'autant qu'il ne savait pas nager.

Victoria se dirigea d'un pas lent vers la sortie du meublé. La mort d'Armand Fournier était tragique, certes, mais elle se sentait plus légère. Ce goujat ne risquait plus de l'identifier comme elle le redoutait, après sa conversation avec le colonel, la veille.

La liste des personnalités que ce décès prématuré stupéfiait la portait à croire que Fournier fréquentait certains amis de Dieter Albrecht. Elle ne connaissait que trop bien le fonctionnement des cercles privilégiés et influents. Viviane Colbert *alias* Victoria Grayson aurait vite été associée à Armand Fournier.

En temps normal, elle aurait eu peu de chances de le croiser, à part une rencontre fortuite dans la rue. Lors du dîner, elle avait cependant accepté une proposition qui aurait fini par la placer sur le chemin de Fournier. Elle se remémora la scène.

À bord de la voiture du colonel, elle s'interrogeait sur leur destination et ses intentions. Dans un silence pesant, et contre toute attente, il l'emmena dans un petit café fermé le dimanche. Ils trouvèrent une table dressée avec élégance, avec du feu dans la cheminée, un seau à champagne et une carafe de vin.

Très empressé, le patron voulut prendre leurs gants et manteaux.

— Les vôtres aussi, mademoiselle.

— Non ! répondit-elle un peu trop vite.

Elle tenait à garder près d'elle l'ampoule de cyanure dissimulée dans sa doublure.

— À votre guise. Du potage pour commencer, monsieur ?

— Un plat nourrissant et réconfortant, j'espère, Émile ?

— Comme vous me l'avez demandé, colonel.

En dépliant sa serviette pour la poser sur ses genoux, Victoria dévora des yeux la corbeille de pain frais. Le colonel la lui tendit. La jeune femme eut l'eau à la bouche. Feignant l'indifférence, elle prit un morceau de pain.

Dieter n'était pas dupe.

— Mademoiselle Grayson, ne faisons pas de manières. Vous mourez de faim et cela me fait de la peine. Cette situation est insupportable et j'en veux terriblement à Hitler, même si ce n'est pas ma seule raison. Permettez-moi d'apaiser mes tourments et de me racheter, en quelque sorte.

Ils étaient seuls dans la salle mais Victoria ne put s'empêcher de scruter les lieux. Il avait dit « Hitler » et non le « Führer », terme cher aux dirigeants nazis, et critiqué ouvertement le dictateur. Il frisait la sédition et risquait gros si ses propos parvenaient aux oreilles de certaines personnes. Était-ce une bévue ou un stratagème visant à faire croire à la jeune femme qu'il partageait le point de vue des Américains sur ce tyran qui avait déclenché une guerre mondiale ? Les membres du SD ne parlaient pas à tort et à travers.

— Je crains de ne pouvoir vous soulager sur ce plan, colonel.

— Respectez au moins mon esprit sportif. En tant que partenaire d'entraînement, vous ne devez pas perdre vos forces.

— Pourquoi ?

Il rit doucement et lui servit du vin.

— Ce n'est pas ce que vous croyez, je vous l'assure. Allons, mademoiselle Colbert, après votre réaction face au lieutenant, me croyez-vous assez fou pour tenter le diable ? Si vous aviez pu saisir une épée…

— Alors, pourquoi ?

— J'ai des scrupules à gagner contre une adversaire affamée.

— J'apprécie votre sollicitude, colonel, mais je ne saurais me gaver en sachant que mes voisins ont le ventre vide, dans mon hôtel.

— Nous devrons y remédier également, dans ce cas.

C'est ainsi que, de bon matin, elle et les neuf résidents du meublé trouvèrent des cartons de provisions devant la porte. Il y avait aussi des tickets de rationnement : viande, lait, beurre, fromage. Bouche bée, ils observèrent les précieuses denrées qui leur étaient manifestement destinées. Dès que Victoria ouvrit la porte de sa chambre, toutes les têtes se tournèrent vers elle. Ils semblaient tristes en pensant au prix qu'elle avait dû payer pour obtenir ce trésor. La veille, ils l'avaient vue rentrer à bord d'une voiture de fonction allemande à côté d'un séduisant colonel membre de la SS.

Au fil de la soirée, dans ce café privatisé pour eux, le colonel lui raconta ses études à Oxford, ses voyages à travers l'Amérique. Il la fit même rire en imitant l'accent texan.

La situation était surréaliste. Elle bavardait avec un officier SS en uniforme des derniers films et romans d'Outre-Atlantique, du championnat de football américain, de sa famille. Face à ses réponses laconiques, il lui confia son admiration sans bornes pour ses parents et sa tendresse pour sa petite sœur, une violoncelliste de talent. Victoria évoqua alors le cœur fragile de sa mère.

Le nom d'Armand Fournier surgit lorsque le colonel lui demanda si elle aimait son travail de traductrice.

— Sauf si je traduis le roman d'un auteur que je n'aime pas.

— Lequel, par exemple ?

— Armand Fournier, l'auteur de *La Cathédrale du silence.* J'espère qu'il ne compte pas parmi vos amis.

— Une vague connaissance.

Albrecht détourna aussitôt la conversation.

En repensant à cet échange, en ce lundi matin, Victoria crut avoir perçu un changement dans l'expression du colonel à la mention de Fournier. Il s'était vite ressaisi. Dieter Albrecht était coupable de tant de crimes ! De là à le soupçonner d'avoir quelque chose à voir avec la noyade de l'écrivain… À la nuit tombée, ils avaient allumé des chandelles. Repue, éméchée, elle avait accepté de danser avec le cobra qu'était Albrecht.

— L'avant-première des *Visiteurs du soir* a lieu au cinéma de la Madeleine, samedi soir. On dit que c'est l'un des meilleurs films de l'année. Aimeriez-vous y assister avec moi ?

Victoria avait lu que seuls les officiers supérieurs allemands et les officiels du régime de Vichy étaient conviés. Au moment de refuser, elle se rendit compte que cet homme était une source de renseignements inespérée, maintenant que sa quête d'un pilote américain abattu ne risquait plus de la trahir. Le colonel fréquentait les stratèges nazis. Il avait ses entrées dans les salons et les soirées où l'on échangeait rumeurs et dernières nouvelles en buvant du champagne.

En se mêlant aux invités au bras de Dieter, elle glanerait certainement des renseignements d'une valeur inestimable pour les Alliés. Le major Reynolds ne devait rien savoir de ce projet, car coucher avec l'ennemi ne faisait pas partie de sa mission. Il l'exfiltrerait à la première occasion. Mais comment renoncer à cette occasion unique ?

Elle devrait jouer finement, car le colonel s'attendait à de la froideur et une certaine résistance de sa part.

— Ai-je vraiment le choix ? demanda-t-elle.

Il parut sincèrement mortifié.

— Mademoiselle Grayson, vous ai-je donné l'impression de profiter de mon statut pour vous contraindre à agir contre votre volonté ?

— N'est-ce pas le cas ? répliqua-t-elle d'un ton glacial.

— Je croyais que vous appréciiez nos entraînements dominicaux. Au vu des circonstances, je comprends que vous vous mépreniez sur mes intentions. Croyez-moi, j'ai beau vous trouver d'une beauté incomparable, vos craintes sont injustifiées. Donnez-moi au moins la possibilité de vous le prouver.

— Comment comptez-vous vous y prendre ?

— Permettez-moi de pratiquer mon anglais, à l'occasion. Sans vous accaparer, j'aimerais partager un repas avec vous de temps en temps, vous emmener à une soirée. Cela nous changerait plaisamment les idées.

— Vous auriez tôt fait de vous ennuyer.

— J'en doute. Et si je commençais à vous le prouver samedi soir ?

— Si vous voulez...

Il arqua les sourcils.

— Vous… vous acceptez donc mon invitation ?

— Oui. J'aimerais voir ce film.

— Mademoiselle Colbert… Grayson… Victoria ! Je suis ravi !

Il lui prit la main pour la porter à ses lèvres.

— Ne le soyez pas. Je ne vous promets pas d'être de bonne compagnie.

— Je prendrai grand plaisir à admirer votre beauté et à converser avec vous.

C'était une forme de contrainte différente de celle à laquelle ces hommes avaient recours pour obtenir les faveurs d'une femme réticente. Elle songea un instant à l'*Oberleutnant* Peter Janssen. Heureusement, le colonel Dieter Albrecht n'avait sans doute pas l'intention de la prendre de force. Il serait charmant et courtois dans l'espoir de la séduire. Il allait être déçu ! Jamais elle ne fraterniserait avec l'ennemi. Toutefois, elle serait jugée comme si c'était le cas. Elle aurait l'air au mieux d'une Française couchant avec un officier SS, au pire d'une collabo. À en juger par le regard noir de la concierge de son hôtel, les rumeurs allaient déjà bon train.

* * *

— Wilhelm ne dîne pas avec nous, ce soir ? demanda Chris.

En se présentant pour sa leçon, il avait appris que son élève était parti assister à une rencontre de football avec Hans. Le général lui avait expliqué qu'il avait obtenu des places au dernier moment et que l'enfant était très désireux d'y aller. De plus, il était un peu tard pour annuler le dîner. Hans avait préparé un repas froid mais succulent, à n'en pas douter. Ils se serviraient eux-mêmes.

— Et Mme Gastain ? Ne devait-elle pas être des nôtres ? insista Chris, mal à l'aise.

— Nous serons entre hommes, ce soir. Je passerai la voir après le dîner. Elle m'a invité à boire un verre chez elle.

C'était déconcertant. Dès que leur hôte se fut absenté un instant pour aller chercher une bouteille de vin, Chris demanda à Brad :

— Qu'est-ce qui se passe ? Tu sembles préoccupé par les paroles du général.

— Je doute que Mme Gastain l'attende, répondit Brad à voix basse.

Sa logeuse n'y avait pas fait mention lorsqu'il l'avait croisée, alors qu'il partait chez le général. Coiffée d'un fichu, elle couvrait ses plants pour les protéger du gel.

— Elle n'était en rien apprêtée pour une visite du général. Or, d'après son domestique, elle passe des heures à se pomponner.

— Tu crois qu'elle a oublié ? hasarda Chris.

— Elle s'en serait souvenue en apprenant que je venais ici, non ?

Chris sortit l'invitation de sa poche.

— Ce dîner est un peu bizarre, admit-il. J'ai reçu ça par coursier, aujourd'hui. Elle a dû partir avant que March n'obtienne ces fameux billets.

— Il aurait pu dire à Hans de t'inviter quand tu es venu donner sa leçon à Wilhelm, cet après-midi.

— Absolument. Cette soirée est louche. Le gosse est absent, Mme Gastain n'est pas au courant. Je me fais peut-être des idées…

Brad opina du chef.

— Hans m'a dit que Wilhelm avait eu des ennuis avec son père, hier, après un accès de colère, parce que le général refusait de nous inviter à partager leur poulet. Il nous a peut-être conviés pour se racheter auprès de son fils. Nous ne lui avons fourni aucune raison de douter de nous, après tout.

— À moins que l'Abwehr n'ait une taupe au sein du poste de Berne.

— On aurait déjà été interceptés, assura Brad. Ne prenons aucun risque et restons en alerte, ce soir.

Après le dîner, le général consulta sa montre.

— Mme Gastain m'attend, annonça-t-il. Je dois partir avant la fin de la rencontre de football. Accepteriez-vous d'attendre ici le retour de Hans et Wilhelm ? Depuis que ma femme nous a quittés… Je préfère qu'il ne trouve pas la maison vide. Il sera impatient de raconter sa soirée.

Brad se tourna vers Chris, qui hocha la tête.

— Bien sûr, général. Avec plaisir, répondit-il.

Dès que l'officier se fut retiré, Chris demanda :

— Qu'est-ce que tu en penses ?

— C'est le moment ou jamais de visiter le bureau du général.

— À moins qu'il ne s'agisse d'un piège, objecta Chris en désignant la console de l'entrée. Le général a oublié la bouteille de porto qu'il destinait à Mme Gastain. Mais s'il a vraiment rendez-vous avec elle, on devrait peut-être tenter notre chance. Tu montes fouiner et moi je fais le guet au cas où il revienne chercher le porto. Je dirai que tu es aux toilettes.

Le général ne revint pas. Dix minutes plus tard, Brad rejoignit Chris, un peu mal à l'aise. Dans sa poche, l'appareil Minox recelait l'image d'une liste de noms et d'adresses d'agents infiltrés de l'Abwehr au Royaume-Uni.

Hans et Wilhelm apparurent presque aussitôt, de sorte que Brad dut attendre que Chris et lui prennent enfin congé pour lui parler de cette liste.

— Où l'as-tu trouvée ?

— Sur le bureau, glissée dans un album de photos, sous une pile d'ouvrages. À mon avis, il l'a cachée là en attendant de la mettre sous clé. Je l'ai remise en place, au cas où le général nous soupçonne vraiment et ait noté l'ordre des livres. Cette liste valait la peine d'être immortalisée, Lapwing.

— N'empêche, ça sent le traquenard, selon moi, répondit Chris. Le général nous laisse seuls chez lui pour rendre visite à une femme qui ne l'attend pas et il nous donne accès à une liste d'agents étrangers facile à trouver. C'est presque du travail d'amateur, quand on y pense.

Il noua son écharpe autour de son cou, parcouru d'un frisson qui n'avait rien à voir avec le froid.

— Je joindrai une note sur nos doutes en transmettant la liste à un intermédiaire. Le major décidera s'il convient d'exploiter ces renseignements, conclut Brad. Il faudra plusieurs jours pour vérifier leur authenticité. S'il exploite ces noms et s'ils sont bidons, on saura qu'on s'est fait avoir.

— S'ils sont authentiques… si les agents sont démasqués…

— Le général saura que l'information venait de quelque part, compléta Brad. Il soupçonnera d'abord ses hommes, sans doute. C'est pourquoi la liste se trouvait chez lui. Personne ne fait confiance à cet uniforme. Et nous aurions le temps de partir. Je pense que, d'ici deux jours, on saura si on doit filer. Labrador nous laissera un signal codé. Un trait sur nos symboles.

— Et si le major n'exploite pas ces noms, on ne risque rien, renchérit Chris. Je vais me faire porter malade. Il faudra vérifier la fresque toutes les heures. Tu peux te libérer ?

— Mon emploi du temps est souple, acquiesça Brad. Il faudra se méfier du gardien de la p…

Il se tut et écarquilla les yeux. Chris se retourna pour voir ce qui l'avait interrompu. La maison de Mme Gastain était plongée dans le noir et ils n'avaient pas croisé le général rentrant chez lui.

— Il a peut-être eu de la chance et ils sont montés se coucher, hasarda Brad.

— Peut-être… ou pas. Limpet ?

— Oui ?

— Pourvu qu'on se fasse des idées.

Cette nuit-là, ils ne trouvèrent pas le sommeil, prêts à partir, leurs appareils explosifs et leur ampoule de cyanure à portée de main. Chris ne regrettait pas que Brad ait pris un tel risque. Il aurait fait la même chose. Cependant, cette liste avait été trop facile à trouver. Le chef de l'Abwehr avait pu se montrer désinvolte une fois, mais pas deux, surtout avant de recevoir des invités et de les laisser seuls chez lui… Le mal était fait, ils n'avaient plus qu'à patienter pour connaître la suite des événements.

Ce soir-là, en regagnant son domicile, March monta directement dans la chambre de Hans. Au lieu de se rendre chez Mme Gastain, il était parti dans la direction opposée. Jamais il n'aurait dérangé la charmante veuve sans être invité. Il la verrait le soir de l'avant-première. Le froid et le brouillard l'avaient enveloppé tandis qu'il marchait dans les rues sombres le temps que son piège se resserre. Il restait persuadé qu'il n'y avait pas de taupes chez lui.

— Avez-vous mis de côté les verres à vin avec des étiquettes à leurs noms ? demanda-t-il à son aide de camp.

— Oui, général. Dans un sac, sur votre bureau.

— Merci, Hans.

Konrad March monta dans son bureau et, ôtant ses gants, glissa la liste d'agents infiltrés au Royaume-Uni dans le sac contenant les verres à vin. Le lendemain, il porterait le tout au siège de l'Abwehr pour faire relever les empreintes digitales sur les verres et les comparer à celles présentes sur la liste.

20

Une douleur lui enserrait la poitrine. Oppressé, Marcel aurait pu croire à une crise cardiaque s'il n'avait pas connu l'origine de son malaise. Ses rêves, ses espoirs, son avenir venaient de s'écrouler derrière une porte dérobée de la chambre de Bernadette Dufour. C'était une espionne, une menteuse, une traîtresse ! Lui qui avait cru en elle, persuadé que la fresque n'était qu'une peinture innocente. Et son chef, qui l'avait incité à protéger cette espionne ! Depuis le départ, il soupçonnait quelque activité clandestine. Il aurait dû aller à l'encontre des ordres de son bon à rien de commissaire et alerter la Gestapo ! Il aurait ainsi évité la souffrance qui le tenaillait en cet instant.

Samedi, bouleversé par sa découverte, il avait gardé le lit, la tête cachée sous les couvertures. Depuis son enfance, il se réfugiait toujours entre les draps pour oublier la cruauté de la vie, son père, sa marâtre, ses professeurs, ceux qui le tourmentaient, les filles qui se moquaient de lui. Et voilà que Bernadette Dufour lui infligeait la pire des désillusions. Dans son lit, il pouvait panser ses blessures et préparer sa vengeance. Il lui fallut le reste du samedi, le dimanche et le lundi pour sortir la tête de l'eau.

En ce mardi matin, il était de retour à son poste. Il avait pris soin d'arriver après le départ de Bernadette. Il avait un plan. Non, il ne la dénoncerait pas à la Gestapo. Il attendrait que la Milice française entre en action, le 30 janvier. Il prouverait à ses responsables qu'il était digne d'intégrer cette nouvelle police paramilitaire à la solde de Vichy. Il leur livrerait Bernadette Dufour sur un plateau. Quelle entrée fracassante ! Entre-temps, il aurait capturé ses complices dans ses filets pour déchiffrer le code de la fresque. Il gravirait vite les échelons de la Milice ! Il était impatient de voir la tête de Bernadette et des autres quand ils seraient arrêtés et que leur précieuse fresque serait effacée de la surface de la Terre. L'amour qu'il avait ressenti pour la jeune femme avait un goût de cendres. L'amour et la haine n'étaient pas si éloignés.

* * *

Serge Beaulieu était absent de la table du petit déjeuner. Dirk frappa à sa porte, mais l'ingénieur ne répondit pas. D'après Mme Dupré, il était parti plus tôt que d'habitude. Dès la fin du couvre-feu, précisa-t-elle.

Dirk était au bord de la panique. Beaulieu avait-il filé ? Était-ce le sujet de la réunion de la veille, au café ? Le sergent avait prévu d'intercepter le Français pour avoir une conversation avec lui. Il lui dirait d'appeler ses supérieurs pour se faire porter malade. Dirk raconterait la même histoire au capitaine, lors du petit déjeuner. Il était même prêt à jouer la comédie si son supérieur lui refusait une permission. Depuis ses découvertes du samedi précédent, il avait beaucoup réfléchi avant d'aborder le Français pour lui faire part de ce qu'il savait. Son affaire était en bonne voie ! Il quitterait ce maudit pays avant que les Alliés ne débarquent et ne le fusillent pour trahison.

— Savez-vous où le trouver ? demanda-t-il à Mme Dupré.

— Non, sergent.

Elle ment, songea-t-il avec une envie de la frapper. La logeuse savait certainement comment joindre ses locataires en cas d'urgence. Le prenait-elle donc pour un imbécile ?

— Il est au travail ?

— Je le suppose.

— Où travaille-t-il ?

— Je l'ignore, sergent.

— Vous ne savez donc rien de vos locataires ? s'emporta-t-il en haussant le ton.

Mme Dupré le foudroya du regard.

— Depuis que l'armée allemande a envahi mon pays, j'en sais le moins possible, monsieur.

Les autres pensionnaires haussèrent les épaules et secouèrent négativement la tête. Tant pis. Depuis samedi, mille questions se bousculaient dans la tête de Dirk. Que mijotaient donc ces jeunes gens qui étaient sortis du café l'un après l'autre ? Nicolas

Cravois était-il présent ? Il se serait alors éclipsé en toute discrétion. Pour qui travaillaient-ils ? La Résistance, l'OSS, le SOE ? L'aideraient-ils à partir en échange de ce qu'il savait ? Il ne voulait pas impliquer Chris. Dirk s'en irait sans que son ami ne sache qu'il était venu à Paris et qu'il l'avait vu. Un jour, peut-être, quand il serait de retour chez lui… Pour l'heure, Serge Beaulieu constituait son billet de sortie. Sans lui, il était fichu.

— Madame Dupré, M. Beaulieu portait-il un sac, en partant ?

— Je ne l'ai pas remarqué.

— Naturellement…

Lors du petit déjeuner, il n'avait pas eu à jouer la comédie auprès de ses supérieurs.

— Bien sûr, sergent. On se passera très bien de vous.

Il avait donc la journée devant lui et il était déjà à bout de patience. Pour passer le temps, il décida de se rendre à l'adresse où il avait vu Beaulieu en compagnie de Nicolas Cravois, le légendaire Spectre noir, non loin de la station Pont de Sèvres. Pour s'assurer de revenir en vie, il dirait au responsable de la Résistance qu'il avait pris des précautions, puis il lui proposerait un marché : son silence à propos de Serge Beaulieu en échange de l'aide du Spectre noir pour gagner la Suisse. Tout dépendait de l'importance qu'avait Beaulieu à ses yeux.

Il tremblait à l'idée de rencontrer Cravois et n'osa pas frapper à la porte directement. Il fit le guet à l'abri d'un mur, mais ne vit personne entrer ou sortir. Au bout d'une heure, gagné par la lassitude, transi de froid, il traversa la rue en direction de la maison.

Une femme lui ouvrit, une femme de ménage, à en juger par son foulard et son tablier usé. Armée d'un balai, elle sursauta face à l'uniforme de Dirk.

— Oui, monsieur ?

Dirk tenait un crayon et une feuille de papier posée.

— Je relève les noms des résidents de cette rue, madame. Qui vit à cette adresse ?

— En ce moment, personne. Les propriétaires sont partis en Suisse et je ne connais pas leur nom. J'ai été engagée pour faire le ménage en leur absence.

— Je préfère en juger par moi-même.

Dirk pénétra dans un couloir jalonné de portes. Il flottait une odeur de renfermé. Les meubles étaient couverts de draps blancs. La cuisine était rangée et inutilisée, les matelas nus et les armoires vides.

La femme de ménage suivit le sergent sans lâcher son balai.

— Merci, madame, conclut le sergent.

Avant de partir, il déplia sa feuille de papier, l'avis de recherche concernant Nicolas Cravois.

— Avez-vous déjà vu cet homme ?

— Non, monsieur.

— Le nom de Serge Beaulieu vous dit quelque chose ?

— Non.

— *Danke.*

À l'issue de cette mission infructueuse, le sergent se remit en route pour la pension. S'il avait regardé par-dessus son épaule, il aurait vu la femme de ménage, sans fichu ni tablier, se précipiter dans la direction opposée avec une énergie décuplée.

* * *

Le mardi, en fin de matinée, un employé du service des empreintes digitales du siège de l'Abwehr déposa une enveloppe sur le bureau du général March.

— Les rapports que vous aviez demandés, général. Voulez-vous que je vous les traduise ?

— Non merci. Je prends le relais.

Bernhard Wagner et Claus Bauer seraient-ils lavés de tout soupçon ou étaient-ils, au contraire, des espions à la solde de l'ennemi ? Ils ne pouvaient travailler pour la Résistance, qui recrutait des Français, mais plutôt pour l'OSS ou le SOE. À moins qu'ils ne soient des taupes de la SS ou du SD venus vérifier sa loyauté au régime…

Il avait peine à le croire, car la liste n'avait pas bougé. Ces garçons étaient peut-être en mission pour autre chose et auraient profité de l'occasion qui s'offrait d'obtenir des renseignements. L'enveloppe contenait deux séries d'empreintes, une par verre et celles figurant sur la liste d'agents allemands opérant aux Royaume-Uni. Les empreintes relevées sur la liste correspondaient à celles du verre B, celles de Bernhard Wagner.

Konrad en eut le souffle coupé. Son ami le pêcheur à la ligne, le camarade de jeu de son fils, était un espion ! Il aurait dû suivre son instinct après avoir entendu des bribes de sa conversation avec

Allard, le marinier, en septembre. *Le moins vous en saurez, capitaine…*

Pour qui travaillait-il ? Le général pouvait arrêter Allard pour l'interroger, mais pas tout de suite. Il décrocha son téléphone et, pour tromper les écoutes éventuelles, composa un numéro qui ne suscitait aucun soupçon, celui d'un correspondant que March était susceptible d'appeler de temps en temps pour des raisons professionnelles, malgré la rivalité entre leurs deux services.

— Bonjour cher ami ! lança Konrad avec entrain. J'ai un rapport intéressant que je te transmets par les voies habituelles.

Deux heures plus tard, en civil, à bord de sa voiture personnelle, il se rendit dans une banlieue verdoyante de la capitale. À cette heure de la journée, le parc était désert. Il s'assit pour attendre la personne à qui il avait fixé un rendez-vous grâce à un code. L'homme surgit bientôt des sous-bois. Face à cet officier en uniforme noir de la SS, avec son brassard rouge, qui s'avançait sous les branches nues des arbres, il ne put s'empêcher de penser à la foule des malheureux promis à la mort. Ravalant une sensation de nausée, Konrad se leva et ôta un gant.

— Dieter ! fit-il en tendant la main. C'est gentil d'avoir accepté de me voir.

Le colonel Albrecht accepta sa poignée de main.

— Tout le plaisir est pour moi, Konrad. Qu'est-ce qui t'arrive ?

Les deux hommes s'installèrent sur le banc.

— Je viens de découvrir que je suis le voisin d'un agent secret.

— Mme Gastain ?

— Non, pas elle, Dieu merci. Son locataire, qui vit au-dessus de l'ancienne écurie. Il travaille pour un marinier qui dirige aussi un club de pêche à la ligne. Oui, nous partageons cette passion… Ce garçon joue au football avec mon fils, qui l'adore. Je l'aime bien, moi aussi.

— Ah… une bien triste situation.

— C'est l'un de tes hommes ? demanda posément Konrad.

— Non.

— Tu es sûr ?

— Certain.

— Il est de la Waffen-SS, alors ?

— Je serais au courant.

— La Gestapo ?

— Ils n'oseraient pas piétiner mes plates-bandes.

Cet échange amical ne trahissait en rien la rivalité entre deux chefs d'organisations de renseignement. En 1938, Hitler avait établi le SD ou *Sicherheitsdienst*, division de la SS, en tant que service de renseignement militaire du parti nazi pour détecter les opposants de tout poil au sein du gouvernement, de l'élite intellectuelle, du clergé ou de l'armée, avant de les éliminer quels que soient les moyens nécessaires. Des agents opéraient partout, y compris dans l'armée, la Gestapo étant chargée de débusquer les ennemis du Troisième Reich parmi les nazis qui semblaient moins exaltés par la cause du Führer.

Un conflit faisait rage entre l'Abwehr de l'amiral Canaris et le SD, que dirigeait le pire ennemi de l'amiral, Heinrich Himmler. Les coups bas étaient fréquents. Hitler avait ordonné au SD d'enquêter sur plusieurs officiers de l'Abwehr soupçonnés de fomenter des attentats contre lui. En apparence, March et Albrecht se détestaient, mais les apparences étaient souvent trompeuses. Le chef du contre-espionnage du SD et celui de l'Abwehr en France étaient membre d'un club très privé de frères d'armes engagés dans des affaires hautement secrètes.

— Tu comptes l'arrêter pour l'interroger ? s'enquit Dieter quand Konrad lui eut résumé la situation.

— Non. Je vais le laisser mijoter le temps de découvrir pour qui il travaille. Je le saurai tôt ou tard. La liste de noms d'agents était authentique. Si les miens sont grillés, je saurai qu'il est du SOE ou de l'OSS. Sinon…

March haussa les épaules, sous-entendant que Bernhard Wagner œuvrait pour la SS ou la Gestapo afin de le faire tomber, lui, pour trahison.

— Bonne idée, admit Dieter Albrecht. Une fausse liste aurait indiqué à ceux qui l'étudient que leur agent était compromis. Tu as donc débarrassé le Reich de… quinze atouts susceptibles de faire du tort aux Alliés. Tes agents ne seront pas trop maltraités. Les Britanniques sont honorables envers leurs prisonniers. Espérons que ton espion soit du côté des Britanniques ou des Américains. Que feras-tu de lui si c'est le cas ?

— Je lui fournirai des informations qui rendront ses chefs complètement fous.

— Sois prudent, Konrad, je t'en conjure. Ce n'est pas parce qu'il est à la solde des Américains ou des Anglais que d'autres organisations ne s'intéressent pas à ton cas.

— Je redoublerai de prudence. Je suis amoureux…

— Ah bon ? De qui ? s'étonna Dieter.

— De Jacqueline Gastain, ma ravissante voisine.

— Et c'est un amour réciproque ?

— J'ai l'espoir qu'il le sera un jour. Je l'ai invitée à l'avant-première des *Visiteurs du soir*, samedi prochain.

— On s'y croisera sans doute ! J'emmène pour ma part la délicieuse Viviane Colbert, ma partenaire d'escrime.

— On dirait bien que tu es amoureux, toi aussi, mon vieux.

— C'est possible.

— Et c'est un amour réciproque ? railla Konrad.

— Hélas non, répondit Dieter Albrecht. Je n'ai aucun espoir qu'il le soit un jour.

* * *

La veille, de retour à la pension en fin d'après-midi, Bucky avait eu un choc. Chaque jour, lors de ses allées et venues au travail, il guettait la présence d'un trait noir sur la première marche de l'escalier. En vain, ce qui n'avait rien d'étonnant, car il ne s'attendait pas à avoir des nouvelles de son père avant la fin de la guerre.

Lundi après-midi, son regard s'était enfin posé sur une marque. Les instructions de Nicolas Cravois étaient gravées dans sa mémoire : « Si je veux te contacter, tu trouveras une trace noire sur la contremarche de la première marche de ta pension. Les messagers ne sont pas sûrs. » Il ne pouvait se rendre auprès du platane de Passy à cette heure de la journée à cause du couvre-feu.

Mardi, il se mit en route aux aurores. Le jour n'était pas totalement levé quand il atteignit l'arbre qui se dressait en face de la maison de sa tante. Il en sortit un message succinct le prévenant que, la veille, un sergent de l'Abwehr sans doute américain était passé à la planque pour se renseigner sur Nicolas Cravois et Serge Beaulieu. Bucky se rappelait la femme au fichu qui leur avait servi à boire. Pourvu qu'elle ait pu partir à temps…

Comment diable cet abruti de Drechsler avait-il eu vent de cette adresse ? Il avait dû le suivre. C'était l'unique explication. Cela voulait-il dire qu'il l'avait aussi filé jusqu'au café de Montparnasse, samedi ? D'où ses questions insistantes sur ses activités de ce jour-là…

Bucky s'assit sur un banc et s'efforça de remettre de l'ordre dans ses pensées. À cause de lui, de sa négligence, Dirk Drechsler connaissait son lien avec Cravois et sans doute avec Liverwort et… son ami d'enfance, Lapwing ! Que faire ? Filer tant qu'il en avait encore la possibilité ? S'il était arrêté, il parlerait sous la torture. Son père serait pris au piège, ainsi que le reste du groupe Dragonfly et ils arrêteraient Mme Dupré.

Réfléchis ! s'intima-t-il. Ils étaient le 3 novembre et il avait vu son père le dimanche 11 octobre… quand Dirk avait commencé à s'intéresser à lui. C'était au moins un mystère de résolu. Pourquoi le sergent ne livrait-il pas ces informations ? En capturant Cravois sans tarder, il monterait en grade. De même pour Liverwort. Si seulement il pouvait en parler à Lapwing, qui connaissait très bien ce maudit Drechsler !

Bucky se remit en marche dans l'espoir d'y voir plus clair. Drechsler gardait le silence alors qu'il pouvait le dénoncer. Bucky ne transmettrait pas ses découvertes au major, qui les ferait tous exfiltrer sur-le-champ. Il retournerait à la pension en espérant que l'hypothèse selon laquelle Drechsler détestait sa mission et ses supérieurs était exacte. Il voulait simplement que la guerre se termine pour rentrer chez lui. Dans ce cas, le sergent retournerait peut-être sa veste pour travailler pour l'OSS. Quoi qu'il arrive, Bucky aurait son ampoule de cyanure à portée de main. Il ne serait pas capturé vivant.

* * *

Cet après-midi-là, de retour au couvent, Bridgette constata que Marcel était à nouveau à son poste. Elle s'inquiétait pour lui. Juste après la fin du couvre-feu, elle avait trouvé un message de Limpet, le pêcheur à la ligne, dans la boîte aux lettres. Il avait besoin d'un intermédiaire. Le major avait répondu : « C'est fait, heure et endroit habituels. » Bridgette s'était réjouie de pouvoir en informer Limpet grâce à son code sans être surveillée par Marcel.

Celui-ci observait la fresque avec attention, les sourcils froncés. Le sang de la jeune femme ne fit qu'un tour. Avait-il remarqué le détail supplémentaire sur le symbole de Limpet ? Elle afficha un air enjoué.

— Marcel ! Quel plaisir de vous revoir ! Je me suis fait du souci pour vous. Vous étiez malade ?

— En quelque sorte, bougonna-t-il sans son entrain habituel. C'est nouveau, ça, déclara-t-il en désignant le mollusque de sa matraque.

Étonnée par sa brusquerie, Bridgette répondit :

— Vous avez vraiment l'œil ! En effet, c'est une idée qui m'est venue ce matin. De temps à autre, il me prend l'envie d'ajouter quelques petites touches. Vous aimez ?

— Pas spécialement. C'est superflu, si vous voulez mon avis. Je vois que la ligne oblique a disparu.

Bridgette garda le sourire malgré le ton lourd de sous-entendus du gardien de la paix.

— Oui, j'ai trouvé un moyen de l'effacer. C'est comme si elle n'avait jamais existé !

— Vous n'auriez pas dû y toucher. À l'avenir, si de nouvelles traces apparaissent, attendez que je puisse mener l'enquête, c'est compris ?

Bridgette sentit la colère monter en elle. Quelle mouche avait piqué le policier ?

— C'est ma fresque, Marcel. C'est à moi de décider que faire de ces marques.

— Elle appartient désormais à la ville de Paris, rétorqua-t-il froidement. Je représente le peuple et nous sommes sur la voie publique. Je verrai si les traces doivent être effacées. Elles ont peut-être une signification illicite.

Au bord de la panique, Bridgette parvint à s'esclaffer.

— Allons, Marcel ! Ne soyez pas ridicule !

— Vous vous moquez de moi, mademoiselle ? s'indigna-t-il d'une voix stridente. Je ne le tolérerai pas quand je ferai partie de la Milice. Je serai en position de sanctionner cette impudence.

— Marcel…, fit la jeune femme, bouche bée. Que s'est-il passé ? Vous n'êtes plus le même. Vous aurais-je offensé ?

Lorsqu'elle s'approcha de lui, il eut un mouvement de recul. Son regard s'adoucit furtivement et parut même un peu triste, mais cette lueur s'éteignit rapidement.

— Je vais très bien, répliqua-t-il. À présent, j'ai du travail. Bonne soirée, mademoiselle.

Bridgette le regarda s'éloigner vers son « travail », qui consistait à se déplacer de quelques mètres pour être visible des piétons. Ce soir-là, il ne lui ouvrit pas la lourde porte du couvent, comme il avait coutume de le faire. Il pouvait être contrarié par un petit détail insignifiant, songea la jeune femme. Il allait bientôt intégrer la Milice. Peut-être se refusait-il à sympathiser avec la population. Cependant, elle n'était guère convaincue. Elle avait lu de la haine sur son visage. Quand diable avait-elle trahi Marcel Fouchard ? Pire encore, il s'interrogeait sur la fresque. Elle décida de lui accorder quelques jours, le temps de lui tirer les vers du nez sur ce changement d'humeur. Ensuite, seulement, elle verrait si elle devait faire un rapport au major.

* * *

Une heure après avoir sollicité un messager, Brad était passé devant la fresque dans l'espoir que Labrador ait réagi à sa requête. Il fut récompensé en remarquant les lignes parallèles habilement tracées sur le mollusque.

Il était ensuite parti rejoindre son intermédiaire pour lui confier le trésor découvert dans le bureau du général March. Tout s'était déroulé à merveille. La liste d'agents allemands parviendrait à Berne dans la journée. Le major Reynolds serait prompt à agir. Lapwing et lui-même sauraient s'ils devaient filer ou rester en place. L'attente serait pénible. Il faudrait passer régulièrement devant la fresque. Ce matin-là, le flic était absent, ainsi que lundi. Pourvu qu'il ait disparu de la circulation.

En milieu d'après-midi, il se hâta d'aller vérifier si un petit cercle était tracé sur son symbole et celui de Lapwing, indiquant que tout allait bien, que ces agents allemands infiltrés outre-Manche étaient bel et bien réels. Resterait alors à savoir si le général soupçonnait Wagner et Bauer d'avoir transmis cette liste aux Alliés. Brad pensait que non. Un autre malheureux porterait le chapeau. Le major Reynolds était seul habilité à exfiltrer les deux jeunes gens de France. Si la liste était fausse, un piège destiné à les démasquer, leur exfiltration serait une question de vie ou de mort.

Pas l'ombre d'une trace sur la fresque. En revanche, le policier était à son poste. Brad remonta son col et enfonça son béret sur sa tête. Il passa sans regarder, comme s'il voulait se mettre à l'abri du mauvais temps. Hélas, Fouchard avait remarqué la silhouette et la vareuse de Brad. À présent, il savait distinguer les gens du quartier des autres… ainsi que ceux qui venaient un peu trop souvent. Marcel était en alerte. Il ne cherchait plus les inconnus ou les éléments étranges, désormais. Il guettait les plus familiers.

* * *

Le mardi 3 novembre, en fin de journée, la liste d'agents allemands infiltrés se retrouva entre les mains du major Reynolds. Méfiant mais satisfait, il transmit l'information au directeur du MI5, le service de contre-espionnage et de renseignement britannique, à Thames House, à Londres. Les personnes citées furent arrêtées dans les meilleurs délais.

Le lendemain matin, un employé des postes de Brighton entendit quelqu'un sonner à sa porte. En ouvrant, il eut la mauvaise surprise de se trouver encerclé par les autorités de Sa Majesté. Il en fut de même pour un gardien de phare de Douvres, un vendeur d'appareils électroménagers de Whitby et un professeur de sciences politiques à la retraite de Southwold, dans le Suffolk.

En quelques jours, le MI5 et les services de renseignement de tout le Royaume-Uni appréhendèrent une foule bigarrée aux quatre coins du pays. Les salles d'interrogatoire étaient bondées. La liste d'espions à la solde de l'Allemagne nazie était authentique.

Vers la fin de la semaine, le major Reynolds adressa un message dans ce sens à Brad et Chris par l'entremise d'intermédiaires, sans leur ordonner d'abandonner leur poste, ce qui ne manquerait pas de les étonner. Le samedi, il n'y avait toujours aucun trait sur leurs symboles, sur la fresque. Leurs bagages étaient prêts. Ils décidèrent de patienter encore une semaine. À l'autre extrémité de la ville, peu après le début des arrestations, le général March et le colonel Albrecht trinquèrent au succès de leur coup.

* * *

Marcel Fouchard avait gravé dans sa mémoire le visage de ceux qui passaient plus de deux fois par jour devant la fresque, notamment le séduisant jeune homme en vareuse qu'il avait remarqué le lundi, bientôt suivi d'un autre, aux cheveux blonds, à peu près du même âge. Marcel aurait pu les arrêter, leur demander leurs papiers et les interroger sur leur présence dans le secteur. Il préférait étayer son dossier pour les faire jeter en cellule. Pas au commissariat, bien sûr, mais dans les locaux de la Milice, dès le mois de janvier.

* * *

Mardi, Dirk Drechsler attendait le retour de Bucky à la pension.

— Monsieur Beaulieu, puis-je vous parler ?

Bucky crispa les doigts sur la boucle de sa ceinture, qui recelait son ampoule de cyanure.

— Bien sûr. Où cela ?

— Je ne cherche en rien à vous poser des problèmes, Serge, lui assura Dirk en préambule, dans sa chambre, qui était chauffée. Vous pouvez me faire confiance sur ce point. Je vais jouer cartes sur table…

Dirk confirma les doutes de Bucky sur ses motivations. Il voulait que Nicolas Cravois facilite son départ du pays.

— Pour Thanksgiving, précisa-t-il. Sinon…

— À quelle date les Américains célèbrent-ils cette fête ? demanda Bucky.

— Le troisième jeudi de novembre.

— Ah… vous devez comprendre que Nicolas Cravois ne pourra peut-être pas organiser votre disparition en si peu de temps. Je ferai néanmoins mon possible.

Dirk se garda de discuter, d'exiger l'impossible, mais Bucky avait compris que s'il échouait, le sergent le dénoncerait à l'Abwehr pour défendre ses propres intérêts. Chacun gardait ses secrets. Dirk ne divulgua pas son amitié pour Christoph Brandt ni le fait qu'il avait vu son ami au café *Le Celtic.* Bucky ne révéla pas qu'il était américain… et le fils de Cravois.

* * *

Samedi, l'amiral Wilhelm Canaris arriva chez son protégé et l'informa sans tarder qu'il regagnerait Berlin par un vol de nuit. Konrad poussa un soupir de soulagement : il pourrait sortir avec la jolie veuve. L'amiral était venu prévenir son ami que des rumeurs sur ses propres activités antinazies enflaient à la chancellerie. Il voulait que Konrad prépare un plan de fuite au cas où son arrestation aurait des répercussions sur lui.

Konrad en fut troublé car, à l'insu de son commandant en chef, il était aussi impliqué que Canaris dans des conspirations contre le Troisième Reich. Il n'avait pas jugé bon de l'en informer dans un souci de sécurité. Konrad possédait un atout que n'avait pas son mentor. Le fait que Bernhard Wagner soit un agent infiltré à la solde des Américains ou des Anglais lui offrait, ainsi qu'à son fils, une porte de sortie.

* * *

Samedi soir, lors de l'avant-première des *Visiteurs du soir*, les conversations se turent à l'entrée du séduisant colonel Dieter Albrecht, au bras de la sublime Viviane Colbert, une instructrice d'escrime qui, disait-on, était une adversaire à sa hauteur. Victoria portait une robe fourreau ivoire et Dieter arborait la tenue d'apparat des SS. Un très beau couple qui éclipsait même la grande Arletty, l'actrice vedette du film. En déambulant parmi cette assemblée de sommités nazies, Victoria eut l'impression d'évoluer dans un nid de vipères. Lorsqu'elle et le colonel Albrecht croisèrent le responsable du service de renseignement allemand, accompagné de Mme Gastain, il y eut un moment de gêne. Les deux organisations étant rivales, ces messieurs auraient sans doute échangé quelques piques si les dames ne s'étaient pas complimentées sur leur tenue, avant d'exprimer leur enthousiasme pour le film.

Victoria s'inquiétait de la conclusion de cette soirée. Dieter Albrecht s'inviterait-il chez elle pour boire un dernier verre ? Comment s'en sortirait-elle ? À la porte de l'hôtel meublé, sous le regard soupçonneux de la concierge, le colonel se contenta de s'incliner en claquant les talons.

— Merci, mademoiselle Colbert, pour cette charmante soirée. Hélas, j'ai un dossier urgent à traiter demain et je ne pourrai honorer notre rendez-vous à la salle d'armes. À dimanche prochain, donc, pour notre entraînement. Bonne nuit.

* * *

Dimanche, à Berne, le major Reynolds ressentit le besoin de passer un moment dans la sérénité d'une église en attendant d'en savoir plus sur le destin de Dragonfly. À tout moment, il pouvait apprendre l'arrestation d'un membre de l'équipe. D'après Henri, Victoria avait assisté à une avant-première au bras du colonel Albrecht. Sœur Marie-Françoise l'avait informé que l'agent de police qui surveillait la fresque se montrait hostile envers Bridgette. Quant à la liste d'agents transmise par Brad, c'était une aubaine.

— Le général March est fatigué, avait déclaré Wild Bill, qui ne prenait pas au sérieux les soupçons d'Alistair selon lesquels Brad et Chris seraient sous surveillance. La fatigue rend négligent. Il l'a démontré plus d'une fois. Moi-même, il m'arrive d'être léger en ce qui concerne les dossiers secrets.

Le responsable parisien de l'Abwehr, négligent ? Alistair était sceptique. Quoi qu'il en soit, la liste d'agents allemands avait enchanté Wild Bill. À Milford Hall, les responsables du SOE avaient sabré le champagne. Alistair, lui, percevait quelque chose de louche, d'autant que les nouvelles de Paris étaient inquiétantes. Comment Victoria parvenait-elle à transmettre autant de renseignements secrets ? Le colonel Albrecht avait pourtant dû deviner qu'elle était américaine. Pourquoi n'avait-elle pas été arrêtée ? Même chose pour Bridgette, si l'agent de police avait eu vent de ses activités clandestines. Et pourquoi le traître américain n'avait-il pas dénoncé Sam Barton à ses supérieurs ? Et Brad et Chris ? Ils étaient certainement les premiers suspects du général. Cela n'avait pas de sens pour un espion chevronné. Son instinct lui disait que soit ses jeunes agents étaient exploités par des nazis de haut rang contre le régime, soit ils étaient pris dans un jeu du chat et de la souris. Dans ce cas, ils étaient les souris et n'avaient pour toute arme que leur astuce.

LES JEUX

1942-1944

21

Après la grisaille et la pluie, la semaine du 9 novembre 1942 s'annonçait lumineuse. Si, en violation de l'Armistice de 1940, l'armée allemande occupait désormais la zone « libre », de bonnes nouvelles filtrèrent sur les progrès des Alliés contre les forces de l'Axe.

Les troupes américaines débarquèrent en Afrique du Nord pour libérer, avec l'aide de la Résistance, l'Algérie française occupée par les Allemands. Dans le Pacifique, les Américains remportèrent une victoire décisive sur les Japonais à Guadalcanal. En Libye, la 8e armée britannique reprit Tobrouk, un port stratégique pour le canal de Suez. En Russie, l'Armée rouge empêcha les Allemands de se saisir de Stalingrad, une humiliation pour Adolf Hitler.

Les Parisiens reprirent espoir en apprenant ces nouvelles diffusées par le bouche-à-oreille, les journaux clandestins et la BBC que les gens écoutaient en cachette.

Les membres de Dragonfly, en revanche, commencèrent la semaine les nerfs à fleur de peau. Lundi, en remarquant la une du *Temps* alors qu'elle se rendait au travail, Victoria faillit trébucher. D'après l'article, Armand Fournier était mort empoisonné. La police avait reconstitué son emploi du temps des jours précédant son décès tragique. Sa domestique l'avait vu pour la dernière fois le samedi 31 octobre, lorsqu'il avait quitté son appartement pour rendre visite au colonel Dieter Albrecht, dans son bureau du 84, avenue Foch. Il devait ensuite déjeuner au *Ritz* avec une célèbre actrice. Il ne s'était présenté à aucun de ces rendez-vous, comme l'attestaient l'aide de camp du colonel et le maître d'hôtel du restaurant. Le colonel Albrecht affirmait ignorer ce que lui voulait l'écrivain, qu'il n'attendait pas, car le rendez-vous n'était pas noté dans son agenda. La police poursuivait son enquête.

Victoria en eut la chair de poule. Elle chassa les doutes qui s'insinuaient dans son esprit. Dieter Albrecht ne pouvait être impliqué dans cette mort. Pourquoi aurait-il assassiné cet écrivain qu'il connaissait à peine ?

La concierge surgit de sa loge en souriant à la bienfaitrice de l'hôtel. Cette femme n'était ni une amie ni une ennemie : c'était une survivante qui suivait le mouvement.

— Je pensais bien vous croiser ! lança la concierge. Vous lisez l'article sur cet écrivain et l'implication éventuelle de votre colonel. Je me demande si un officier de son rang serait tenu pour responsable d'un crime contre un Français.

Ce qu'elle voulait savoir, en réalité, c'était si le ravitaillement et le chauffage seraient suspendus au cas où le colonel serait arrêté.

— Il n'est pas *mon* colonel, madame, corrigea Victoria. L'article n'affirme pas que le colonel Albrecht est soupçonné d'avoir tué Armand Fournier.

— Il suffit de lire entre les lignes. Il est suspect. Pourquoi auraient-ils mentionné son nom, sinon ?

Cette question ne fit qu'intensifier l'angoisse qui rongeait la jeune femme depuis samedi, lorsque le colonel avait voulu éviter au manteau de la jeune femme de traîner par terre, le soir de l'avant-première. Avec effroi, elle l'avait vu empoigner la doublure où elle dissimulait son ampoule de cyanure. Il lui avait souri pour lui signifier que tout allait bien, mais c'était un manipulateur dont le charme et la sympathie n'étaient qu'un masque.

Avait-il palpé la capsule de poison ?

La semaine s'était écoulée sans qu'il lui donne la moindre nouvelle. Elle s'attendait à un message, des fleurs, un présent, en remerciement de cette soirée. Chaque jour, elle prenait connaissance des derniers développements de l'enquête sur Fournier, qui passionnait les lecteurs. Quiconque l'avait croisé ne serait-ce qu'une fois tenait à être interviewé par les journalistes. Le nom de Dieter ne fut plus cité.

Le dimanche suivant l'avant-première, Dieter envoya un message codé à son opérateur radio de Long Island. Désireux de garantir la confidentialité de sa communication, il avait transmis lui-même son message crypté. Le jeune sergent SS qui occupait le poste avait eu le droit d'aller boire un café. Dieter lui avait ensuite ordonné de lui confier le décryptage de la réponse, qui n'arriverait pas avant lundi en fin de journée. Sa source devrait d'abord se rendre à Williamsburg, en Virginie, et avoir accès aux archives du College of William and Mary.

Lundi, après quelques heures de sommeil et un dimanche sans entraînement d'escrime, il gagna son bureau du SD plus tôt que d'habitude pour attendre le rapport de son agent. Il connaissait déjà sa teneur mais voulait en avoir le cœur net.

Assis en face de son supérieur, Karl déclara :

— Vous n'êtes pas vous-même, aujourd'hui, *Herr Oberst.*

— C'est le cas depuis samedi soir, admit Dieter.

— Mlle Colbert a de quoi troubler un homme, si je puis me permettre cette réflexion, colonel.

— Difficile de ne pas le remarquer.

Et c'était bien regrettable, songea-t-il tandis que Karl se retirait.

Le seul élément discordant de cette soirée se trouvait dans la doublure du manteau de Victoria, celui qu'elle portait tous les jours et qui contrastait tant avec l'élégance de sa robe fourreau. Elle avait refusé de le laisser au vestiaire de peur d'avoir froid. Il avait répliqué que le manteau ne réchaufferait que le dossier de sa chaise et qu'il veillerait à la bonne température de la salle. La jeune femme avait cédé à regret. Lorsqu'un goujat l'avait bousculé et qu'il avait agrippé le manteau pour l'empêcher de tomber à terre, il avait reconnu sans mal la capsule en verre, un objet couramment dissimulé dans les effets des agents ennemis qu'il arrêtait.

Une conclusion s'imposait : cette femme était une espionne.

En assistant à la scène, elle avait blêmi en se demandant s'il avait senti le comprimé. Devant le vestiaire, Dieter lui avait souri pour la rassurer.

En fin d'après-midi, le colonel apprit que sa transmission était arrivée.

Dieter s'installa devant le télégraphe et nota le message codé pour le déchiffrer dans son bureau. C'était bien l'information à laquelle il s'attendait et qu'il n'avait encore pas pris la peine de vérifier : Vitoria Grayson *alias* Viviane Colbert avait étudié l'allemand.

* * *

Pour Chris, la première journée de travail de cette semaine du 9 novembre commença sur une note embarrassante. Lors d'une pause, un élève s'approcha de lui par-derrière, une perche à la main. En remarquant son ombre sur le sol du gymnase, Chris réagit promptement par un retourné, une technique apprise lors de la formation d'autodéfense prodiguée par l'OSS. Mortifié, il bredouilla des excuses à l'élève qui avait échappé de peu à un coup de pied entre les jambes. Naturellement, Ludwig Muller se précipita vers eux. Chris donna une tape amicale à l'adolescent et le renvoya avant que Ludwig n'arrive à leur hauteur.

— Qu'est-ce qui vous a pris ? Ce garçon a eu la peur de sa vie !

— C'est une technique de défense que je leur enseigne, improvisa Chris.

— Ces manœuvres ne font pas partie de votre programme d'athlétisme, il me semble.

— Vous réprouvez l'enseignement de techniques de défense pour de jeunes combattants, monsieur Muller ? Surtout quand ils sont désarmés, avec un adversaire dans le dos.

— Ce n'est pas la question !

— Je trouve que si.

Faute de repartie, Ludwig esquissa un geste de frustration.

— Il y a un message pour vous, maugréa-t-il.

Chris frémit. Venait-il du général March ? Le directeur n'aurait pas pris la peine de le lui délivrer lui-même, dans le cas contraire. Il ne le lui aurait peut-être même pas remis. Il n'avait pas revu le général depuis leur dîner du lundi précédent, ce qui était insolite car March arrivait toujours à la fin des leçons de son fils pour s'enquérir de ses progrès. Dimanche, Limpet ne l'avait pas croisé au bord de l'eau, où il avait coutume de taquiner le goujon. De plus, Muller affichait un air goguenard suggérant qu'il avait découvert un détail compromettant sur lui.

— Que dit-il ? s'enquit Chris.

Muller rougit de colère face à ce sous-entendu.

— C'était un coup de téléphone ! Le général March vous invite à dîner avec lui et son fils, ce soir, après votre leçon.

— C'est très aimable de sa part. Un bon repas me fera du bien.

— C'est une tactique militaire que vous venez d'appliquer à ce garçon, marmonna Muller. Votre dossier n'indique aucune formation militaire. Où l'avez-vous apprise ?

— J'ai pratiqué les arts martiaux. Plus jeune, je devais me défendre à cause de ceci.

Il leva sa main dépourvue de pouce.

— Ça se comprend, railla Ludwig.

En s'éloignant, Chris songea qu'il devait à tout prix se maîtriser. Muller allait consigner cet incident qui s'ajouterait à ses soupçons. Son regard sournois l'inquiétait. À moins qu'il ne s'agisse d'un moyen de garder la mainmise sur son territoire... Il faisait croire à ses subalternes qu'il possédait des informations susceptibles d'être exploitées s'ils ne restaient pas dans le droit chemin. Cette longue attente jouait sur ses nerfs. Rien ne troublait pour l'heure sa routine ou celle de Limpet et les traces laissées sur la fresque indiquaient que la liste d'agents allemands était authentique. L'Abwehr n'avait peut-être pas encore eu le temps de se pencher sur la question.

Chris saurait dans l'après-midi si Limpet était sauf. Sans doute était-il également invité à dîner. Vendredi, Chris avait remarqué une canne à pêche appuyée contre la rampe de son escalier, un signal suggéré par son camarade lorsqu'ils s'étaient croisés par hasard à l'arrêt de bus, mardi.

Limpet avait fait mine de guetter le bus en déclarant discrètement :

— Je laisserai une canne à pêche devant chez moi les jours de leçons. S'il n'y en a pas, tu sauras que j'ai été arrêté, alors file.

Les trois après-midi où il était venu donner un cours à Wilhelm, la canne à pêche était bien visible. Cette entrevue à l'arrêt de bus avait été leur unique contact. S'il avait fait beau, Chris aurait proposé une partie de ballon à Wilhelm et convié Limpet. Il aurait peut-être découvert ce que fabriquait le général. Hans ne semblait pas soupçonneux et l'enfant était égal à lui-même. Quand Chris avait tenté de lui faire dire où était son père, il avait répondu qu'il était très occupé.

Sans doute, mais le moindre changement était source d'inquiétude. La présence de son père, à l'issue des cours, avait manqué à l'enfant au cours de cette semaine. Le dîner de ce soir révélerait si ces inquiétudes étaient fondées.

* * *

Depuis son bureau du siège de l'Abwehr, le général March appela le service de contre-espionnage du SD et demanda à parler au colonel Albrecht. Un employé qui déposait une facture entendit sa requête en attendant la signature de son responsable mais ne s'en étonna pas. De temps à autre, deux services rivaux coopéraient sur un dossier sensible dans l'intérêt du Troisième Reich.

— J'ai besoin de votre aide pour héberger un de nos invités, dit le général à son correspondant. Il ne réagit pas bien à nos attentions alors que nous avons tout tenté pour répondre à ses besoins. Peut-il compter sur votre hospitalité ?

L'employé tiqua. Cet « invité » était un prisonnier arrivé la semaine précédente pour être interrogé, un major de l'Abwehr accusé d'avoir livré à l'ennemi les noms de certains agents allemands infiltrés en Grande-Bretagne. L'hébergement en question était une salle d'interrogatoire du troisième étage.

— Absolument, général, répondit le colonel Albrecht. Quand ?

— Je peux vous l'envoyer immédiatement.

— Nous l'attendons.

Le général raccrocha et signa la facture avec un soupir résigné destiné à rassurer l'employé.

— J'ai accordé à cet homme toutes les occasions de parler. À présent, je m'en lave les mains. Dites à mon sergent de préparer le prisonnier pour le transport.

— Bien, général !

Le jeune homme reprit sa facture et regagna son service. Il ne travaillait pas depuis assez longtemps à l'Abwehr pour supporter le spectacle d'un officier supérieur ensanglanté et terrorisé que l'on traîne vers un destin encore plus infernal.

Ce soir-là, Konrad March ne trahit aucun signe suggérant qu'il soupçonnait l'un des deux jeunes gens. Il avait confisqué à un trafiquant du marché noir un jeu de société américain du nom de Monopoly et que son fils et lui ne connaissaient pas. Le pêcheur à la ligne et le précepteur en comprirent aussitôt les règles. Ils jouèrent tous les quatre jusqu'à onze heures du soir, puis Hans monta un Wilhelm épuisé dans sa chambre. Les invités allaient prendre congé quand le téléphone se mit à sonner dans la bibliothèque.

— Un instant, messieurs. Je vais vous raccompagner, dit Konrad en allant décrocher.

Brad s'approcha de la porte entrouverte pour dresser l'oreille.

— ... et vous avez une preuve irréfutable que c'est le major qui a trahi nos agents ? C'est une grosse perte, colonel. J'étais certain que vous le feriez parler.

Dans le vestibule, Brad et Chris virent le général réapparaître, la mine grave.

— Mauvaise nouvelle ? hasarda Chris.

— Je le crains. Je viens d'apprendre que l'un des nôtres est un traître. Il a transmis des informations confidentielles à une agence de renseignement étrangère. Enfin, bonne nuit messieurs et merci d'être venus.

Une fois dehors, Brad prit la parole :

— Ils ont torturé un pauvre type pour le faire avouer. Ils vont sans doute l'exécuter.

— Ce qui signifie qu'on est tranquilles, répondit Chris. Il n'empêche que…

Il détourna les yeux, un goût amer dans la bouche.

— Je me demande quelles horreurs on devra garder sur la conscience, à la fin de tout ça.

* * *

Bucky avait passé une semaine sur des charbons ardents. Six jours s'étaient écoulés depuis qu'il avait quitté son travail plus tôt pour déposer un message dans le tronc du platane de Passy afin de solliciter un rendez-vous. La situation était urgente. Il ne pouvait prendre le risque que Dirk Drechsler le livre à l'Abwehr. L'autre solution consistait à quitter la pension, un beau matin, et de ne pas revenir. Le sergent attendrait en vain son retour. Une exfiltration n'était pas d'actualité car il voulait absolument mettre la main sur les plans du site des Alpes.

Pour des raisons évidentes, il ne pouvait expliquer son problème dans le message. Son père comprendrait sans doute son importance : « Mon chéri, je dois te voir au plus vite, où tu voudras. » Combien de temps devrait-il attendre une réponse ? Serait-ce l'employé de sa tante qui viendrait inspecter la cavité du tronc pour transmettre le message ? Dirk Drechsler ne méritait pas qu'il mette le Spectre noir en danger.

Mercredi soir, il avait failli le dire au traître quand celui-ci l'avait abordé pour lui demander s'il avait des nouvelles. Cet abruti croyait se montrer discret !

— Non, avait maugréé Bucky. Il faut être patient. J'ai bouclé la première étape de votre requête. Ces choses-là demandent du temps.

— D'accord, mais pas trop.

Le contact s'était présenté le lendemain, jeudi. En attendant le métro, Bucky avait senti sa mallette lui échapper.

— Pardon, monsieur, avait bredouillé l'homme en se penchant pour la ramasser.

Il l'avait rendue à Bucky et avait filé avant que le jeune homme puisse voir son visage. Bucky avait d'abord cru à un pickpocket, puis il avait remarqué un bout de papier dépassant du rabat de la mallette. Sur le quai, nul ne semblait s'intéresser à lui. Il avait donc glissé le message dans sa poche. Dans la rame, il avait appris qu'il avait rendez-vous à dix-huit heures dans une bibliothèque municipale proche de son bureau. Le mot de passe était Victor Hugo. Bucky s'y rendait souvent après son travail car il appréciait le silence des lieux. Le message ne précisait pas dans quelle partie de la bibliothèque il trouverait son contact. Cravois ne se présenterait sans doute pas en personne. Son intermédiaire serait-il un homme ou une femme ? Comment l'identifier ?

Peu avant six heures, Bucky s'installa à une table de lecture, face à l'entrée, se sentant vulnérable. À l'heure prévue, derrière son journal, il vit cinq personnes arriver et se diriger vers leurs postes de lecture, tels des habitués. Nul ne lui accorda la moindre attention. Quelques minutes plus tard, un groupe d'étudiants surgit. Ils étaient si bavards que la bibliothécaire les rappela à l'ordre d'un regard meurtrier. Attablés dans un coin de la salle, ils chuchotaient en toute impunité.

Une heure s'écoula dans une angoisse grandissante. L'heure de fermeture approchait. Il devrait bientôt retourner à Saint-Michel pour respecter le couvre-feu, sans compter le temps de l'entrevue, si son contact se présentait.

La bibliothécaire se présenta dix minutes plus tard, portant une pile de livres à ranger. En passant devant Bucky, elle murmura « Victor Hugo ». Le jeune homme replia son journal. Il avait le temps de choisir un livre avant de partir. C'est ce que penserait quiconque l'avait vu consulter sa montre. Pour ne pas éveiller les soupçons de la responsable des lieux, au comptoir, il consulta les noms inscrits à l'extrémité des rayonnages jusqu'à l'allée dans laquelle son contact avait disparu.

Elle était jeune, jolie et affairée.

— Que puis-je faire pour vous ?

Bucky lui exposa la situation.

— On vous contactera, répondit-elle.

Bucky patientait et Drechsler fulminait.

Lundi matin, il y avait eu une lueur d'espoir. Sur la fresque, Bucky avait remarqué un signe l'invitant à se rendre au platane de Passy. Il avait décidé d'y aller immédiatement, quitte à arriver en retard au bureau. Son supérieur, qui travaillait pour l'OSS, comprendrait. Dans le parc, il trouva un ordre simple : « Attends sur le banc. »

Combien de temps devrait-il patienter pour voir quelqu'un se présenter ? Il fut vite fixé. Un homme d'âge mûr portant un sac en papier s'approcha du banc. Il venait apparemment nourrir les pigeons, dont une nuée l'encercla aussitôt.

Il adressa un signe de tête à Bucky avant de s'asseoir et d'ouvrir son sac pour nourrir les volatiles. Bucky était contrarié. Comment son contact saurait-il à qui s'adresser ? L'inconnu portait un manteau doublé de fourrure et habitait manifestement ce quartier huppé.

— Victor Hugo s'asseyait ici. Vous le saviez, monsieur ?

— Victor Hugo ? J'ai entendu prononcer son nom récemment.

— Où ça ? demanda le vieil homme en jetant du pain rassis aux pigeons.

— Dans une bibliothèque proche du quai de Javel.

— Je vois. Je dois vous remettre ce laissez-passer pour votre ami. Qu'il suive les instructions figurant sur le document. Parlez-moi de cet homme, de son caractère, son tempérament, sa condition physique, ses goûts, sa résistance. Vos impressions sont importantes.

Il froissa son sac en papier pour indiquer aux oiseaux qu'il était vide, puis croisa les bras, tel un spectateur qui attend le début du film, au cinéma. Bucky avait réfléchi au portrait qu'il dresserait de Dirk Drechsler. Les complices de son père voulaient savoir à qui ils avaient affaire car toute sortie clandestine du pays était périlleuse. Des passeurs allaient risquer leur peau pour renvoyer chez lui un traître américain. Bucky ne put que décrire un homme indécis, hésitant, crédule, égoïste, désespéré, intuitif et perspicace.

— J'aimerais pouvoir citer quelques qualités.

— Encore une chose, conclut son contact en se levant. Cet homme présenterait-il un danger pour vous si nous n'accédions pas à sa demande ?

— Pas délibérément mais…

— Mais il est ce qu'il est, c'est cela ?

— Oui. Voilà pourquoi il est dangereux.

22

Ce matin-là, sœur Marie-Françoise vit Bridgette descendre l'escalier pour se rendre à la maison de couture.

— Puis-je vous dire un mot en privé, mon petit ?

Sans lui laisser le temps de répondre, elle tourna les talons et se dirigea vers son bureau.

— Certainement, ma mère.

Elle suivit la silhouette émaciée le long d'un couloir, en direction d'une pièce ornée de boiseries sombres que les religieuses surnommaient le donjon. Jamais elle n'avait vu la mère supérieure afficher une mine aussi sévère.

— Mademoiselle Dufour, je crains que nous ayons un problème.

Le cœur de Bridgette se serra. Cette entrée en matière ne présageait rien de bon.

— Ah oui ?

— Vous feriez mieux de vous asseoir.

Elle obéit tandis que sœur Marie-Françoise s'installait derrière son bureau, les mains croisées.

— Je crois que Marcel Fouchard vous a démasquée.

— Ah bon ? Comment ?

— Ce changement d'attitude inexplicable à votre encontre, cette semaine, confirme un rapport que j'ai reçu ce matin d'un habitant du quartier. Il a vu Marcel emprunter l'issue de secours des mansardes pendant que nous étions aux vêpres, samedi. Mon informateur ne veut pas avoir affaire à la police française. Sa conscience l'a incité à me prévenir. Vous étiez sortie retrouver des amis dans un café.

— Que faisait Marcel à mon étage ?

La religieuse la regarda droit dans les yeux derrière ses petites lunettes.

— Vraiment, ma chère enfant ! Dois-je vous faire un dessin ? Il a profité de notre absence pour fouiller votre chambre. Il cherchait peut-être des preuves que vous faisiez du marché noir, mais je crois plutôt qu'il voulait en savoir plus sur votre vie privée, vos effets personnels. Cela ne m'étonnerait pas de lui.

— Il aurait donc trouvé la radio…, murmura Bridgette, atterrée.

— C'est ce que je crois. Vous n'avez rien remarqué de bizarre, en rentrant chez vous ?

— Si… ma chemise de nuit était tombée de sa patère, ce que j'ai trouvé étonnant… S'il a découvert la valise contenant la radio, pourquoi ne m'a-t-il pas fait arrêter ?

— Il attend sans doute le moment propice à ses intérêts. Son poste dans la Milice, par exemple. Ou alors il n'en a pas encore été capable. Quoi qu'il en soit, vous devez contacter votre responsable et changer de site immédiatement. Je regrette, mais je ne peux mettre le couvent en péril. Autant le faire maintenant, vous ne croyez pas ? conclut-elle en se levant d'un bond.

— Oui, ma mère.

Abasourdie, la jeune femme oublia l'essayage de la robe de soirée de Mme Richter. La boîte aux lettres, la fresque, sa chambre, la cachette de la radio… Il allait falloir tout changer. Elle monta dans sa mansarde pour en avertir le major sur-le-champ.

* * *

Sa longue expérience des missions clandestines avait habitué Alistair à encaisser les catastrophes telles que celle que lui annonçait Bridgette. Sans s'affoler, il lui répondit : « Ne fais rien, tiens bon. » Puis il lança un appel de détresse à son correspondant à Paris.

— Je m'en occupe, promit Henri.

* * *

En fin d'après-midi, après son service, Marcel Fouchard patientait sur le quai du métro parmi la foule des passagers. La rame surgit du tunnel dans un vacarme assourdissant. Persuadé que son uniforme le dispensait de s'éloigner de la bordure du quai, Marcel ne recula pas devant le métro. La foule s'avança tel un seul homme. Soudain, un long grincement de freins et de roues sur les rails s'éleva, suivi de cris d'effroi. Un homme – décrit plus tard par les témoins comme un « agent de police arrogant » – avait chuté sur la voie juste devant la rame. Sa mort fut plus tard classée sans suite. Un accident fatal. Le malheureux avait été victime d'une bousculade. Les autorités invitèrent une fois de plus les usagers du métro à rester en retrait de la bordure du quai.

Mardi soir, à vingt heures, Bridgette reçut une transmission de Berne : « On s'occupe de tout. Ne bouge pas. »

Plus tard dans la soirée, sœur Marie-Françoise accueillit un visiteur, un Français d'un genre qu'elle croisait rarement dans un couvent, surtout le soir, dans ses quartiers privés. En apprenant la nouvelle qu'il venait lui annoncer, elle fit un signe de croix.

— Dieu ait pitié de son âme, souffla-t-elle.

— Dieu vous entende, répondit-il.

* * *

Cet après-midi-là, dans une arrière-salle de la pension, Bucky remit le message à Dirk, qui le lut avec un large sourire.

— Merci mon vieux ! s'exclama-t-il en lui tapant dans le dos. On dirait bien que j'ai mon billet de retour ! J'en saurai plus après avoir rencontré quelqu'un, demain après-midi, qui me donnera la marche à suivre.

— Chut !

— Pas un mot de plus, promis ! fit le sergent en posant un index sur ses lèvres.

Tu en as déjà trop dit, abruti, songea Bucky en regardant le sergent rejoindre ses compatriotes allemands qui buvaient du schnaps au salon. Il jubilait, cet idiot ! Après quelques bières, ce crétin se vanterait sans doute de sa bonne fortune. Si Bucky se moquait des conséquences d'une telle bévue pour Dirk, il se souciait de la sécurité des hommes de son père.

Lors du petit déjeuner, le capitaine s'étonna de la bonne humeur de son sergent. Ce balourd de Dirk adressa un clin d'œil complice à Bucky, pour son grand effroi.

— Vous aimeriez bien le savoir, hein, capitaine ?

Les deux officiers n'en avaient que faire. Cependant, Bucky préféra guetter le retour de Dirk, le soir même, de peur d'une nouvelle imprudence. Plus vite il s'en irait, mieux ce serait pour tout le monde.

— Alors ?

— Je ne pars plus, maugréa le sergent d'un ton amer. C'est trop dangereux, trop difficile. Je n'en sortirai pas vivant. Mieux vaut crever ici, bien au chaud, le ventre plein, qu'en franchissant les Pyrénées en plein hiver. Non merci ! J'y songerai au printemps. Pour l'heure, j'attends la fin de la guerre.

— Qu'est-ce que vous espériez ? rétorqua Bucky. Vous pensiez que ce serait du gâteau, comme vous dites, aux États-Unis ?

— Je pensais prendre le train.

Bucky comprit. L'équipe avait exploité le portrait peu flatteur qu'il avait dressé à l'inconnu, sur le banc, pour le dissuader de partir. Ils avaient fait peur à Drechsler pour éviter d'avoir à l'exfiltrer en Espagne. Peut-être avaient-ils eu dès le départ l'intention de lui tirer une balle dans la tête…

Quoi qu'il en soit, Bucky se retrouvait plus vulnérable encore.

Deux jours plus tard, le sergent Dirk Drechsler, Américain de naissance, disparut de la circulation. Il n'y eut pas de représailles de la part des autorités d'occupation. Une lettre dactylographiée posée sur son bureau de l'Abwehr expliquait qu'il était en route pour les États-Unis et qu'il haïssait le capitaine, le lieutenant, le Troisième Reich, Adolf Hitler et le parti nazi.

* * *

Une fois encore, le colonel Albrecht se trouva contraint de prendre une décision concernant Victoria Grayson. Il ne faisait plus aucun doute qu'elle était un agent infiltré travaillant certainement pour l'OSS. Il n'avait plus eu de contact avec elle depuis le soir de l'avant-première, une semaine plus tôt. Elle devait se demander ce qu'il mijotait, ce qu'il attendait d'elle outre leurs entraînements du dimanche. Ce vendredi 13 novembre était une date censée porter malheur. Un de ses camarades de Harvard ne sortait pas de chez lui un vendredi 13. Victoria était-elle superstitieuse ? Sans doute rirait-elle de ces bêtises.

Il aurait dû partir, accorder sa soirée à Karl et rentrer chez lui. Hélas, il n'avait rien de spécial à faire, nulle part où aller. Il avait annulé sa soirée avec Colette. Ils avaient rendez-vous avec des amis dans un cabaret en vogue, mais Dieter n'était pas d'humeur à supporter la frénésie d'une salle enfumée entouré de mondains cherchant désespérément à oublier ce qui se passait dehors. Les amis de Colette étaient artistes, auteurs, musiciens, professionnels du cinéma à l'humour caustique. Dieter était las de leur côté superficiel.

Il resta donc dans son bureau, à fumer un cigare, à la lueur d'une unique lampe. Dans cette pièce impersonnelle, il parvenait à réfléchir plus posément. À l'hôtel, ses objets familiers le rendaient nostalgique. Ses entrevues avec Victoria Grayson avaient ouvert la porte à des souvenirs de sa jeunesse insouciante. Quel contraste avec sa vie actuelle !

L'Allemagne n'était pas en guerre, alors…

Sublime Victoria… que faire de vous, ma beauté ? Il avait mis presque une semaine à se décider, tout en résistant à la tentation de l'appeler. En découvrant la présence de cette ampoule de cyanure, sa première impulsion avait été de lui faire quitter la France avant que sa chance ne tourne et que quelqu'un d'autre ne la dénonce. Elle serait démasquée mais saine et sauve dans ce pays du Nouveau Monde qui avait placé la femme idéale sur son chemin. Quel plan ingénieux !

Pourtant, expert dans l'art de la manipulation, Dieter était impressionné par sa subtilité. Infiltrer une épéiste qui attirerait à coup sûr son attention… une chose menant à une autre, elle était certaine de finir par assister aux soirées nazies à son bras ou partager son lit et glaner des confidences sur l'oreiller.

Néanmoins, celui qui tirait les ficelles aurait dû s'attendre à ce qu'il détecte sa pointe d'accent. S'imaginait-il qu'il allait fermer les yeux par amour pour l'Amérique et par respect pour la démarche de cette femme amoureuse ? C'était faire peu de cas de sa conscience professionnelle. Et si le plan avait échoué ? Et si le marionnettiste s'était mépris sur l'attirance du colonel ? Victoria serait déjà passée devant le peloton d'exécution.

Autre problème : Victoria n'avait aucune intention de partager son lit. Son supérieur aurait dû savoir qu'elle refuserait de séduire un homme qu'elle trouvait méprisable. L'OSS n'ignorait pas qu'il jouait un rôle clé dans l'exécution des pires crimes contre l'humanité. Son pays avait déclenché une guerre qui avait tué l'amour de la vie de Victoria.

À la réflexion, il en était arrivé à la conclusion que Victoria n'avait pas pour mission de capter son attention, que le colonel Albrecht ne faisait pas partie du projet de l'OSS. Il s'était retrouvé dans le tableau par hasard, tel un intrus.

Dieter avait donc revu sa stratégie. Les enjeux allaient au-delà de ses propres sentiments pour elle. Il devait penser à son pays et faire son possible pour le sortir de cette guerre insensée. Il avait décidé de la laisser poursuivre sa mission en toute quiétude. À l'instar de Konrad qui exploitait ses deux espions, il utiliserait Victoria Grayson pour transmettre des informations confidentielles susceptibles d'aider les Alliés à faire tomber Hitler.

Il veillerait à se protéger afin de protéger la jeune femme. En septembre 1939, les Waffen-SS avaient massacré des centaines de Juifs à Będzin, en Pologne, ainsi que des notables proches de sa famille. Révolté par la décision de son fils d'intégrer la Waffen-SS, le père de Dieter avait déclaré :

— Les mille ans de règne annoncés par le parti nazi ne sont que l'illusion d'un fou furieux et le Troisième Reich n'est qu'un château de sable qui sera détruit par la prochaine marée. L'Allemagne est condamnée, à moins que l'on ne parvienne à arrêter ce dément.

Décoré de la Croix de fer par le Führer lui-même et respecté dans tous les cercles militaires, Dieter avait fini par adopter le point de vue de son père. Hélas, il était trop tard pour quitter les Waffen-SS sans éveiller des soupçons quant à sa loyauté envers le Führer. Non seulement il serait arrêté pour trahison, mais Himmler s'en prendrait aussi à sa famille.

À l'origine, Dieter n'avait pas vraiment réfléchi. La SS avait pour objectif de protéger le peuple allemand de ses ennemis et il voulait gravir les échelons supérieurs de l'armée. Quelle naïveté de sa part ! Il avait quitté la Wehrmacht très vite et n'avait pas subi l'endoctrinement des SS passés par une école de formation exigeant de ses recrues le renoncement à Dieu, à la morale, la capacité à tuer ses propres parents et une indifférence à la souffrance humaine.

Hélas, il avait opéré avec les pires d'entre eux et participé à des atrocités pour lesquelles il devrait rendre des comptes. En 1940, désireux de se racheter, il s'était donné pour mission de sauver de la torture, de l'emprisonnement et de la mort des officiers, hommes politiques et membres du clergé allemands soupçonnés de trahison contre le Troisième Reich. Il y parvenait en recourant à des stratagèmes pour les extraire des salles d'interrogatoires de l'Abwehr et du SD pour les transférer vers de fausses sépultures, lieux d'interrogatoire, camps ou pelotons d'exécution. Délivrer ces hommes était dangereux. La moindre erreur risquait de condamner le colonel Albrecht, sa famille, le général March et les deux hommes du SD acquis à sa cause : libérer l'Allemagne des griffes d'Hitler.

Le dernier candidat au sauvetage que Konrad avait transféré des locaux de l'Abwehr était un major de la Wehrmacht. Soupçonné de trahison par la SS, il avait avoué être le bouc émissaire pour la fuite d'agents allemands. D'après les rapports, il avait été arrêté, interrogé et son cadavre avait été transporté hors de Paris. Dans le cercueil en bois brut utilisé pour l'emporter du lieu d'interrogatoire vers un lieu sûr, il avait fait du bruit.

— Attendez ! s'était exclamé un caporal. J'ai entendu du bruit. Faut-il ouvrir le cercueil pour voir s'il est encore en vie ?

— Tant pis pour lui si l'est, avait répondu froidement Dieter. Mieux vaut être enterré mort que vivant.

— C'est vrai, colonel ! s'était esclaffé le caporal.

Dieter tira une dernière fois sur son cigare avant de l'éteindre d'un air pensif dans le cendrier en cuivre aux armes de sa famille. Victoria Grayson… Il savait très bien ce qu'il allait faire d'elle mais, d'abord, il devait obtenir la preuve irréfutable qu'elle était une espionne. Ce serait fait dimanche, à la salle d'armes.

* * *

Mercredi 11 novembre, Bucky apprit la désertion de Dirk Drechsler en rentrant à la pension après sa journée de travail. Mme Dupré le rejoignit sur le seuil alors qu'il s'essuyait les pieds sur le paillasson.

— Venez vite dans la cuisine, souffla-t-elle.

Il la suivit sans un mot en passant devant la porte du salon sans être vu des autres pensionnaires.

— Que se passe-t-il ? demanda-t-il dès qu'elle eut refermé la porte.

— Votre ami américain a déserté pour retourner en Amérique, chuchota-t-elle. Le sergent a laissé une lettre pour expliquer son choix. Le capitaine Achterberg vient de nous l'annoncer. Vous n'avez plus à vous soucier de lui, ajouta-t-elle avec un sourire.

— Il est parti pour de bon ? fit Bucky, incrédule.

— Il est parti d'ici, en tout cas. S'il est arrêté avant d'avoir pu quitter la France, il sera fusillé. Il est recherché. Je respire déjà mieux… Vous aussi, non, Serge ?

— Oui…

Bucky était perplexe. Et s'il avait eu raison de croire que l'équipe de passeurs lui tirerait une balle dans la tête pour ne pas avoir à s'occuper d'un traître ? Était-ce son père ou le major qui avait ordonné cette « solution » pour faire sortir le sergent du pays ? Bucky rejoignit les autres au salon pour tenter d'en savoir plus sur la désertion de Dirk.

— Il n'ira pas loin, assura le capitaine. Maudit Américain ! Je savais bien qu'on ne pouvait pas lui faire confiance. Il est bon pour le peloton d'exécution.

Bucky aurait pu leur dire que Dirk ne serait pas capturé. Ce pauvre type n'aurait jamais dû quitter le Texas. Il devait informer Lapwing qu'il n'avait plus à craindre de croiser son ancien meilleur ami. Il serait triste et soulagé à la fois.

* * *

Une fois qu'elle eut lu l'article du *Temps*, Bridgette demanda à sœur Marie-Françoise :

— Vous croyez que c'était un accident ?

— Quoi d'autre, mon petit ? Un quai de métro aux heures de pointe ? Il n'y a pas plus dangereux. Marcel se tenait trop près du bord, sans doute pour monter le premier. Il a négligé les conseils de sécurité. C'est par sa propre faute s'il a connu une morte prématurée.

Cette mort qui tombait à pic ne pouvait être une coïncidence. Bridgette fut parcourue d'un frisson. Elle ne s'attendait pas à une solution aussi radicale.

— Continuez votre action, mon petit, lui enjoignit la mère supérieure. Vous êtes du bon côté. Parfois une cause noble nécessite des sacrifices. Marcel, lui, avait opté pour le camp du mal.

Bridgette en demeura bouche bée. Sœur Marie-Françoise résistait, elle aussi !

— Allez en paix, mon enfant. Je prierai pour l'âme de Marcel.

Bridgette ne serait pas en paix de sitôt, peut-être même jamais. Marcel Fouchard l'aurait certainement dénoncée à la Milice. Il n'avait plus aucun sentiment pour elle. Elle soupira. Au moins, Marcel ne représentait aucun danger pour ses camarades non plus, désormais.

* * *

Samedi, Brad et Chris furent soulagés d'un grand poids, mais ils se sentaient coupables des tortures subies par l'officier de l'Abwehr à qui l'on avait attribué leur délit. Le major Reynolds avait raison : « Nul n'achève une mission avec la conscience tranquille. La sale besogne fait partie du boulot. »

Le même jour, Chris se promenait aux Halles, le « ventre de Paris », en imaginant le marché grouillant d'activité avant l'Occupation. En ces temps difficiles, les denrées étaient rares et hors de prix. En émergeant du labyrinthe, il repéra soudain Ludwig Muller, en civil, en compagnie d'un inconnu. Ils riaient à gorge déployée, ce dont Chris ne le croyait pas capable. Quelque chose dans leur attitude, leur complicité, l'intrigua.

Curieux, il décida de leur emboîter le pas.

Si les Allemands qui violaient la loi du Troisième Reich contre l'homosexualité étaient poursuivis, les autorités d'occupation paraissaient plus clémentes envers les Français. Ainsi, il existait des lieux de rencontre homosexuels, notamment la piscine du bois de Boulogne, ainsi que des bars et cabarets, comme Le Select, le Sans-Souci ou Le Monocle. Ludwig et son ami semblaient d'ailleurs se diriger vers un de ces cafés.

Chris les suivit à bonne distance. Au bout de quelques minutes, il se dit qu'il pouvait entrer sans se faire remarquer. Comme il s'y attendait, le bar était sombre et enfumé. Plusieurs clients arrivaient pour déjeuner. Chris se plaça de façon à prendre ses cibles en photo. Moins de deux minutes plus tard, le moment qu'il espérait arriva – non sans regret, car tout homme avait droit à une vie privée –, et il prit plusieurs clichés de Ludwig en train d'embrasser son amant. Ces photos lui permettraient d'être enfin débarrassé de Ludwig Muller ! Il s'éclipsa pour prendre un bus. Il confia sa pellicule à un photographe de confiance, qui ne lui posa aucune question. Dans l'après-midi, une enveloppe contenant des images de Ludwig et son amant, ainsi qu'une lettre anonyme, partit pour les bureaux de la Gestapo, 11, rue des Saussaies, dans le VIIIe arrondissement.

* * *

Dimanche, Victoria partit pour l'école d'escrime, épuisée et tendue par des nuits sans sommeil. Elle n'avait toujours pas de nouvelles du colonel Albrecht. Par le passé, il laissait un message à la concierge pour lui rappeler leur rendez-vous à la salle d'armes. Pas cette fois. Allait-il lui faire faux bond ? Elle ressentit un mélange de crainte et d'espoir qui s'évapora dès qu'elle tourna au coin de la rue.

La voiture de fonction du colonel était garée à sa place habituelle et Karl était au volant. Dieter Albrecht était en avance. Devait-elle s'en inquiéter ? Dès qu'il aperçut la jeune femme, le chauffeur descendit et lui ouvrit la porte de l'école.

— Bonjour, mademoiselle Colbert. Quelle belle journée, pour une fois.

— En effet, répondit-elle.

Elle le dévisagea en quête d'un changement annonciateur de problèmes. Elle ne vit rien.

— Merci.

— À votre service, mademoiselle.

Elle se rendit compte qu'elle ne connaissait pas le nom de famille de cet homme, qu'elle n'osait pas appeler par son prénom. Il semblait avoir plusieurs cordes à son arc : chauffeur, aide de camp, confident, garde du corps, tortionnaire, tueur, mais il était toujours courtois et serviable.

Victoria gravit lentement les marches menant à l'étage. Elle portait son manteau habituel, même si elle avait hésité à en changer et à déplacer son ampoule de cyanure. Dans tous les cas, il ne fallait pas que le colonel mène une enquête sur elle.

— Bonjour, mademoiselle Colbert ! lança-t-il depuis la salle de réunion. Je suis là !

Prudente, la jeune femme s'arrêta sur le seuil. Dieter Albrecht était en civil – veste en tweed, pantalon de velours et bottes de cuir. Une casquette de golf était posée sur la table.

— Vous êtes en avance, commenta-t-elle.

— Je voulais être présent avant que vous ne vous mettiez en tenue.

— Je pensais vous affronter, aujourd'hui.

— Il fait trop beau pour rester enfermé, vous ne pensez pas ? J'ai donc pris la liberté d'organiser une petite sortie.

— Une sortie ?

— Vous allez être surprise.

— Quel genre de surprise ?

— Si je vous le disais, cela n'en serait plus une, répondit-il en lui offrant son bras. Partons, voulez-vous ?

— Où allons-nous ?

— Cela fait partie de la surprise.

Karl replia la capote de la voiture et prit le volant. Victoria vit Paris défiler sous ses yeux avec un malaise grandissant. Être une Américaine innocente coincée derrière les lignes ennemies était une chose, se faire arrêter en tant qu'espionne en était une autre.

— Où Karl nous conduit-il ? demanda-t-elle dès qu'ils quittèrent la ville.

Elle feignait la désinvolture, mais son cœur battait à tout rompre.

— Surprise ! Profitez de la promenade.

Pourquoi ? Parce que ce serait sa dernière ? Victoria l'observa de profil. Il était indéchiffrable. Il semblait différent. Les vêtements civils, peut-être. Elle le préférait en uniforme. Il leva le visage vers le soleil, sans un mot.

Au bout d'une quinzaine de kilomètres, Karl franchit une grille majestueuse et s'engagea dans une allée bordée d'arbres. Quelques centaines de mètres plus loin, elle formait une fourche. D'un côté, un château, sur une colline, au loin, et de l'autre, une folie. Karl bifurqua vers la bâtisse plus modeste.

— La maison de campagne du comte Daniel d'Archambault, expliqua le colonel. Lui et sa famille sont partis en Suisse jusqu'à la fin de la guerre.

Le duc avait-il réquisitionné le domaine de ce comte pour son propre usage ? Elle n'ignorait pas que les folies étaient un moyen de faire montre de sa richesse. Celle-ci surplombait un paysage en partie enneigé. Dehors, elle vit une table et des bancs de pierre.

— Karl, si vous voulez bien…

Il désigna le coffre de la voiture, puis tendit la main à la jeune femme pour l'aider à descendre.

— L'endroit idéal pour un pique-nique, vous ne trouvez pas ?

— Un pique-nique ?

— À l'américaine, préparé spécialement pour vous : du poulet, de la salade de pommes de terre, une tourte aux pommes. De quoi vous rappeler le pays.

— C'est là votre surprise ?

— Oui. Vous êtes contente ? Vous aviez l'air… apeurée tout à l'heure. Que redoutiez-vous donc ? Que j'aie des intentions moins honorables ? Quelle idée !

Il avait une lueur amusée dans le regard, presque ironique. À quel jeu jouait-il ? Le malaise de la jeune femme monta d'un cran. Quelque chose n'allait pas.

— Cela se comprend. Je ne sais jamais à quoi m'attendre de votre part, colonel.

— Je vous en prie, appelez-moi Dieter. Nous étions convenus de nous appeler par nos prénoms. Ne vous ai-je pas garanti que vous n'aviez rien à craindre de moi ? Faisons quelques pas le temps que Karl allume du feu et dresse la table.

Le colonel se dirigea vers une colline encore verte par endroits. Les branches gelées étincelaient au soleil. L'air vif sentait le frais. Victoria respira à pleins poumons pour tenter de se détendre.

— Vous frissonnez, constata Dieter. N'est-ce pas un cadre merveilleux ? Il faudra que je vous amène ici quand il fera plus chaud. Au printemps, c'est une merveille.

Victoria se tourna vers lui. Il évoquait l'avenir, mais c'était un maître de la manipulation, de l'interrogatoire sans avoir recours à… certaines méthodes, selon l'un de ses collègues. Elle se garda de répondre pour ne pas éveiller ses soupçons.

Le colonel ne la toucha pas. Tout au plus lui prit-il le bras pour l'aider à négocier le chemin caillouteux. En d'autres temps, Victoria aurait apprécié cette promenade bucolique.

Au sommet d'une colline, elle découvrit une vue saisissante.

— Cet endroit me rappelle mon domaine familial, la terre de mes ancêtres. Êtes-vous déjà allée en Allemagne, Victoria ?

— Non.

— Je suis bavarois. Pour beaucoup, c'est le pays de la bière et de la saucisse. Une description très réductrice… C'est la plus belle région du pays, voire d'Europe, avec des lacs, des châteaux, la montagne, de petits villages pittoresques…

— Vous êtes nostalgique ?

— J'espère retourner là-bas après la guerre pour ne jamais en repartir… d'une façon ou d'une autre.

— Vous n'avez pas l'intention de rester dans la SS pour aider votre Führer à préparer le règne millénaire du Troisième Reich ?

— Il n'y aura ni SS, ni Führer, ni Troisième Reich.

Il se tourna vers elle et lui sourit.

— Nous y allons ? Le feu doit être prêt.

C'était la première fois qu'il exprimait aussi franchement ses convictions. Victoria était persuadée qu'il n'adhérait pas à la vision du dictateur. Cette attitude séditieuse visait-elle à la déstabiliser ? Elle le dévisagea en silence pendant un long moment. Soudain, le rugissement d'un moteur remontant l'allée retentit. Une voiture de la SS arborant le drapeau nazi approchait, transportant deux officiers en uniforme. Victoria se figea. Elle aurait dû s'en douter ! Ils venaient la chercher. Ce n'était qu'un jeu.

— Allons-y, dit sèchement le colonel en la prenant par le bras.

Un major descendit vivement de la voiture et vint à leur rencontre. Ils échangèrent le salut nazi, puis le major austère regarda Victoria.

— Puis-je parler librement, colonel ?

— Oui. Elle ne comprend pas l'allemand.

S'ensuivit un échange tandis que Victoria, soulagée, s'éloignait pour admirer la vue en écoutant leur conversation dont elle mémorisait chaque information. Au bout d'un moment, le colonel s'approcha d'elle.

— Toutes mes excuses, mademoiselle, mais nous devons regagner Paris immédiatement. Une urgence.

— Dommage. J'aurais volontiers mangé du poulet.

23

La semaine suivante, le lundi 16 novembre, en fin d'après-midi, Ludwig Muller se préparait à rentrer chez lui quand il entendit un bruit de pas précipités dans le couloir menant aux bureaux. Plus étonné qu'apeuré, il se leva pour voir débarquer trois agents de la Gestapo en veste de cuir noir. L'un d'eux le repéra et se jeta presque sur lui.

— Ludwig Muller ?

— Oui…

— Vous êtes en état d'arrestation pour mœurs contre nature.

— Quoi ? s'exclama Muller, rouge de colère.

Chris et les enseignants encore présents vinrent voir ce qui se passait. Le responsable du trio d'agents de la Gestapo jeta une enveloppe sur le bureau.

— Vous êtes bien l'un des hommes figurant sur ces photos ?

Ludwig en sortit quelques-unes et hocha la tête.

— Oui.

— Suivez-nous !

Sous le regard ahuri de ses collègues, il fut emmené sans ménagement. Il croisa le regard de Chris Bauer, qui demeura impassible. Ludwig ne saurait jamais qui l'avait dénoncé.

— Muller, de la jaquette ? commenta un collègue. Qui l'eût cru ?

— En effet. Dommage qu'il soit arrêté pour ses préférences sexuelles. L'amour ne connaît pas de lois, répondit Claus Bauer.

* * *

Dieter finit de rédiger sa lettre à Victoria Grayson et cacheta l'enveloppe de son sceau familial. Il s'excusait d'avoir coupé court à leur pique-nique de la veille et se proposait de se racheter en l'emmenant à nouveau à la campagne déjeuner dans une petite auberge pittoresque. Était-elle libre le vendredi 20 novembre ? Il joignait un numéro de téléphone lui permettant de le joindre. Il chargea Karl de livrer la lettre à l'école d'escrime lundi matin. Satisfait, Dieter se détendit et but son café.

Victoria Grayson avait mordu à l'hameçon et démontré sans le moindre doute possible qu'elle était une espionne. Pourvu que ses supérieurs en fassent autant. L'incident survenu à la folie n'était qu'une mise en scène destinée à pousser la jeune femme à contacter ceux pour qui elle travaillait.

Dès leur retour à Paris, il s'était excusé en invoquant une urgence et avait demandé à Karl de le conduire à son bureau avant de raccompagner Mlle Colbert chez elle. Ensuite, il avait regagné sa suite de *L'Hôtel de Crillon* pour attendre le rapport de son meilleur limier, qu'il avait chargé de suivre Victoria. L'homme avait paru attristé de voir Victoria soupçonnée par le directeur du contre-espionnage du SD.

Lorsqu'il frappa à la porte de la suite, Dieter lui servit un whisky.

— Vous aviez raison, colonel. Mlle Colbert est ressortie presque aussitôt pour glisser un message dans la boîte aux lettres d'une maison jouxtant le couvent des Sœurs de la Charité. Ensuite, elle est rentrée chez elle.

— Une boîte aux lettres, répéta Dieter en hochant la tête. Autre chose ?

— Un détail étrange. Un peintre a réalisé une fresque spectaculaire sur un mur de l'enceinte du couvent, une véritable attraction. Des promeneurs étaient réunis devant.

— Quel genre de fresque ?

— Un paysage tropical, des eaux bleues avec des oiseaux marins, des nénuphars, des éléments aquatiques. Il y a aussi un chien et des libellules. C'est joli, apaisant.

— Je doute qu'il y ait un rapport, mais il vaut mieux surveiller les lieux. J'envoie un homme là-bas immédiatement. Bon travail ! conclut-il en levant son verre.

— C'est un honneur, colonel, répondit l'enquêteur en trinquant avec lui.

Dieter devait désormais attendre que le contact de Victoria réagisse à son message. Il avait choisi cette cible pour éliminer toute possibilité qu'elle travaille pour un membre du parti nazi. Si la cible demeurait intacte, Dieter saurait que le contact de Victoria faisait partie des services de renseignements alliés. Il pariait toujours sur l'OSS, une organisation difficile à duper. Le colonel avait cru un instant qu'il les soupçonnait, lui et Konrad, de comploter contre le Troisième Reich.

Dieter n'avait pas fait part de ses soupçons sur Victoria à son complice de conspiration. Pour la sécurité de la jeune femme, Konrad n'avait pas à le savoir. Ce dernier était déjà en danger par son association avec l'amiral Canaris. On disait que les vautours de Heinrich Himmler commençaient à tourner au-dessus de l'amiral et Dieter redoutait que son mentor ne subisse le même sort.

Karl l'interrompit dans ses pensées.

— Le commissaire Maurice Corbet et un collègue de la police judiciaire française demandent à vous voir, colonel.

Dieter se crispa. Que diable lui voulaient-ils encore, ces maudits flics ? Il pensait en avoir terminé avec leurs questions.

— Faites-les entrer, en précisant bien que je n'ai que quelques minutes à leur accorder.

Il se leva pour accueillir l'officier de police au visage buriné et son subalterne. Lors de leur dernier entretien, Dieter l'avait trouvé plein d'expérience et rusé comme un renard, un homme à ne pas sous-estimer. Ils ôtèrent leur chapeau et s'approchèrent. Le plus jeune balaya la pièce d'un regard nerveux.

— Qu'est-ce qui me vaut l'honneur, une fois de plus, messieurs ?

Maurice Corbet sortit deux photos d'une enveloppe.

— Désolés de vous déranger, colonel Albrecht, mais pouvez-vous identifier cette jeune femme ?

Il posa deux agrandissements sur le bureau : Dieter et Victoria attablés au *Ritz*, le dimanche de leur rencontre.

Dieter réprima un frisson, puis il afficha un sourire forcé.

— Eh bien, oui. Cette jeune personne se nomme Viviane Colbert, elle est professeur à l'école d'escrime française.

— Comment se fait-il que vous la connaissiez ?

— C'est ma partenaire d'entraînement. À présent, voulez-vous bien me dire où vous avez obtenu ces clichés ?

— Ils étaient chez M. Fournier, dans un dossier secret contenant d'autres photos de personnes très en vue dans des situations compromettantes.

— Vous suggérez que c'était un maître chanteur ?

— C'est une piste que nous suivons.

— Pourquoi avoir conservé des photos de Mlle Colbert et moi ? Nous déjeunions simplement ensemble après un combat, reprit Dieter, l'air agacé.

Spécialiste des interrogatoires, il savait qu'il ne fallait jamais en dire plus que nécessaire, ce qui aurait signifié qu'il avait quelque chose à cacher.

— Aucune idée. Nous espérions que vous éclaireriez notre lanterne.

— Il n'y a rien à dire, rétorqua froidement Dieter. M. Fournier a peut-être pris ces photos au cas où, mais j'ai peine à l'imaginer. Je ne vois pas d'autre raison, car ni Mlle Colbert ni moi-même n'étions en couple au moment de ce déjeuner. Et nous ne le sommes toujours pas, d'ailleurs.

Ce dossier expliquait-il dans quelles circonstances exactes et où cette ordure d'écrivain avait rencontré Victoria Grayson ? Un sourire naquit sur ses lèvres.

— J'ajoute, commissaire, qu'il serait très dangereux d'essayer de faire chanter un officier SS du service de contre-espionnage du SD.

Le commissaire rangea les photos dans l'enveloppe.

— C'est aussi mon opinion, colonel. Nous ne vous dérangerons plus. Bonne journée.

Dès que la porte se fut refermée, Dieter réfléchit. Il n'osait se rendre à l'école d'escrime pour prévenir Victoria qu'elle serait interrogée par la police française. Le commissaire Corbet devait s'y attendre. Dieter décrocha son téléphone et appela l'école d'escrime sur sa ligne secrète.

* * *

Dans les locaux de l'OSS, à Berne, Alistair était considéré comme l'homme qui ne dort jamais, ne mange jamais, ne quitte jamais son bureau. Il réagit aux informations de Victoria avec tant de rapidité et d'attention que sa cigarette se consuma seule dans son cendrier. Un informateur nazi infiltré dans le Maquis avait transmis au SD un projet d'attaque, prévu deux jours plus tard, sur une station réceptrice allemande installée dans une ferme, sur la côte normande, qui était responsable de la perte de nombreux avions de la RAF. Elle était également susceptible d'avertir les Allemands en cas de débarquement allié. Le colonel Albrecht avait pour mission de couper court à cette attaque et d'arrêter les saboteurs. Le travail d'Alistair consistait à alerter les maquisards qu'ils risquaient de tomber dans un piège.

Mission accomplie. Les résistants étaient prévenus et les SS se prépareraient à un assaut qui n'aurait pas lieu. Le renseignement de Liverwort avait sauvé la vie de partisans courageux qui frapperaient un autre jour. Alistair avait de quoi se féliciter de l'action de Dragonfly. Par trois fois, le danger avait été éliminé : Marcel Fouchard pour Bridgette, Dirk Drechsler pour Bucky et Ludwig Muller pour Chris. Ce dernier et Brad s'en étaient bien tirés car un malheureux avait avoué avoir volé la liste d'agents allemands opérant au Royaume-Uni. Ses protégés étaient donc libres de poursuivre leur action.

Cependant, le major Alistair ne croyait pas aux miracles.

— Pour l'amour du ciel, Alistair, détends-toi et récompense ces mômes pour leur excellent travail, lui avait dit Bill Donovan. C'est bientôt Noël. Cherche quelque chose qui leur fera plaisir.

Alistair avait trouvé le cadeau idéal. Il permettrait à ses agents d'écrire à leurs proches une lettre qu'il censurerait, bien sûr, et Bridgette déposerait ces enveloppes dans la boîte aux lettres pour qu'Henri vienne les chercher. Il y aurait deux réunions au *Celtic*, ce qui constituait un risque potentiel. Le jeu en valait toutefois la chandelle. Lors de la première, Bridgette informerait l'équipe de cette surprise et leur dirait de placer leurs lettres dans la boîte, sans adresse. Lors de la seconde, elle distribuerait les réponses des familles.

Le courrier mettrait sans doute des semaines à traverser l'Atlantique dans les deux sens, mais ils auraient du courrier pour Noël, sauf Bridgette, qui était orpheline. Pour elle, Alistair dénicherait un cadeau spécial.

***

Le colonel Albrecht l'ayant prévenue par téléphone de la visite imminente de la police française, Victoria ne fut guère étonnée d'être convoquée dans le bureau de Jacques Vogel en fin de matinée.

— Vous n'avez rien à craindre, lui avait assuré le colonel après lui avoir exposé la situation. Dites-leur simplement que vous n'avez aucune idée de la raison pour laquelle ces photos étaient en possession de M. Fournier.

— Et s'il avait laissé des explications sur qui je suis et pourquoi il me connaît ?

— Je me suis posé la même question, avait admis le colonel, mais le commissaire n'en a pas parlé.

— Il m'en parlera peut-être. C'est moi que Fournier voulait faire chanter.

— Ou moi pour une supposée liaison avec une Américaine, alors que, pour Fournier, j'ignorais votre nationalité.

— Ou encore il voulait me dénoncer à vous. Il venait peut-être vous voir à votre bureau pour me dénoncer, hasarda Victoria.

Un silence pesant s'installa, comme si elle avait commis une bévue.

— C'est ce qu'affirme *Le Temps*, reprit-elle.

— Ah oui, j'ai appris cela. Quoi qu'il en soit, il n'est pas venu, de sorte que sa mission demeure un mystère.

Durant l'interrogatoire, la jeune femme affirma ne pas connaître l'écrivain et ignorer pourquoi il possédait des photos d'elle en compagnie du colonel Albrecht. Par la suite, le jeune inspecteur proposa une théorie à son supérieur :

— Mlle Colbert est une femme superbe. Je suis sûr qu'elle n'accorderait pas un regard à un coureur de jupons tel que Fournier s'il essayait de la faire chanter, surtout si elle couche avec ce colonel du SD. Ce sale type n'aurait jamais osé la provoquer.

— Et il aurait réfléchi à deux fois avant de faire chanter un colonel, renchérit Maurice Corbet. Non, s'il est bien allé voir le colonel Albrecht ce jour-là, il avait une autre motivation.

L'inspecteur parut surpris.

— Vous croyez que le colonel ment ?

— Je crois que le colonel protège Viviane Colbert.

***

La semaine du 23 novembre était froide, sous un ciel gris. Grâce à l'élimination de quelques ennemis, les agents de Dragonfly avaient retrouvé une certaine sérénité. Chacun vaquait à ses occupations professionnelles ou clandestines. Les renseignements affluaient comme par miracle. Brad parvint à obtenir les détails de la livraison de tungstène, que la RAF fit exploser en mer, entravant ainsi la production d'armes des nazis.

Un jour, la pétulante Mme Richter, épouse du commandant du camp de Drancy, déclara en présence de Bridgette que son mari allait accompagner un convoi de camions chargés de Zyklon B destiné aux chambres à gaz d'Auschwitz, « pour voir si cela fonctionne ». Agenouillée aux pieds de Mme Richter pour épingler l'ourlet de sa dernière robe, Bridgette était invisible. Elle l'écouta avec effroi expliquer que ces cristaux, « la dernière trouvaille des nazis pour exterminer les Juifs », se transformaient en un gaz mortel une fois exposés à l'air.

— Les gardes jettent le Zyklon B dans la chambre à gaz par les conduits de ventilation et les Juifs meurent en vingt minutes maximum, raconta-t-elle à l'épouse tout aussi méprisable d'un officier supérieur nazi.

Quelques instants après le départ de la cliente, Bridgette fila au couvent, un goût amer dans la bouche, pour transmettre l'information au major. Deux jours plus tard, il lui répondit : « Convoi intercepté et neutralisé. »

Serge Beaulieu était tellement apprécié dans son travail que l'ingénieur allemand en charge du projet des Alpes l'invita à visiter le site produisant des projectiles destinés à anéantir le littoral britannique. Bucky mémorisa les détails des lieux et dessina des plans à remettre à un correspondant de l'OSS.

Victoria apprit par hasard le nom d'une taupe à la solde des nazis au sein de l'ambassade des États-Unis à Berne et Chris livra une stratégie militaire élaborée par les Allemands pour protéger la côte française d'un éventuel débarquement allié.

Au cours de cette semaine, la fresque demeura intacte. Bridgette craignait que, sans Marcel, les vandales ne s'en donnent à cœur joie. Étonnamment, les riverains et les patrouilles allemandes firent leur œuvre. Pourtant, le samedi 28 novembre au matin, les passants remarquèrent un trait oblique sur la libellule du milieu. Au cours de la nuit, la même personne que la première fois avait laissé sa carte de visite.

* * *

Quand vint le mois de décembre, la neige se mit à tomber sur Paris, drapant la capitale d'un manteau blanc qui transforma le moindre relief en une créature féerique. Dans le silence feutré, une quinte de toux faisait presque l'effet d'une détonation. Hélas, les Parisiens souffraient plus que jamais de la présence de l'occupant. Les restrictions, le rationnement, les représailles de plus en plus fréquentes, la faim et le froid… les gens ne sortaient de chez eux que par nécessité.

— Encore ! s'emporta le général March face à un avis à la population, en présence de Brad, Chris et Mme Gastain, qu'il avait invités à dîner dans sa villa bien chauffée. C'est un sacrilège ! Noël ne veut donc plus rien dire ?

Les nazis accommodaient Noël à leur sauce. Pour eux, cette fête n'avait rien à voir avec la naissance du Christ mais trouvait son origine dans une célébration païenne du solstice d'hiver. Le personnage bedonnant et barbu qui passait dans les maisons et distribuait des cadeaux aux enfants sages était en réalité la divinité Odin, que les chrétiens avaient détournée. L'affiche qui provoquait la colère de Konrad représentait ledit Odin sur son cheval, sa hotte sur le dos.

— Et ce n'est pas tout, intervint Mme Gastain. Les magasins doivent remplacer les jouets traditionnels par des chars, des avions de combat ou des mitrailleuses miniatures. J'ai même vu des croix gammées destinées à orner les sapins.

— Des avis sont affichés à l'académie, expliqua Chris. Les enseignants doivent expliquer aux élèves que le Führer est le véritable sauveur de l'humanité.

— Qu'ils aillent au diable ! s'exclama Konrad.

— Il ne manquait plus que ça, soupira Mme Gastain.

Brad et Chris avaient remarqué que le général se laissait parfois aller, surtout après quelques verres de schnaps. Sans être négligent, il rapportait des dossiers confidentiels chez lui au lieu de les laisser enfermés dans les locaux de l'Abwehr. Sans doute se méfiait-il de ses subalternes. D'après Brad, Konrad était plus prompt à discuter de questions militaires avec les autres officiers lors des parties de pêche.

— Crois-tu que cette indiscrétion soit délibérée ? demanda Brad à Chris.

— Je ne sais pas… Quel jeu jouerait-il ?

— À moins qu'il ne nous fasse simplement confiance…

— Ce n'est pas sa vocation, pourtant.

Heureusement, aucun des renseignements soutirés au général ne trahit les deux agents, qui poursuivirent leurs activités en toute quiétude.

Victoria se méfiait de la confiance du colonel Albrecht. Que penser de lui ? Comment un homme aussi intelligent, cultivé, courtois, amateur de peinture, de musique et de littérature, pouvait-il appartenir à la SS ? La barbarie de ces monstres la faisait frémir d'effroi. Elle avait vu de ses yeux un officier SS sortir son pistolet et abattre froidement un civil en pleine rue, le laissant mourir dans une mare de sang. Le seul crime de ce malheureux était de ne pas s'être écarté du chemin de l'officier. Affligée, Victoria avait annulé son rendez-vous avec le colonel car elle ne supportait pas la vue de son uniforme.

Elle ne le voyait plus en tête à tête. Depuis une nouvelle escapade à la campagne, il ne l'invitait qu'à des soirées entre militaires, des séances de cinéma, des repas au restaurant, toujours en présence d'autres officiers. Il se montrait respectueux et plaisant en toutes circonstances. Tous ces nazis lui donnaient la chair de poule, mais ils lui servaient des renseignements sur un plateau.

Une petite voix intérieure lui disait de se méfier de l'eau qui dort.

Bridgette, elle, n'avait pas ces problèmes. Persuadée que Marcel ne l'avait pas dénoncée avant de mourir, elle se concentrait sur sa fresque en tant qu'œuvre d'art. Entre deux chutes de neige, le paysage s'embellit et donna lieu à des échanges agréables avec les passants et même les patrouilles allemandes. Au couvent, elle se sentait chez elle. Elle appréciait les repas en compagnie des nonnes, ainsi que leurs parties d'échecs. Sans dire franchement qu'elles étaient informées de ses activités, plusieurs sœurs proposèrent de faire le guet quand elle était à la radio.

Ce qui l'inquiétait un peu, c'était la jalousie à peine masquée de plusieurs stylistes de chez Boucher, des collabos notoires. La mode était un monde fermé. Depuis le départ, certaines se demandaient comment Jeanne Boucher avait pu engager une apprentie inconnue dans le milieu, d'autant qu'elle bénéficiait d'un traitement de faveur et semblait aller et venir à sa guise.

— Soyez prudente, lui conseilla Sœur Marie-Françoise lorsqu'elle lui en fit part.

Débarrassé de Dirk Drechsler, Bucky était lui aussi plus serein. Il se souciait surtout de la sécurité de son père. Le Spectre noir faisait régulièrement la une des journaux clandestins.

Peu avant Noël, en rentrant à la pension, après le travail, Bucky découvrit une marque sur la contremarche. Le lendemain matin, en arrivant au parc, il ne vit aucune trace de pas dans la neige. Il était seul. Il glissa la main dans le tronc du platane pour en extraire un message : « Mon bien-aimé, un cadeau de Noël t'attend chez CB. »

Bucky traversa la rue en direction de la maison de Claire Belmont et sonna à la porte. Le majordome lui ouvrit et lui tendit un paquet sans un mot, avant de refermer la porte aussitôt. Le jeune homme l'emporta sur le banc et le déballa. Des larmes lui vinrent aux yeux lorsqu'il découvrit les épaulettes de son père, ancien élève de Saint-Cyr. « Joyeux Noël, mon fils », lut-il sur une carte.

Les réponses des familles aux lettres commençaient à arriver, de sorte qu'un trait oblique apparut sur la libellule de la fresque. En distribuant le courrier, Bridgette réitéra les ordres du major Reynolds de détruire les lettres après les avoir lues.

Naturellement, ils ne le firent pas tout de suite.

Lors de cette réunion au *Celtic*, la dernière, sans doute, à moins qu'une urgence ne survienne, Victoria fit une suggestion :

— Et si on concluait un pacte pour se réunir à nouveau, dans ce café, à quatre heures, vingt ans après la date du 23 septembre 1942 ?

Le silence se fit.

— Pourquoi pas ? insista-t-elle, déterminée. Les libellules retournent toujours à la rivière.

— C'est vrai, Liverwort, répondit Brad en posant une main à plat sur la table pour que les autres en fassent autant. Au 23 septembre 1962, ici même !

Ses camarades prêtèrent serment à leur tour.

Victoria et Bridgette furent les dernières à quitter les lieux.

— Et toi, Labrador ? s'enquit Victoria gentiment. Tu n'avais personne à qui écrire, là-bas ? Pas de famille, ni d'amis ?

— Ma famille et mes amis sont ici.

Dans sa mansarde, ce soir-là, un cadeau l'attendait, accompagné d'une carte : « Joyeux Noël.

A. Reynolds. » La jeune femme sourit. Le colis contenait sa friandise préférée : un pot de confiture de cerises du Michigan.

* * *

Le 31 décembre 1942, les nouvelles semblaient plus optimistes du côté des Alliés. L'Armée rouge l'avait emporté à Stalingrad, empêchant une avancée allemande en URSS. Le maréchal Rommel, commandant de l'Afrika Korps, était pris au piège en Tunisie et les Britanniques avaient remporté la bataille décisive de la mer de Barents contre les navires allemands chargés de détruire les vaisseaux de Sa Majesté transportant du matériel en Russie.

Le soir du 31 décembre, à Berne, le major Alistair Reynolds, d'ordinaire très sobre, accepta une coupe de champagne lors d'une soirée en compagnie de ses collègues pour porter un toast aux agents alliés qui opéraient en territoire ennemi. Il avait toujours peur pour ses cinq protégés mais, pour l'heure, son équipe était toujours en jeu.

24

— Général, puis-je vous parler un instant ? s'enquit Hans en aidant Konrad March à enlever son pardessus.

— Pourquoi cette tête, Hans ? Il s'agit de Wilhelm ?

— Non, général. Pouvons-nous parler dans la cuisine ?

— Avant mon schnaps ?

Konrad remarqua que son aide de camp n'avait pas ôté la neige de son manteau.

— Vous me semblez distrait, reprit-il.

— Je le suis. Pardon, général.

— Je vous suis.

Quoi encore ? songea Konrad. Il avait passé une mauvaise journée. C'était le cas depuis un mois. En ce 2 février, la bataille de Stalingrad était finie. Il avait appris que son ami le maréchal Friedrich von Paulus figurait parmi les prisonniers. Hitler était furieux qu'il ne se soit pas suicidé avant d'être arrêté. Konrad avait participé à des réunions avec des membres du haut commandement. Tous redoutaient que les Soviétiques ne cherchent désormais à avancer vers l'Allemagne. Se trouvaient-ils à un tournant de la guerre en faveur des Alliés ?

Dans la journée, les SS avaient intercepté une famille juive sur le point de passer en Suisse grâce à un laissez-passer signé par l'amiral Wilhelm Canaris en personne. Le mentor de Konrad avait expliqué que le père était un espion en mission pour ses services. Et sa femme, ses enfants, sa grand-mère ? Konrad était sur des charbons ardents. Combien de temps les nazis mettraient-ils pour découvrir que leur chef du renseignement militaire jouait un double jeu ?

Il avait grand besoin d'un schnaps au coin du feu.

— Alors, Hans ?

— C'est à propos de messieurs Wagner et Bauer.

— Oui ?

— Ils sont américains.

— Comment le savez-vous ? s'enquit le général en le dévisageant.

— Je les ai entendus discuter ensemble en anglais, avec l'accent américain. J'étais derrière la haie, en train de protéger les tuyaux contre le gel, quand M. Bauer est arrivé pour sa leçon et a croisé M. Wagner dans la rue. Il rentrait du bois chez Mme Gastain. Ils ne m'ont pas remarqué et ont cru qu'ils pouvaient parler dans leur langue en toute sécurité. Vous pouvez me croire, général. Ma mère a hébergé des Américains des forces expéditionnaires, lors de la dernière guerre.

— Vous avez compris ce qu'ils disaient ?

— Non, mais j'ai saisi quelques mots. Il était question d'armes antiaériennes allemandes.

Konrad réfléchit quelques instants, puis il posa une main sur l'épaule de son aide de camp.

— Cela doit rester entre nous le temps que je prenne une décision, c'est compris ?

— Comme d'habitude, général. Je suis désolé… je n'aurais jamais cru que ces deux jeunes étaient… des espions. Je les aime bien et, naturellement, Wilhelm…

— Je sais, soupira Konrad. Parfois, les apparences sont trompeuses… Merci, Hans.

En quittant la cuisine, le général sourit. Des Américains ? Voilà qui ne l'étonnait guère. Ils l'avaient bien eu ! Lui qui les prenait pour des Allemands travaillant pour le SOE. Eh bien, non ! Des agents de l'OSS convenaient encore mieux à ses projets. Il s'installa devant la cheminée pour déguster un verre d'alcool. Cette journée se terminait mieux qu'elle n'avait commencé.

* * *

En voyant un homme de ménage nettoyer le tapis, dans le couloir menant au bureau du colonel Albrecht, le commissaire Maurice Corbet avait eu une idée. Elle était un peu tirée par les cheveux, voire dangereuse. Toutefois, elle valait la peine d'être envisagée. Cette fois, il agirait en solo. Son jeune inspecteur était compétent, mais il ne le connaissait pas vraiment et, par les temps qui couraient, on ne pouvait se fier à personne. Certains auraient trahi père et mère pour une miche de pain.

Sur le trottoir, face à l'immeuble abritant les locaux du SD, il attendit que le chef du contre-espionnage apparaisse, caché dans une boutique, pour connaître les horaires habituels du colonel Albrecht. Il semblait déjeuner à l'extérieur. Rien de plus naturel. Des hurlements de douleur s'échappaient parfois du 84, avenue Foch, où la Gestapo interrogeait certains suspects.

Une voiture de fonction allemande s'arrêta et un garde SS ouvrit la grille, puis se mit au garde-à-vous en faisant le salut nazi. Le colonel Albrecht s'avança, le type même de l'Aryen idéal, selon Hitler : grand, blond, séduisant, plein d'assurance, redoutable. Maurice attendit que le véhicule se soit éloigné pour traverser la rue. Il avait l'air d'un collabo venu dénoncer un compatriote. Il montra ses papiers et sa carte de police aux gardes, puis longea un couloir en direction d'une pièce portant les inscriptions « entretien » et « chaufferie » qu'il avait remarquée la dernière fois.

En suivant une certaine piste, dans son enquête sur la mort d'Armand Fournier, il risquait non seulement son poste de commissaire de police judiciaire, mais aussi sa peau. Son supérieur lui avait interdit tout contact avec le colonel Albrecht, invoquant qu'il n'y avait aucune raison de ne pas le croire s'il affirmait ne pas avoir vu Fournier dans son bureau.

— Le chauffeur de taxi a déclaré avoir déposé M. Fournier devant les locaux du SD et mon instinct de flic me dit que le colonel ment, avait rétorqué Corbet.

— Votre instinct vous trompe peut-être. Et l'écrivain a pu se faire agresser avant de franchir le seuil. Ce n'était pas un enfant de chœur, loin de là.

— Seule sa domestique savait qu'il serait là-bas à cette heure-là. De plus, les gardes auraient remarqué quelque chose s'il avait été enlevé en pleine rue.

— Donc tout le monde confirme qu'il ne s'est pas présenté chez le colonel. Je les crois et vous devez les croire aussi, Maurice, dans votre propre intérêt. Je vous ordonne de rayer cet homme de votre liste de suspects, et pas uniquement pour les raisons qui devraient vous sembler évidentes. C'est également une perte de temps.

La conscience professionnelle et l'instinct de Maurice le titillaient. Selon les accords passés avec les autorités d'occupation, les crimes commis par des Français sur le sol français relevaient de la police nationale. Ce qui excluait les crimes commis par des Allemands sur des citoyens de l'Hexagone.

Maurice était conscient que sa présence serait signalée, de même que les questions qu'il poserait aux employés de l'entretien. Quelles chances avait-il de retrouver le vieil homme qu'il avait vu astiquer le sol du bureau du colonel Albrecht ? Qui balayait les sols le samedi matin de la visite supposée d'Armand Fournier au colonel ? Et surtout, qui aurait pu deviner qu'un Français travaillant dans les locaux de la SS parlerait à un commissaire de la police judiciaire ?

Le même vieil homme était assis devant le poêle, parmi d'autres agents d'entretien. Quand Maurice lui montra sa carte, une lueur de compréhension apparut dans ses yeux bruns : il savait pourquoi ce flic était venu. Sans un mot, il se leva et désigna la porte. Maurice le suivit hors de la pièce.

— Oui, commissaire ? fit-il à voix basse, dans le couloir.

— Police française. J'ai quelques questions à vous poser.

— Tout dépend des questions.

— Avez-vous fait le ménage ici même le samedi 31 octobre au matin ?

— Oui, monsieur.

Maurice lui montra une photo.

— Avez-vous vu cet homme, ce jour-là ?

— Oui, monsieur.

Maurice réprima un sursaut.

— L'avez-vous vu entrer dans le bureau du colonel Dieter Albrecht ?

— En effet.

— Et en ressortir ?

— Non.

— Non ? Il aurait pu partir à votre insu, si vous étiez dans une autre partie du bâtiment, non ?

— Non, monsieur.

— Dans la chaufferie, peut-être ?

— Pas du tout, objecta le vieil homme, qui lui cachait quelque chose et n'avait aucune intention de lui dire ce qui s'était passé ce jour-là.

— Vous êtes resté dans ce couloir le temps du rendez-vous ?

— Oui, commissaire.

— Vous l'auriez donc vu partir ?

— Oui.

— Merci bien. Bonne journée.

Maurice quitta les lieux avec un frisson d'effroi en songeant à ce qui se passait derrière ses murs.

Le colonel Albrecht avait menti. Il n'avait plus qu'à déterminer si l'écrivain était reparti dans l'état où il était arrivé…

* * *

Brad savait qu'il devait obéir aux ordres et détruire la lettre de sa mère, qui lui donnait des nouvelles de chaque membre de la famille, y compris son beau-père. À cause de la mobilisation, il n'y avait presque plus de jeunes à Meeker et la scierie manquait cruellement de main-d'œuvre. La nouvelle maison était en chantier, Beata et Margie prenaient des cours de claquettes et Bobby travaillait à temps partiel chez Shreve, l'épicier. Tous exprimaient leur inquiétude pour sa sécurité et leur affection pour lui.

Bobby avait joint un petit mot très touchant, sans doute à l'insu de sa mère : « *Voici la liste, par ordre d'importance, des choses que tu devrais savoir. Ta mère et ta sœur vont bien. Numéro deux, Jared est un type bien. On voit qu'il aime ta mère comme mon père aimait la mienne, d'après mes souvenirs. Numéro trois, il nous traite aussi bien, Margie et moi, que Beata, ce qui en dit long. Ne t'inquiète pas. Tu me manques. La maison est vide, sans toi.* »

Brad avait parcouru mille fois la lettre en essayant de lire entre les lignes. Tout allait bien à Meeker. Hélas, il ne supportait pas l'idée de la brûler et il n'avait aucun lieu sûr dans son logement. Il se contenta de la glisser dans un livre, bien en vue, la meilleure des cachettes. Le général avait déjà dû faire fouiller les lieux par sécurité et nul autre que lui n'avait de raison de le faire.

Le lendemain des révélations de Hans, le livre fut le premier endroit où le général regarda dès que Brad fut parti travailler. S'il ne lut pas son contenu, il reconnut la langue anglaise. Il possédait désormais une preuve que son jeune ami était un espion américain.

* * *

— Il semble que vous soyez le nouveau responsable des sports de cette école, monsieur Bauer, déclara Jules Garnier à Chris. J'ai reçu l'ordre ce matin.

Chris ne masqua pas sa surprise.

— Comment est-ce possible ? Je suis le dernier arrivé.

— Mon cher, fit Jules avec un sourire, les nazis prennent rarement en considération le rang, l'ancienneté ou l'équité quand ils accordent une promotion. Seuls les résultats comptent. Vous avez accompli votre mission sans intimidation, sans violence, tout en respectant le programme du parti. Les parents vous apprécient et le font savoir. J'ai l'ordre de vous nommer au poste de M. Muller.

Jules eut une lueur de conspirateur dans le regard et reprit :

— Vous pouvez vous attendre à des invitations…

Chris ne savait que penser de cette promotion. Le général March risquait de réinscrire son fils afin qu'il fréquente des enfants de son âge. Chris aurait ainsi rarement accès à la villa et aux informations qu'elle recelait, sans parler de ses entrevues avec Limpet, avec qui il s'entendait très bien. Cette maison était devenue pour lui un refuge.

La lettre de ses parents n'évoquait pas le retour de Dirk à New Braunfels. Chris avait la certitude que, sacrifié pour protéger la couverture de Lodestar, son ancien ami ne remettrait jamais les pieds dans leur ville natale.

Dans l'après-midi, Chris annonça sa promotion au général.

— J'espère que vous serez encore disponible pour les leçons de Wilhelm.

— Je pensais que vous le réinscririez puisque Muller est parti.

— Vous vous trompiez, Claus, répondit Konrad avec un sourire. Mon fils est heureux ainsi. Vous nous manqueriez. Pouvons-nous compter sur vous ?

— Absolument, général.

***

Le colonel Albrecht prit le dernier rapport sur les activités de la rue des Sœurs de la Charité et remercia l'homme chargé de la surveiller, dont la mission était terminée. Il n'avait pas besoin de plus amples informations.

Dieter parcourut le document d'un air pensif, puis le rangea dans un tiroir, avec d'autres, qui s'y accumulaient depuis trois mois. Une seule question demeurait sans réponse. Victoria connaissait-elle les autres conspirateurs, tous des hommes, ou bien travaillaient-ils chacun de leur côté ? Elle n'avait pas été vue en compagnie de ces trois hommes, tous jeunes, sportifs et séduisants. Ils avaient glissé des messages dans la boîte aux lettres d'une dépendance attenante au couvent, près d'une superbe fresque. Malgré le risque de mettre les conspirateurs en alerte, Karl l'avait conduit là-bas. Le paysage aquatique avait-il un rapport avec ces activités clandestines ?

L'enquêteur avait également obtenu des informations sur la peintre blonde et menue, Bernadette Dufour, styliste chez Boucher. Colette était une cliente de cette maison de couture. Dieter lui demanderait si elle connaissait cette Bernadette. Deux détails le troublaient. D'après le rapport, elle avait été embauchée au moment où Victoria avait intégré l'école d'escrime, et semblait tombée du ciel, diplômée d'une obscure école de Lyon ayant fermé boutique à cause de la guerre. Cela dit, si elle avait décroché une place dans cette société prestigieuse, c'était peut-être parce que certaines stylistes refusaient de travailler pour une marque habillant des épouses de nazis.

Dieter ne croyait pas aux coïncidences. L'autre détail troublant était qu'elle logeait au sein du couvent, l'endroit idéal où installer un poste de transmission radio. L'enquêteur n'avait pas interrogé la mère supérieure, mais il estimait que Mlle Dufour semblait tout ignorer des messages glissés dans la boîte aux lettres voisine. Selon lui, elle n'était qu'une artiste.

Cela restait à prouver, de l'avis de Dieter, qui ne ferait pas fouiller la maison ni arrêter les trois hommes pour les interroger. Cela contrarierait ses projets. Si une opération de l'OSS était en cours rue des Sœurs de la Charité, il ne l'entraverait pas, tant que Victoria et ses comparses continuaient à jouer son jeu. Son principal souci était leur éventuelle arrestation. Il devrait s'assurer que cela ne se produise pas. Aussi ferait-il appel à une équipe spécialisée.

* * *

Au cours de l'année 1943, les Alliés progressèrent face aux forces de l'Axe, que ce soit sur terre, en mer ou dans les airs. Lorsque le printemps fit place à un été torride, le vent tourna. Les Japonais furent repoussés des îles du Pacifique. Début septembre, l'Italie capitula face aux Alliés. En mai, la campagne d'Afrique du Nord avait pris fin. À travers l'Europe, la Résistance prenait de l'ampleur et sabotait les sites de la Wehrmacht, les usines, les réserves d'explosifs, les voies de chemin de fer et les lignes de communication.

En France, le groupe de maquisards du Spectre noir terrorisait les patrouilles, les convois et les postes radio allemands, obligeant les nazis à former des unités de protection pour lesquelles ils manquaient d'effectifs. Dans son bureau de la police judiciaire, au 36, quai des Orfèvres, Maurice Corbet suivait l'avancée des Alliés et les victoires françaises.

Pendant toute l'année, la libellule du major Reynolds voleta parmi des ennemis de plus en plus nerveux. Malgré les mesures prises par les autorités d'occupation pour endiguer la fuite de renseignements précieux, Dragonfly alimenta le bureau de Berne, ce qui incitait Reynolds à poursuivre les opérations, malgré sa peur de voir ses agents se faire gober comme des mouches par la machine de guerre nazie.

Début 1944, les craintes d'Alistair se révélèrent de plus en plus fondées. Le 19 février, il reçut un rapport qui le mit en rage. Il jura si fort que son sergent, qui travaillait dans la pièce voisine, se leva d'un bond pour se précipiter dans son bureau.

— Que se passe-t-il, major ?

— Hier, Hitler a démis l'amiral Canaris de ses fonctions à Berlin et l'Abwehr doit être absorbée par la SS.

— Que va devenir le général Konrad March ?

— Comment le saurais-je ?

Alistair appela aussitôt Wild Bill Donovan, qui n'était pas « disponible », autrement dit en mission secrète.

— Qu'il me contacte dans les meilleurs délais, ordonna-t-il.

Alistair arpenta nerveusement son bureau. Son rapport ne disait rien sur une arrestation de Canaris ou les raisons de son limogeage, qui ressemblait à une manipulation de Heinrich Himmler qui avait des soupçons sur Canaris et tenait à placer l'Abwehr sous le contrôle de la SS. Si le double jeu de l'amiral avait été démasqué, il serait arrêté et son ami proche Konrad March serait sur la sellette.

Le major n'avait jamais su si les deux hommes étaient impliqués ensemble ou chacun de son côté. Depuis un moment, il soupçonnait le général d'utiliser Brad et Chris pour transmettre des informations authentiques à l'OSS. Il devait partager les convictions de l'amiral concernant la folie d'Hitler qui menait l'Allemagne à sa perte. Sinon, comment expliquer le flux de renseignements secrets qu'il laissait sous les yeux du pêcheur à la ligne et du précepteur ?

Si ses craintes s'avéraient, le général serait le prochain à tomber, entraînant Chris et Brad dans sa chute, puis le reste de l'équipe. Son patron allait lui ordonner d'attendre les suites du limogeage de l'amiral pour voir si Dragonfly était en danger et devait être stoppé. Alistair avait ses limites. Il déciderait lui-même du moment d'exfiltrer ses agents.

* * *

L'absorption de l'Abwehr par la SS à Paris fut immédiate et rapide. À peine l'amiral Canaris avait-il été informé qu'il était relevé de ses fonctions à Berlin que le commandant du SD, le supérieur de Dieter, entra en trombe dans le bureau de Konrad, au *Lutetia*, accompagné de son adjoint. Pendant qu'un contingent de la SS prenait possession des lieux, le commandant du SD annonça au général March que, sur ordre du Führer, le service de renseignement militaire en France relevait désormais de la *Schutzstaffel* et que le colonel Albrecht, chef du contre-espionnage du service de sécurité, lui exposerait la situation.

L'ami et complice secret de Konrad joua à merveille le rôle du conquérant hautain. Avec un regard glacial traduisant la rivalité entre les deux organisations, Dieter lui dit que son service reprenait ses fonctions et que le général March garderait un poste subalterne, à moins qu'il ne souhaite une mutation dans une autre division de la Wehrmacht. Il devait en tout cas lui remettre les clés des portes, des placards et des coffres et ôter ses effets personnels de son bureau. Le colonel occuperait à la fois son bureau du 84, avenue Foch et celui du général au *Lutetia*.

Konrad se vit attribuer un bureau dans une pièce sombre du bâtiment, sa mission étant d'organiser la mutation de son personnel vers d'autres divisions de l'armée allemande et de familiariser son nouveau supérieur avec le travail de l'Abwehr. Sans les activités secrètes qu'il partageait avec l'homme dont il occupait dorénavant le bureau, Konrad aurait fait partie de l'exode vers un poste à la hauteur de son rang. Aux quelques membres de l'Abwehr qui partageaient ses convictions, il avait offert le choix de rester ou d'être mutés. Ils avaient accepté d'être dégradés afin de poursuivre leurs actions de sauvetage.

Dieter n'avait pas la chance d'avoir de tels compagnons au sein de son personnel. Seuls un sergent et un sous-officier étaient dans la confidence de ses activités clandestines.

Les deux complices devaient dorénavant redoubler de prudence dans l'utilisation de « Nuit et Brouillard », le nom de code donné aux « directives sur la poursuite des infractions contre le Reich ou les forces d'occupations dans les territoires occupés », grâce auxquelles Hitler permettait aux services de renseignement de bafouer les termes de la convention de Genève sur les prisonniers. Ceux-ci étaient emmenés vers un lieu secret où ils disparaissaient sans laisser de trace. Konrad et Dieter disposaient ainsi de la couverture idéale pour faire évader certains prisonniers sans éveiller les soupçons.

Le jour du passage de témoin, Konrad calcula à quel moment il devrait organiser le départ de son fils de France avant l'arrestation et l'incarcération de l'amiral Canaris. Il savait que lui-même sombrerait avec l'amiral. Il chargea Hans d'inviter Bernhard Wagner chez lui le lendemain soir et d'appeler Claus Bauer à l'école pour l'informer qu'il devait s'entretenir avec lui d'une question urgente.

Le lendemain soir, Hans conduisit les deux jeunes gens dans le bureau de son supérieur sans que Wilhelm ne sache qu'ils étaient là. Konrad leur fit signe de s'asseoir. Ils se montraient toujours aussi respectueux, alors que les journaux avaient eu tôt fait de rapporter la dissolution de l'Abwehr et la rétrogradation de son chef.

— Messieurs, dit-il en croisant les mains sur son bureau, je sais que vous êtes des Américains travaillant pour l'OSS. Ne le niez pas. J'ai des preuves irréfutables, mais ne vous inquiétez pas, je soutiens votre cause et j'ai un énorme service à vous demander.

Le lendemain matin, Chris déposa un message dans la boîte aux lettres, demandant une réunion urgente avec le Français, le même jour, au *Celtic*, à l'heure habituelle. Limpet et lui avaient des informations à livrer de vive voix. À quatre heures, Brad et Chris entrèrent au café séparément. L'établissement affichait la pancarte « fermé ». Le Français était assis dans son coin, à lire en fumant une cigarette nauséabonde.

Dès que les agents furent attablés, il les rejoignit et écouta patiemment Chris rapporter que le général March savait depuis plus d'un an qu'ils opéraient pour l'OSS, sans préciser comment il l'avait appris.

— Et il ne vous a pas fait arrêter ? s'étonna le Français.

— Il souhaite la victoire des Alliés autant que nous, il veut sauver la France et l'Allemagne de la destruction, déclara Brad. D'abord, Lapwing et moi, on s'est demandé s'il ne nous tendait pas un piège, mais nos infos étaient authentiques et on n'a pas été inquiétés. On en a conclu qu'il était peut-être négligent.

— Donc il pense à présent que si Canaris est arrêté pour trahison, il le sera aussi ? Il marque un point, admit Henri. Tout porte à croire que même Rommel fait l'objet de soupçons. Que veut le général ? Il demande l'asile ?

— Seulement pour son fils, répondit Brad. Lui ne peut pas partir. Trop de personnes dépendent de lui. C'est un soldat, un patriote. Il restera et se battra jusqu'à son dernier souffle.

— Espérons qu'il voie l'Allemagne nazie vaincue. Où veut-il envoyer son fils ?

— En Suisse, chez une tante du nom de Helga Wolfe. Il demande qu'on fasse appel à notre réseau d'exfiltration, dit Brad.

— Pourquoi ne s'en charge-t-il pas lui-même ? Il ne doit pas manquer de ressources.

Brad secoua la tête.

— C'est trop dangereux maintenant qu'il est dans le collimateur de la SS et qu'il risque d'être arrêté à tout moment. Lapwing et moi sommes persuadés qu'il est impliqué dans bien plus de complots qu'il ne l'admet, qu'il est lié à un réseau bien plus important. S'il est arrêté et interrogé, ses réseaux seront compromis. Il veut mettre son enfant à l'abri tant qu'il en est encore temps. Nous aussi.

Brad et Chris échangèrent un regard complice.

— Et vous, mes amis ? Si votre général tombe, vous tombez aussi.

— Le général aura suffisamment de choses à raconter sans nous impliquer. On lui fait confiance. On aura le temps et les moyens de partir.

— J'en ferai part au major, soupira Henri.

Trois jours plus tard, le général expliqua à son fils qu'il l'envoyait chez sa tante Helga, en Suisse, où il le rejoindrait dès que possible. Dans l'entrée, Hans sortait les bagages de l'enfant.

— Pourquoi ? demanda Wilhelm, au bord des larmes. Je ne veux pas y aller. Je n'aime pas tante Helga et mes cousins !

Moi non plus, songea Konrad, au désespoir. S'il détestait sa belle-sœur et ses garnements, il devait privilégier la sécurité de son fils.

— Elle t'attend. Tu ne voudrais pas la décevoir ?

— Ça m'est égal, gémit Wilhelm.

Konrad le serra dans ses bras et s'efforça de ne pas céder à l'émotion, car c'était peut-être la dernière fois qu'il voyait son fils.

— N'oublie jamais que je t'aime, même si on ne se revoit pas avant un moment.

— Tu viendras me chercher, hein, Papa ?

Hans lui évita de répondre.

— Le chauffeur est arrivé, général !

— Il faut descendre, à présent, déclara Konrad.

Il le prit par la main et suivit Hans dans l'escalier. Les yeux embués de larmes, Hans fit ses adieux à l'enfant, que Konrad embrassa une dernière fois.

— Au revoir, mon fils. Que Dieu te protège jusqu'à nos retrouvailles.

Ce soir-là, Brad frappa à la porte du général sans être invité. En voyant les yeux rougis de Hans, il comprit que Wilhelm était parti. Dans le bureau, il trouva Konrad affalé dans un fauteuil, au coin du feu. Les flammes projetaient des ombres sur ses joues inondées de larmes. Il avait vidé une bouteille de schnaps.

— Chez moi, on dit que la tristesse a besoin de compagnie, déclara Brad. Je peux vous offrir la mienne ?

— Asseyez-vous.

* * *

Le lendemain, le 24 février, l'homme du colonel Albrecht chargé de la surveillance fut convoqué à *L'Hôtel de Crillon* pour livrer son rapport. Depuis plus d'un an, lui et son équipe occupaient un bistrot fermé, en face du couvent des Sœurs de la Charité. Il y avait une fresque magnifique qu'il aurait été dommage d'abîmer. Sa protection ne faisait pas partie de son travail, mais il était décidé à faire regretter son geste au moindre vandale.

Si cette planque était parfois ennuyeuse, il aimait son métier. Il était bien payé pour pas grand-chose et il adorait observer les gens. Pas un détail ne lui échappait. Il aimait regarder la jolie peintre ajouter de petites touches à son paysage aquatique et ne manquait pas une occasion de lire et d'améliorer son français tout en scrutant la rue. Il ne pouvait se permettre de faillir à son devoir envers le chef du service de contre-espionnage du SD.

D'après son expérience, les trois hommes et la femme qui déposaient régulièrement des messages dans la boîte aux lettres de la maison voisine du couvent étaient membres d'une organisation subversive. Dans son rapport, il les surnommait le marinier, le dieu grec, l'attaché-case et la déesse. Le colonel Albrecht aurait dû les faire arrêter, mais il avait ordonné qu'il reste à son poste et signale la moindre activité ou personne susceptible de menacer le groupe.

Ce qui venait de se produire.

Dieter l'écouta en silence, saisi d'une sourde appréhension :

— Une traction avant Citroën, vous dites ?

Le modèle de prédilection de la Gestapo.

— Oui, colonel. Noire comme la mort, avec trois hommes à l'intérieur. La Gestapo.

— Ils se sont arrêtés devant la fresque ?

— Ils sont restés vingt minutes. Chacun est sorti pour regarder. J'ai cru qu'ils allaient la vandaliser. Difficile de dire ce qu'ils voulaient.

— Quand vous parlez de « regarder »... Étaient-ils détendus ? Concentrés ?

— Concentrés, je dirais. Ils semblaient l'inspecter.

— Et cette voiture n'était pas en maraude ?

— Non. Ils sont venus pour la fresque. Dès qu'ils sont remontés, elle a redémarré.

— Si vous remarquez encore la Gestapo dans cette rue, prévenez-moi immédiatement, c'est clair ?

— Bien, colonel.

Après le départ de son subalterne, Dieter demeura pensif. Le succès de cette fresque avait dû parvenir aux oreilles de la Gestapo. Tout détail inhabituel, aussi innocent que le jouet d'un enfant ou une fresque, éveillait leurs soupçons. Peut-être voulaient-ils déterminer s'ils devaient s'y intéresser. Son homme en planque en aurait le cœur net.

* * *

Peu à peu, les cartes s'écroulèrent. Le ciel s'assombrit. Le vendredi 25 février, Brad put annoncer à Konrad que le petit Wilhelm était bien arrivé en Suisse. Le général convia ses invités habituels à sabrer le champagne, mais la maison semblait bien silencieuse sans l'enfant. Mme Gastain s'efforça de le consoler un peu. Après avoir pris congé de Chris et Brad, il la raccompagna chez elle et y passa la nuit. Peut-être avait-elle eu pitié de lui…

Les rumeurs de l'imminence d'un débarquement allié enflaient. Il aurait lieu dans le Nord, au printemps, quand le temps serait plus clément.

En mars, Bucky eut la chance d'accompagner une équipe d'ingénieurs chargés de vérifier l'efficacité du Mur de l'Atlantique destiné à protéger le littoral français d'un débarquement allié. Il garderait le souvenir de ces quelque quatre mille kilomètres de fortifications s'étendant de la frontière franco-espagnole à la mer du Nord, jalonnées de barbelés, de bunkers, de plages minées, de batteries d'artillerie, de blockhaus. À marée haute, les troupes approchant les plages ne verraient pas les pièges. À marée basse, le spectacle du dispositif avait de quoi décourager toute tentative de débarquement.

Bucky n'osait imaginer le massacre que provoquerait une telle entreprise. Il nota les détails du système dans un rapport si méticuleux qu'il fut exploité par les stratèges alliés préparant le « D Day ».

Le 4 mars, l'amiral Wilhelm Canaris fut assigné à résidence. Plusieurs semaines s'écoulèrent sans nouvelle d'une éventuelle incarcération. D'après la rumeur circulant dans le bureau de Konrad, l'amiral occuperait bientôt un poste de petit fonctionnaire à Berlin. Une mise au placard.

Le général n'avait aucune confiance en Heinrich Himmler. Il connaissait les méthodes du chef de toutes les polices allemandes, qui titillait longuement le poisson avant de le ferrer et de le sortir de l'eau. À l'insu de Konrad, Brad et Chris mirent au point un plan destiné à le protéger s'il arrivait malheur à Canaris. Quand viendrait le moment de partir, ils l'emmèneraient en Suisse, où il retrouverait Wilhelm et attendrait tranquillement la fin de la guerre.

En avril, les renseignements affluèrent. À cause des tensions entre le gouvernement de Vichy et le haut commandement allemand, Chris était moins souvent invité chez les parents de ses élèves, qui n'hésitaient pas à répéter les propos de leurs pères sur leurs activités.

Chez Boucher, épouses et maîtresses de nazis discutaient ouvertement des stratégies militaires de leurs conjoints allemands. Au bureau de Bucky, les ingénieurs conviaient désormais les Français à des réunions qui se tenaient naguère dans le plus grand secret. Quant à Victoria, elle croulait sous les renseignements glanés à l'école d'escrime et auprès du colonel.

En conséquence, les agents se rendaient presque tous les jours à la boîte aux lettres.

L'enquêteur du colonel Albrecht ne décela rien d'inhabituel dans la rue des Sœurs de la Charité, même s'il s'inquiétait un peu que la présence fréquente de ses cibles éveille les soupçons de toute autre personne postée en surveillance.

Fin mai, un matin, il vit un non-voyant portant des lunettes noires s'asseoir devant la fresque, avec une canne blanche et une soucoupe. Sa pancarte disait « pour manger ». Il l'observa avec attention toute la journée. Certains passants lui jetaient quelques pièces ou lui remettaient un morceau de pain qu'il dévorait sans tarder. Au bout de quelques jours, l'enquêteur passa nonchalamment devant le mendiant et en conclut qu'il était inoffensif. En fait, il avait bien choisi son emplacement, devant une fresque. La jeune peintre, toujours élégante, lui offrait à manger chaque matin, en partant travailler.

L'enquêteur savait que le moindre incident, même insignifiant, devait être rapporté. Néanmoins, s'il signalait la présence de ce mendiant, le pauvre bougre serait traîné au siège du SD et interrogé sans ménagement, avant d'être rejeté à la rue, le visage tuméfié, terrifié. L'enquêteur décida de lui épargner ce triste sort.

Le 4 juin, Konrad apprit une bonne nouvelle : l'amiral n'était plus assigné à résidence et occupait un poste subalterne au ministère de l'Armement, une insulte à son rang. Ce soir-là, le général déboucha une bouteille de champagne.

Peu de temps après, les agents de Dragonfly commirent leur première erreur grave. En presque deux ans de mission, ils ne s'étaient jamais retrouvés ensemble dans la rue. Cela se produisit le premier mardi de juin, en fin d'après-midi. Il ne faisait pas beau. Sur le trottoir, il n'y avait que le mendiant, qui grignotait un croûton de pain.

Les jeunes balayèrent les lieux du regard et échangèrent rapidement quelques mots, alertant l'enquêteur qui, à son poste d'observation, avait désormais la preuve qu'ils se connaissaient. De quoi s'interroger sur la véritable fonction de cette fresque… Le groupe avait négligé de se méfier de la proximité du mendiant qui, du coin de l'œil, les regarda se disperser soudain. En passant, quatre d'entre eux glissèrent un message dans la boîte aux lettres et la jolie peintre regagna le couvent.

L'apparition d'une patrouille de la Milice expliquait cette retraite un peu précipitée. L'enquêteur prit quelques notes dans son calepin. Lorsqu'il releva la tête, le mendiant avait disparu, abandonnant sa soucoupe et sa canne blanche sur place. Sans perdre un instant, l'enquêteur se mit en route pour les locaux du SD.

En attendant le métro, il se rassura en pensant que la Milice, constituée de brutes épaisses sans scrupule, s'était simplement défoulée sur ce pauvre type. En un rien de temps, ils avaient réussi à embarquer le malheureux sans se soucier de ses affaires, pour le simple plaisir de le tourmenter. Peut-être avaient-ils jugé qu'il nuisait à la beauté de la fresque.

Soyons réalistes ! songea-t-il. Ce mendiant n'était pas plus aveugle que lui : il opérait pour la Gestapo, voilà tout ! Comment avait-il pu tomber dans le panneau ? Ce stratagème était vieux comme le monde.

Le colonel ne lui pardonnerait pas sa bévue. Pire encore, les jeunes gens seraient entre les griffes de la Gestapo avant la fin de la journée s'il n'agissait pas immédiatement.

Lorsqu'il demanda à voir le colonel Albrecht, on lui répondit qu'il était en réunion et qu'il ne fallait le déranger sous aucun prétexte. Les bureaux grouillaient d'activité dans un vacarme de sonneries de téléphone et de claviers de machine à écrire. L'enquêteur en conclut que l'heure était grave. Dans le métro, il avait perçu une sorte d'agitation contenue chez les passagers.

— Je vous en prie, sergent, c'est urgent ! implora-t-il.

— Je ne vais pas risquer ma place pour vous, qui que vous soyez ! Déposez votre message et je le remettrai au colonel après sa réunion.

— Il faut qu'il le lise au plus vite, insista l'enquêteur en lui confiant son rapport. Sinon, vous pendrez au bout d'une corde.

C'était le 6 juin 1944. Avant l'aube, les forces américaines, britanniques et canadiennes avaient débarqué sur cinq plages normandes. Le débarquement allié avait commencé.

25

Le débarquement en Normandie prit les Allemands par surprise. Ils étaient persuadés que les mauvaises conditions météorologiques retarderaient les opérations. Le long du Mur de l'Atlantique, les troupes nazies avaient quelque peu relâché leur vigilance. De nombreux officiers étaient absents, sans parler des unités d'artillerie en manœuvres sur d'autres sites. Même le maréchal Rommel s'était octroyé quelques jours pour célébrer l'anniversaire de sa femme. Les journaux clandestins, Radio Londres et la Résistance eurent tôt fait de diffuser la grande nouvelle dans Paris. Le peuple français était en liesse à la perspective d'une libération prochaine.

Mardi soir, Bridgette approcha son lit près de l'armoire au cas où le major la contacterait en dehors de leurs heures habituelles de transmission. Cet homme ne dormait jamais ! Au milieu de la nuit, avant l'aube du 7 juin, elle fut réveillée par le cliquetis de la réception d'un message et se leva d'un bond pour le transcrire. C'était une alerte du major Reynolds. Aux premières lueurs de l'aube, Bridgette défia le couvre-feu pour quitter le couvent, armée d'un pinceau. Elle traça le signal codé sur le symbole de Liverwort pour prévenir Victoria que sa planque était compromise. Si elle devait fuir, elle n'avait nulle part où aller.

L'employé à qui l'enquêteur avait confié son message destiné au colonel Albrecht ne le transmit qu'au bout de trois jours, le vendredi 9 juin, au matin.

— Pour vous, colonel, dit-il. C'est un homme en planque dans la rue qui l'a déposé en précisant que c'était important. Vous étiez en réunion et je n'ai pas voulu vous déranger.

Dieter prit connaissance du message. En voyant le colonel serrer les dents puis lever vers lui un regard meurtrier, le jeune homme blêmit.

— Quand est-ce arrivé ?

— Eh bien… mardi à midi. Le 6 juin, je crois, colonel. Un autre m'est parvenu hier, du major Schutz, du siège de la Gestapo. Vous étiez également en réunion et je ne pouvais vous déranger.

— Sombre abruti ! tonna son supérieur. Je devrais vous faire fusiller ! Karl !

Ce dernier arriva en courant.

— Conduisez-moi dans les locaux de la Gestapo, et vite ! ordonna Dieter.

Quatre membres de Dragonfly avaient été arrêtés et conduits 11, rue des Saussaies, dans le VIIIe arrondissement, une adresse redoutée par les Parisiens.

* * *

Le 7 juin, en rentrant au couvent, Bridgette constata que le mendiant était de retour. Elle lui demanda où il était passé car elle s'était inquiétée pour lui. D'après lui, les ordures de la Milice l'avaient embarqué en l'accusant d'être un faux aveugle escroquant les passants. En comprenant leur méprise, ils l'avaient ramené à sa place.

Ni ce jour-là ni le lendemain, il ne l'avait dénoncée à un homme en tablier qui balayait devant une boutique un peu plus loin. Il la gardait en réserve pour une autre unité de police qui lui verserait une récompense bien plus généreuse, en plus de celle de la Gestapo.

La première qu'il désigna de la pointe de sa canne fut Victoria. À son signal, trois hommes en manteau de cuir noir et coiffés d'un chapeau surgirent de la boutique. Ils l'encerclèrent alors qu'elle étudiait le message codé de la fresque et lui mirent les mains dans le dos avant qu'elle ne puisse accéder à son ampoule de cyanure. Tandis qu'ils l'entraînaient, elle se tourna vers le mendiant qui semblait s'interroger sur cette agitation soudaine. *C'est lui*, songea-t-elle amèrement. Ils auraient dû se douter qu'il travaillait pour la Gestapo ! Ils allaient tous être arrêtés. Ce n'était qu'une question de temps.

Dans les locaux de la Gestapo, la mine impassible mais le cœur battant à tout rompre, elle se retrouva assise face au bureau d'un major.

— Vous êtes Viviane Colbert, instructrice à l'école d'escrime française, n'est-ce pas ?

— Oui.

— C'est bien ce que je pensais.

Il adressa un signe de tête à un garde qui fit lever Victoria de force et l'emmena dans une cellule sordide où elle fut enchaînée sur une chaise par les chevilles et les poignets, sous un plafonnier. Derrière les murs couverts de graffitis, ultimes messages à des êtres chers, elle entendait des cris de peur et des râles de douleur. Dans combien de temps viendrait son tour ? Elle se voyait déjà dénudée, à la merci de ses tortionnaires. Le major Reynolds leur avait expliqué que l'une des méthodes de la Gestapo consistait à dévêtir leurs victimes pour les humilier et les rendre plus vulnérables.

Elle tiendrait aussi longtemps qu'elle le pourrait. Les autres avaient-ils déjà été arrêtés ? Il fallait absolument que Labrador reste sauve.

Une heure s'écoula. Elle avait très soif et la chaleur de la lampe était insupportable dans cette pièce étouffante. Ses membres engourdis la faisaient souffrir et les exercices de respiration destinés à la calmer étaient inefficaces. Dans ses oreilles résonnaient les hurlements de suppliciés. Les paupières lourdes, elle ferma les yeux et pencha la tête en avant en attendant que la porte s'ouvre avec fracas.

Enfin, deux hommes se présentèrent, le major qui l'avait interrogée et un colonel SS qui la laissa bouche bée.

— C'est elle ? demanda l'homme de la Gestapo.

— Oui, répondit sèchement Dieter Albrecht. C'est bien ma partenaire d'entraînement à l'école d'escrime.

— En découvrant que cette femme qui fréquente les trois hommes que nous avons interpellés était votre partenaire et… une de vos proches, j'ai jugé bon de ne pas commencer sans vous avoir informé de ces arrestations. Je pense que vous voudrez mener vous-même ces interrogatoires. Ce sont des conspirateurs et nous avons des raisons de croire que ce sont des agents américains, sans doute à la solde de l'OSS, qui se font passer pour des citoyens allemands et français. Naturellement, nous leur avons confisqué leurs ampoules de cyanure.

Le major ne semblait pas peu fier d'avoir contacté le chef du contre-espionnage du SD, un homme qu'il détestait en secret.

— Je salue votre sagesse, major Schultz, déclara Dieter, les yeux rivés sur Victoria. Mon service surveille depuis un moment les trois hommes que vous détenez, en attendant de mettre le grappin sur tout le groupe. Votre informateur, le mendiant aveugle, est entré dans le jeu un peu tard.

Il alla se poster devant Victoria et ôta un gant.

— Pour celle-ci, je n'étais pas au courant, reprit-il.

Sans crier gare, il assena à la jeune femme une gifle retentissante qui lui fendit la lèvre.

— Traîtresse ! Espionne ! Tu vas le regretter quand j'en aurai terminé avec toi ! Major, dites à vos hommes de rassembler toute la bande et de les charger dans le fourgon garé devant la porte ! Au *Lutetia*, je réserve une cellule spéciale aux terroristes de leur espèce.

Sans un regard pour Victoria, il quitta la pièce, le major de la Gestapo sur les talons.

— Que comptez-vous faire d'eux, colonel ?

— S'ils survivent aux interrogatoires, les hommes seront déportés dans les camps et la femme sera fusillée.

— Ah ! fit le major dont le regard s'illumina. Dans ce cas, et avec votre permission, bien sûr, mes hommes et moi aimerions assister à l'exécution. Vous voudrez bien m'en indiquer l'heure et le lieu ?

Dieter s'arrêta et le foudroya d'un regard glacial :

— Les exécutions de la SS se déroulent sans témoins, Schultz. Elles n'ont lieu en public que pour servir d'exemple.

— Vous ne considérez tout de même pas la Gestapo comme le « public », colonel ? Je me disais que cette exécution nous remonterait le moral, à mes hommes et moi. Ce serait en quelque sorte une récompense pour le succès de l'enquête ayant mené à l'arrestation de ces agents…

Dieter haussa les épaules d'un air indifférent.

— Très bien, comme vous voudrez…

— N'oubliez pas de nous indiquer le lieu et l'heure. Mes hommes seront contents de constater le résultat de leur travail.

— Je vous tiendrai informé, major. À présent, veuillez me livrer les prisonniers.

* * *

La Carlingue, comme on surnommait la Gestapo française du 93, rue Lauriston, assistait la Gestapo allemande dans la traque des Juifs et la répression des résistants. Sans scrupule, constituée de membres du milieu, de truands et de policiers véreux révoqués, elle inspirait la terreur par ses méthodes expéditives.

Ce jour-là, Jeanne Boucher, célèbre couturière parisienne, vit entrer deux membres en uniforme de la Carlingue dans une salle peuplée de mannequins en partie dévêtus. Elle préparait fébrilement son défilé de mode du 17 juin. Le Débarquement n'empêcherait pas la maison Boucher de présenter sa nouvelle collection !

Le cœur battant, elle alla donc au-devant des deux tristes sires et les regarda droit dans les yeux. Elle exigea de connaître les raisons de cette intrusion. S'ils semblaient jeunes et novices, ils n'en étaient pas moins dangereux.

— Nous venons chercher Bernadette Dufour, répondit le plus âgé, un caporal.

— Sur ordre de qui ?

— Le nôtre, grommela le plus jeune.

— Cela ne me suffit pas ! Montrez-moi vos mandats. Mlle Dufour est styliste et s'occupe de l'épouse d'un officier supérieur qui vient aujourd'hui pour un essayage. Elle sera furieuse si Mlle Dufour est absence.

Jeanne ne cherchait en réalité qu'à gagner un peu de temps pour permettre à Bernadette de filer par la porte de service. Celle-ci comprit vite la situation et s'éloigna discrètement.

— Bien, concéda le caporal, hésitant, nous reviendrons avec les papiers, mais Mlle Dufour a intérêt à être présente.

Ils tournèrent les talons. Au moment où ils allaient sortir, une styliste désigna Bridgette en criant :

— Elle est là-bas !

Les deux hommes firent volte-face et virent Bridgette sur le point de quitter les lieux.

— Vous allez nous accompagner, mademoiselle ! lança le caporal. Si vous résistez, vous serez abattue.

Ils empoignèrent Bridgette par les bras.

— Vous m'arrêtez pour quel délit ?

— On ne vous arrête pas, on vous embarque pour un interrogatoire.

— Pourquoi ?

— Quelqu'un vous a dénoncée.

— Pourquoi diable ?

Bridgette se tourna vers la styliste qui l'avait désignée et que les autres foudroyaient du regard.

— On vous expliquera !

Bridgette disparut dans un silence pesant, puis Jeanne Boucher se tourna vers la traîtresse :

— Garce ! s'écria-t-elle avant de la gifler. Prends tes affaires et dégage le plancher ! Tu es virée ! Tu ne l'emporteras pas au paradis, sale collabo !

— Oh non ! Croyez-moi, madame, je ne suis pas une collabo ! Ce n'est pas de ma faute, je regrette de l'avoir dénoncée…

Jeanne leva de nouveau la main, mais la jeune femme s'enfuit sous les huées de ses collègues.

Bridgette fut conduite au 93 de la rue Lauriston, une petite rue tranquille du XVIe arrondissement, où la Carlingue de Bonny et Lafont torturait les Juifs, les résistants et autres ennemis du Troisième Reich. Bridgette fut menottée à un barreau de sa chaise, dans une salle du rez-de-chaussée. Chaque fois qu'une porte s'ouvrait, au sommet de l'escalier, des cris de douleur s'élevaient. Elle respira lentement, comme elle l'avait appris lors de sa formation, et s'efforça de réfléchir.

Pourquoi avait-elle été arrêtée par deux sous-fifres ? Si l'un de ses camarades avait parlé, elle serait déjà à l'étage, avec les autres. La styliste l'avait sans doute dénoncée par jalousie, sans preuve concrète. Il fallait qu'elle s'accroche à ce mince espoir.

Pendant une heure, des membres de la Carlingue défilèrent devant elle, des documents à la main. Visiblement occupés, ils ne lui prêtaient pas la moindre attention. Ils avaient des raisons de s'inquiéter. En ce 9 juin, les Alliés tenaient toutes les plages du débarquement. D'après Jeanne Boucher, ils seraient à Paris dans les deux semaines.

Enfin, la porte d'un bureau s'ouvrit. Un capitaine plutôt âgé apparut, plongé dans un rapport. Sans un regard pour elle, il ordonna à un garde de lui détacher les mains. Il la poussa derrière le capitaine. La plaque de son bureau indiquait : capitaine Alfred Guérin.

— Asseyez-vous, dit-il comme s'il ne lui accordait aucune importance.

Cette indifférence affichée était-elle de bon augure ? Elle se redressa et afficha un air innocent. Le capitaine posa enfin son dossier et prit une feuille de papier qu'il parcourut.

— Vous êtes l'artiste peintre ayant exécuté la fresque sur le mur du couvent des Sœurs de la Charité, n'est-ce pas ?

— Oui, répondit-elle d'une voix tremblante.

Comment la styliste qui l'avait dénoncée pouvait-elle être au courant ?

— Je ne faisais rien de mal, ajouta-t-elle. J'avais l'autorisation de la mère supérieure. Je pensais… que les gens du quartier seraient contents.

Le capitaine posa enfin les yeux sur elle. Il parut étonné de trouver une femme aussi jeune et élégante.

— On vous a entendu parler anglais à plusieurs passants familiers du quartier. Comment avez-vous appris cette langue, mademoiselle... mademoiselle Dufour ? fit-il en lisant son dossier.

Bridgette eut soudain très chaud. Ses camarades avaient-ils été arrêtés, eux aussi ? Étaient-ils à l'étage, à subir les pires tortures ? Mais oui... le mendiant !

— Je... ma tante a épousé un soldat américain, pendant la Première Guerre, improvisa-t-elle. Elle s'est mise à l'anglais et m'en a appris les rudiments.

— Votre tante et son mari vivaient en France ?

— Non, ils sont partis en Amérique.

— Vous aussi ?

— Non..., bredouilla Bridgette en se mordant la lèvre. Ils ont divorcé et elle est rentrée en France. C'est ainsi que j'ai appris l'anglais avec elle. Elle... est morte. Lors d'un bombardement allié sur Saint-Nazaire, en novembre 1942.

— Un triste destin, commenta le capitaine, apparemment sincère. Qui étaient ces passants avec qui vous parliez anglais ?

Bridgette prit un instant pour réfléchir. S'il posait cette question, c'était que ses amis n'étaient pas à l'étage. Ou qu'ils n'avaient pas parlé. Ou encore qu'ils leur avaient échappé. De toute façon, elle était fichue. Elle ne pouvait que gagner du temps.

— Je ne connais pas leurs noms. Ce sont des Allemands et des Français du quartier qui passent souvent devant la fresque. Ils l'admirent beaucoup. Je... je les ai entendus parler anglais, pas très bien, certes, et je me suis dit qu'ils avaient dû apprendre tout seuls, comme moi...

Le capitaine parut soudain exaspéré.

— Vous n'aviez donc pas conscience que, par les temps qui courent, une mauvaise rencontre peut vous rapporter de gros ennuis ? C'est le cas ! Ces personnes étaient-elles des hommes ou des femmes ?

— Trois hommes et une femme.

— Vous savez où ils habitent ?

— Non.

Le capitaine consulta son document.

— Nous pensons que cette fresque n'est pas une simple peinture et qu'elle sert de moyen de communication avec la Résistance.

— Oh non ! protesta Bridgette. Ce n'est rien de la sorte. Je suis une simple artiste qui exprime sa créativité sur ce mur. La mère supérieure n'y voit aucun inconvénient. Avec les horreurs de la guerre…

— Oui, je comprends, coupa le capitaine. J'ai vu la fresque. Donc vous vivez au sein du couvent ?

— Oui. Les religieuses me louent une chambre.

— Je connais les lieux, une bâtisse impressionnante, aux murs particulièrement épais…

Derrière ses lunettes rondes, ses yeux se mirent à pétiller. Sa bienveillance apparente s'envola soudain.

— Eh bien, mademoiselle Dufour, je vais faire fouiller votre chambre au cas où vous dissimuleriez des activités clandestines. Mes hommes ne trouveront aucune preuve, n'est-ce pas ?

Bridgette s'efforça de ne rien trahir de sa panique.

— Bien sûr que non.

— Tant mieux.

Il interpella un garde posté devant la porte.

— Remettez-la sur sa chaise, dans l'entrée, jusqu'à ce que je l'appelle. Vous resterez ici jusqu'à la confirmation de votre histoire, ajouta-t-il à l'intention de la jeune femme. Ensuite, nous verrons si vous pouvez partir.

* * *

En voyant la ravissante Mlle Colbert émerger des locaux de la Gestapo, les mains dans le dos, Karl ne put réprimer un soupir. Trois hommes qu'il ne connaissait pas, également entravés, la suivaient. Deux membres de la Gestapo poussèrent les quatre prisonniers sans ménagement à l'arrière du fourgon qui servait à transférer les prisonniers entre les différents services des autorités d'occupation. Karl dut se retenir pour ne pas venir en aide à Mlle Colbert. Le colonel Albrecht descendit les marches, à son tour, la mine à la fois implacable et indéchiffrable.

— Conduisez-nous au 45, boulevard Raspail, ordonna-t-il.

— Pas au 84, avenue Foch ? s'étonna Karl.

L'hôtel *Lutetia*, boulevard Raspail, avait abrité le siège de l'Abwehr. Si les cellules du siège du SD étaient équipées pour faire parler les prisonniers, celles de l'Abwehr en étaient dépourvues, sauf une, qui avait été aménagée pour répondre aux exigences de la SS.

— Au boulevard Raspail, Karl !

— Bien, colonel, répondit ce dernier, qui reprenait espoir pour Mlle Colbert.

Garé devant *Le Lutetia*, Karl resta dans le fourgon, sans oser regarder les prisonniers installés à l'arrière, pendant que Dieter franchissait l'entrée. Il cria à son secrétaire qu'il voulait voir le général March dans son bureau immédiatement. En moins de deux minutes, l'ancien commandant de l'Abwehr apparut.

— Il est de mauvaise humeur, général, prévint le secrétaire en frappant à la porte du bureau de son supérieur.

— Entrez ! tonna Dieter.

Le colonel allumait une cigarette. Le sergent battit en retraite et referma la porte.

— Je croyais que tu avais été arrêté, dit Konrad.

— Certaines circonstances incitent à reprendre de mauvaises habitudes.

— Que s'est-il passé ? s'enquit Konrad.

— J'ai ton pêcheur à la ligne et le précepteur de ton fils dans le fourgon. Wagner et Bauer.

Il lui tendit les papiers des prisonniers.

— Le major Schultz de la Gestapo les a arrêtés pour les interroger. Un informateur de la Gestapo, qui se faisait passer pour un mendiant aveugle, les a entendus parler anglais entre eux.

Konrad n'en revenait pas.

— Comment se sont-ils retrouvés entre tes mains ? demanda-t-il.

Dieter prit place à côté du général afin qu'ils puissent parler à voix basse.

— Ce sont des Américains qui travaillent pour l'OSS au sein du même groupe, Konrad. Wagner et Bauer se connaissaient avant de se croiser chez toi. Tu l'avais sans doute deviné.

Konrad fit part de son étonnement à son complice.

— Comment ai-je pu croire qu'ils avaient croisé mon chemin par hasard ?

— Ne te fais pas de reproches. Moi aussi, je me suis fait avoir. Viviane Colbert est membre de leur groupe. Elle est en réalité Victoria Grayson, de Williamsburg en Virginie.

Le général March en demeura bouche bée.

— Eh oui ! confirma Dieter. Je sais depuis le départ qu'elle est américaine, mais j'ignorais que c'était une espionne. Je l'ai appris fortuitement, le soir de l'avant-première des *Visiteurs du soir.* Je me suis servi d'elle pour transmettre des informations à l'OSS, comme tu l'as fait avec Wagner et Bauer.

— Sans m'en parler, protesta Konrad.

— Allons ! Tu connais les risques. Tu ne pouvais rien dire non plus de ton côté.

— Certes, concéda Konrad. Je comprends. Continue.

— Je ne sais pas grand-chose du troisième jeune homme. Son nom de couverture est Serge Beaulieu, un ingénieur employé dans une société de génie civil non loin de la tour Eiffel. Un Américain, lui aussi. Je soupçonne l'existence d'un cinquième membre, l'artiste peintre qui a réalisé une fresque sur le mur d'un couvent et qui sert de boîte aux lettres. Cette fresque est un moyen de communiquer par code, selon moi.

— Comment le sais-tu ?

— Je fais surveiller ce groupe depuis un certain temps, expliqua Dieter en lui résumant les résultats de son enquête. J'ignorais qui étaient tes jeunes amis avant de lire leurs noms sur leurs papiers.

— Pourquoi le major Schultz t'a-t-il appelé ?

Dieter écrasa sa cigarette dans son cendrier.

— Parce qu'il savait que je connaissais Mlle Colbert.

— Bien sûr… donc on les a tous dans le fourgon ? On applique sur eux les directives de « Nuit et Brouillard » ?

— À l'exception de Mlle Colbert qui doit être exécutée.

Konrad blêmit.

— Bon sang, Dieter… mais pourquoi ?

— Parce que j'ai été trop bavard en évoquant l'exécution. Le major Schultz veut que ses brutes de la Gestapo en soient témoin. C'est bon pour le moral des troupes, paraît-il. Je n'ai pas pu refuser.

— Quelle ordure…, maugréa Konrad. Naturellement, tu iras jusqu'au bout.

— Il le faut, sinon je serai accusé de complaisance envers un espion ennemi. Hitler est sur des charbons ardents. Himmler et ses sbires font surveiller tout le monde de peur que certains ne retournent leur veste. Je dois être au-dessus de tout soupçon.

— Ma parole, Dieter… tu éprouves des sentiments pour cette femme !

— Raison de plus. Mon attirance pour elle n'est un secret pour personne. Il y a un dossier sur nous. L'exécution d'une superbe créature qui m'est chère jouera en ma faveur aux yeux de Himmler. Je prouverai ainsi ma loyauté envers le Troisième Reich. Tes jeunes amis et l'ingénieur disparaîtront dans la nature. Si je n'exécute pas Mlle Colbert, je serai fusillé et notre opération sera anéantie. C'est pour demain ou après-demain et j'ai besoin de ton aide.

* * *

La fouille de la chambre de Bridgette ne dura pas plus d'une demi-heure. Les deux membres de la Gestapo française savaient ce qu'ils cherchaient. Ils redescendirent avec la valise contenant la radio. Folle d'angoisse, la mère supérieure les attendait au pied de l'escalier.

L'un des hommes posa la valise sur une table du réfectoire et l'ouvrit.

— Vous étiez au courant, ma mère ?

Sœur Marie-Françoise secoua négativement la tête, comme si elle n'en croyait pas ses yeux.

— Pas du tout. Je sais simplement que Mlle Dufour travaille chez Boucher, la maison de couture. Que lui est-il arrivé ?

— Elle a été arrêtée. On la soupçonne d'être une espionne ennemie, rétorqua l'agent en refermant la valise. En voici la preuve.

Sœur Maric-Françoise fit un signe de croix.

— Oh non… Où a-t elle été emmenée ?

— Au QG de la rue des Saussaies, où elle sera interrogée.

Dès que les deux hommes furent partis, la religieuse appela ce Français dont elle ignorait le nom, mais qui lui avait confié un numéro où le contacter en cas d'urgence à propos de Bernadette. Il décrocha presque immédiatement. *Dieu soit loué,* songea-t-elle.

— Mlle Dufour a été arrêtée, annonça-t-elle sans préambule.

— Par qui ?

— La Gestapo française. Ils viennent de partir et ils ont trouvé la radio dans sa chambre. Elle est au 11, rue des Saussaies.

— Merci ma mère.

Sœur Marie-Françoise raccrocha d'une main tremblante. Plus que jamais, elle devait croire aux miracles, car il en faudrait un pour sauver la gentille Bernadette de cet enfer. Elle quitta son bureau et informa les nonnes qu'elle ne voulait pas être dérangée. Dans la chapelle, elle s'agenouilla, les mains jointes, et se mit à prier.

* * *

Dans les bureaux de la maison de couture, une voix stridente s'éleva pour appeler Jeanne Boucher, qui se précipita vers le salon d'essayage.

— Oui, madame Richter ?

Mal fagotée dans une affreuse robe grise d'origine indéterminée, Mme Richter vint à sa rencontre, telle une furie.

— Où est donc Mlle Dufour ? Elle devait préparer les retouches, aujourd'hui !

Jeanne Boucher haussa les épaules.

— Rue Lauriston, sans doute, puisque la Gestapo française est venue la chercher ce matin.

— Mlle Dufour ? s'étonna Mme Richter, abasourdie. Qu'est-ce qu'elle a fait ?

— Une de nos employées l'a dénoncée par pure jalousie. Elle l'a enviée dès le premier jour.

— Il faut la congédier, cette délatrice ! Qu'est-ce que je vais devenir ?

— Je l'ai congédiée sur-le-champ. N'ayez crainte, je suis certaine qu'une autre styliste se fera un plaisir d'effectuer vos retouches.

— Pas question ! Je veux Bernadette Dufour !

— C'est impossible, hélas. Face à la Gestapo, je suis pieds et poings liés.

— Eh bien pas moi. Mon mari est bien supérieur à ces truands de la Gestapo française. Des abrutis ! Mlle Dufour sera de retour cet après-midi, vous pouvez me croire. Préparez ma robe pour l'essayage !

Sur ces mots, Mme Richter sortit, laissant Jeanne Boucher abasourdie. Cette mégère était bien la dernière personne qu'elle aurait imaginée volant au secours de Bernadette.

26

Devant les locaux de l'Abwehr, le colonel Albrecht ordonna que Viviane Colbert soit emmenée à l'intérieur, puis il dit à Karl de conduire ses camarades vers un autre centre d'interrogatoire.

— Enfermez-les dans une cellule dont la fenêtre donne sur la cour, surtout.

— Et Mlle Colbert ?

— Elle reste ici.

Sur ces mots, Dieter tourna les talons pour gagner son bureau. Devant la mine inquiète de Karl, Victoria fut entraînée sans ménagement par deux SS. La jeune femme ne put échanger que quelques coups d'œil avec ses camarades avant de disparaître.

À l'intérieur, on la détacha brièvement pour lui enlever son manteau. Elle pénétra dans une salle d'interrogatoire et se retrouva entravée sous une lampe aveuglante. Serait-elle dénudée ? Le colonel ne demanderait sans doute pas mieux que de la voir dans le plus simple appareil. Il apparut en compagnie d'une caporale SS portant une sorte de mallette de plombier dont le couvercle arborait une croix gammée. Victoria ne décela rien de l'homme courtois qu'elle connaissait dans l'attitude ou le regard du colonel. Indifférent, il posa la trousse sur la table.

— Caporale, accompagnez la prisonnière aux toilettes, ordonna-t-il. Qu'elle garde les poignets attachés jusqu'à ce qu'elle soit dans la cabine et menottez-la dès sa sortie. Ensuite, vous veillerez à ce que nous ne soyons pas dérangés.

— Bien, colonel !

Le colonel l'avait mutée du 84, avenue Foch au siège de l'Abwehr car elle connaissait très bien le contenu de la trousse. En détachant Victoria, elle déclara :

— Admirez bien votre beau visage dans la glace tant que vous êtes aux toilettes, mademoiselle. C'est la dernière fois que vous le verrez dans cet état.

De retour sur sa chaise, sous la lampe, elle se retrouva seule en compagnie du colonel qui ferma la porte à clé. Il posa les yeux sur sa lèvre ensanglantée. Elle le foudroya des yeux. Lorsqu'il vint se placer derrière la chaise, elle se crispa, s'attendant à recevoir un coup, mais il se contenta de vérifier ses liens. Enfin, il approcha une chaise et s'assit près d'elle.

— Écoutez-moi bien, Victoria. Vous êtes un agent de l'OSS. Je vous soupçonnais depuis que j'ai détecté la présence d'une ampoule de cyanure dans la doublure de votre manteau. J'en ai eu la certitude le jour du pique-nique, quand vous avez mordu à l'hameçon. Je suis au courant, pour vos camarades du fourgon, la boîte aux lettres, l'artiste peintre. Votre couverture est grillée. Vous n'ignorez pas que les SS exécutent les espions ennemis. Donc vous allez faire exactement ce que je vous dis, c'est compris ? Votre exécution est prévue pour après-demain et je vais vous y préparer.

Sur ces mots, il ouvrit la trousse noire.

* * *

Après avoir chargé Henri de débarrasser la maison servant de boîte aux lettres, Alistair informa son agent du chiffre que le signal de Labrador n'était plus valide. Toute communication provenant de ce poste devait être ignorée et rapportée, car ce serait la preuve que son opératrice à Paris avait été arrêtée et forcée de parler. Il avait l'impression que sa tête allait exploser et ses mains tremblaient. Bridgette était entre les griffes de la Gestapo française, la plus barbare des organisations policières nazies. Elle ne tarderait pas à céder, en dépit de son courage. Les autres seraient pris devant la boîte aux lettres, sauf si leurs correspondants parvenaient à les mettre en lieu sûr à temps. Accablé, il s'assit lourdement derrière son bureau. Il ne lui restait plus qu'à espérer…

* * *

— Eh bien, mademoiselle Dufour, vous n'êtes pas aussi innocente qu'il n'y paraît. On a trouvé une radio cachée derrière l'armoire de votre chambre, au couvent des Sœurs de la Charité.

Trois heures durant, elle était restée menottée sur une chaise, dans le couloir. Elle n'avait pas encore été transférée à l'étage, comme plusieurs autres malheureux qui avaient franchi le seuil sous ses yeux. Attendre ce moment fatidique était une torture en soi. Enfin, elle se retrouvait dans le bureau du capitaine, qui la dévisageait d'un regard intense.

— Comment expliquez-vous sa présence ? demanda-t-il d'un ton implacable.

Le capitaine espérait que sa peur de monter à l'étage suffirait à lui délier la langue. Il était fatigué et avait envie de rentrer chez lui. Il était tenté de se fier à sa première impression sur cette fille, sans doute une styliste et une artiste peintre innocente qui n'avait que faire de transmissions radio et de messages codés. Ils n'avaient trouvé aucun élément de chiffrement. De plus, la mère supérieure affirmait qu'elle aurait été informée d'éventuelles transmissions de sa locataire. Rien de ce que le faux mendiant aveugle avait rapporté ne se vérifiait, ni la boîte aux lettres de la dépendance, une maison inhabitée qui servait à entreposer le matériel de couture de Mlle Dufour, ni la fresque, qui ne présentait aucun code. Il croyait aussi à l'histoire de la tante divorcée, d'autant qu'elle parlait français sans accent. Non, décidément, ce maudit mendiant s'était trompé sur son compte.

Restait à élucider le mystère de la radio.

— Alors ?

Bridgette avait préparé une justification :

— Je… j'ai été contactée par deux hommes de la Résistance qui voulaient utiliser ma chambre pour envoyer des messages radio pendant que j'étais au travail et en l'absence des religieuses.

Ses yeux de biche imploraient l'officier de la croire.

— Ils m'ont dit que les murs épais du couvent empêcheraient les Allemands de les détecter. Ils ne m'ont pas laissé le choix.

— Comment savaient-ils que votre chambre avait une pièce dérobée ?

— Une ancienne religieuse leur en avait parlé.

Le capitaine avait entendu parler d'une nonne ayant rejoint les partisans.

— Par quel moyen vous ont-ils obligée à leur prêter votre chambre ?

— Ils… ils ont menacé de me tuer, ainsi que la mère supérieure. J'ai quand même refusé. Alors ils ont poussé un agent de police qui surveillait ma fresque sous le métro. Un garçon très gentil.

Le capitaine avait eu vent de cette information également.

— Comment pensaient-ils entrer en toute discrétion ?

— Par la sortie de secours, pendant que j'étais à la maison de couture. Je devais laisser la lucarne du grenier ouverte et ne pas fermer ma chambre à clé.

— Quels sont leurs noms ? À quoi ressemblent-ils ?

— Je l'ignore. En tout cas, je les reconnaîtrais, c'est certain.

— Connaissez-vous leur signal d'appel ?

— Leur quoi ?

— Peu importe. Quelqu'un d'autre savait ce qui se passait, au couvent ?

— Non, personne, souffla-t-elle.

Le capitaine la crut. Chaque point de son histoire correspondait à la vérité. Il aurait dû l'arrêter pour coopération avec la Résistance, mais elle n'avait pas eu le choix.

— Très bien, mademoiselle Dufour, fit-il en manipulant quelques feuilles de papier. Je ne vois aucune raison de vous retenir plus longtemps…

Soudain, la porte s'ouvrit et le commandant SS du camp de Drancy, accompagné d'une femme et de plusieurs autres SS, surgirent. Derrière eux, le secrétaire du capitaine afficha un air désolé.

— Que puis-je faire pour vous, commandant ? demanda le capitaine.

— C'est elle ! s'exclama la femme en désignant Bridgette. Ma styliste !

— Elle vient avec nous, capitaine. Mme Richter a besoin de ses services, déclara son mari.

Le capitaine se garda de protester face à un commandant de la SS.

— Elle est à vous, répondit-il, heureux de se débarrasser du problème.

* * *

Le samedi 10 juin 1944, Gabrielle Dupré sortit un pistolet Derringer de sa cachette, sous une latte de plancher, et le glissa dans la poche de son tablier. Si on la surprenait avec cette arme, elle affirmerait que les rues n'étaient pas sûres depuis le débarquement allié. Dans la confusion ambiante, les cambriolages étaient légion car la police française avait autre chose à faire.

Cela faisait quatre jours que Serge Beaulieu n'était pas réapparu à la pension, depuis le mercredi 7 juin quand il était parti travailler. Son instinct lui disait que Serge avait été arrêté. Sinon, il l'aurait informée de son absence, non ? Il n'avait pas parlé, apparemment. Quoi qu'il en soit, il ne l'avait pas incriminée.

S'ils venaient l'arrêter, elle était prête. Elle n'avait pas vraiment de raison de vivre. Elle n'avait plus d'enfant, pas de famille, ni même un chien ou un chat, et si peu d'amis... Serge Baulieu était le seul à lui avoir réchauffé le cœur depuis que son mari et son fils avaient été tués. Et il était parti, lui aussi... Gabrielle se promit d'allumer un cierge et de prier pour qu'il soit vite soulagé de ses souffrances.

Jeanne Boucher écoutait d'une oreille distraite une styliste se plaindre du manque de coopération d'un mannequin :

— Elle profite honteusement de la situation et menace de nous laisser en plan si on ne la laisse pas porter les chaussures de son choix. Vous devez absolument la raisonner. Ces souliers ne conviennent pas du tout !

— Qu'elle les porte, s'il n'y a que cela ! répondit Jeanne d'un ton las.

Jusqu'à la veille, elle n'aurait jamais cédé à un caprice. Hélas, les mannequins ne couraient pas les rues, depuis le début de la guerre. Naguère, elle aurait mis l'insolente à la porte et demandé à la jeune comptable de prendre sa place. En ce samedi 10 juin, elle était tourmentée par une terrible prémonition : elle ne reverrait jamais Bernadette Dufour. Mme Richter n'avait pas ramené la jeune femme, la veille, et Jeanne n'avait aucune nouvelle. La mégère ne répondait pas aux messages laissés à sa domestique.

Que s'était-il passé ? Aurait-elle échoué dans sa tentative d'arracher Bernadette aux griffes de la Gestapo française ? La malheureuse était-elle toujours rue Lauriston ? Viendraient-ils bientôt l'arrêter à son tour pour avoir aidé l'OSS ?

Jeanne s'en voulut de ne pas avoir envisagé une autre possibilité à laquelle Mme Richter n'avait pas dû y penser non plus, sur le moment. Sa cliente ne lui rendrait certainement pas sa styliste et ne remettrait plus les pieds chez Boucher, pour le malheur de la jeune Bernadette.

Accablée, Jeanne déverrouilla un tiroir et en sortit une bouteille de cognac dont elle but une longue rasade. Soudain, elle se ressaisit et ne fut plus d'humeur à supporter les caprices. Cette fille porterait les chaussures prévues, un point c'est tout !

Karl avait appris à obéir sans discuter les ordres d'un supérieur, une loyauté renforcée par un passage chez les Waffen SS, avant que le colonel Albrecht ne le sélectionne pour le SD, en tant que chauffeur et dans l'optique de faire de lui son bras droit. Karl avait accepté avec plaisir. C'était un honneur de servir un officier de haut rang. Non, jamais il n'avait eu envie de contester ses ordres.

Jusqu'à ce jour.

Vendredi, Karl avait remarqué la lèvre fendue de la jeune femme. Il croyait pourtant que le colonel l'avait tirée des griffes de la Gestapo. Il n'avait rien dit en la voyant menottée comme les autres prisonniers et malmenée sous les yeux de son chef. Karl n'avait revu le colonel qu'une heure plus tard, quand il lui avait ordonné de conduire les trois captifs vers un site de la SS équipé pour les interrogatoires poussés et les exécutions secrètes.

En apprenant que Mlle Colbert restait au *Lutetia*, Karl avait réprimé un soupir de soulagement. Le sort des trois hommes était scellé, mais celui de la jeune femme ? L'expression fermée du colonel ne lui disait rien qui vaille.

— Mlle Colbert va bien ? avait-il osé lui demander.

— Pour l'instant, oui.

Le trajet fut jalonné d'incidents. Sur le site d'où nul ne sortait vivant, il s'attendait à être accueilli par des SS. Or les prisonniers furent pris en charge par deux soldats de l'Abwehr qui aidèrent Karl à faire descendre les jeunes hommes dans une cellule dont la fenêtre à barreaux était dépourvue de vitre et donnait sur une cour dont un mur était criblé d'impacts de balles. Les hommes de l'Abwehr avaient mal compris les ordres car ils menottèrent les prisonniers dans la même pièce. C'était inhabituel : ils pourraient ainsi communiquer entre eux et mettre au point une stratégie. C'était une faute professionnelle. Oh, et puis, après tout, ce n'était pas le problème de Karl !

De retour au *Lutetia*, en attendant les ordres, Karl avait demandé à un membre du personnel du colonel ce que devenait la jolie Française. Hélas, il avait appris son transfert au bloc B, où le colonel avait commencé l'interrogatoire. Dommage. Une si charmante jeune femme…

Karl n'en croyait pas ses oreilles. Le colonel ne pouvait infliger à Mlle Colbert le traitement réservé en ce lieu aux autres prisonniers ! Il l'admirait, la respectait et l'aimait, même, si Karl se fiait à son instinct. Des sons terrifiants provenaient de la salle, derrière la porte fermée à clé.

Enfin, on lui apporta un message du colonel lui disant de rentrer chez lui. Il n'aurait plus besoin de lui avant dimanche, cinq heures du matin. Il n'aurait donc à pas à croiser le regard de son héros, qui venait de tomber de son piédestal.

* * *

Le dimanche 11 juin 1944, peu avant l'aube, seuls quelques SS et membres de l'Abwehr étaient réunis au *Lutetia* pour voir, dans un silence solennel, la prisonnière du bloc B, les mains liées dans le dos, entraînée par deux SS dans le couloir. Son visage tuméfié, ses cheveux coupés et trempés de sueur, ses vêtements souillés, sa tête penchée de poupée désarticulée horrifièrent deux femmes de ménage.

— Emmenez-la dans le fourgon ! ordonna le colonel Albrecht.

Karl vit lui aussi Viviane Colbert quitter *Le Lutetia*. Deux hommes s'étaient postés à l'arrière du véhicule dans lequel ils jetèrent la malheureuse.

— Colonel…, intervint Karl, incapable de s'en empêcher.

— Assez ! coupa son supérieur en levant une main.

Karl recula, le cœur brisé, mais il devait obéir à l'officier.

— À vos ordres, mon colonel !

Karl conduisit la voiture de fonction, dont les pleins phares transperçaient la brume, tandis qu'un membre de l'ancienne Abwehr était au volant du fourgon. Outre la prisonnière, il transportait quatre agents d'un peloton spécial qui, sur ordre du colonel, fusillerait Viviane Colbert.

En entendant un bruit de bottes devant la porte de leur cellule, Bucky fut le premier à se lever d'un bond.

— Le moment est arrivé ? demanda Chris en se redressant à son tour

Depuis vendredi après-midi, mille questions se bousculaient dans leur tête. Ils s'attendaient à être ligotés sur une chaise et torturés. Au contraire, on leur avait enlevé leurs bâillons et menottes et ils se déplaçaient librement dans la pièce. Vendredi et samedi, ils avaient eu le droit de se rendre aux latrines un par un. Ils avaient obtenu de l'eau, des couvertures et des repas.

Pendant tout ce temps, la cour sordide, théâtre de tant d'exécutions, les hantait. Quand ils avaient interrogé les gardes, ceux-ci leur avaient ordonné de se taire. En ce lieu, pas un cri de supplicié ne résonnait derrière les murs.

Où était Liverwort ? Labrador avait-elle été mise en garde à temps contre le mendiant ?

— Je crois qu'ils viennent nous chercher, répondit Bucky à Chris, en s'efforçant de rester calme. Ces derniers jours, ils nous préparaient à la suite. Bonne chance, les gars !

— Toi aussi, fit Brad, la gorge nouée par l'angoisse.

Chris avait le front emperlé de sueur. Dans un silence pesant, ils attendirent que la porte s'ouvre. Plusieurs minutes s'écoulèrent, puis une odeur de café leur parvint. Des hommes commencèrent à s'activer. Des Allemands. Soudain, une voix plaintive leur parvint, celle d'une femme qui s'exprimait en français.

— Liverwort ! dirent-ils en chœur.

Ils se ruèrent vers la porte. Chris voulut la marteler de ses poings, mais il se ravisa et murmura tristement :

— On ne peut rien faire pour elle, Lapwing. Elle ne le voudrait pas.

— Il a raison, admit Brad dans un souffle. Ils nous tabasseraient à mort sous ses yeux. Épargnons-lui ce spectacle.

Chris hocha la tête. Ils dressèrent l'oreille au cas où elle parlerait.

— Ils sortent, annonça Brad, l'oreille collée à la porte.

Ils échangèrent des regards perplexes. Dans la cour résonnaient des conversations en allemand. Les trois hommes se groupèrent devant la fenêtre. Des membres de la Gestapo et de la SS discutaient comme s'ils venaient assister à une rencontre sportive. Un photographe en civil préparait son appareil.

— Oh non, gémit Chris en voyant quatre hommes armés de fusils se mettre en position de peloton d'exécution, une main sur le canon de leur arme, l'autre dans le dos.

— Ils vont exécuter Liverwort ! souffla Brad.

Aux premières lueurs de l'aube, un officier portant le brassard nazi sur l'uniforme noir du SD apparut et se mit en place pour donner l'ordre de tirer.

Les trois amis reconnurent le colonel qui les avait fait transférer en ce lieu. Sous les applaudissements et les acclamations des spectateurs, deux hommes de l'Abwehr traînèrent la prisonnière désarticulée vers le poteau dressé au milieu de la cour.

— C'est pas vrai ! s'exclama Brad qui reconnaissait à peine la jeune femme.

— Qu'est-ce qu'ils ont fait à ses cheveux ? s'enquit Chris.

— Qu'est-ce que ces ordures lui ont fait subir ? fulmina Bucky.

Les mains crispées sur les barreaux, incrédules, ils virent un soldat lier les mains de Victoria derrière le poteau. Le photographe régla son trépied, puis le silence se fit. Un autre soldat se dirigea vers la prisonnière, à présent coiffée d'une cagoule noire. Le colonel mit le peloton d'exécution au garde-à-vous pendant que le soldat rabattait la cagoule sur la tête de la victime. L'officier du SD ordonna à ses hommes de mettre en joue. D'instinct, les trois jeunes gens passèrent les bras entre les barreaux en criant comme un seul homme :

— Non !

— Feu ! ordonna le colonel.

Stupéfiés, Brad et Chris reculèrent, incapables de regarder le corps de Victoria s'affaisser, criblé de balles. Seul Bucky, les yeux embués de larmes, la gorge nouée, vit plusieurs hommes détacher la dépouille et l'envelopper dans une bâche. Brad et Chris levèrent les yeux à temps pour le voir emporté tel un tapis roulé. Les spectateurs se dispersèrent en défilant devant le colonel du SD pour le féliciter ou lui serrer la main.

Sous les yeux des trois camarades encore sous le choc, il se tourna vers la fenêtre. Aussitôt, ils se mirent à l'invectiver sans se soucier des représailles éventuelles. Le colonel se contenta d'esquisser un sourire avant de quitter la cour à nouveau déserte.

Karl conduisit prudemment pour éviter de malmener le corps de Mlle Colbert, à l'arrière du fourgon. Il ne parvenait toujours pas à y croire. Le colonel Albrecht avait ordonné l'exécution de celle qui, croyait-il, avait fini par gagner son cœur.

Le chauffeur était persuadé qu'il changerait d'avis à la dernière minute. Finalement, il était avant tout un militaire endoctriné. Quand Mlle Colbert avait été remise aux soldats de l'Abwehr qui avaient pris en charge les trois garçons, le colonel lui avait ordonné de garer le fourgon à distance du camp et de rester au volant. Il voulait l'éloigner du lieu de l'exécution. Hélas, les détonations lui avaient fait monter les larmes aux yeux, puis il avait cédé à une violente nausée.

Karl avait réussi à masquer sa rage et sa déception en voyant le colonel lui faire signe d'approcher le véhicule pour charger la dépouille de la jeune femme. Du sang commençait à suinter sous la bâche. Il s'attendait à le transporter vers le site habituel, où elle serait enterrée dans une fosse. Là encore, il eut une surprise :

— Conduisez le corps de Mlle Colbert à la propriété du comte Daniel d'Archambault. Ensuite, vous serez libre de profiter de votre dimanche.

Cette nonchalance fut la goutte d'eau qui fit déborder le vase. Dès lundi, Karl demanderait sa mutation chez les Waffen SS en tant qu'ambulancier, pour l'évacuation des blessés. La guerre serait bientôt finie, de toute façon. Les Alliés allaient l'emporter et le colonel était aussi de cet avis. Au moins, il ferait enterrer la jeune femme dans le cadre superbe qu'elle avait admiré le jour du pique-nique qui n'avait pas eu lieu.

Enfin, Karl s'engagea dans l'allée menant au manoir du comte. À peine se fut-il garé devant l'imposante bâtisse que la porte s'ouvrit. Colette, la maîtresse du colonel, apparut sur le perron, très élégante, un fume-cigarette à la main. Elle sourit à Karl et vint à sa rencontre tandis que plusieurs domestiques se dirigeaient vers l'arrière du fourgon. Soudain, Karl eut l'impression d'être frappé par la foudre. Mais bien sûr ! Comment n'avait-il pas compris plus tôt ?

* * *

Lundi, en apprenant les dernières nouvelles de son correspondant à Paris, Alistair Reynolds perdit tout espoir pour Dragonfly. C'était fichu. Mme Dupré, Jules Garnier, Jacques Vogel, de l'école d'escrime, et le capitaine Allard lui avaient envoyé leur rapport. On n'avait pas revu Bucky à la pension depuis mercredi, ni Chris à l'académie ou Brad à son poste. D'après les rumeurs, Victoria avait déjà été fusillée et Bridgette le serait dès qu'ils lui auraient soutiré le plus d'informations possible. Elle n'avait pas encore révélé son signal d'appel car la radio demeurait muette. Le cœur serré, Alistair appela Wild Bill Donovan.

* * *

Durant le reste de ce dimanche, les trois captifs furent traités aussi bien que depuis le début de leur confinement, mais ils étaient incapables de manger ou de dormir tant ils étaient accablés par la mort de Liverwort. Aussi étaient-ils réveillés, à l'aube du lundi, quand ils furent extraits de leur cellule par quatre gardes de l'Abwehr qui leur lièrent les mains dans le dos et leur enfilèrent une cagoule noire sur la tête.

— Que se passe-t-il ? demanda Chris. Où nous emmenez-vous ?

— Silence !

— Au poteau d'exécution ? fit Bucky.

— Qu'allez-vous faire de nous ? s'insurgea Brad.

— Silence !

Ils furent poussés dehors à coups de canons de fusil. Aveuglés par leurs cagoules, ils traversèrent la cour et marchèrent encore avant de s'arrêter en un lieu qui sentait l'essence. Un par un, ils furent hissés dans un véhicule qui se révéla être un fourgon pénitentiaire. La portière claqua et le soldat indiqua au chauffeur de démarrer.

Une idée vint à Bucky, qui n'osa pas en faire part aux autres. Il songeait aux opérations « Nuit et Brouillard » destinées à se débarrasser discrètement de prisonniers gênants. Ils allaient se retrouver agenouillés au bord d'une fosse, en pleine campagne, avant de prendre une balle dans la nuque. Ils basculeraient dans le vide et quelques pelletées de terre suffiraient à les faire disparaître sans laisser de trace. Sa famille de l'Oklahoma, son père, à Paris, et les proches de ses camarades s'interrogeraient à jamais sur leur triste sort.

— Pourquoi nous auraient-ils si bien traités pour nous fusiller ensuite ? s'enquit Brad.

— Une autre forme de torture, comme Lodestar l'a suggéré, répondit Chris.

— Ils voulaient qu'on soit témoins de l'exécution, ajouta Bucky.

— Dans ce cas, pourquoi ne nous ont-ils pas interrogés, ensuite ? insista Chris.

— Parce qu'ils avaient déjà obtenu tout ce qu'ils voulaient de Liverwort. Pourquoi perdre du temps avec nous ? Dragonfly est mort et ne constitue plus un danger, expliqua Brad.

— Ce qui signifie qu'ils ont arrêté Labrador également, gémit Chris. Qu'est-ce qu'on fait ?

— On tente notre chance, dit Bucky.

Au terme d'un instant de silence, Brad hocha la tête.

— D'accord.

Au bout de ce qui leur sembla une éternité, ils transpiraient à grosses gouttes sous leurs cagoules. Le bruit de la circulation leur indiqua qu'ils étaient en ville. Bucky s'en étonna. Peut-être traversaient-ils simplement l'agglomération en route vers leur destination finale. Bientôt, ils entendirent des voix d'enfants et le bruit d'un ballon.

— Où peut-on être ? s'enquit Brad.

Le véhicule s'arrêta. Dès que la portière s'ouvrit, le cœur des prisonniers s'emballa. Un homme monta et les poussa vers deux autres qui les aidèrent à toucher la terre ferme.

— Vite ! fit l'un d'eux.

Ils gravirent la volée de marches d'un perron et entendirent une sonnerie puis une porte s'ouvrir.

— Entrez !

Sous leur cagoule, Brad et Chris humèrent un parfum familier. Des pas lourds s'approchèrent.

— Messieurs, fit la voix du général Konrad March. Vous pouvez leur enlever leurs menottes et leurs cagoules.

27

En entendant du brouhaha devant la fenêtre de son atelier de fortune, Bridgette devina sans peine de quoi il s'agissait. Sa codétenue, qui lui avait apporté son repas la veille au soir, l'avait prévenue.

— Ne regarde pas, lui avait-elle conseillé. Tu ferais encore des cauchemars.

Mais Bridgette était déterminée à consigner chaque acte de barbarie commis dans ce camp d'internement contrôlé par les SS. Un jour, si elle survivait, elle témoignerait devant un tribunal. Pour tout journal de bord, elle n'avait qu'un coupon de mousseline sur lequel elle consignait les dates, heures et noms des coupables de ces crimes contre l'humanité.

Derrière les murs de ce complexe en forme de fer à cheval ceignant une vaste cour étaient parqués des Juifs en attente d'un transport vers les camps d'extermination. Comment décrire les scènes d'horreur, les coups, les cris, les pleurs, lorsque les victimes étaient conduites vers les wagons à bestiaux des convois qui les emmenaient vers les chambres à gaz et les fours crématoires ?

Dès son arrivée, la veille, Mme Richter avait expliqué à Bridgette le processus de la déportation, avant de conclure :

— Autant vous le dire, mademoiselle Dufour, nul ne s'échappe de Drancy. Et si vous ne faites pas ce qu'on vous dit sans discuter, vous serez chargée dans un de ces bus en direction d'un train. Tant que vous me serez utile, vous vivrez. Sinon, vous mourrez. C'est compris ?

Bridgette avait compris. Elle était chargée de dessiner et de coudre des toilettes pour Mme Richter, qui aurait besoin de tenues pour diverses occasions.

— Quand mon mari et moi serons en sécurité en Amérique du Sud, où nous vivrons si le débarquement allié est un succès, nous fréquenterons des cercles où l'on se doit d'être bien habillé. Je refuse d'être éclipsée par les autres femmes.

La styliste avait découvert l'enfer de ce camp sordide. Au cours des derniers mois, Bridgette avait entendu les récits des représentants de la Croix-Rouge sur les conditions inhumaines de détention. En être le témoin oculaire dépassait l'entendement : la dysenterie, le manque d'hygiène, de nourriture, les brutalités policières…

— Vous ferez vite, n'est-ce pas ? avait insisté Mme Richter.

— Bien sûr, madame.

Dans le logement de fonction du commandant, elle bénéficiait d'une pièce qui lui servait d'atelier, avec une machine à coudre et des fournitures, sans doute réquisitionnées chez des tailleurs et couturiers déportés. Mme Richter avait raison : il était impossible de s'évader de Drancy, « l'antichambre de la mort », d'échapper à la vigilance des gardes armés perchés sur des miradors, aux quatre coins du complexe. Dire que, à quelques minutes près, elle aurait pu se trouver en lieu sûr…

* * *

Dans la chambre d'amis du général March, où il avait passé la nuit de lundi, Brad entendit quelqu'un frapper doucement à la porte, puis une voix à peine audible :

— Monsieur Wagner, je peux vous parler ?

En reconnaissant la voix de Hans, Brad repoussa ses couvertures. Même si le jour n'était pas encore levé, il était trop bouleversé par les émotions des dernières quarante-huit heures pour dormir.

Sur le seuil, il découvrit Hans en robe de chambre et bonnet de nuit.

— Ma voiture est déjà là ? demanda-t-il.

Lodestar, Lapwing et lui partiraient après la fin du couvre-feu, chacun de leur côté, dans des véhicules différents, vers des lieux sûrs.

— Non. Je viens vous parler d'autre chose, monsieur Wagner.

Brad l'invita à entrer. L'aide de camp lança un regard furtif vers la chambre du général, au bout du couloir, avant de franchir le seuil.

— Désolé de vous réveiller… j'ai une proposition à vous faire. J'espère que vous l'accepterez. C'était à propos de l'inquiétude du général pour la sécurité de son fils.

— Wilhelm n'est donc pas en sécurité chez sa tante, à Zurich ?

— Pour l'heure, oui, mais le général et moi redoutons le jour où il sera arrêté. S'il refuse de coopérer, la politique de Himmler est d'incarcérer les proches pour faire pression sur le prisonnier et l'inciter à parler. Wilhelm ne sera à l'abri nulle part. Il sera kidnappé et enfermé avec son père. De plus, le général n'est pas certain que l'enfant soit toujours bien traité chez sa tante.

— Que puis-je faire ?

— Je pensais que vous pourriez emmener Wilhelm avec vous en Amérique.

— Hans…, bredouilla Brad, j'aimerais bien, mais je ne peux vous garantir qu'il sera mieux avec moi. Je ne sais rien de mon exfiltration, de mon moyen de transport, du temps qu'elle durera. Je ne parviendrai peut-être pas à quitter la France.

Il en saurait davantage dès qu'il serait mis en contact avec le major Reynolds.

— Vous ne risquerez rien avec ceci…

Hans tendit à Brad un Ausweis de la SS indiquant son nom de couverture, sa profession, avec tous les tampons officiels.

— Le général en a obtenu pour vous et vos camarades. Il ne sait pas que je vous montre celui-ci. Je dois le remettre en place dans son bureau avant qu'il ne s'en rende compte.

Incrédule, Brad observa le document qui permettrait à lui-même et ses camarades de retrouver la liberté sans encombre.

— Vous acceptez ? demanda Hans, plein d'espoir. Vous êtes peut-être la seule chance de survie de Wilhelm.

Brad songea aux deux orphelins faméliques qu'il avait recueillis au bord de la White River, dans le Colorado, en septembre 1938. Comment refuser une telle requête ?

— D'accord, déclara-t-il.

Hans l'étreignit avec émotion.

— Merci de tout cœur, monsieur Wagner ! Je redescends. Le général ne va pas tarder. Il ne dort pas beaucoup, ces derniers temps. Vous devrez lui exposer mon projet, mais sans lui révéler que j'en suis à l'origine.

— Attendez, Hans ! lança Brad alors qu'il s'éloignait. Et vous ? Et le général ? Venez donc avec moi. Vous patienterez en Suisse jusqu'à la fin de la guerre.

— Mon général est sous surveillance permanente. Il n'irait pas loin avant d'être signalé disparu. De plus, c'est un officier, un homme d'honneur. Jamais il ne déserterait. Quant à moi, je reste avec lui, c'est mon devoir.

— Et s'il ne s'en sort pas, je devrais emmener son fils unique dans un pays étranger où il serait élevé par des inconnus ?

— C'est ça. Il sait que vous êtes un homme bien et que vous prendrez soin de lui. Au revoir, monsieur Wagner. Bonne chance à vous.

Brad serra la main qu'il lui tendait.

— À vous aussi, Hans. J'espère qu'on se reverra. J'aimerais tant vous accueillir chez moi, dans le Colorado, le paradis des pêcheurs à la mouche !

Hans haussa les épaules, résigné.

— Wilhelm aime la montagne, répondit-il simplement.

Brad se prépara rapidement. Ces Ausweis devraient convaincre Lodestar de la sincérité du général March. La veille, lorsque les cagoules étaient tombées et que le général avait salué Bernhard Wagner et Claus Bauer comme des amis de longue date, il avait paru troublé. Lui-même et Lapwing n'avaient mis qu'un instant à comprendre que March avait orchestré leur sauvetage. Lodestar s'était montré plus sceptique.

— Tu peux lui faire confiance, avait assuré Chris. Si on s'en sort, et on s'en sortira, on t'expliquera tout lors de nos retrouvailles à New York. En attendant, moins tu en sauras, mieux ça vaudra pour lui.

La veille, en buvant du schnaps, le général n'avait rien révélé sur leur présence dans cette maison plutôt que dans une cellule de la Gestapo ou de la SS.

— Et cette femme que vos hommes ont exécutée ? Vous ne pouviez pas la sauver, elle aussi ?

— Elle était des vôtres ?

— Oui, avait répondu Lodestar. Absolument.

— Désolé, je l'ignorais. Mais je n'aurais pas pu l'aider, de toute façon, de peur d'éveiller les soupçons des SS. Cette femme était le… dossier spécial de l'officier du SD chargé de son interrogatoire et de son exécution.

Brad et les autres avaient échangé un regard perplexe. Le colonel SS devait être l'expert linguiste qui risquait de démasquer Liverwort, d'après le major. Elle aurait dû écouter ses mises en garde. Il était trop tard, à présent.

Le soleil était désormais levé. À moins d'une heure de la fin du couvre-feu, Brad descendit l'escalier pour attendre le général dans le vestibule. Il apparut quelques minutes plus tard.

— Bien dormi ? s'enquit-il en boutonnant les manchettes de son uniforme.

— Aussi bien que possible, répondit Brad.

— Allons dans mon bureau, suggéra Konrad. J'ai quelque chose pour vous et vos camarades, dès qu'ils nous rejoindront. Un cadeau d'adieu pour vous assurer d'arriver à destination.

Un feu de cheminée flambait dans cette pièce si familière. Lorsque le général lui tendit l'Ausweis portant la signature d'un certain colonel Dieter Albrecht, Brad feignit l'étonnement.

— J'ai une proposition à vous faire, général. M'autoriseriez-vous à emmener Wilhelm en Amérique avec moi jusqu'à ce que vous puissiez venir le chercher ?

— Vous feriez cela ? s'étonna Konrad. Vous emmèneriez Wilhelm en Amérique ?

— Avec votre accord, naturellement.

Il décela une lueur d'espoir dans le regard de l'officier, mais elle mourut aussitôt et il secoua la tête.

— Vous ne comprenez pas… Je ne pourrai sans doute pas venir le chercher. Si je mourais, que deviendrait mon fils en Amérique ?

— Un membre de ma famille, tout simplement. Il n'oubliera jamais son père, soyez-en certain, et il aura une vie heureuse, là-bas.

— Mon jeune ami…

La voix de Konrad se brisa et ses yeux s'embuèrent de larmes. Il serra vigoureusement la main de Brad.

— Je vous serai éternellement reconnaissant.

— Je prends cela pour un « oui ». Nous devons nous dépêcher, général. J'ai besoin de documents, l'acte de naissance de Wilhelm, ses papiers, ainsi qu'une lettre à sa tante m'autorisant à l'emmener. Je vous laisserai mon adresse pour que vous puissiez me joindre à l'issue de la guerre.

* * *

— Elle t'attend au salon, fraîche et pimpante, tel le Phénix qui renaît de ses cendres, dit Colette. Cette exécution, un véritable chef-d'œuvre ! Je me serais fait avoir si je n'avais pas été informée de la supercherie. Dommage, pour ses cheveux… Je les ai coiffés et ondulés. Ils retrouveront bientôt leur splendeur.

— Contrairement à tant d'autres choses, répondit amèrement Dieter.

— Certes, concéda Colette.

Dans le vestibule, les bagages de son ex-maîtresse étaient prêts. Karl la conduirait à Paris.

— Merci pour tout, ma chère, déclara le colonel en l'embrassant sur la joue.

— Je te répondrais bien « de rien », mais ce serait mentir. Tu vas me manquer. Mon pauvre chéri… Je comprends que les charmes de cette petite séduisent un homme tel que toi.

Dieter porta sa main à ses lèvres.

— Je vise une étoile inaccessible, hélas, admit-il. Est-ce bien ce que je lis dans ton regard plein de sagesse ? J'en suis conscient. Quand la guerre sera finie, tu seras en danger et je ne pourrai plus te protéger. Que vas-tu devenir ?

Colette se mit à rire.

— Je rejoindrai l'homme que j'ai quitté en Espagne. Il m'aime encore et m'envoie régulièrement des fleurs. C'est surtout ton sort qui m'inquiète. Sois très prudent.

— Je ferai de mon mieux.

Elle s'éloigna, laissant un parfum fleuri dans son sillage.

— Tu lui diras au revoir de ma part, conclut-elle. Je l'aimais bien, cette petite.

— Au revoir, Colette.

En ce 13 juin 1944, une page de sa vie se tourna lorsqu'il franchit le seuil du salon.

* * *

Le même après-midi, dans son bureau du 36, quai des Orfèvres, le commissaire Maurice Corbet se leva pour accueillir une certaine Solange Bisset. Âgée d'une quarantaine d'années, elle était marquée par des années de labeur et de privations. Le policier l'invita à s'asseoir.

— Que puis-je faire pour vous, madame ?

Il savait déjà qu'elle était femme de ménage au 84, avenue Foch, raison pour laquelle il avait accepté de la recevoir. Elle ne faisait pas partie du personnel d'entretien qu'il avait aperçu le jour où il avait interrogé l'employé travaillant dans le couloir, en février. Ces femmes-là se ressemblaient toutes, à ses yeux. Elle balaya la pièce d'un regard inquiet avant de lui répondre.

— Parlez librement, madame. Il n'y a que vous et moi.

— Je ne sais pas si j'ai bien fait de venir… monsieur le curé m'a conseillé de me confesser à vous.

Maurice Corbet retint son souffle. Mme Bisset savait quelque chose sur le meurtre d'Armand Fournier, l'écrivain !

— Qu'avez-vous à me dire ? insista-t-il gentiment.

Honteuse, Solange Bisset lui révéla qu'au matin du samedi 31 octobre, elle avait vu l'aide de camp du colonel Albrecht quitter son poste de travail, devant le bureau du colonel, pour se rendre aux toilettes, au bout du couloir. Sur une impulsion et tenaillée par la faim, elle avait frappé à la porte du colonel et, n'obtenant pas de réponse, était entrée. Il n'y avait personne. Le personnel d'entretien n'avait le droit d'entrer qu'en présence de l'officier. Chaque matin, les Allemands se faisaient livrer des croissants qu'ils dégustaient avec leur café. Le colonel ne mangeait jamais les siens. Il les donnait à sa femme de ménage. Solange s'était donc servie. Elle allait partir quand les voix du colonel et de son aide de camp avaient résonné dans le couloir. Elle s'était vite cachée dans un placard jusqu'à ce que… ce que…

— Jusqu'à ce que quoi, madame ? s'enquit le commissaire, le cœur battant – cela faisait deux ans qu'il attendait ce moment !

Solange Bisset ne se fit pas prier. Au bout d'un moment, inquiète de devoir passer le reste de la journée enfermée dans ce réduit, elle avait entendu l'aide de camp entrer, sans doute pour annoncer un visiteur dont elle avait reconnu le nom. Il s'agissait du célèbre écrivain, Armand Fournier. Celui-ci avait évoqué une femme dont elle n'avait pas mémorisé le nom. Elle avait entendu le colonel servir du café, puis plus rien, jusqu'à une conversation animée entre le colonel et son aide de camp. Par l'entrebâillement de la porte, elle avait ensuite vu l'aide de camp réapparaître avec une sorte de bâche dont ils avaient enveloppé le corps de l'écrivain. Dès qu'ils avaient quitté la pièce, elle était sortie de sa cachette. Pourquoi le colonel n'avait-il pas signalé ce décès soudain aux autorités ? Puis elle avait lu dans le journal qu'on avait repêché la dépouille dans la Seine et que c'était un meurtre…

Maurice Corbet la remercia en lui assurant qu'elle avait bien agi. Cependant, elle ne devait parler de cette histoire à personne d'autre. Après la guerre, elle pourrait témoigner lors du procès du colonel Albrecht et de son aide de camp, Karl Brunner, mais pas avant.

— Je vous le jure, répondit-elle.

— Vous êtes très courageuse. À présent, je vais noter vos nom et adresse…

* * *

En entendant la voix de Dieter Albrecht dans le couloir, Victoria se leva pour lui faire face lorsque le domestique l'introduirait. Elle n'avait encore aucune certitude quant à ses motivations à l'amener ici. Que lui voulait-il ? Pourquoi leur avait-il sauvé la vie et en usant d'un stratagème aussi risqué et extravagant ? L'avait-il fait pour lui-même ? Était-elle prisonnière dans cette maison ? Et les autres ? Cet homme demeurait une énigme pour elle.

La gifle retentissante qu'elle avait reçue dans les locaux de la Gestapo lui avait fait comprendre que la partie était terminée pour Dragonfly. Le colonel pouvait lui pardonner beaucoup de choses, peut-être même la déception et le choc de découvrir qu'elle était une espionne à la solde de l'ennemi, mais pas l'affront de s'être servi de lui pour glaner des informations.

— Champagne, Albert.

Il tendit ses gants et son chapeau au majordome qui s'éclipsa.

— Bonjour, ma chère, dit-il à la jeune femme. Vous avez bien meilleure mine…

Visiblement las, il s'approcha de la cheminée. Victoria décela une lueur étrange dans son regard.

— Pourquoi cet air soupçonneux ? fit-il.

Dieter Albrecht n'était pas un homme bien. Un homme bien ne porterait pas cet uniforme. Et pourtant, elle avait le cœur serré, une émotion qu'elle ne s'expliquait pas.

— Où sont les autres ?

— Aucune idée. Hier, on les a conduits dans la maison d'un collègue qui est complice de l'opération. Si tout s'est déroulé sans encombre, ils sont en route vers un lieu sûr, à l'heure qu'il est.

— Qu'est-ce qui me garantit que vous ne me mentez pas ?

— Rien. Je ne puis vous aider davantage. Vous êtes très élégante… Colette a bien choisi votre robe.

— Elle connaît vos goûts, rétorqua Victoria.

— Non, elle a saisi les vôtres. En partant, elle m'a chargé de vous dire au revoir. Elle vous apprécie.

— C'est réciproque.

— J'étais sûr que vous vous entendriez bien. Veuillez vous écarter… j'aimerais me réchauffer les mains. Le mois de juin est si imprévisible, dans ce pays… En est-il de même en Virginie ?

Il tendit ses mains fines de violoniste ou de chirurgien vers l'âtre.

— Expliquez-vous, Dieter, ordonna-t-elle, ignorant sa question. Pourquoi nous avez-vous sauvé la vie ? Vous avez pris des risques considérables pour venir à notre secours.

Tandis qu'ils orchestraient des bruits de torture à grand renfort de cris et de coups et qu'il lui appliquait un maquillage à base, entre autres, de sang de porc, il avait refusé de lui fournir la moindre explication.

— Chaque chose en son temps. Si vous et vos amis voulez survivre, faites-moi confiance et jouez le jeu. Cette question mérite bien un peu de champagne, ajouta-t-il en attisant les braises de l'âtre. Il n'est jamais trop tôt, surtout en cette époque troublée. Ah, revoici Albert.

L'horloge sonna dix heures. Ils prirent place chacun sur un divan, face à face. Le domestique les servit, puis laissa la bouteille dans un seau à champagne. Dès qu'ils se retrouvèrent seuls, Dieter leva sa coupe :

— À votre retour aux États-Unis ! Longue et heureuse vie à vous, Victoria Grayson. Voilà qui répond à votre question, non ?

— Est-ce l'unique raison ?

— Absolument. Quelle autre raison pourrait-il y avoir ?

Le visage de la jeune femme s'adoucit légèrement, mais son regard demeura fixe.

— Vous le savez très bien, colonel. Ou bien serais-je présomptueuse ?

Il posa sa coupe.

— Non, vous ne l'êtes pas. Hélas, certains rêves, certains désirs ne se réalisent jamais. J'en suis conscient depuis le départ. Mon sentiment est bien plus pur qu'un simple désir charnel. En d'autres circonstances, peut-être, j'ose espérer que j'aurais eu ma chance. Qu'en dites-vous ?

Victoria se força à croiser son regard. Il avait raison. Après Ralph, s'ils s'étaient rencontrés en temps de paix…

— Je ne peux le nier, avoua-t-elle. Dieter, comment un homme tel que vous peut-il devenir un SS ?

Il soupira.

— À l'époque, je voulais servir mon pays. Bêtement, je croyais en Hitler, en la mission qu'il était fixée de rendre à l'Allemagne sa gloire d'antan. Quand j'ai compris sa folie, il était trop tard pour me retirer sans éveiller les soupçons et mettre ma famille en péril. En restant au sein de la SS pour opérer en coulisses, j'ai au moins réussi à sauver des vies allemandes.

Dieter reprit son verre.

— Quant à cette petite comédie, reprit-il, elle n'aurait pas été nécessaire si le chef de la Gestapo n'avait pas insisté pour assister à votre exécution en compagnie de ses sous-fifres. Je n'avais pas le choix.

Il fallait que les tortures et l'exécution soient crédibles, dans mon propre intérêt.

Il but une gorgée de champagne et reprit :

— Pour certains, je suis un héros. Mon sacrifice personnel pour la cause redore mon blason. Votre exécution ne laisse planer aucun doute sur mon allégeance au Troisième Reich. Mon respect et mon admiration pour ma partenaire d'escrime n'étaient pas un secret en haut lieu.

— Vous… vous n'êtes pas celui que vous prétendez être, n'est-ce pas ?

Victoria commençait enfin à comprendre le jeu dangereux auquel il se livrait.

— Seriez-vous un agent double ?

— Pas tout à fait, s'esclaffa-t-il. Un agent double joue sur les deux tableaux. Je suis dans un seul camp, celui de l'intérêt suprême de l'Allemagne. J'appartiens à un groupe clandestin d'opposants à Hitler et son régime. Ma mission est de sauver des compatriotes partageant mes idées et accusés de trahison d'un destin pire que la mort, en effectuant en apparence mes tâches si cruelles d'officier. En débarquant dans ma vie, vous êtes devenue un moyen inattendu d'élargir le champ de mes activités. J'espérais transmettre des documents secrets par votre biais, sauver des vies des deux côtés et accélérer la fin de la guerre.

Il se pencha pour se servir du champagne. Le verre de Victoria était intact.

— Ce pique-nique chez le comte n'était qu'une mascarade, avoua-t-il en levant sa coupe.

Victoria n'en revenait pas. Dieter aurait pu assurer son avenir en la torturant et en l'exécutant sans scrupule. Il se serait épargné cette comédie cruelle. Pour elle, il s'était mis en danger, ainsi que son organisation et même sa famille. Et pourtant, comment assumer ses sentiments pour un tel homme ?

— Vous avez risqué votre vie pour moi, murmura-t-elle.

— Elle était déjà menacée.

— Je vous en suis reconnaissante, Dieter.

— Je vous ai fait part de ce que je souhaitais en échange : je veux que vous meniez une vie heureuse, ce qui n'est pas donné à tout le monde. Promettez-moi au moins d'essayer.

Enfin, Victoria s'autorisa à pleurer. Cet homme énigmatique suscitait en elle des émotions contradictoires. À travers ses larmes, elle le vit se lever et sortir un mouchoir blanc.

— Je ne pensais pas assister à ce spectacle, déclara-t-il en la regardant se tapoter les yeux.

— Il y a un début à tout.

— Alors ? J'ai votre promesse ?

— C'est promis.

— Parfait. Abordons maintenant la suite des événements. Vous partirez demain à l'aube. Karl vous conduira en lieu sûr et vous confiera à vos contacts…

Face à son air pétrifié, il crut bon de demander :

— Qu'est-ce qui ne va pas ?

— Mon lieu de repli est grillé.

— Comment le savez-vous ?

— Je l'ai appris peu avant mon arrestation et avant que l'on puisse trouver une autre solution.

— Je sais que la boîte aux lettres est grillée. N'avez-vous pas un autre moyen de demander de l'aide pour quitter la France ?

Victoria réfléchit. Dieter semblait déstabilisé par ses propos. Pourquoi l'officier ne lui offrait-il pas ses propres moyens de s'enfuir ?

— Notre opératrice radio servait d'intermédiaire avec notre responsable. J'ignore ce qu'elle est devenue, si elle a échappé à la rafle ou pas. Je ne connais pas son adresse, son lieu de travail ni son nom d'emprunt. Il n'y a que la fresque…

— Le paysage aquatique peint sur le mur du couvent ?

— Oui. Ne pouvez-vous pas me faire sortir de France grâce à votre réseau, Dieter ?

— Le risque est trop important pour deux raisons.

Il se leva, la mine soucieuse, oubliant le champagne, et s'approcha de la cheminée.

— Nos refuges se trouvent en France et en Allemagne. Il nous est impossible d'aller au-delà de ces frontières. De plus, la Gestapo a fait grand bruit de votre exécution. Imaginez un peu, la maîtresse du chef du contre-espionnage ! C'est un triomphe et un exemple. Votre photo a fait la une des journaux. De nombreux témoins vous ont vu tomber, vous êtes officiellement morte. Si vous étiez reconnue, vous, moi et mon organisation entière serions en danger. Votre exfiltration doit être le fait de l'OSS. Peut-on faire savoir à votre opératrice radio que vous êtes en vie et que vous avez besoin d'aide ?

— Oui ! En traçant un trait oblique sur une libellule, mon symbole codé sur la fresque. Il indique la nécessité d'une réunion dans un bistrot de Montparnasse, *Le Celtic*. Si notre opératrice radio n'a pas été exfiltrée ou arrêtée, elle verra le signal et saura ce qu'il signifie. Elle sera au café, sauf si elle renifle un piège. Dites à la personne que vous enverrez de faire allusion à la Rose Main Reading Room de la New York City Library. Elle comprendra que votre émissaire est digne de confiance.

— La Rose Main Reading Room de la New York City Library, répéta Dieter. Je connais bien cet endroit. J'y ai rencontré T. S. Eliot, un diplômé de Harvard.

— Encore une chose. Si vous voyez un V dans l'oreille du labrador, cela signifiera qu'elle est grillée et a quitté Paris. Vous comptez envoyer Karl ?

— Non. J'irai moi-même, répondit Dieter.

LES RETOURS

juin 1944 – septembre 1962

28

Le mardi 13 juin, en arrivant dans son bureau de Berne, Alistair trouva un exemplaire du *Matin*, imprimé la veille. La une clamait : « Exécution d'une Française agent de l'OSS. » Plusieurs clichés de la jeune femme ensanglantée, ligotée au poteau, la tête encagoulée et tombante, illustraient un article citant le nom du colonel SS ayant donné l'ordre de faire feu. D'ordinaire, ces exécutions avaient lieu dans la plus grande discrétion. La manœuvre visait à marquer les esprits de Français en pleine rébellion contre l'occupant.

Alistair n'osait penser à ce que Victoria avait enduré entre les mains de Dieter Albrecht. Apparemment, elle avait réussi à cacher qu'elle était américaine. De plus, l'article n'évoquait pas le sort du reste du groupe. Leur exécution était certes moins sensationnelle que celle de la maîtresse de l'un des plus redoutables nazis de la capitale.

À quinze heures, il reçut un appel sur sa ligne téléphonique sécurisée.

— J'ai des nouvelles, annonça Henri. Il y a peut-être de l'espoir. Un signal est apparu sur la fresque. Je passe devant chaque jour. Elle n'était pas là hier. Ce n'est pas l'œuvre d'un vandale parce que la fresque est intacte par ailleurs. Tu crois que cela signifie quelque chose ?

— Quel genre de signal ?

— Un trait oblique sur une hépatique.

— Quoi ? C'est impossible ! Ce code indique que Liverwort donne rendez-vous à l'équipe au *Celtic* à quatre heures, aujourd'hui !

— Et c'est impossible…

— Naturellement !

— L'un des autres agents a-t-il pu révéler le code sous la torture ? Dans ce cas, il s'agirait d'un piège. Autrement dit…

— … l'un des membres du groupe est encore en vie et en liberté. Il n'y a qu'un seul moyen d'en avoir le cœur net. Tu sais ce qui te reste faire, n'est-ce pas ?

— Bien sûr, répondit Henri.

* * *

À quatre heures moins dix, Dieter Albrecht se présenta au *Celtic*. Les affaires ne semblaient pas prospères. Le patron était seul derrière le comptoir. Il posa sur lui un regard curieux. Que faisait cet homme vêtu en chasseur fortuné dans son modeste établissement ?

— Monsieur, fit Dieter. Un thé, s'il vous plaît.

— Par ici, monsieur. Dans la salle du fond.

Il accompagna Dieter vers une table. Le colonel choisit une chaise faisant face à l'entrée au lieu de celle que lui proposait le patron, qui donnait sur une cour sombre.

— Très bien, monsieur. Nous n'avons qu'une sorte de thé, hélas.

— Je prendrai ce qu'il y a.

Il s'éloigna vivement avec un regard de biais vers son client habituel, dans le coin de la pièce. Henri poursuivit sa lecture sans s'intéresser au nouveau venu. Pourtant, il avait reconnu le chef du contre-espionnage du SD sans l'ombre d'un doute, en dépit de son français parfait et de son accoutrement de notable en goguette.

Sa présence ne pouvait signifier qu'une chose : leur lieu de rendez-vous était grillé. Un membre au moins de Dragonfly était vivant… ou l'était encore la veille.

— J'attends quelqu'un, affirma-t-il au patron qui lui apportait son thé. Une jeune femme blonde et menue. Vous voudrez bien lui dire de me rejoindre ? Je vous demanderai peut-être un autre thé.

— Très bien, monsieur.

Mon Dieu! songea Henri. Cet homme attendait Labrador, d'après ce qu'il avait deviné, *alias* Bernadette Dufour, l'opératrice radio d'Alistair. Ignorait-il donc qu'elle avait été arrêtée par la Gestapo française ? Ces organisations étaient rivales, certes… Était-il venu arrêter Mlle Dufour en personne ?

Plusieurs minutes s'écoulèrent. Le piège était posé et nul ne semblait tomber dedans. Au bout d'une heure, Henri se leva, laissa quelques pièces sur la table et passa d'un pas nonchalant devant l'officier SS pour aller rendre compte à Alistair.

Au bout de deux heures, Dieter se résigna à partir. Elle ne viendrait pas. Victoria n'avait donc aucun contact qui puisse organiser son exfiltration, à moins qu'il ne trouve une autre solution. Il avait songé à faire appel aux autorités suisses pour contacter l'OSS, mais c'était impossible, question de confiance. Victoria devrait rester au manoir dans l'immédiat, l'unique lieu sûr.

* * *

Peu après dix-sept heures, Alistair Reynolds décrocha dès la première sonnerie.

— Mauvaise nouvelle, annonça Henri sans préambule, avant de lui faire son rapport. De toute évidence, la Gestapo française et le SD ne communiquent pas.

— Le SD ne tardera pas à apprendre qu'elle est entre les mains de la Carlingue, conclut Alistair. L'affaire sera bouclée.

— A-t-elle révélé son signal d'appel ?

— Non. Aucune transmission, pour l'heure. Soit elle n'a pas parlé, soit elle est morte.

— C'est très troublant, Alistair.

— Effectivement.

— D'autant plus que…

Henri s'interrompit.

— Continue.

— Tu ne trouves pas bizarre qu'un chef du SD prenne le temps et la peine de se présenter, en civil, seul, pour effectuer une arrestation ? Les SS auraient mis quelqu'un en planque au café, non ?

Alistair réfléchit un instant, puis reprit :

— As-tu vu le moindre signe de présence SS dans la rue en quittant le bistrot ?

— Non. Encore un détail étrange. Le colonel Albrecht a attendu ton agent pendant deux heures entières. Pourquoi quelqu'un de son rang ferait-il une chose pareille ?

— Je l'ignore, Henri.

Le major Reynolds raccrocha et baissa les yeux vers les libellules griffonnées sur son bloc-notes. Jusqu'à l'appel d'Henri, il avait songé à les jeter rageusement à la corbeille. Contre toute attente, une mince lueur d'espoir venait de renaître en lui. Il se contenta donc de glisser ses gribouillis dans un tiroir.

* * *

Le soir du 13 juin, Dieter Albrecht regagna le manoir où Victoria l'attendait impatiemment. À son expression, elle devina que la mission avait échoué.

— Elle n'est pas venue, n'est-ce pas ?

D'un air las, Dieter remit ses gants et son chapeau à Albert.

— Hélas non. Je n'ai vu aucun V dans l'oreille du labrador. J'ai patienté plus de deux heures en vain. J'ai mené l'enquête et j'ai réussi à savoir pourquoi.

Il plongea dans le regard de la jeune femme.

— Vous devriez prendre un verre. Les nouvelles ne sont pas bonnes.

— Je vous écoute, souffla-t-elle.

— J'ai interrogé sa patronne, Jeanne Boucher, la couturière. La dernière fois qu'elle a vu votre amie, c'était le 8 juin, le jour où deux hommes de la Gestapo française sont venus l'arrêter. Leur responsable n'a pas reconnu son nom quand je me suis renseigné, mais je ne les crois pas. Je sais détecter un mensonge. Une heure plus tard, il a rappelé pour me dire que, d'après ses dossiers, votre amie avait bien été arrêtée et envoyée au camp d'internement de Drancy le 10 juin.

— Et vous ne pouvez pas user de votre influence pour la faire sortir ?

— Il y a deux jours, elle a été déportée au camp de concentration de Dachau par manque de place à Drancy.

— Oh non…

Victoria s'assit lourdement sur un divan. Dieter posa un verre de cognac devant elle.

— Dachau… les fours crématoires…

Dieter était mortifié.

— Elle ne sera pas forcément gazée, Victoria. Elle n'est pas juive et elle a réussi à cacher qu'elle était américaine et travaillait pour l'OSS. Sinon, ils l'auraient fusillée.

— D'abord, la Gestapo française, puis Dachau… Jamais elle ne supportera ce que l'on inflige aux déportés, dans ces camps.

— Peut-être que si. D'après ce que je sais, elle est forte et courageuse.

Dieter n'y croyait pas lui-même. À Dachau, les déportés servaient de cobayes pour diverses expériences médicales. Le camp abritait aussi l'entraînement des commandants SS.

— Naturellement, je vais poursuivre mes recherches et user de mon influence, promit-il. Si elle tient le coup jusqu'à la fin de la guerre, qui ne saurait tarder, elle s'en sortira. Les Alliés progressent et seront sans doute à Paris en août. La France sera libérée avant l'hiver.

— Pour le bien que cela fera à Labrador…, marmonna Victoria. Il reste encore l'Allemagne à envahir.

Dieter s'assit à côté d'elle sur le divan et prit sa main inerte dans la sienne.

— Je suis désolé pour votre amie, mais parlons de vous, à présent. Nous sommes à court de possibilités d'exfiltration. Vous devez rester au manoir jusqu'à ce qu'une solution sûre se présente. Mieux vaut que personne ne vous voie, à part Albert. Il suffirait qu'un livreur, un ouvrier, un jardinier, un fermier vous aperçoive et vous seriez dénoncée. Dès que les Parisiens seront libres d'assouvir leur vengeance, ils vont vous tomber dessus. Vous serez traitée comme une collabo ou, pire, la maîtresse d'un colonel SS.

— Eh bien, si je dois rester, je resterai et, à l'arrivée des Alliés, j'irai à Paris contacter les militaires américains…

— Non ! Vous ne comprenez pas… Paris ne sera pas un lieu sûr, même après la libération. Surtout après la libération par les Alliés. En voyant une Française qu'ils croyaient exécutée par les nazis, les gens seront furieux. Les Français n'aiment pas être dupés.

Victoria écarta sa main.

— Que faire alors ? Je ne peux pas vivre ici indéfiniment.

— Bien sûr que non ! Vous resterez jusqu'à ce que je puisse contacter votre armée afin qu'elle envoie quelqu'un vous chercher. Elle seule peut vous protéger.

— Comment comptez-vous les contacter ?

— Laissez-moi faire. Je vous préviendrai dès que tout sera organisé.

Il vida son verre d'une traite et se leva.

— Je dois partir, reprit-il.

Victoria se leva également.

— Dieter… quand vous reverrai-je ?

Il prit ses mains dans les siennes.

— Chère Victoria Grayson, de Williamsburg, je doute que j'aie le plaisir de vous revoir un jour.

— Dieter, je…

— Chut !

Il l'enlaça et effleura ses cheveux de ses lèvres.

— Ne dites rien. Laissez-moi des souvenirs que je chérirai pour le reste de mes jours. Je vous demande simplement de penser à moi avec bienveillance. Et tenez votre promesse.

Il s'écarta et croisa son regard, sachant que c'était la dernière fois.

— Au revoir, mademoiselle Colbert. Je vous appellerai.

Abasourdie par la soudaineté de ces adieux, elle sentit une douleur incompréhensible enfler dans sa poitrine. Dieter s'éloigna non sans lui adresser un ultime signe de tête, avant de disparaître.

* * *

Le 19 juin, au bureau de Berne, un employé remit au major Reynolds une transmission d'une femme qui tenait un lieu sûr à Barcelone : « Lodestar bien arrivé et prêt à partir. »

Alistair se leva d'un bond puis, pris d'un vertige, il retomba sur sa chaise.

Il était à l'aérodrome quand un avion de la Croix-Rouge déposa Bucky. Au bord des larmes, le major vit le jeune homme descendre les marches vers le tarmac. En l'étreignant, il remarqua son front soucieux et ses traits marqués, pour un garçon qui venait d'avoir vingt-cinq ans.

Dans son bureau, Bucky lui décrivit l'horreur de l'exécution de Liverwort, puis il lui relata les péripéties de sa libération, avec Lapwing et Limpet. Lorsqu'il demanda des nouvelles de Labrador au major, Alistair dut lui annoncer qu'elle avait été arrêtée par la Gestapo française peu après lui et qu'ils n'avaient pas de nouvelles depuis.

— Vous croyez qu'elle est morte ?

— Je n'ai guère d'espoir pour elle.

— Nom de Dieu ! maugréa Bucky en se détournant.

— J'ai quelque chose pour toi, Sam, dit Alistair en posant une boîte sur la table. Te croyant mort, Mme Dupré m'a adressé quelques-uns de tes effets personnels pour tes parents.

Le jeune homme souleva le couvercle. La boîte contenait la paire d'épaulettes de son père, le Spectre noir. Alistair se garda de lui demander comment elles se trouvaient en sa possession. Les motivations de son agent étaient personnelles. L'essentiel était qu'il ait obtenu ce qu'il voulait.

— Bienvenue dans ta nouvelle vie, Sam. Après le débriefing, tu prendras l'avion pour l'Oklahoma.

Le suivant fut Chris. Le 13 juin, avant de quitter la maison du général March pour partir en lieu sûr, les hommes de Dragonfly s'étaient fait leurs adieux, tels des compagnons d'armes qui se séparent pour mener à bien une ultime mission : quitter la France sans encombre.

À Lyon, un major SS monta dans le train en exigeant de voir les papiers des passagers. Chris crut qu'il était fichu. L'homme lui arracha les documents des mains et lui ordonna de se lever. Sans doute se demandait-il pourquoi ce jeune Allemand athlétique n'était pas en uniforme. L'Ausweis le surprit, mais il semblait décidé à le tourmenter.

— Restez là !

Le major descendit du train en emportant les papiers.

— Il va vérifier si vous êtes bien celui que vous affirmez être, souffla un passager assis derrière Chris.

Au bout d'une heure, les voyageurs commencèrent à s'énerver contre Chris, le responsable de ce contretemps fâcheux.

— Tout est en ordre ! annonça l'officier à son retour.

Il rendit ses papiers à Chris en claquant les talons. Chris souffla enfin. Le colonel Albrecht, signataire de l'Ausweis, s'était porté garant de lui.

Brad fut le dernier à gagner la sécurité d'un refuge. Il avait quitté la France après les autres à cause d'un changement de dernière minute auquel il tenait absolument. Après bien des palabres, les personnes chargées de l'exfiltrer avaient accepté un détour par la Suisse, chez la tante de Wilhelm, avant de gagner Gibraltar.

Helga Wolfe était bien la femme acariâtre et austère que le général March avait décrite. Derrière elle, deux enfants se chamaillaient.

— Oui ? fit-elle en ouvrant la porte, à bout de patience.

— Je m'appelle Bernhard Wagner, répondit Brad en lui tendant une lettre. Je viens de la part du général Konrad March, le père de votre neveu Wilhelm.

— Monsieur Wagner ! s'exclama l'enfant, qui se précipita à sa rencontre. Vous êtes venu !

L'enfant se jeta à son cou et le serra dans ses petits bras.

— Bien sûr que je suis venu.

Un garçon et une fille un peu plus grands que lui apparurent sur le seuil. De vraies brutes, songea Brad.

— Montrez-moi la chambre de Wilhelm, madame, que je fasse ses bagages.

La valise fut bouclée en dix minutes. Si Wilhelm ne lâcha pas Brad d'une semelle, sa tante resta en bas.

— Vous l'emmenez où ? s'enquit le fils de Helga Wolfe.

— Le plus loin possible de toi, rétorqua Brad.

En route pour l'ambassade, Brad se rendit compte que Mme Wolfe n'avait même pas regardé la lettre de son beau-frère. Il posa un bras sur les épaules de l'enfant blotti contre lui tel un chiot apeuré.

Les trois garçons et Wilhelm étant en sécurité, Alistair ressentait un soulagement légitime. Certains retours d'agents étaient particulièrement poignants, de même que certains décès. L'exécution de Victoria Grayson et la mort présumée de Bridgette Loring le marqueraient à jamais.

La piste de l'opératrice radio s'arrêtait rue Lauriston, au siège de la Gestapo française. Henri n'avait pas réussi à soutirer la moindre information à une employée de sa connaissance sur la « petite blonde qui avait attendu d'être interrogée pendant des jours, dans le couloir ». Le nom de Bernadette Dufour ne figurait pas sur la liste des morts ou des détenus de la Carlingue. Les recherches n'avaient abouti à rien. Bernadette s'était tout bonnement volatilisée.

29

Dans son bureau de Berne, Alistair gribouillait son bloc-notes. Il avait reçu un rapport de l'OSS sur le retour des garçons aux États-Unis. En ce dernier jour de juillet 1944, ils avaient tous les trois repris leur vie normale ou presque, dans la mesure du possible.

Christopher Brandt avait exprimé le désir d'exercer son métier de professeur de mathématiques et d'entraîneur d'athlétisme tout en préparant son doctorat. Il n'aurait aucun mal à trouver un poste. Sam Barton, *alias* Bucky, comptait intégrer un cabinet d'ingénieurs d'Oklahoma City. Quant au fils de Joanna Bukowski Hudson, il retrouverait sa place à la scierie de son beau-père.

Alistair n'avait pas eu directement de leurs nouvelles, mais il imaginait les retrouvailles, les questions sans réponse et les secrets qu'ils étaient contraints de garder pendant encore cinq ans, liés par le Secret Service Act de l'OSS. Sans doute ne seraient-ils pas plus bavards ensuite. Leurs enfants ne sauraient jamais ce qu'ils avaient fait pendant la guerre.

Un coup frappé à la porte le fit émerger de ses pensées. Son sergent passa la tête dans l'entrebâillement, à contre-jour à cause du soleil qui entrait par la fenêtre, derrière le major.

— Le colonel Donovan est là, major. La salle de réunion est disponible.

— Ce ne sera pas nécessaire. Faites-le entrer, Robert.

— Bien, major, soupira le sergent.

Bill Donovan entra en trombe et plissa les yeux.

— Pour l'amour du ciel, tu ne peux pas baisser ce maudit store ?

— Bonjour, colonel. Vous êtes en forme.

— Je n'en dirais pas autant de toi. Qu'est-ce que c'est que ça ?

Il brandit la lettre de démission d'Alistair, effective dès la libération de Paris.

— C'est ce que vous croyez.

Le major fit signe au sergent de leur servir du café, puis il se leva pour s'installer sur une chaise destinée aux visiteurs :

— Vous avez fait bon voyage ?

— Supportable, mais assez parlé de moi, gronda Bill Donovan en jetant la lettre sur le bureau. Parlons plutôt de ceci. Je sais ce qui te motive. Deux de tes protégés ne sont pas rentrés au bercail et, tel que je te connais, tu vois le verre à moitié vide. Je refuse ta démission tant que tu ne m'auras pas écouté. Ensuite, tu voudras peut-être la déchirer.

— J'en doute, soupira Alistair. Qu'est-ce que vous avez en tête ?

— Des félicitations, même si tu t'en moques comme de ta première chemise. Tu as fait un sacré bon boulot, lors de cette opération. Le président t'exprime sa gratitude.

— D'accord. Ensuite ?

— Je viens te proposer un autre boulot, poursuivit Wild Bill. Les défenses allemandes en Normandie s'écroulent et les Alliés avancent. Les chars américains ne vont pas tarder à remonter les Champs-Élysées. Les forces alliées prévoient la Libération pour fin août, donc ton travail ici est terminé. Je veux que tu m'accompagnes à Washington, Alistair. J'aurai besoin de ton aide pour administrer l'OSS, après la guerre, car tout ne sera pas réglé, loin de là. Notre prochain ennemi sera l'Union soviétique. Staline va sans doute faire des pays satellites des territoires libérés par ses armées. On parle déjà de séparer Berlin en secteurs. L'OSS doit se préparer à faire face au bloc soviétique.

— Et vous pensez que je suis l'homme de la situation.

— Sans l'ombre d'un doute.

Donovan s'interrompit le temps qu'on leur serve le café.

— Tu es simplement épuisé, mon vieux. Tu ressens les effets néfastes de ta conscience professionnelle. Tu es notre officier le plus chevronné, Alistair. Ne baisse pas les bras maintenant ! Tu as besoin de changer d'air, d'avoir une vie régulière, un bon lit moelleux où dormir huit heures d'affilée au lieu de cette banquette où tu somnoles.

Était-ce le pouvoir de persuasion de son supérieur qui rendait sa proposition attrayante ou sa propre fatigue, son angoisse, l'abus de tabac et d'alcool, la perte de Liverwort et Labrador ? Autant voir la vérité en face : il n'avait aucune envie d'arrêter. Il traversait une mauvaise passe, rien de plus. Bill lui donnait l'occasion de servir son pays une fois de plus.

— Et si je bouclais ce dossier en quelques jours ? fit-il. J'ai un collègue compétent qui me remplacera et mes agents en France seront entre de bonnes mains.

Bill Donovan prit la lettre de démission et la déchira.

— Je te garde une place dans l'avion, promit-il.

* * *

Le 15 août 1944, peu avant l'aube, Bridgette fut réveillée par une odeur de fumée. En regardant au-dehors, à la lueur des projecteurs, elle vit les hommes du major Richter, commandant du camp d'internement de Drancy, surveiller les internés chargés de vider des boîtes d'archives dans un brasier, au milieu de la cour, créant un nuage de fumée suffocante. Bridgette dut fermer la fenêtre de sa chambrette étouffante dans la chaleur de l'été parisien.

— Bernadette ! appela Nicole Marquet, sa codétenue, qui servait de cuisinière et de domestique aux Richter.

Elle entendit ensuite le bruit d'une clé dans la serrure. La nuit, les deux jeunes femmes étaient enfermées dans leurs réduits. Mme Richter ne les libérait que si elle avait besoin de leurs services.

Folle d'angoisse, Nicole surgit, sans Mme Richter, et referma vivement la porte derrière elle.

— Qu'est-ce qui se passe ? Tu as les clés de Mme Richter ? Comment as-tu fait ?

— Elle a oublié son trousseau après t'avoir enfermée, hier soir, expliqua Nicole. Je faisais la vaisselle quand son mari est arrivé, très énervé. Ils se sont enfermés au salon et, au bout d'un moment, il est reparti, sans doute dans son bureau et elle dans sa chambre. Après avoir rangé la cuisine, j'ai regagné ma chambre et j'ai attendu, mais elle n'est jamais venue verrouiller la porte. J'ai entendu des allées et venues et Mme Richter crier des ordres. Vers minuit, j'ai jeté un coup d'œil dans le couloir. La porte de madame était ouverte. Des internés emballaient ses affaires dans ses cartons et des valises. Madame était très agitée. Quelques heures plus tard, le silence est revenu. Il y a une demi-heure, il n'y avait plus personne. Je ne crois pas que le commandant soit rentré, hier soir. Son lit n'était pas défait. Je me suis faufilée au salon et j'ai trouvé les clés.

— Qu'est-ce qui se passe, d'après toi ?

— Je crois qu'elle est partie ! Par la fenêtre du salon, j'ai vu un fourgon s'arrêter un peu plus loin. Madame était à bord, j'en suis certaine ! J'ai frappé à sa porte, en vain.

— Allons voir, proposa Bridgette.

Nicole lui emboîta le pas. N'obtenant pas de réponse, Bridgette ouvrit la porte de la chambre de Mme Richter. La pièce avait été vidée. Bouchée bée, les deux jeunes femmes trouvèrent les placards et tiroirs béants.

— Tous ces beaux vêtements que tu lui avais confectionnés…

L'odeur âcre de la fumée s'insinuait dans la chambre. Les internés s'affairaient à brûler des cartons et dossiers aux intitulés sinistres : Dachau, Ravensbrück, Auschwitz…

— Quelle est cette puanteur ? fit Nicole.

— Viens plutôt voir ce qui se passe dans la cour !

— Pas possible !

— Ils éliminent tous les documents compromettants, les traces des atrocités commises dans ce camp avant qu'il ne soit libéré.

— Tu crois ?

— La Libération est proche, Nicole ! Et nos bourreaux le savent, d'où la fuite de Mme Richter. Le commandant et ses sbires font ce qu'ils peuvent pour ne pas avoir à répondre de leurs crimes, plus tard.

— Mais que vont-ils faire de nous ? s'inquiéta Nicole. Ne sommes-nous pas des preuves vivantes de ces atrocités ? Vont-ils nous fusiller pour nous empêcher de témoigner contre eux ?

Bridgette écarta une mèche de cheveux du visage de sa compagne d'infortune, qui avait dû être belle, avant la guerre, avant que ces années de détention ne fassent d'elle l'ombre d'elle-même. Nicole avait été arrêtée alors qu'elle rendait visite à des amis juifs, lors de la grande rafle d'août 1941. Considérée comme aryenne par les autorités nazies, elle aurait pu être libérée si Mme Richter n'avait pas reconnu en elle une cuisinière de son restaurant favori. Ainsi l'avait-elle « réquisitionnée » pour ses talents culinaires. Pour son malheur, Nicole endurait également les assauts du commandant, qui la violait régulièrement, la nuit, lorsque Mme Richter omettait de fermer la porte à clé pour permettre à son mari de sévir.

Un jour, Mme Richter avait trouvé son époux en train d'abuser de Bernadette. En voyant le drap taché de sang, elle l'avait arraché à elle en lui interdisant de recommencer. Manifestement, le viol d'une vierge était moins acceptable que celui d'une femme d'expérience, à ses yeux.

— Je ne pense pas qu'il faille s'inquiéter, affirma Bridgette pour rassurer son amie. Ils savent qu'ils ont la Résistance aux trousses et qu'ils ne pourraient pas se débarrasser des cadavres assez vite. Nous serons bientôt libres ! Un peu de patience. Surtout, gardons notre sang-froid en attendant nos sauveurs.

— Et si le commandant revenait nous fusiller parce que nous avons été ses esclaves ?

La remarque de Nicole était frappée du sceau du bon sens.

— Donne-moi les clés ! L'une d'elles doit ouvrir la cachette de leurs armes à feu.

Dans la chambre du commandant, elles découvrirent un véritable arsenal, ainsi que de fortes sommes d'argent. Chacune prit un Luger et des munitions, sans oublier les liasses de billets. Au pire, le commandant penserait que sa femme s'était servie avant de partir.

La destruction des archives se poursuivit toute la journée du 16 août. En fin de soirée, Richter rentra chez lui. Les deux jeunes femmes étaient convenues que Bridgette enfermerait Nicole comme si de rien n'était et garderait le trousseau en sa possession.

— S'il trouve ma porte verrouillée, il viendra chez toi, ma pauvre Bernadette !

— Ne t'en fais pas, je ne dors que d'un œil. Je l'entendrai rentrer. Qu'il s'avise de s'approcher ! Je saurai l'accueillir, fais-moi confiance.

Au terme d'une nuit blanche à guetter le commandant, elle passa la tête dans le couloir à l'aube et ne vit aucun signe de lui. Richter était passé furtivement prendre son sac et le reste de ses armes.

— Nicole ! C'est moi ! appela-t-elle. Richter est parti, apparemment. Je vais ouvrir ta porte.

Elle trouva la jeune femme arme au poing, prête à faire feu.

— Tu es sûre qu'il est parti ?

— Et il ne reviendra pas, je pense, confirma Bridgette en l'étreignant. On ne risque plus rien. Regarde dehors.

Gardes et officiers allemands montaient à bord de camions et de Jeep et filaient vers la sortie du camp. Quelques voitures de fonction, dépouillées de leur drapeau nazi et transportant des passagers en civil, prirent la tête du convoi.

— Les rats quittent le navire, commenta la styliste.

— J'espère qu'ils s'en vont vraiment…

— Oh oui ! Ils détalent avant que les libérateurs ne les fusillent. Et si on se risquait à l'extérieur ?

Elles n'avaient pas mis les pieds dehors depuis leur arrivée à Drancy, autrement dit en 1941 pour

Nicole et le 12 juin 1944 pour Bridgette. Des volutes de fumée s'élevaient encore de la cour désertée par les gardes. Cependant, les internés étaient encore confinés.

— Que faire, à présent ? s'enquit Nicole.

— Attendons les renforts. Pour l'heure, cherchons de quoi manger.

Le 18 août 1944, le camp fut officiellement libéré par le représentant diplomatique de la Suède et des membres de la Croix-Rouge.

* * *

Dès l'annonce de la libération du camp, la police française dut contenir les élans d'une foule groupée derrière la barrière en quête de nouvelles de leurs proches internés. Pleins d'espoir, les gens brandissaient des photos, des pancartes au nom des êtres qui leur étaient chers. Près de mille cinq cents survivants retrouvèrent ainsi la liberté et furent pris en charge par la Croix-Rouge.

Bridgette se trouvait parmi les dernières à partir, car elle était internée depuis moins longtemps que la plupart des autres. Dès le premier jour, après des adieux déchirants, Nicole avait été confiée aux soins de son frère. Officiellement, Bridgette quitta Drancy le 21 août 1944, avec pour tout bagage la pièce de mousseline qui lui servait de carnet de bord. Parmi les véhicules des volontaires proposant leurs services pour le transport des internés, elle repéra une charrette qui la conduirait en lieu sûr, si cette adresse était encore valable.

— Mademoiselle Dufour !

La jeune femme fit volte-face. Jeanne Boucher, très élégante, tenait une feuille de papier portant la mention « Bernadette Dufour » en essayant de contourner un agent de police qui retenait les badauds.

— Je vous remercie, monsieur, mais je ne vais pas avoir besoin de vous, indiqua-t-elle à l'homme qui se proposait de l'emmener.

Ivre de soulagement, les joues inondées de larmes, Bridgette étreignit la couturière qui venait chaque jour à Drancy dans l'espoir de la trouver parmi les survivants.

— Comment saviez-vous que j'étais ici ?

Elles se mirent en route vers le couvent des Sœurs de la Charité, où sœur Marie-Françoise souhaitait qu'on la ramène. Elle se rendrait à son refuge le lendemain. Pour l'heure, elle voulait revoir les nonnes, prendre un bain chaud et dormir dans des draps propres. Elle était impatiente de jeter au feu la vieille robe qu'elle portait depuis deux mois.

Il fallait absolument qu'elle contacte le major Reynolds pour le rassurer sur son sort, lui qui la croyait morte sous les tortures de la Gestapo française. Mais elle se refusait à le rencontrer dans ce triste état.

— J'ai vite compris ce que la mère Richter avait en tête, expliqua Jeanne. On ne l'a plus jamais revue dans nos salons. J'en ai conclu qu'elle vous avait confinée à Drancy, même si je n'en avais pas la certitude. Pour éviter de donner des faux espoirs à l'OSS, je les ai informés de votre arrestation par la Gestapo tout en cherchant des preuves confirmant mes soupçons. Je connais un médecin qui travaillait au camp. Votre portrait ne lui disait rien.

— Je n'avais pas le droit de sortir de leur logement.

— Pendant deux mois ?

— Nicole, la bonne de Mme Richter, est restée enfermée pendant bien plus longtemps !

Jeanne n'osait imaginer le traitement que cette garce réservait à ses esclaves. Il suffisait de voir cette silhouette décharnée, cette robe élimée et crasseuse, cette jeunesse en lambeaux. Son corps se remettrait, avec le temps. Quant à son âme… La couturière ne le savait que trop bien, elle qui avait été détenue par les Allemands durant la Première Guerre mondiale.

La voiture ralentit pour se frayer un chemin dans la foule.

— Que se passe-t-il ? s'enquit Bridgette.

— La libération de Paris a commencé ! La Résistance s'est emparée de la préfecture de police et les soldats américains avancent aux abords de la ville. De nombreux Allemands ayant fui, les Parisiens se sentent enfin libres de sortir de chez eux.

Paris libéré… Bridgette pourrait rentrer à Traverse City, dans le Michigan, retrouver la routine de cette bourgade endormie, le silence, la tranquillité.

— Grâce au courage de gens tels que vous et sœur Marie Françoise, c'est toute la France qui sera bientôt libérée.

— Vous aussi, madame Boucher.

Sans oublier Liverwort, Lodestar, Limpet et Lapwing, songea-t-elle. Elle s'imagina, seule dans la Rose Main Reading Room de la New York City Library, à attendre en vain ses camarades.

— Comment avez-vous rencontré sœur Marie-Françoise ?

Aussi inquiètes l'une que l'autre pour Bernadette, les deux femmes avaient sympathisé en cherchant à obtenir de ses nouvelles.

— Vous avez sans doute vu la fresque…

— Oh oui ! Elle est magnifique. C'est votre œuvre, non ?

— Elle est toujours là ?

— Absolument. Les sœurs et les gens du quartier la protègent. Un vandale a réussi à l'atteindre, mais il n'a réussi à tracer qu'un simple trait sur ces longues plantes…

Jeanne s'interrompit en voyant la jeune femme blêmir.

— Allons, ce n'est rien, Bernadette ! La pluie l'a presque déjà effacé.

— Quand est-il apparu, ce trait ?

— Peu après votre arrestation, en juin, il me semble.

Sur place, Bridgette examina le trait tandis qu'elles attendaient à la porte du couvent. Liverwort avait-elle tenté de la contacter sans savoir qu'elle avait été arrêtée ? Cela signifiait-il qu'elle était encore en vie ? Le major le lui dirait. Soudain, elle reprit espoir. Et s'ils s'en étaient tous sortis sains et saufs ?

Sœur Marie-Françoise apparut et l'embrassa avec effusion. Après l'avoir envoyée prendre un bain et se changer, la mère supérieure appela un numéro de téléphone inscrit dans son carnet secret.

— Bernadette Dufour est au couvent des Sœurs de la Charité. Elle sort du camp de Drancy où elle était détenue depuis la mi-juin.

Son correspondant, qu'elle n'avait rencontré qu'une fois et dont elle ignorait toujours le nom, faillit lâcher son combiné.

— Je la croyais morte !

— Je vous assure qu'elle est bien vivante. En chair et en os… même si elle n'a plus que la peau et les os.

— Je passe quelques coups de fil et je viens chez vous sans tarder, déclara Henri.

Après son bain, Bridgette enfila une robe bien trop grande pour elle. Une nonne lui annonça qu'elle avait de la visite et qu'un monsieur l'attendait dans le bureau de la mère supérieure.

— Qui est-ce ?

— Un Français.

L'homme sans nom du Celtic, songea-t-elle, soulagée.

— J'arrive !

Lorsqu'elle entra dans le bureau, le Français retint son souffle, mais il se ressaisit aussitôt.

— Mademoiselle, quel plaisir de vous revoir ! Je viens vous proposer mon aide pour vous acheminer à Berne, dans les locaux de l'OSS, où l'on organisera votre départ pour les États-Unis.

— Je suppose que le major Reynolds m'y attend.

— Non. Le major Reynolds est retourné en Amérique en juillet dernier pour reprendre ses fonctions à Washington. Je viens de la part de son remplaçant à Berne.

Face à la mine déconfite de Bridgette, Henri s'empressa d'ajouter :

— Ne vous inquiétez pas. Le major Reynolds apprendra que vous avez survécu. Son remplaçant l'en informera. Il sera ravi. Trois autres membres sont déjà rentrés chez eux.

— Trois ? Lesquels ?

— Les garçons.

— Et… ma camarade ?

— J'ai le regret de vous annoncer qu'elle a été fusillée le 11 juin.

* * *

Le samedi 26 août, dans une ville en liesse, le commissaire Maurice Corbet et son adjoint rendirent visite à Solange Bisset, tout en haut de la rue des Martyrs, à Montmartre. Pourvu qu'elle ne soit pas en train de festoyer au milieu de la foule et que le colonel Albrecht n'ait pas détalé comme tant d'autres, en comprenant que les carottes étaient cuites.

La veille, le général von Choltitz avait signé l'acte de capitulation en présence du général Leclerc, commandant de la deuxième division blindée, et du colonel Rol-Tanguy.

Le colonel Dieter Albrecht n'avait pas déserté. D'après les policiers postés devant *L'hôtel de Crillon*, il se trouvait dans sa suite et, par chance pour les policiers, n'avait pas encore été arrêté par les autorités françaises ou américaines.

La joie du peuple parisien était à la fois assourdissante et enivrante. Il était descendu tout entier dans la rue pour saluer les libérateurs dans une cacophonie de cris, de chants et d'acclamations.

Solange Bisset n'était pas de ceux-là. D'après sa concierge, elle priait en compagnie d'autres fidèles dans l'église Saint-Jean, place des Abbesses. Corbet dit à son adjoint de patienter dehors, puis il alla s'asseoir derrière Mme Bisset et lui tapota l'épaule.

— Voulez-vous bien me suivre, madame ?

Ils la conduisirent dans leur bureau où ils lui servirent un verre d'eau fraîche.

— Madame Bisset, témoignerez-vous au tribunal sur ce que vous avez vu et entendu dans le bureau du colonel Albrecht, le 31 octobre 1942 ? Ces voix étaient bien celles du colonel et de son aide de camp, Karl Brunner, n'est-ce pas ?

— Je les ai surtout entendus, corrigea-t-elle, mais oui, c'étaient bien eux.

— Vous allez signer votre déposition et nous obtiendrons un mandat d'amener.

Quand les formalités furent réglées, Mme Bisset fut reconduite chez elle. Corbet et son adjoint se rendirent à *L'hôtel de Crillon*. Au long du parcours menant à la place de la Concorde, les bannières arborant la croix gammée avaient disparu des façades et brûlaient sur la chaussée. Le commissaire ordonna à quelques hommes postés devant l'hôtel de l'accompagner, puis il monta chez le colonel Albrecht.

Par l'une des fenêtres ouvertes de sa suite, qui donnait sur la vaste place, Dieter observait la foule défilant bras dessus bras dessous en chantant la *Marseillaise* à tue-tête. Sous une chaleur accablante, les gens foulaient aux pieds les drapeaux nazis et autres symboles du Troisième Reich.

En bras de chemise, Karl avait presque fini d'emballer les derniers documents confidentiels. Sans doute pour qu'ils ne tombent pas entre les mains des Alliés, songeait-il. En réalité, Dieter avait l'intention de livrer ces archives précieuses aux Américains qui ne tarderaient pas à frapper à sa porte pour l'arrêter.

Mi-juin, le colonel avait trouvé un moyen de confier Victoria aux Alliés, qui lui feraient quitter Paris. Dieter avait contacté un officier du renseignement attaché à la quatrième division d'infanterie de l'armée américaine en se proposant en tant que monnaie d'échange. Un colonel du SD n'était-il pas un trophée de choix ? L'officier avait accepté sans la moindre hésitation. Ainsi attendait-il les Américains dans sa suite.

Il révélerait au représentant de l'US Army qu'une agente américaine de l'OSS se trouvait dans un manoir, à la campagne, et devait rentrer chez elle. Dans la matinée, il lui avait téléphoné, mais la ligne était mauvaise et il n'avait pas pu lui parler. Dieter avait hurlé à Albert, à l'autre bout du fil, que la jeune femme devait rester sur place jusqu'à ce qu'un véhicule de l'armée américaine vienne la chercher. Puis il avait raccroché, déçu, car la communication était coupée. Il aurait voulu entendre sa voix une dernière fois, lui annoncer une bonne nouvelle. Le nom de son amie Bernadette Dufour ne figurait pas sur les listes du camp de Dachau où, d'après le commandant de Drancy, elle avait été déportée en juin. Il restait un mince espoir qu'elle en ait réchappé.

Il observa Karl, qui le servait loyalement depuis six ans. Bientôt, leurs chemins se sépareraient. Au mieux, les autorités le laisseraient rentrer chez lui jusqu'à la fin de la guerre. Au pire, il échouerait dans un camp de prisonniers de guerre. Pourvu que Karl ne le considère pas comme un traître ! Dans l'intérêt de son subordonné, il ne lui avait rien révélé de ses activités secrètes.

En entendant frapper à la porte, il sursauta.

— Je vais ouvrir, colonel ?

— Non, Karl. Je m'en charge.

Maurice Corbet n'oublierait jamais l'expression de stupeur du colonel Albrecht en découvrant sur le seuil les deux policiers français qu'il ne pensait jamais revoir. Le colonel souffla un nuage de fumée de cigare avant de prendre la parole :

— Entrez donc ! Excusez ma réaction de surprise. J'attendais… d'autres visiteurs.

— Nous sommes aussi étonnés que vous, colonel. Nous pensions que vous seriez parti depuis longtemps avec vos collègues.

— J'ai des obligations qui m'obligent à rester.

— Comme la destruction de dossiers sensibles concernant votre organisation, par exemple ?

— En quelque sorte. Que me vaut l'honneur, commissaire ? J'ai répondu de mon mieux à toutes vos questions et je suis un peu pressé.

— Ce ne sera pas long.

Corbet observa Karl, qui s'était interrompu dans son travail.

— Vous êtes le sergent Karl Brunner, sans doute ?

— C'est cela.

— Colonel Albrecht, sergent Brunner, vous êtes en état d'arrestation pour homicide sur la personne d'Armand Fournier.

— C'est absurde. Vous n'avez aucune preuve !

— Un témoin s'est fait connaître et vous a vu empoisonner la victime avec la complicité du sergent. D'autres attesteront avoir remarqué M. Fournier dans votre bureau, ce jour-là, contrairement à ce que vous avez prétendu.

Dieter éteignit son cigare.

— Eh bien, commissaire, je crains de vous décevoir. Des représentants de l'armée américaine ne vont pas tarder à venir me chercher pour m'interroger et ils ont priorité sur vous.

— C'est moi qui vais vous décevoir, colonel, contra Corbet en lui tendant son mandat. La loi stipule que, dans ce cas précis, c'est la juridiction de ce pays qui l'emporte. Vous allez devoir nous suivre, messieurs. Des policiers sont postés devant la porte, au cas où vous opposeriez une résistance.

Maurice Corbet éprouva une intense satisfaction à voir le colonel pâlir. Quel qu'ait été son rôle dans l'organisation dont il avait fait partie, Dieter Albrecht avait une certaine prestance. On ne pouvait en dire autant d'Armand Fournier.

— Ce ne sera pas nécessaire, commissaire, dit Dieter en boutonnant sa veste. J'ai une requête très importante à vous soumettre. Je la destinais aux autorités américaines, mais… Il s'agit de libérer une jeune femme américaine, agent de l'OSS, d'un manoir, à la campagne, où elle est confinée depuis le 14 juin. En arrêtant le sergent Brunner, vous commettez une terrible erreur. Il n'a rien à voir dans cette histoire, en dépit de vos prétendus témoignages. Je ne l'ai jamais impliqué dans mes affaires privées, qu'elles soient réelles ou supposées.

Abasourdi, Karl retint son souffle.

— Cela reste à déterminer, colonel, répondit Corbet. Le sergent vient avec nous. Vous parlez sans doute de Viviane Colbert ?

— Absolument.

— Nous traiterons cette question dans les meilleurs délais.

Il ouvrit la porte pour faire entrer ses collègues :

— Messieurs, s'il vous plaît…, fit-il en désignant Dieter et Karl.

* * *

Victoria était sur des charbons ardents. En ce 30 août, cela faisait six jours que Dieter avait laissé un message à Albert, lui enjoignant de demeurer sur place en attendant un véhicule de l'armée américaine. La jeune femme avait bouclé ses valises et arpentait le manoir, scrutant l'horizon en quête d'une voiture kaki ornée d'une étoile blanche.

Le propriétaire des lieux serait de retour dans deux jours et il ignorait qu'elle se cachait chez lui. Et même s'il l'autorisait à rester, que faire ensuite ? Elle ne pouvait prendre le risque de partir par ses propres moyens. D'après la radio, la population brutalisait et humiliait les femmes soupçonnées d'avoir « fréquenté » l'occupant. Les maîtresses de nazis étaient battues, rasées, dévêtues, parfois fusillées sans autre forme de procès.

Dieter ne pouvait la laisser à la merci de la foule vengeresse ! Que s'était-il passé ? Les forces de libération l'avaient-elles arrêté avant qu'il ne puisse mettre son plan à exécution ?

Cette perspective la fit frémir. Albert lui avait expliqué à quel sort étaient promis les SS et les membres de la Gestapo s'ils se faisaient prendre. Pour Dieter, il y aurait un procès après la guerre. Il risquait la guillotine ou la pendaison. Certes, il avait fait du mal au peuple français, mais il avait aussi sauvé des vies, dont la sienne et celles des membres de Dragonfly. Il ne méritait pas une telle mort.

— Les tribunaux militaires sont-ils ouverts aux demandes de grâce pour les condamnés ? avait-elle demandé.

— Dans certaines circonstances, oui. Je dois avouer que c'est rare. Les tribunaux américains et britanniques ont la réputation d'être plus cléments.

Le vieux domestique semblait savoir de quoi il parlait. Chaque soir, il écoutait Radio Londres pour s'informer des derniers développements. Ils avaient sympathisé et prenaient le petit déjeuner ensemble, dégustaient un verre de vin, le soir. Ils jardinaient, faisaient la cuisine…

Victoria était décidée à témoigner en faveur de Dieter lors de son procès. Les garçons plaideraient également sa cause et le major Reynolds présenterait des preuves de sa coopération avec l'OSS. Elle remuerait ciel et terre. Dieter ne méritait pas de mourir. La prison, oui, mais pas la mort.

En fin d'après-midi, elle entendit un crissement de pneus et regarda par la fenêtre. Aussitôt, elle monta dans sa chambre. Quelques minutes plus tard, Albert lui annonça qu'un policier français tenait à lui parler d'une question de la plus haute importance.

Elle rejoignit le commissaire au salon. Il ne semblait pas avoir de temps à perdre.

— Mademoiselle Colbert ! Quel plaisir de vous revoir.

— Je ne suis pas certaine de pouvoir en dire autant. Que me voulez-vous ?

— Je viens à la demande du colonel Albrecht. Il souhaite que la police parisienne vous escorte et vous remette à vos compatriotes militaires. Vous êtes américaine, je crois. Le duc nous a parlé de vous.

— Je... je ne comprends pas. Il m'a ordonné d'attendre les Américains.

— Il y a eu un changement de programme. Désolé pour ce contretemps, mais... j'ai dû en référer à mon supérieur qui a interrogé le général Leclerc, qui lui-même a consulté les Américains. Bref, j'ai obtenu l'autorisation de mener à bien le projet du colonel en vous conduisant vers un aérodrome où vous prendrez un avion militaire pour l'Amérique.

— Je ne comprends toujours pas pourquoi la police française est impliquée.

— J'ai arrêté le colonel, qui se trouve en ce moment au quai des Orfèvres.

Victoria refusait d'y croire. Dieter, arrêté par la police française et non pas les autorités militaires américaines ? Cela ne pouvait signifier qu'une chose.

— De quoi est-il accusé ?

— Du meurtre d'Armand Fournier. Excusez-moi, nous devons partir immédiatement pour l'aérodrome.

— Pourquoi a-t-il fait cela ? demanda la jeune femme, une fois dans la voiture.

— Pour vous protéger, mademoiselle. Fournier allait vous dénoncer à la Gestapo. Une abomination que le colonel ne pouvait tolérer, d'après lui. J'avoue que je comprends ses motivations, même si je réprouve la méthode.

— Que va-t-il devenir ?

— Il sera jugé pour homicide.

— Et s'il est reconnu coupable ?

— Le jury ne sera pas enclin à la mansuétude. Cependant, le duc est issu d'une grande famille allemande très influente.

— Il faut que je le voie.

— C'est impossible, hélas.

— Pourquoi pas ? Vous êtes responsable de l'enquête, non ?

— Le colonel refuse de vous voir. Paris est… dangereux. Il est déterminé. D'ailleurs, vous n'avez pas le temps, l'avion ne vous attendra pas.

À l'aérodrome, le commissaire lui remit un message au moment où elle embarquait.

— De la part du colonel Albrecht. Au revoir, mademoiselle Colbert. Bon voyage !

Victoria vit le commissaire lui faire signe avant de regagner sa voiture. Après le décollage, elle ouvrit l'enveloppe :

N'oubliez pas votre promesse, surtout. Bien à vous, Dieter Albrecht.

30

Un à un, les membres de Dragonfly reprirent leurs marques. À l'exception de Victoria, dont le retour aux États-Unis n'était pas encore officiel, ils reçurent une lettre du gouvernement à remettre à leurs futurs employeurs pour justifier ces deux années « de service rendu à la patrie ».

Bucky fut engagé dans une entreprise de génie civil de Tulsa, dans l'Oklahoma, à une heure et demie de route de sa ville natale. Il avait appelé ses parents pour les prévenir de son retour au bercail. Leurs cris de joie résonnaient encore à ses oreilles.

Trois jours plus tard, Brad aida Wilhelm à descendre sur le quai de la gare de Glenwood Springs.

— C'est ici que tu habites ? s'enquit l'enfant, émerveillé, en serrant la main de Brad dans la sienne.

— Non. À Meeker, à une heure d'ici.

Il scruta le quai en quête de sa famille, déçu par l'absence d'un comité de réception. À Washington, en téléphonant chez lui, il avait découvert que le numéro n'était plus attribué. Ils avaient emménagé dans une nouvelle maison et les raccordements prenaient des mois par manque de main-d'œuvre. Brad avait donc appelé la scierie et demandé à parler à Jared.

— Il n'est pas là, avait répondu une voix féminine inconnue.

La jeune secrétaire n'avait pas pu noter son message car elle n'avait pas de stylo sous la main. Où diable Jared l'avait-il dénichée, celle-là ? Il lui avait néanmoins indiqué l'heure approximative de son arrivée à Glenwood Springs, en compagnie d'un invité surprise.

De toute évidence, elle n'avait pas transmis le message. Ils allaient devoir gagner Meeker par leurs propres moyens et sans connaître l'adresse de la nouvelle maison. Autant se rendre à la scierie. Quel accueil, décidément ! Ils avaient faim et soif. Le pauvre Wilhelm grelottait dans ses vêtements d'été.

Compatissant, le chef de gare chargea son neveu de les conduire à la scierie Cramer :

— On dirait qu'il n'y a personne, déclara-t-il dans la cour encombrée de palettes.

Brad constata qu'il n'y avait pas une âme en vue.

— Viens, Wilhelm, dit-il en l'entraînant vers les bureaux. Allons voir ce qui se passe.

Il poussa la porte qui n'était pas verrouillée. Aussitôt, la lumière se fit et d'appétissants fumets lui envahirent les narines.

— Bienvenue, Brad et Wilhelm ! s'écrièrent en chœur sa mère, sa sœur, Bobby, Margie et Jared, et tout le personnel de l'entreprise au grand complet qui vint les embrasser.

La jeune fille qui avait pris son message se tenait sous la bannière portant l'inscription « Bienvenue ». Sa petite comédie faisait partie d'un stratagème. Plus tard, sa mère lui expliqua qu'un officiel du ministère était venu les prévenir de son retour imminent, avec Wilhelm. Laura, la secrétaire de Jared, devait informer les autres de l'appel qu'il ne manquerait pas de passer à la scierie.

Brad fut extrêmement touché par ce comité d'accueil. On lui montra sa chambre dans la nouvelle maison, où il retrouva ses affaires. Sa voiture était au garage. Certes, quelques changements étaient intervenus en son absence. Une photo de mariage de sa mère et Jared remplaçait le portrait de son père, sur la cheminée. Beata avait largement passé l'âge de jouer à la poupée. Bobby avait fini le lycée et, à la mi-août, il partirait faire des études d'ingénieur.

Jared ayant pris la tête de la famille, seul Wilhelm avait vraiment besoin de Brad. Spontanément, il avait embrassé la mère de Brad comme s'il avait trouvé le refuge qu'il recherchait.

Brad avait donc décidé d'avancer, de trouver un emploi, jusqu'à ce que Jared lui fasse une proposition qu'il ne pouvait refuser :

– Je compte lever le pied pour passer du temps avec ta mère et la famille. Je n'attendais que toi. Je voudrais que tu me secondes à la direction de l'entreprise et que tu reprennes le flambeau quand je serai à la retraite, si tu es d'accord.

Brad était d'accord.

En arrivant chez elle, Bridgette trouva un jardin entretenu, une pelouse impeccable, des massifs de dahlias et de pivoines. Les précieux rosiers de sa grand-mère et les haies étaient taillés. *Gladys !* songea-t-elle.

Dans la maison, tout était en ordre, le lit était fait, le réfrigérateur et le garde-manger garnis, les appareils branchés. Même la ligne téléphonique était fonctionnelle ! La jeune femme posa ses bagages et décrocha le combiné. Ces attentions la touchaient. Hélas, Gladys et elle ne seraient plus jamais amies.

— Gladys n'est pas là, lui annonça Mme Bradbury. Elle n'est pas venue nous voir depuis longtemps.

— Ah bon ? Elle habite toujours à Detroit ? Elle doit y être enseignante.

— Non. Elle vit à Fort Worth, au Texas, et travaille pour la compagnie American Airlines en tant qu'hôtesse de l'air. C'est incroyable, n'est-ce pas ? Juste après... qu'elle a quitté l'université, elle a renoncé à l'enseignement pour voler de ses propres ailes dans tous les sens du terme ! (Elle se mit à rire.) Cela fait deux ans, maintenant.

— Dans ce cas... qui a entretenu la maison de ma grand-mère en mon absence ? s'étonna Bridgette.

— C'est moi. Je ne supportais pas de voir la propriété si impeccable d'Angèle à la merci des rongeurs et des insectes. J'ai engagé un jardinier et une femme de ménage pour maintenir la propriété en état. J'ai appris que tu allais rentrer grâce à la compagnie d'électricité de Traverse City. J'ai veillé à ce que tout soit prêt.

— C'est très gentil à vous, madame Bradbury. Je tiens à vous rembourser pour ces services.

— Certainement pas ! C'était la moindre des choses, après… ce qui est arrivé. Mieux encore, notre fille a enfin coupé le cordon et découvert la vraie vie en dehors du cocon familial. Selon elle, c'est ce que tu voulais qu'elle fasse et son unique moyen de se racheter. Tu l'as aidée à devenir autonome, à être confiante, heureuse.

— Madame Bradbury, je ne sais pas quoi dire…

— Ce n'est rien, mon petit. Bienvenue chez toi ! Je dirai à Gladys que tu as appelé.

Au bout d'une semaine dans la petite maison d'Elm Street, Bridgette contacta le chef du département de stylisme du Stephens College pour se renseigner sur les débouchés de la profession dans l'industrie de la mode. Moins de quarante-huit heures plus tard, elle reçut un appel d'Edith Head, des studios Paramount, qui l'invitait en Californie pour un entretien.

Le lendemain matin, elle s'envola pour Los Angeles à la rencontre de la célèbre costumière et, avant la fin de la journée, décrocha un poste à l'essai.

Victoria préféra fuir l'effervescence de New York pour la ville de Toronto, au Canada, où elle redevint traductrice. Elle avait accès à un avion privé qui l'emmenait à Williamsburg passer le week-end avec son père et sa mère souffrante.

De son côté, à Austin, Chris était bien intégré à l'université du Texas. Il faisait chavirer le cœur de toutes ses collègues et passait ses soirées à s'entraîner sur la piste d'athlétisme.

Parfois, au cours de la journée, les moments d'absence des anciens agents attiraient l'attention de leur entourage. Bucky levait les yeux de ses plans, perdu dans ses pensées. Bridgette se taisait au milieu d'une phrase. Lors de ses rendez-vous avec la jolie secrétaire, Brad se montrait distrait. Chris ralentissait le pas, comme retenu par une force invisible, et Victoria penchait la tête sur son bureau, en grande conversation avec elle-même.

Au milieu du mois d'août suivant leur retour, en arrivant de Tulsa pour passer un week-end en famille, Bucky trouva sa mère dans sa chambre, les larmes aux yeux.

— Qu'est-ce qu'elles font ici ? demanda-t-elle en désignant les épaulettes dorées.

Elle les avait remarquées en rangeant du linge dans un tiroir. Ces épaulettes étant le bien le plus précieux de Bucky, il ne voulait pas les laisser dans son appartement en ville, de peur d'être cambriolé.

— Tu es au courant, n'est-ce pas ? reprit sa mère.

— Oui. Depuis un moment.

— Comment l'as-tu appris ?

Bucky lui relata la scène.

— Tu es donc allé en France pour le chercher ?

— Oui.

— Comment as-tu obtenu ces épaulettes ?

— Il me les a données pour Noël.

— Tu l'as donc retrouvé ?

— Effectivement.

— Tu dois tout me raconter !

Bucky hésita en songeant à la clause de confidentialité qu'il avait signée. Quelle importance, désormais ?

— Oui, Maman.

* * *

Une semaine plus tard, assis dans son fauteuil où il lisait le journal chaque soir, après le dîner, Horace Barton commentait comme à son habitude l'actualité pour sa femme et son fils :

— Mauvaise nouvelle ! En France, ils ont retrouvé le corps atrocement mutilé de ce fameux chef de la Résistance, le Spectre noir.

Le clair de lune entrait par les fenêtres du salon. La radio jouait en sourdine. Sous la lampe, Bucky lisait et Monique avait les mains crispées sur son cercle à broder.

— Ces salauds de nazis ont fini par l'avoir, poursuivit Horace. Il paraît qu'il n'a jamais parlé. Un sacré bonhomme ! Il venait d'une famille riche et était haut gradé dans l'armée, mais il a laissé tomber son confort pour prendre le maquis et lutter contre les Boches. Tu as entendu parler de lui, Monique ? Un certain Nicolas Cravois ?

Horace se tourna vers sa femme, qui était concentrée sur son aiguille comme si elle ne l'avait pas écouté. Son fils n'avait rien entendu non plus tant il était captivé par sa lecture. Ils n'accordaient guère d'importance aux commentaires d'Horace, ce qui ne lui posait aucun problème. Horace aimait simplement leur compagnie, l'intimité de son salon. Peu lui importait ce qui se passait dans le monde, tant que tout allait bien dans le sien.

* * *

En septembre, Victoria fut conviée à un tournoi d'escrime. En tenue blanche, son masque sur la tête, arme en main, elle s'approcha de la piste et, après les saluts, se mit en garde. Soudain submergée par les souvenirs, elle lâcha son épée, arracha son masque et, à la stupeur générale, s'enfuit vers les vestiaires. Plus jamais elle ne toucha une lame.

* * *

À l'automne, Chris trouva Ernst Drechsler, le père de Dirk, là où il s'y attendait.

— Ernst disparaît de temps en temps. J'ignore où il va, mais il revient toujours, avait dit sa femme lorsque Chris était passé le voir pour la première fois depuis son retour. Je ne sais pas dans combien de temps il sera de retour, mais entre donc, Christoph. J'ai des brownies au four.

— Une autre fois, madame Drechsler, quand je serai moins pressé. Pour l'heure, j'aimerais juste saluer votre mari avant de regagner Austin. Je crois savoir où le trouver.

Naturellement, Mme Drechsler mourait d'envie de lui demander où il était parti ces deux dernières années, sans donner de nouvelles. Les gens qui le connaissaient avaient accepté la thèse de la mission secrète pour le gouvernement, mais ils étaient avides de précisions.

Les retrouvailles avec sa famille ne s'étaient pas déroulées comme il l'espérait. Sa mère lui reprochait amèrement de les avoir « abandonnés » et son père prenait le parti de son épouse pour ne pas la contrarier. Ils ne lui pardonnaient ni son silence ni sa longue absence.

Blessé et déçu par ce manque de compréhension, Chris avait vite regagné Austin pour poursuivre son doctorat. Il n'avait pas besoin de travailler car il avait touché deux ans de salaire de l'OSS. Ses parents ne voyaient pas ces études d'un bon œil non plus. Le couple Drechsler, lui, aurait certainement accueilli Dirk à bras ouverts…

Il avait entendu dire que M. Drechsler n'était plus le même depuis le départ de Dirk. Naturellement, le vieil homme était en train de pêcher dans la Guadalupe River, là où Chris avait passé tant de journées en sa compagnie, autrefois. Il n'eut aucun mal à le repérer, avec son vieux chapeau. Sa canne à la main, comme s'il l'avait oubliée, il regardait dans le vague.

— Monsieur Drechsler ? fit Chris d'une voix douce pour ne pas l'apeurer.

— Ah, c'est toi, Christoph ? répondit-il sans se tourner vers lui.

— Oui. Je peux m'asseoir avec vous ?

— Bien sûr, dit-il en sortant ses clés de voiture de sa poche. Va chercher une chaise pliante dans le coffre.

Chris alla chercher le siège supplémentaire. Était-il destiné à Dirk ?

— Ça ne mord pas, aujourd'hui, maugréa Ernst.

— Je vois ça. Alors, quoi de neuf ?

— Oh, pas grand-chose… J'attends la fin de la guerre que mon gamin revienne. Il doit être prêt à rentrer au bercail depuis un moment. Il a dû comprendre son erreur. On tournera la page, on fera comme si rien ne s'était passé. Dès qu'il sera là, on déménagera. Ce sera mieux.

— Ah oui ? Où ça ? demanda Chris, le cœur serré.

— On est allés en vacances dans l'Oregon, avec ma femme, et ça nous a plu. Ça ressemble un peu à l'Allemagne, avec les forêts, les montagnes, les lacs, sans oublier la pêche. Là-bas, personne ne nous connaît, au moins.

— Vous avez… pris les devants ? Acheté une maison ?

— Non. On attend de voir ce que Dirk en pense.

— Bien sûr. C'est plus sage.

— Et s'il ne rentre pas…, reprit Ernst en jetant sa ligne plus loin, on restera ici, avec nos souvenirs, et avec toi, Christoph.

Chris ravala ses émotions. Dirk ne rentrerait pas. Lodestar l'avait confirmé. Il n'était pas question qu'il révèle la triste vérité à ses parents, mais le dilemme était cruel.

— Et si on se retrouvait ici le premier samedi de chaque mois pour taquiner le goujon, durant la saison ?

— Cela me ferait très plaisir, Christoph. Tu es très généreux.

— Marché conclu !

Ils échangèrent une poignée de main.

— Bon, je vous ramène chez vous. Ça ne mord pas, de toute façon, et votre femme a préparé des brownies.

— Ça mordra peut-être demain, par vrai, Christoph ?

— C'est sûr, monsieur Drechsler.

* * *

Au début de 1945, les Américains apprirent que la guerre serait finie au printemps. Les membres de Dragonfly entourèrent tous la date du 23 septembre sur leur agenda, impatients de vivre ces retrouvailles, prévues neuf mois plus tard.

Dès février, Bridgette avait réservé une chambre d'hôtel près de Bryant Park, non loin de la New York City Library. Victoria avait fait appel à un traiteur pour accueillir le groupe dans l'appartement de son oncle, sur la 5e Avenue, dans la soirée.

En mars, Bucky acheta son billet d'avion pour la Grosse Pomme et Brad demanda à Jared de lui accorder quelques jours de congé. À cette occasion, Bucky eut une surprise et Brad reçut un choc :

— Rappelle-moi pourquoi tu vas à New York ? demanda Horace.

— Je vais voir des amis, Papa, répéta Bucky.

Lorsqu'il avait informé ses parents qu'il serait absent le week-end du 23 septembre, son père officiel avait cru à un déplacement professionnel mais, en insistant, il avait découvert que c'était personnel.

— Personnel, hein ? Ta mère et moi, on les connaît, ces amis ?

— Non, Papa.

— On connaît leurs noms ?

— Non.

— Alors… comment les as-tu rencontrés ?

Un regard de sa femme et le ton de son fils l'incitèrent à cesser cet interrogatoire en règle. Si Horace se sentait parfois de trop, il était persuadé que son fils n'avait pas passé ces deux années derrière un bureau en tant qu'ingénieur. Sa mère, elle, le savait d'instinct depuis 1942. Parfois, le regard de Bucky rappelait celui des vétérans de la Première Guerre. Il était temps pour Horace de faire comprendre à son fils qu'il savait.

— Monique, ma chérie, tu veux bien nous laisser tous les deux pendant un instant ? demanda-t-il à sa femme.

— Bien sûr, répondit-elle, étonnée, car cela ne s'était jamais produit.

Quand ils furent seuls, Bucky l'observa, intrigué.

— Oui ?

— J'ignore à quoi rime ce voyage à New York, fiston, mais sache que je suis fier de toi. Je te demande pardon si je t'ai porté à croire le contraire. Aucun père ne pourrait être plus fier de son fils. Tu comprends ce que je suis en train de te dire ?

— Oui, Papa, je comprends.

— Puisqu'on a mis les choses au point, rappelons ta mère.

* * *

— Tu devrais t'acheter des vêtements pour aller à New York, fit observer Joanna à Brad. Il ne faudrait pas que tu passes pour un va-nu-pieds auprès des personnes que tu vas voir.

Brad avait été incapable de trouver une excuse plausible pour expliquer son voyage. En réalité, sa mère essayait de lui tirer les vers du nez.

— Ne t'inquiète pas, Maman. Mes copains ne seront pas en costume cravate, loin de là.

— Dans ce cas, l'un d'eux doit être Alistair Reynolds, fit Joanna.

Le regard du jeune homme le trahit.

— Je m'en doutais ! jubila Joanna. Comme si ce que cet homme m'a volé ne lui suffisait pas, il a fallu qu'il me prenne mon fils pendant deux ans. Qu'est-ce qu'il veut, à présent ? Tu dois me le dire !

— Qu'est-ce qu'il t'a volé ? s'étonna Brad.

— Mon cœur. Il m'a volé mon cœur et je ne me suis pas totalement remise de ce chagrin. Il n'en sait rien.

— Quoi ? Je croyais que toi et Papa…

Joanna se tourna vers lui.

— Non, ton père est mon deuxième amour… et celui que j'ai choisi. Là encore, Alistair n'a jamais su, et ton père non plus.

Brad n'était pas certain de vouloir entendre ces révélations. Sa mère était-elle en train de lui dire que…

L'idée choquante qui lui était venue le fit rougir.

— Non, chéri, ce n'est pas ce que tu crois. Regarde la photo de ton père. Tu es son portrait craché.

— Alors pourquoi me dis-tu ça ?

— Pour que tu comprennes pourquoi je refuse qu'il revienne dans ma vie, ma maison, ma famille. Je suis heureuse comme ça et je ne veux pas qu'il… sème le trouble. Il est hors de question qu'il vienne quand je suis là, d'accord ?

Brad la regarda droit dans les yeux. Il n'en croyait pas ses oreilles ! Après toutes ces années et deux mariages, Joanna Bukowski avait toujours le béguin pour l'homme en brun. Et Alistair Reynolds, qui avait de vrais sentiments pour elle, n'en savait rien.

* * *

Malgré diverses tentatives dans les méandres de la bureaucratie, Bridgette n'avait pas réussi à entrer en contact avec le major Alistair Reynolds au quartier général de l'OSS, à Washington, avant son démantèlement, le 1er octobre 1945. Le numéro de téléphone figurant sur sa première lettre n'était plus valable. La jeune femme en avait assez d'être renvoyée d'un fonctionnaire à un autre pour s'entendre dire que les renseignements souhaités étaient « confidentiels ».

Elle était persuadée que le major n'avait pas été informé de sa libération de Drancy. Il l'aurait contactée ! Sa ligne téléphonique était coupée depuis qu'elle avait vendu la maison d'Elm Street, mais elle avait laissé sa nouvelle adresse à Los Angeles et le major ne manquait pas de ressources pour retrouver une personne disparue.

Elle en voulait terriblement à ce nouveau responsable, à Berne, de ne pas avoir informé le major qu'elle était en vie. Avant de s'envoler pour Milton Hall, elle aurait dû subir un débriefing inutile avec ce remplaçant, mais il était sorti, appelé par une urgence. Le bureau était en ébullition car une sommité de la Résistance avait été livrée à la Gestapo par un membre de son groupe. Le responsable n'avait pas de temps à perdre à remercier Bridgette pour son travail.

Victoria avait ressenti le même besoin d'informer son responsable qu'elle allait bien, du moins physiquement. Sans doute était-il encore en France. Elle devrait attendre les retrouvailles pour se présenter en chair et en os. Labrador n'étant pas venue à la réunion au bistrot avec Dieter, Victoria n'avait pas pu relater au major la supercherie du peloton d'exécution. Ses camarades la croyaient morte. Ils seraient surpris de la voir débarquer à la bibliothèque !

* * *

Alistair tenait à être au rendez-vous. D'après ses calculs sur les progrès des Alliés en Europe et dans le Pacifique, le rendez-vous aurait lieu en septembre de cette année. Il serait là, même si les autres ne venaient pas. La paix revenue, les compagnons d'armes se perdaient parfois de vue. Les trois survivants de Dragonfly viendraient sans doute.

Entre-temps, il occupait un nouveau poste, avec pour mission de gérer les défis présentés par l'Union soviétique et Staline. Au début du printemps, Alistair reçut un rapport qui le pétrifia. À l'aube du 9 avril, l'amiral Wilhelm Canaris avait été condamné à mort pour avoir fomenté un complot visant à assassiner Hitler. Avec son complice présumé, le général Konrad March, également son protégé, ils durent marcher entièrement nus jusqu'à l'échafaud du camp de concentration de Flossenbürg. Les détails de ces exécutions sordides ne tarderaient pas à paraître dans les journaux.

Alistair appela donc Brad à la scierie familiale plutôt que chez lui. Il ne voulait pas prendre le risque de tomber sur Joanna.

Dans la soirée, Brad emmena Wilhelm se promener, après le dîner. Une heure plus tard, à leur retour, l'enfant avait les yeux rougis. Brad le coucha avant de réunir le reste de la famille.

— Que s'est-il passé ? s'enquit Joanna.

— Les nazis ont pendu son père.

Quand ils furent remis du choc, Bobby demanda :

— Cela signifie qu'il reste avec nous ?

— Oui, répondit Brad en le regardant avec tendresse. On le garde.

Deux semaines plus tard, le 23 avril, le camp de concentration de Flossenbürg fut libéré par les troupes américaines. Le 8 mai 1945, la Seconde Guerre mondiale prit fin en Europe.

* * *

Le 23 septembre 1945 tombait un dimanche. À quatorze heures, les joues inondées de larmes, Victoria était au chevet de sa mère et lui tenait la main pour l'accompagner dans ses derniers instants. Son père et son frère se tenaient derrière elle.

Ce décès ne les prit pas par surprise. Ils avaient pu dire au revoir à leur mère et épouse. Elizabeth Grayson souffrait d'insuffisance cardiaque et sa maladie d'Alzheimer s'était déclarée peu après le départ de Victoria pour l'Europe. À son retour, sa mère n'était plus la même personne.

— Parfois, il faut savoir lâcher prise, lui dit son frère. C'est mieux ainsi.

— Non, pas aujourd'hui, fit-elle en secouant la tête, qui pleurait aussi pour ceux qu'elle ne pouvait oublier.

Victoria avait pris un avion pour New York, puis un taxi vers la bibliothèque avant l'ouverture pour déposer une enveloppe dans la boîte aux lettres. Elle contenait une lettre destinée au groupe, qui expliquait comment elle avait survécu. Elle indiquait également son nom, son adresse et son numéro de téléphone. La lettre devait être remise au major Alistair Reynolds qui avait rendez-vous avec trois collègues à quatorze heures, dans la Rose Main Reading Room.

Le chauffeur de taxi vit la jeune femme s'attarder un instant devant la boîte aux lettres, tête baissée, comme pour se recueillir.

La bibliothécaire à qui l'enveloppe fut remise respecta les consignes. Elle guetta le major Reynolds, mais ne vit aucun homme en uniforme militaire entrer dans la salle. Il y avait plusieurs groupes, des étudiants, trois hommes qui semblaient être chercheurs, quelques retraités et, dans un coin, une petite assemblée constituée de quatre hommes enjoués, dont l'un était plus âgé et moins bien habillé que les autres, et une jolie jeune femme vêtue à la dernière mode.

À la fin de sa journée de travail, la bibliothécaire se demanda que faire de l'enveloppe. À la place de l'expéditeur, elle aurait voulu savoir qu'elle n'avait pas atteint son destinataire. Elle décida de l'ouvrir dans l'espoir de trouver des coordonnées.

Le texte lui coupa le souffle. Quel dommage que cette lettre n'ait pas trouvé son destinataire !

Au moins, cette personne saurait qu'une employée de la New York City Library avait fait son devoir. Elle rédigea une note explicative et glissa le tout dans une autre enveloppe qu'elle posta en rentrant chez elle.

31

Septembre 1962

Alistair gribouillait sur une feuille de papier au lieu de se concentrer sur son manuscrit. Il travaillait dessus depuis qu'il avait rouvert le dossier Dragonfly. Il avait décidé de l'écrire, ce livre, finalement, et s'il n'avait pas encore trouvé son titre, l'inspiration lui viendrait. Dans moins de deux jours, il retournerait en France pour la première fois depuis juillet 1944.

Il séjournerait dans un petit hôtel parisien qu'il fréquentait avant l'Occupation, quand il était allé mettre l'opération en place, recruter des correspondants, sélectionner des lieux sûrs. Le samedi 22 septembre, il rejoindrait les autres à l'hôtel que Bridgette avait trouvé pour eux dans le Quartier latin. Un hôtel calme, à l'écart de la foule des touristes. Samedi soir, ils dîneraient ensemble, avant d'aller voir ce qu'il restait de la fresque, le dimanche 23. Ensuite, ils se rendraient au *Celtic* à quatre heures. Le bistrot existait encore et prospérait, avait-elle précisé. Elle avait vérifié. Le patron était-il encore là ? Les agents n'avaient jamais connu son nom.

Quelques années avant ces retrouvailles des vingt ans, ils s'étaient demandé si Paris était vraiment une bonne idée. À quoi bon ce pèlerinage sans Liverwort ? Seules les épouses des garçons souhaitaient se rendre dans la capitale française. De plus, il existait tant d'autres destinations où ils pourraient emmener également leurs adolescents.

Au début de l'année, Bridgette avait proposé une station balnéaire de Caroline du Sud, mi-septembre. Ce n'était pas la date prévue, mais cela n'avait plus d'importance, si ? Ils avaient tous accepté, y compris Alistair. Elle demeurait la chef du groupe et les garçons lui demandaient toujours des conseils. Leurs épouses et leurs enfants adoraient Bridgette, la seule qui soit divorcée et sans enfant.

Ce fut donc elle qui suggéra de maintenir le rendez-vous parisien, finalement, « au cas où l'histoire de John Peterson serait avérée ». Elle refusait de l'admettre mais, au bout de tant d'années, elle avait encore le mince espoir que le trait oblique tracé trop tard sur le symbole de Liverwort avait un sens. Si Liverwort était en vie, elle serait présente au *Celtic*, à quatre heures, le 23 septembre.

S'ils allaient à Paris, il n'y aurait que les quatre agents et le major. Ce ne seraient pas des vacances en famille, loin de là. Parviendraient-ils à tourner la page ou revivraient-ils les cauchemars endormis par la joie d'avoir survécu ? Pour éviter toute déconvenue, au cas où Victoria ne viendrait pas, ils arriveraient avec quelques jours d'avance et logeraient où ils voudraient jusqu'au dîner commun à l'hôtel *Saint-Séverin.* Tous sauf Bridgette.

Les autres souhaitaient rendre visite à des personnes à qui ils n'avaient pas eu le temps de dire au revoir, pendant la guerre. Bridgette savait que Jeanne Boucher et sœur Marie-Françoise étaient hélas décédées.

Alistair tenait à rencontrer Henri Burel, son correspondant parisien. Il avait également une mission importante à accomplir. Grâce à un contact à la CIA, il avait un dossier sur John Peterson. S'il était décédé, sa compagne était encore de ce monde. Renée Desjardins habitait Lion-sur-Mer, un petit village du Calvados.

Alistair avait beaucoup réfléchi au livre de John Peterson. Si la mort de Victoria n'était qu'une mise en scène destinée à tromper les SS, seul le colonel Albrecht pouvait en être à l'origine. Avait-il orchestré cette fausse exécution uniquement pour la sauver ou par amour pour elle ? Nul ne le saurait jamais. John Peterson ne citait pas le nom de l'auteur du stratagème. Quant au colonel Albrecht, il avait été jugé pour le meurtre d'un écrivain et guillotiné fin 1945.

* * *

Assis au bord de la White River, avec leurs cannes à pêche, Bucky, Chris et Brad discutaient de la théorie de John Peterson et de la proposition de

Bridgette de se retrouver à Paris. Elle voulait leur réponse rapidement pour effectuer les réservations. Alistair, dont les poumons ne supportaient plus l'altitude, était absent. Il était venu à Meeker voir ses anciens agents après que Joanna et Jared avaient pris leur retraite en Floride.

Épouses et enfants étaient contrariés par ce revirement, d'autant que le moment était mal choisi, car ils avaient tous des contraintes professionnelles : un déplacement au Texas pour Brad, la finalisation d'un projet pour Bucky et des entretiens importants avec des étudiants pour Chris.

Ces sacrifices valaient-ils la peine d'être consentis au cas où une femme qui était certainement morte depuis longtemps honorerait leur rendez-vous ? Lors de leurs premières retrouvailles, le major leur avait raconté la rencontre de Victoria Grayson avec le colonel Albrecht, l'homme qui avait ordonné son exécution… et signé leurs Ausweis.

— N'oubliez pas que c'est Liverwort, enfin Victoria, qui a fixé le lieu, la date et l'heure du rendez-vous, leur rappela Chris.

— Elle a insisté, renchérit Bucky. De nous tous, c'est elle qui tenait le plus à garder le contact.

— C'est peut-être un vœu pieux. L'exécution semblait si réelle. Pourtant, je sens qu'il y a de la vérité dans la théorie de Peterson, dit Brad. Trop de détails sont véridiques.

— Si ce colonel SS a organisé son évasion, elle devait être de mèche, non ?

— Il n'y a qu'un moyen de le savoir. Allons lui poser la question, conclut Bucky.

Leur décision était prise. Ils replièrent leurs cannes et rentrèrent préparer leur voyage. Il n'était pas question qu'ils manquent ce rendez-vous.

* * *

Deux jours avant de s'envoler de New York pour Paris, Bridgette appela son meilleur ami, qui vivait en Californie. Elle s'étonna de le joindre facilement car il était officier à la brigade criminelle de la police de Los Angeles. Même débordé, il prenait toujours les appels de Bridgette.

— Salut, p'tite frappe ! C'est sympa de m'appeler. Qu'est-ce que tu deviens ?

Le surnom que lui attribuait son ex-mari ne l'agaçait plus depuis bien longtemps. Elle savait qu'elle était l'amour de sa vie, même si leur mariage avait été une erreur. Elle avait épousé Steve Hammett parce qu'elle était tombée amoureuse d'un homme solide, fiable, d'un souvenir d'enfance, le jour où il était entré dans son bureau des studios Paramount, en juin 1945, avec son uniforme bardé de médailles et ses galons de sergent-chef de la 45ᵉ division d'infanterie.

— Tu te souviens de moi, p'tite frappe ?

Abasourdie, elle n'avait rien trouvé de mieux à lui demander que :

— Tu as toujours ma photo dans ton portefeuille ?

— Absolument. Elle est là, avec la lettre que tu m'as écrite du Stephens College.

— Comment m'as-tu retrouvée ?

— Ta copine Gladys m'a tout dit quand je suis passé à Traverse City, cette semaine. Elle était là, elle aussi. Tu imagines, cette fille à papa de Gladys, qui avait peur de son ombre… elle sillonne le monde en avion !

— C'est fou… Et tu es venu en Californie pour… me voir ?

— Qui veux-tu que je vienne voir ? Je voulais m'assurer que tu allais bien. Ça va ?

— Maintenant, oui.

Elle avait encore la lettre que Steve lui avait envoyée au Stephens College pour l'informer de sa mobilisation au sein de la 45e division d'infanterie, celle qui avait libéré le camp de concentration de Dachau en avril. Elle avait désobéi aux ordres en lui racontant son internement à Drancy, mais uniquement pour justifier ses cauchemars et ses troubles sexuels. Steve avait compris.

Au fil du temps, l'amour n'avait pas suffi. Chacun avait ses besoins, ses désirs. Après son retour à la vie civile, Steve avait intégré l'école de police de Los Angeles. Un an après leur mariage, Bridgette s'était vu proposer un poste chez Norman Norell à New York, un couturier plein d'avenir.

Au bout de dix-huit mois, ils avaient divorcé et s'étaient séparés en larmes sur les marches du palais de justice, unis par une amitié indéfectible qui avait résisté au temps, aux amours, aux deuils et à leurs différences.

Bridgette lui annonça son départ pour Paris dès le lendemain, la ville de ses cauchemars et de sa jeunesse perdue. Elle ne voulait pas qu'il s'inquiète si elle ne l'appelait pas comme chaque dimanche. Elle lui avait déjà parlé de son amie exécutée par les nazis. En la voyant rentrer de New York avec un tatouage représentant une libellule, il n'avait pas posé de questions.

— Si elle est vivante, cette femme a dû changer… tu risques d'être déçue.

— Si elle vient au rendez-vous, c'est qu'elle n'a pas changé.

Steve s'inquiétait pour elle.

— Tu tiens vraiment à retourner dans cette ville où tu as tant souffert ? Tu connais les risques.

— Oui.

— Les garçons pourraient te rapporter de ses nouvelles et ses coordonnées pour que tu puisses la revoir ailleurs qu'à Paris.

— Ils pourraient, oui.

— Alors pourquoi y vas-tu ?

— Steve, il faut parfois reculer pour mieux repartir de l'avant.

* * *

Paris était superbe en septembre. La Ville Lumière de Monique Barton avait retrouvé sa magie. Bucky fut frappé par les couleurs, les fleurs, l'énergie vibrante des scènes de rue. Concentré sur sa mission et sa destination, il ne s'attarda pas sur le paysage urbain. Comme autrefois, il était venu chercher son père.

Il se rendit d'abord chez sa tante, à Passy. Plus tard, il irait voir Mme Dupré, si elle était encore là. Tante Claire ignorait qu'il était à Paris. Comme la dernière fois, Bucky frappa à la porte. Une domestique l'introduisit dans le salon ensoleillé où il prit place dans un fauteuil.

Âgée de soixante-deux ans, sa tante était frêle et grisonnante, mais elle ne dissimula pas son bonheur de voir Bucky. Lorsque son neveu voulut savoir où son père était enterré, elle retrouva son sérieux.

— Je vais t'y emmener.

Auparavant, il avait une chose à faire. Il traversa la rue en direction du platane au tronc creusé. En glissant la main dans le trou, il sentit quelque chose de dur. Prudent, il sortit une enveloppe entourée d'une matière imperméable. Elle contenait une lettre datée du 17 août 1944. « Mon cher fils… »

* * *

Alistair n'eut aucun mal à trouver la maison de Renée Desjardins. Il préférait se présenter à l'improviste de peur qu'elle refuse de le recevoir. Il avait décidé de frapper à sa porte avec un exemplaire du livre de John Peterson qu'il avait récupéré à la bibliothèque de son quartier. Seule une personne l'avait emprunté.

Mme Desjardins était là. D'après le prêtre à qui il avait demandé son chemin, elle vivait en recluse avec ses chats depuis la mort de son compagnon. Lorsque Alistair lui expliqua qu'il souhaitait l'entretenir de l'œuvre du défunt John Peterson, elle l'invita à entrer. Il s'assit au salon et refusa une tasse de thé pour en venir à la raison de sa visite. Il exprima son admiration pour les connaissances de l'auteur, son souci du détail. Flattée, Renée lui répondit qu'elle l'aiderait de son mieux.

Alistair s'intéressait particulièrement à la source que John Peterson avait consultée pour le dernier chapitre de son livre. Il croyait le connaître et souhaitait le contacter à l'occasion de son séjour en France.

La vieille dame ôta ses lunettes pour parcourir le chapitre en question.

— Ah oui, fit-elle en tapotant la page de son index. John m'a parlé de l'homme qui lui a raconté cette histoire. Il n'en revenait pas de sa chance de l'avoir rencontré. Les autres chapitres ne sont que pure fiction, voyez-vous. Le fruit de l'imagination de John. En revanche, le dernier est authentique. Il a toujours voulu écrire sur les espions. Sa conversation avec ce monsieur lui a inspiré le sujet et le titre de son livre. Ils se sont connus dans un bar, en Allemagne.

— Vous connaissez son nom ?

— Non. C'est si loin…

Soudain, le visage de Renée Desjardins s'illumina :

— J'ai gardé ses notes ! Ce nom y figure peut-être. Vous voulez les voir ?

— Volontiers. Le journal de M. Peterson doit être passionnant.

Alistair finit par accepter une tasse de thé, puis la vieille dame le laissa seul pour s'occuper de son potager. L'écriture était à peine lisible, mais il devait à Dragonfly d'exploiter toutes les pistes. Et même si Victoria ne venait pas au rendez-vous, cela ne signifiait pas qu'elle était morte. Un nom, un détail pouvaient se révéler déterminants.

Soudain, au milieu du carnet, il sentit son cœur s'emballer. Sa respiration se fit sifflante. La mystérieuse source était Karl Brunner, qui affirmait avoir été le chauffeur d'un important colonel SS pendant l'Occupation. Alistair comprit qu'il s'agissait du chauffeur du colonel Dieter Albrecht et devina qui était la jeune femme que le colonel avait sauvée du peloton d'exécution.

L'échange entre John Peterson et le sergent allemand un peu éméché était consigné noir sur blanc dans ce journal. Il témoignait du respect et de l'admiration du chauffeur pour son supérieur et de l'amour du colonel pour sa partenaire d'escrime, un amour non réciproque. En découvrant qu'elle travaillait pour les Alliés, l'officier avait élaboré ce stratagème pour lui épargner une mort violente. Le témoignage correspondait mot pour mot au dernier chapitre du livre de Peterson.

Dans son journal, et non dans son livre, Peterson avait consigné ces mots de Karl Brunner : « *Il l'aimait. Il aurait fait n'importe quoi pour elle. Il a même tué pour elle. Il a empoisonné un écrivain célèbre pour sauver cette femme des griffes de la Gestapo. J'en ai été complice, mais il a refusé de m'impliquer. Je suis resté libre et il est allé en prison. Les Français lui ont coupé la tête. Par la suite, j'ai sombré dans l'alcool pour fuir ces souvenirs.* »

John Peterson ne précisait pas que cette jeune femme était américaine. Comme le chauffeur, il devait la prendre pour une Française, d'où sa certitude qu'elle vivait quelque part en Europe.

— Nom de Dieu, maugréa Alistair. Nom de Dieu…

* * *

Brad et Chris se tenaient devant l'imposant manoir autrefois réquisitionné pour le général March.

— Rien n'a changé, fit observer Brad.

— Comme dans mon souvenir, confirma Chris. Je me demande si la famille juive qui a été spoliée a récupéré son bien. Ses descendants, peut-être.

— S'ils ont réussi à échapper aux rafles.

— Le général March ne semblait pas être du genre à s'approprier une villa confisquée à une famille déportée, déclara Chris.

— Mme Gastain le saurait, répondit Brad en désignant la maison voisine, leur deuxième étape.

Brad avait rendu visite au capitaine Allard, son agent facilitateur de l'OSS. Le vieux marinier était resté bouche bée en le voyant remonter la passerelle.

— Mon garçon ! s'était-il exclamé en l'étreignant. On te croyait mort !

Chris fut reçu avec la même chaleur par Jules Garnier, désormais à la retraite après toute une carrière à la Sorbonne.

— Regarde qui est là ! lui avait dit sa femme en le rejoignant dans son jardin, où il taillait ses rosiers.

— Monsieur Bauer ! Vous êtes en vie ? Je n'en crois pas mes yeux !

Brad sonna chez Mme Gastain. Le vieux majordome leur ouvrirait-il la porte ? Il ne pouvait être encore de ce monde. Non sans stupeur, ils se trouvèrent face à Hans Falk.

— Messieurs, fit-il, un peu guindé, quel plaisir de vous revoir en si bonne forme ! Dois-je vous annoncer à Mme Gastain ?

Jetant toute formalité aux orties, Brad et Chris l'étreignirent, puis ils se rendirent au salon et échangèrent leurs expériences en attendant la maîtresse des lieux. Hans fut le premier à s'exprimer.

Sentant son arrestation imminente, le général avait envoyé son aide de camp se cacher chez sa voisine. Hans n'avait pas assisté à l'arrestation et regrettait de ne pas avoir été à ses côtés. En 1945, à la mort du majordome de sa patronne, il avait pris sa place. Hans ne souhaitait pas retourner dans le pays qui avait exécuté l'un de ses plus brillants officiers. Mme Gastain se portait bien, malgré son arthrite. En vendant ses toiles de maître, elle parvenait à entretenir la demeure. Il demanda des nouvelles de Wilhelm.

Brad lui apprit qu'il avait à présent vingt-six ans, qu'il était jeune diplômé de la Regis University, dans le Colorado, et qu'il voulait devenir prêtre.

— Son père serait fier de lui, commenta Hans, les larmes aux yeux.

* * *

— Vous êtes prêts ?

— Prêts !

— Alors on y va, décréta Bridgette.

En cet après-midi du dimanche 23 septembre 1962, Alistair et les agents de Dragonfly étaient réunis à l'hôtel *Saint-Séverin* depuis la veille. Lors du dîner, Brad, Chris et Bucky avaient relaté leurs rencontres parisiennes des derniers jours.

Chris avait retrouvé la ferme où il s'était caché après son atterrissage clandestin sur le sol français.

Bucky avait revu Mme Dupré, qui avait mis sa pension en vente afin de prendre sa retraite. Folle de joie, elle avait pris son visage entre ses mains comme pour se persuader qu'elle ne rêvait pas.

Quant à Bridgette, elle s'était rendue chez Boucher, la célèbre maison de couture. Ses dessins étaient encadrés sur un mur du salon d'essayage, y compris le modèle destiné à Mme Richter.

— Mme Boucher tenait à rendre hommage à votre talent et votre courage, lui avait expliqué une jeune styliste.

Au cours de ce repas à l'hôtel, Bridgette s'était néanmoins gardée d'évoquer son déplacement sur le site du camp de Drancy, en proche banlieue parisienne. Elle avait fait don de son témoignage inscrit sur son coupon de mousseline au mémorial de Yad Vashem, ouvert à Jérusalem en 1953.

Elle n'avait jeté qu'un rapide coup d'œil dans la cour du bâtiment en U qu'était la cité de la Muette de Drancy, un complexe d'habitations à loyer modéré qui avait retrouvé sa vocation d'origine de logement social. Les résidents vaquaient à leurs occupations à l'endroit même où des milliers de victimes innocentes avaient souffert et, souvent, trouvé la mort. Insouciants, des enfants jouaient, des mères de famille discutaient…

Bridgette s'attendait à ce que des fantômes viennent la hanter, à entendre les cris des suppliciés, à avoir la chair de poule au souvenir des sinistres époux Richter. Mais non. Steve aurait été fier d'elle. Sereine, elle ne regrettait pas d'être venue.

Alistair garda également pour lui ce qu'il avait appris. Si Victoria se présentait au *Celtic* à quatre heures, la question serait réglée d'elle-même. Et sinon, il attendrait d'avoir vérifié auprès de la CIA si Victoria Grayson se trouvait sur le sol américain. En revanche, Henri Burel serait de la partie.

Ils entamaient la dernière étape de leur pèlerinage. Dès le lendemain, ils rentreraient chez eux retrouver leur vie, leurs proches. Ils firent une halte rue des Sœurs de la Charité pour admirer la fresque qu'Alistair n'avait jamais vue.

— Seigneur ! s'exclama Brad dès que leur fourgonnette s'arrêta devant le mur du couvent.

Ils descendirent pour examiner le paysage aquatique un peu délavé, désormais protégé par une paroi en verre. Une plaque expliquait aux curieux : « Fresque réalisée pour apporter un peu de joie aux riverains et résister aux horreurs de la guerre, septembre 1942, artiste anonyme. »

Un trait oblique barrait une plante aquatique. Alistair et ses agents demeurèrent pétrifiés face au signal codé.

— On ferait bien de se dépêcher, les gars, dit enfin Bridgette. Liverwort nous attend !

Dans la salle du *Celtic*, elle était assise à sa place habituelle. Son visage exprimait le même espoir, la même impatience, la même appréhension qu'autrefois.

— Bonjour les amis ! lança-t-elle en se levant, les yeux embués de larmes.

Épilogue

Dimanche soir à New York, dans un appartement de Park Avenue, une horloge ancienne sonna six heures. À Paris, il était minuit. Le soleil de septembre commençait à descendre vers les arbres de Central Park. Depuis le début de la journée, un homme distingué patientait près de son téléphone. Il savait pourtant qu'il ne sonnerait qu'après le rendez-vous que sa femme avait dans ce bistrot parisien avec des amis qu'elle n'avait pas vus depuis dix-huit ans. Elle avait promis de lui faire savoir s'ils étaient venus.

Ou pas.

Cette perspective l'inquiétait mais, au moins, sa femme aurait une réponse à la question qui la hantait depuis si longtemps : ses camarades étaient-ils encore de ce monde ? Il ne savait pas grand-chose de cet épisode de la vie de son épouse, à part que son groupe travaillait pour l'OSS à Paris et qu'elle n'avait jamais perdu espoir de retrouver ses amis.

Il ne comprenait pas cette loyauté envers des personnes dont elle ne connaissait même pas la véritable identité. En réalité, elle ignorait tout d'eux.

— C'est difficile à expliquer, lui disait-elle souvent.

Richard espérait donc que ce voyage lui apporterait la paix, la capacité à s'ouvrir enfin à lui sur son passé, sur ces deux hommes qui hantaient encore sa mémoire. Lawrence, son beau-frère, lui avait confié qu'elle avait été très amoureuse d'un pilote de la RAF abattu en France et dont elle avait fait rapatrier la dépouille. Il ne savait rien du second, mais soupçonnait qu'elle l'avait rencontré à Paris, à cette période, et qu'il était mort, lui aussi.

Cet homme était encore présent à son esprit. Souvent, il avait demandé à Victoria pourquoi elle avait abandonné l'escrime, sa passion de jeunesse.

— Je ne m'amusais plus...

Elle avait arrêté à son retour de « là-bas ».

Au début de leur relation, elle avait fait une mauvaise chute et s'était écorché la joue. Lorsque Richard avait sorti un mouchoir pour essuyer le sang, elle avait eu un mouvement de recul.

— Qu'est-ce que tu as ?

— Rien... une impression de déjà-vu...

La nuit, elle faisait des cauchemars, parlait dans son sommeil. Après la naissance de leurs enfants, ses sanglots étouffés avaient cessé.

— Victoria, tu es heureuse ? lui avait-il demandé un jour.

— Bien sûr que je suis heureuse. Je l'avais promis !

— Promis ? À qui ?

— À un ami que j'ai connu en France, avait-elle répondu en l'embrassant.

Lors d'un pique-nique avec leurs filles à Central Park, une libellule s'était posée sur sa main. Elle avait observé la petite bête avec fascination, un sourire au coin des lèvres, avant de la regarder s'envoler.

— Richard, tu crois aux… signes ?

— Et toi ?

Il avait senti que la libellule lui rappelait son séjour « là-bas ».

— Oui. Je viens d'en voir un se poser sur ma main.

— Dans ce cas, ils existent.

Dès lors, elle avait semblé plus apaisée.

La sonnerie du téléphone retentit, assourdissante dans le silence de l'appartement. Il était seul. Leurs filles de sept et cinq ans étaient chez leurs grands-parents, dans le Connecticut.

— Allô ? fit-il d'une voix mal assurée.

— Richard, mon amour, je suis désolée de te téléphoner si tard, mais j'étais… occupée.

C'était la première fois qu'elle l'appelait « mon amour » et sa voix avait changé. Elle était plus chaleureuse.

— Tout s'est bien passé ?

— À merveille ! Je rentre dès demain. J'ai tant de choses à te raconter ! À partager avec toi. Il est grand temps, Richard.

— Je t'attends.

* * *

Deux ans plus tard, un livre de témoignage figurait sur la liste des meilleures ventes en librairie du *New York Times.* L'auteur, un inconnu, était une véritable légende dans le milieu dont il décrivait les coulisses. La couverture de l'ouvrage représentait un paysage aquatique peint sur le mur d'un couvent, surmonté d'un titre énigmatique : *Un trait oblique.*

DE LA MÊME AUTRICE

Howbutker, Texas, 1916.

À la mort de son père, la jeune Mary Toliver hérite de la plantation de coton des Toliver, l'une des familles fondatrices de Howbutker. La jeune femme devra-t-elle sacrifier son amour pour Percy Warwick, magnat de l'exploitation forestière, pour faire vivre le sol de ses ancêtres ? Confrontés aux trahisons, aux secrets et aux tragédies qui les entourent, renonceront-ils à ce qui aurait pu exister, non seulement pour eux, mais aussi pour les générations suivantes ?

Dans ce récit haletant, Leila Meacham renoue avec les codes des grandes sagas historiques (Les Oiseaux se cachent pour mourir, La Couleur des Sentiments) pour mieux les réinventer. Écrit comme on filme une série TV, avec des chapitres courts et un suspense à couper le souffle, ce roman d'amour et de sacrifice fait vibrer les filles des lectrices de Margaret Mitchell.

9,50 €
656 pages

Printemps 1900.

Séparés à leur naissance, des jumeaux, Nathan et Samantha, fêtent leur vingtième anniversaire dans des comtés éloignés de l'État du Texas, sans se connaître ni soupçonner l'existence de l'autre…

À la ferme de Barrows, Nathan reçoit une visite inattendue qui va bouleverser son existence. Trevor Waverling, un titan des premières heures du forage pétrolier, vient lui proposer un pacte des plus étranges…

À Fort Worth, à trois jours de chevauchée au sud, Samantha décide que son destin se trouve sur les terres de Las Tres Lomas, le Ranch des trois collines, l'un des plus grands du Texas. La jeune fille entend aider son père adoptif à réaliser son rêve : devenir un titan de l'élevage texan.

Mais malgré les secrets bien gardés, les routes de Nathan et Samantha sont appelées à se croiser… La vie réunira-t-elle les jumeaux séparés ?

9,50 €
656 pages

Caroline du Sud, 1835.

Silas Toliver n'a qu'un seul rêve, celui de partir pour le Texas avec sa bien-aimée Lottie, pour y établir une plantation. Mais lorsqu'il est privé de son héritage et se retrouve sans argent, il voit son rêve s'écrouler.

Fille d'un riche propriétaire terrien, Jessica Wyndham a caché un esclave fugitif. Pour laver l'honneur de la famille, son père propose un marché à Silas : il financera son expédition vers l'Ouest s'il accepte d'épouser Jessica et de partir avec elle.

Réussiront-ils à surmonter leurs différences et à vivre heureux ensemble ? Et quelle est cette mystérieuse malédiction qui semble toucher les Wyndham et les Toliver ?

Cet ouvrage est composé de matériaux issus de forêts gérées durablement certifiées PEFC™.
Le Programme de reconnaissance des certifications forestières (PEFC™) est le plus grand organisme mondial indépendant de contrôle pour une gestion durable des forêts. Pour en savoir plus, consultez le site *www.pefc-france.org*

PEFC PEFC/14-38-00277

Achevé d'imprimer en décembre 2020
par Novoprint
Dépôt légal : février 2021

Imprimé en Espagne